Qianxun-Culture

—图书·影视—

顾影帝，

以后就这么惯着我？

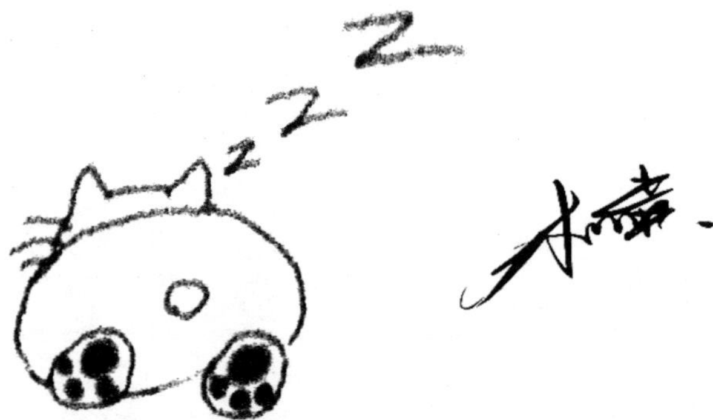

一觉醒来 2

YiJiao XingLai

木瓜黄
>>> 著

江苏凤凰文艺出版社
JIANGSU PHOENIX LITERATURE AND ART PUBLISHING

图书在版编目（CIP）数据

一觉醒来 . 2 / 木瓜黄著 . -- 南京：江苏凤凰文艺
出版社，2020.12
ISBN 978-7-5594-5028-9

Ⅰ . ①一… Ⅱ . ①木… Ⅲ . ①长篇小说 – 中国 – 当代
Ⅳ . ① I247.5

中国版本图书馆 CIP 数据核字 (2020) 第 125410 号

一觉醒来 . 2

木瓜黄 著

责任编辑　丁小卉
特约编辑　何　易
装帧设计　樱　瑄
责任印制　刘　巍
出版发行　江苏凤凰文艺出版社
　　　　　南京市中央路 165 号，邮编：210009
网　　址　http://www.jswenyi.com
印　　刷　长沙鸿发印务实业有限公司
开　　本　880 毫米 × 1230 毫米 1/32
印　　张　11.5
字　　数　311 千字
版　　次　2020 年 12 月第 1 版
印　　次　2020 年 12 月第 1 次印刷
书　　号　ISBN 978-7-5594-5028-9
定　　价　54.80 元

目录 CONTENTS

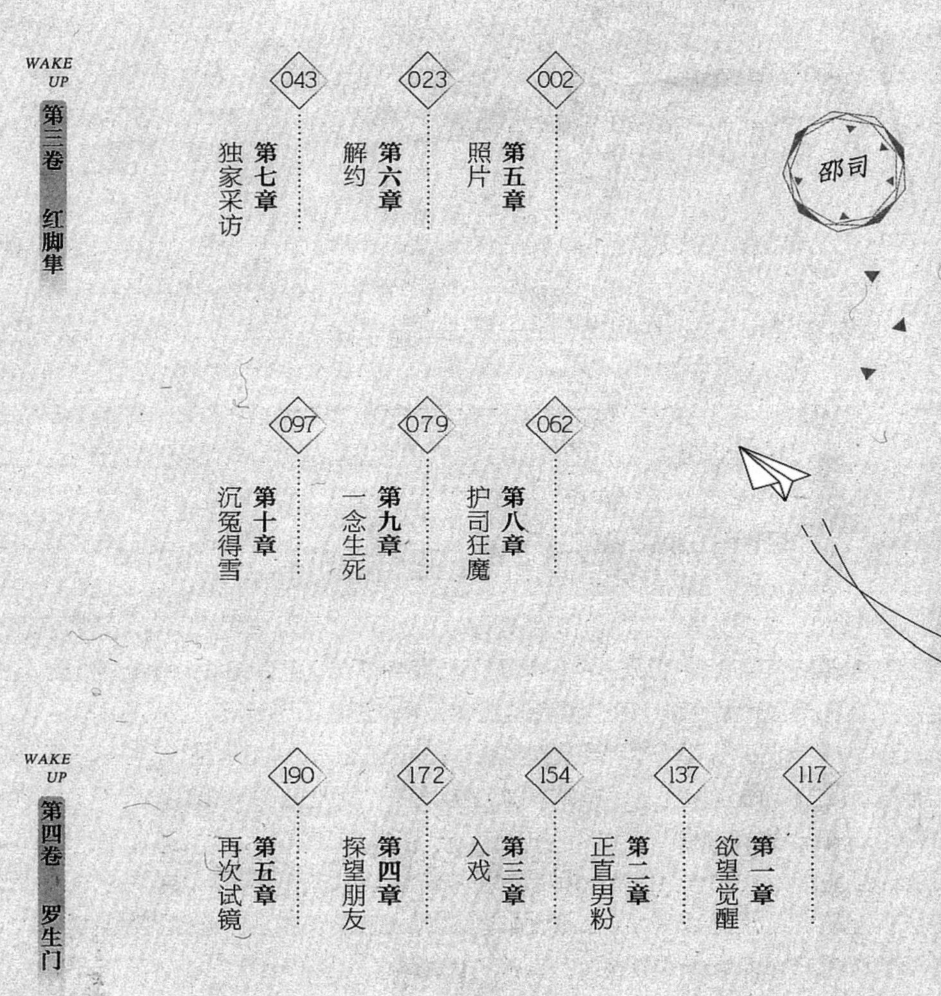

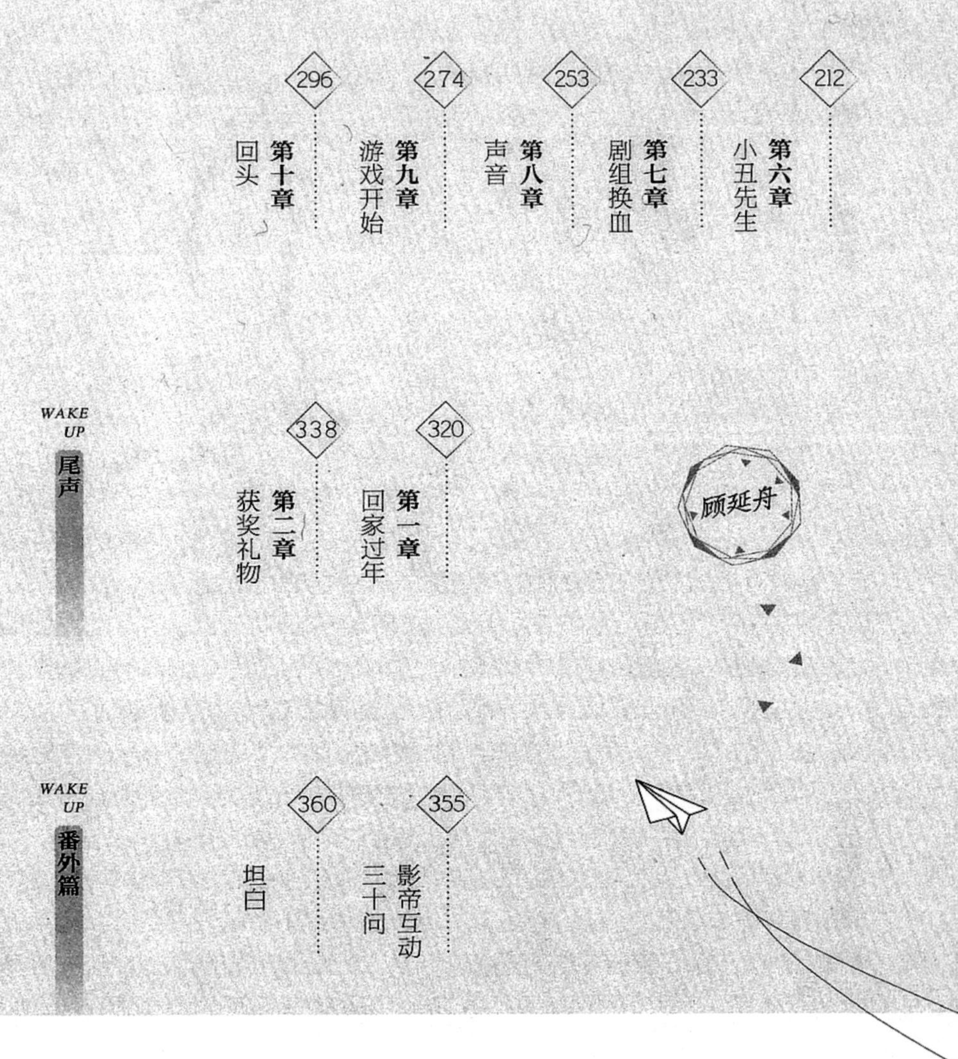

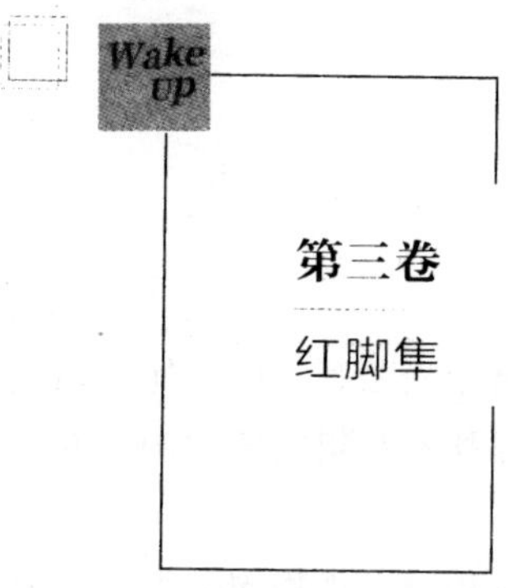

第三卷

红脚隼

希望是美好的，也许是人间至善，而美好的事物永不消逝。

第五章　照片

《奋勇向前》第二天的拍摄相当顺利，邵司他们四人组成的“老人组”终于开始行动。几组人都盯着C组的藏宝图，准备趁其不备将它抢过来。

具体台本内容为：三组人员相继发现指南针失灵，地图造假。这时候，节目组告知大家，找到真地图的关键在于那张藏宝图。

大家就开始各种假结盟，互相算计。

顾延舟和邵司两人强强联手，C组被忽悠得画风都迷离起来。

“我们组真的有内奸？”

“顾影帝不会骗人的吧？而且他分析得真的很有道理，我们中间绝对有内鬼。”

“我也觉得像真的，邵司刚才还拦着他，不让他告诉我们，就是怕我们有防备。”

“那么问题来了，究竟谁是内鬼？”

……

C组组员之间很容易产生信任危机，昨天邵司观察他们砍柴的时候，就觉得他们内部矛盾相当激烈，没想到随便挑拨两下就能撕破脸。

邵司：“组长，你等下过去抢藏宝图，我帮你观看形势，我们伺机而动。”

顾延舟跟邵司一起躲在树干后面，听了这话，不由得挑眉道：“你想在旁边干站着就直说，还观看形势，是不是太高看自己了？”

邵司凑在顾延舟耳边，扯着他的衣领，用收音器捕捉不到的声音说：“谁让我是你的祖宗呢。”

顾延舟：“……”

邵司松开手，撂下一句话：“微博上的事情，回头我再找你算账。”

顾延舟抓重点抓得倒是不错，他嘴角轻勾：“你看我微博了？”

邵司面不改色，解释道：“我不小心点进去的，谁要看你微博。你别笑，我说了只是手滑。”

“好，我不笑。”

顾延舟从善如流道：“那我等着你找我算账。”

这一期节目结果让人十分意外，居然是B组拿了第一。

他们真是误打误撞，全程智商掉线，最后自暴自弃，蹲在河边，叼着草，感慨过去：“完了，这一期节目我们绝对要输。想当年，我也是一代综艺之王，玩游戏哪次输过……”

“哥哥们，我们可能就要止步十二强了。”秦少诀把嘴里的草吐出来，“你们有没有什么话想对电视机前的观众朋友们说？我先来。首先，这一次吧，我非常感谢节目组能够给我这个机会。这个节目真的有毒，我再也不想来了……唉，说多了胸口疼。”

就是这么一个蹲在河边争相发表失败感言的小组，最后在屁股底下的一块石头下面发现了一个盒子。

这就是大家争抢半天，藏宝图里藏的那个“宝”。

对此，邵司只有三个字想说：“狗屎运。”

为期两天一夜的节目录制至此全部结束，这次节目将分成三期播出。大家解散的时候，顾延舟顺口一问：“听说另一部综艺节目也要找你？就是那个总让嘉宾坐云霄飞车的，什么翻天。”

顾延舟真的挺不喜欢上综艺节目的。这几年，陆陆续续有很多节目制作方找他，片酬越开越高。他之前没上过综艺节目倒还好，现在破了一次例以后，找上门来的人更是层出不穷。

不过，那些制片方当然是不知道的，顾影帝接综艺不看片酬，全看有没有这位祖宗。

“《嗨翻天》。”

对这几个齐明安排的节目，邵司真是不想吐槽。不过想想他跟齐明撕破脸可能也就这两天的事情，到时候指不定会闹成什么样，所以他话锋一转，又道：“那部综艺节目应该不会接，毕竟我可能快失业了。”

这天微风和煦，正午气温回暖，是一个适合在家睡懒觉的好天气。

而邵司还得从床上爬起来，收拾收拾，去日料店赴约。

昨天齐明就提前订好了包间，这家店隐秘又安全，当然包间价格也不菲。

邵司全副武装地走进去，还没开口，就被眼尖的前台认了出来：“邵先生，请走这边，您预约的包间在二楼。需要先帮您把凉菜端上来吗？您喝茶还是喝饮料？”

邵司摘下口罩，理了理被帽子压乱的头发，道：“不用，白开水就行。”

“是不是小姑娘都喜欢迟到？”系统陪着邵司一起等了又等，距离约定的时间过去整整二十分钟了，也没见传说中那个“齐夏阳”出现。

今天，邵司穿了一件黑色卫衣，像不怕冷似的，下半身只搭了一条破洞牛仔裤。打完一局游戏，他把手机搁在桌上，又喝了两口水：“烦死了，就冲她这态度，这剧就算不是抄袭的，我也不接。”

“对了，前天你提醒的那个女一号怎么样？你提醒了之后有什么效果吗？”

“你说安殷？”邵司顿了顿，又道，“能有什么效果。”

大约一周前，电视剧官微都已经公布了安殷饰演女主的一整套定妆照，从少女时期到最后化身成魔，共有三套造型。

选角色这种事情，往往都是先和演员敲定，在定下片酬签过合同以后，才会正式向观众宣告，免得网上到处流传“谁谁谁将谁谁谁的女一号抢了”这种不必要的谣言。

邵司手指弯曲，在桌面上随意敲击几下，想到了昨天安殷还在微博上持续转发和“一生一世一双人”有关的宣传语句。他敲桌面的手指突然停住：“她的咖位，一部戏的片酬在五千万左右，违约双倍，动辄上亿的违约金，你觉得她付得起吗？”

安殷是一个好人，但她也不是傻瓜。

有合约在身，她没得选择。

再加上这些“不和谐”的声音毕竟是少数，她还有很多一心一意支持她、等着她的作品出来的粉丝。

这条路就算走错了，但她背负了太多东西，也只能一条路走到黑。

齐夏阳迟到了半个小时，本来邵司不想给她好脸色看，但为了方便行事，他还是起身迎接：“齐小姐。”

齐夏阳穿着一身职业装，黑色包臀裙，短款小西装里头搭了一件白色雪纺衬衣，蝴蝶结垂在胸前。长鬈发，五官说不上多好看，倒也端正，妆容精致，笑起来的时候还有两个浅浅的梨窝：“不好意思，我迟到了，路上有点堵车。”

齐家这一对表兄妹还真是有个共同的本领——都长了一张极具欺骗性的脸。

“没事，我也才来不久。”邵司给她倒了一杯水，然后将菜单展开，抵在桌上推过去，“你想吃点什么？”

齐夏阳接过水，手指在菜单上轻轻滑动，指甲盖上涂着朱红色的指甲油，上头有几颗水钻，她每滑动一次就闪邵司的眼睛一次。她说道：“那就来两份金枪鱼，加生姜片。”

本来他们这次见面也不是奔着吃来的，邵司又随便点了几盘菜就合上菜单，对候在一旁的服务生说：“暂时就这些吧，麻烦你了。”

服务生用纸和笔记下菜名，微微鞠躬，退出去：“我们会尽快为你们上菜，有什么需要直接叫我们。”

在吃饭的过程中，齐夏阳频频打量邵司。

邵司没显得过分热络，还是那副高冷的样子，只是行动上会照顾一下她，把她点的那些菜不动声色地推到她面前。

邵司这些举动显然在很大程度上满足了齐夏阳的虚荣心，她羞怯地笑了笑："没关系，我自己能夹到的。"

对面这个男人，几乎可以说是万千少女的幻想对象。尤其是他现在这样满身清冷，却唯独对你关照有加的样子，分外迷人。

齐夏阳虽然是齐明的表妹，不过她这个表哥很少让她掺和圈内的事情。平时她想去公司看看明星，都会被齐明逮住狠狠骂上一顿。

要不是这次她的书被齐明一手捧上来，她可能也没有机会接触这个圈子，更别提和邵司坐在一起吃饭。

"我能跟你合个影吗？"齐夏阳盯了他半天，终于说出这句话来，"第一次见到你真人，我有点激动。"

邵司还没想好怎么回绝，手机响了一声，发出"叮"的提示音。

手机屏幕亮起，屏锁界面上弹出来一个小小的微信对话框。

顾延舟：祖宗，按时吃饭没有？

齐夏阳隔着桌子看了一眼："谁呀？"

邵司面不改色，解开锁屏，在屏幕上点了几下，发出去两句话，顺嘴回答道："我助理。"

你邵爹：我吃着呢，烦死了。

你邵爹：不是说你。

顾延舟：嗯？

邵司手速飞快，指节屈着，轻点几下又发出去一句话。

你邵爹：我在跟某个傻大姐一块儿吃饭。

顾延舟也没问是谁，只说：人傻你就别管了，专心吃，饭比较重要。

我就问问，有他这么安慰人的吗？

邵司将手机扔远了些，再回头，就见齐夏阳为了合照等了好几分钟，原本拒绝的话顿时说不太出口，只好微微前倾，就着这个姿势跟她拍了一张合照。

齐夏阳倒是很高兴，拍完之后就捧着手机乐不可支道："我回去得把自己P一下。”

“芥末放太多，小心呛。”邵司给她手边的空杯满上酒，看她一直在摆弄手机，应该是吃得差不多了，这才将话题引到重点上，“你们写东西应该挺累的吧？你是怎么想到去写小说的？”

齐夏阳放下手机，没有忘记齐明的叮嘱，拿起酒杯抿了一口才说：“我上学的时候太无聊了，就随便写写。当时也没想那么多，不过我真的很喜欢你，你就是我心目中的男一号。”

“谢谢。”

邵司眼角弯起，笑意却未达眼底，他话锋一转，又道：“这个故事真的是你自己写的吗？”

齐夏阳面部表情一滞：“你这话是什么意思？”

“你别紧张，我就是看到网上有一些不太好的评论。”邵司说着，用公筷往她碗里夹了一块水果，“我了解下来，发现形势好像对你不太有利。”

邵司先是上来好好陪她吃了半小时的饭，加上他又是齐明手里即将出演男一号的艺人，齐夏阳已经把他当成自己人。齐夏阳急忙道：“你不用在意那些评价，他们都是无中生有，自从我红了以后就一直诽谤我。”

这半小时里，邵司有意无意地灌了齐夏阳不少酒，现在酒劲逐渐泛上来，齐夏阳的层层伪装也慢慢脱落。她的语调开始往上抬高：“我就是借鉴……是，我看了她的，那又怎么样？她先写了，别人就不能再写了？凭什么啊？我每句话都是自己辛辛苦苦琢磨出来的，这就是我的东西。”

邵司捏了捏手里的录音笔。

估计这两年齐夏阳承受的压力不小，她像抒发、泄愤一样，说了很多话。

她是真不觉得自己剥去人家故事的外衣，再缝件新的外衣套上去，这种行为算得上偷窃。又或者说，她自欺欺人太久，自己都骗过了自己。

她以上帝的身份给自己判了无罪。

“齐小姐，不知道你有没有听过鸠占鹊巢的故事？”

邵司关掉录音笔，然后站起来。从这个角度，他能清楚地看到齐夏阳起起伏伏的胸口、泛红的眼睛，甚至是鼻尖上的一层薄汗。他认认真真地看她，嘴上毫不留情：“维鹊有巢，维鸠居之。这部剧我不会接的，我从头到尾就没有想过要接，也希望你好自为之。”

“网友没你们想得那么傻，水军再猖獗，再如何颠倒黑白，有眼睛的人都看得到。”

从齐夏阳自己表明态度起，邵司就知道这件事情没必要再跟进了。

关键不在他，在于观众如何看待。

他执意要看一眼齐夏阳，其实也是抱有一丝侥幸。也许她自己是知道错的，也许这件事发展到今天这个地步，也不是无法挽救的。

齐明一接到齐夏阳的电话，就急急忙忙赶过来，索性邵司也没走，正跷着腿坐在位置上等他来。

邵司把手机摊在腿上，正有一搭没一搭地跟顾延舟聊微信。

顾延舟：你那个傻大姐呢？

你邵爹：喝醉了。

顾延舟：按照你的酒量，现在还能用手机打字。

你邵爹：……

顾延舟：看来你没喝酒，挺乖。

乖什么乖？邵司噘着嘴，这人跟他聊天是不是越来越肆意了？

他正要回复消息，齐明便把公文包“砰”的一声砸在桌上，厉声质问他：“你这是什么意思？”

“你这两天玩我呢？”齐明多精一个人，没几分钟就看出来不对劲，再联系之前的种种，更是怒不可遏。

他在包间里来回走了两圈，堪堪压下心头的怒火，皮笑肉不笑道：“你一开始就没打算接这剧本是不是？是不是还打算直接搞我？”

邵司放下腿，站到他面前，坦言：“是。我这回不搞死你，我不姓邵。”

系统静默两下，提醒道："喂，你注意点，别太嚣张。"

包间里的声音越来越大，服务生站在外边，犹豫两下，最终还是叩了叩门，问："发生什么事了吗，先生？"

下一秒，齐明打开门，脸色铁青，早已不复平日里的冷静，说道："你先下去，没有我的吩咐，谁都不准靠近这里。我跟邵先生有些事情要聊。"

服务生端着空餐盘，微微鞠躬："好的，如果还有什么需要，直接拨打前台电话。祝你们用餐愉快。"

愉快？能愉快吗？

齐明气急败坏，摔上门，扭头就把公文包砸在地上。

齐明道："我已经给足你面子了，你别不识好歹。"

"齐哥，这是哪的话。"邵司站得累了，又坐回去，托着手机在掌心转了两个圈，眼睛微微眯起，一副挺闲适的样子，"不过，不识好歹这四个字从你嘴里说出来，我还真有点听不太懂。"

这些年齐明被捧得比艺人地位还高——明星算什么，还不都得像风筝一样被他牵在手里。

虽然齐明城府够深，表面上不怎么显山露水，但实际上早已经养成一身心高气傲的臭毛病。

他对邵司低声下气那么多天，却换来这样一个脱离掌控的局面，他真是气笑了："我不管你想干什么，你胡闹也好，不服气也罢，这部剧你不接也得接。"

邵司换了一个坐姿，长腿微曲，手搭在桌沿上，没说话。

"想把我拉下马的人多了去了，这么多年，你见哪个成功过？"齐明压低嗓门，凑近邵司说道，"是，你很红，也聪明，说话做事胆大，但成功的那个人不会是你，你也不会是那个例外。"

邵司掀起眼皮，反问齐明："你是不是每次都觉得自己能够全身而退？"

他这次敢公然对齐明宣战，也是做足了准备。

齐明和齐夏阳就像两条交缠在一起的线，而交汇点就是那本《一生一世一双人》。

齐夏阳抄得并不成功，当时她将这些文字发表在文学网站上，没人买她的账。她唯一的“成功”之处，就是有个王牌经纪人表哥。

这样一本被大家所不齿的，哪怕是抄也抄得无人问津的，只有无数盆脏水朝她泼过去的小说，在齐明的包装下走进大家的视线，被包装成一本“大 IP”之作。

齐明其实只是想帮帮自家人，于是把目光投向“IP”行业，或者说，他已经不再满足于包装艺人，他从现在这个影视剧 IP 盛行的时代中嗅到了一丝商机。

关于他的真正目的，邵司更偏向后者。

邵司的计划很简单，他只是想把事实向大家公布。他想让大家看到，这样一本偷窃之作究竟是如何从淤泥里爬出来，滴着污水，登上了神位。

齐明买水军的证据，齐夏阳抄袭的证据……

这人不是喜欢玩公关吗？不是喜欢带节奏吗？那就让他尝尝“被公关”的滋味。

然而面对邵司这句狠话，齐明却出乎意料地笑了起来：“全身而退，这四个字用得好。我每说一句话，每走一步，甚至每晚睡觉前都在想这四个字。我们这个圈子，一步错，万劫不复，所以你这根风筝线我可是握得紧紧的。”

邵司纵使再自信，听到齐明这番话，心里也隐约浮上某种不太好的预感。

“统统，他有我什么把柄？”

系统一直在潜水，回复得很快，道：“报告，你的统统没有读心术。”

邵司一时无语。

“我都跟你说了，别太嚣张。”

齐夏阳还没完全醉倒，她睡了一会儿，听到吵闹声，意识逐渐清醒。

她将眼睛睁开一道缝，齐明那张模模糊糊且带点重叠特效的脸出现在她的视线里，她唤了声：“表哥？”

“阳阳，你醒了？我过来接你回去。”齐明像什么都没有发生一样，语调稀松平常，“女孩子家怎么喝那么多酒？”

齐夏阳乐呵呵笑了一声，试图站起来，却晃悠两下就跌了回去。

“那我先送她回家，我们微信联系。”齐明扶着自己表妹起来，说到最后四个字的时候，诡异地稍作停顿。

微信“联系”。

邵司坐在座位上，琢磨这句话的意思，顺便拿湿纸巾擦了擦手，顺着手指一根根地擦过去。

“联系，看来他这是威胁你了。”系统沉吟两秒，“你也许真有什么把柄在他手里。”

邵司：“我？不可能。”

系统：“怎么就不可能了？”

邵司面无表情道：“基本上，我是一个没有污点的男人。”

系统：“你可要点脸吧。”

邵司到家没多久，就从柜子里翻出医药箱，吃了两片消食片。

这顿饭吃得他胃里难受。

然而邵司端着杯子，一口水还没咽下去，齐明的“联系”就来了。

齐明发来了一张图片。

邵司听到微信提示音，没太在意，缩在沙发里，懒得动弹，伸长了手去够手机。

等他随手将那张图片点开，一口水差点喷出来，是当初他和顾延舟在王山的夜总会里的照片。

熟悉的布置摆设，熟悉的灯光，还有那件他只穿过一次的V领毛衣。

照片上，顾延舟头部微微扬起，喉结突出，手扶在他的腰间。

而邵司一只手轻扯着顾延舟的头发，动作挺粗暴，两人状似在接吻。

齐明：你不为自己考虑，也该为顾影帝好好考虑考虑，你说呢？

邵司之前对顾延舟说那句“失业”，只是玩笑话。

他设想过和齐明撕破脸的场面，种种因素都考虑了，唯独没有想过齐明的手段远比他想象中的要阴损。

邵司庆幸自己前几天把名字改回了“你邵爹”。

他把水杯搁在茶几上，斟酌一下之后，不冷不热地回复了两句。

你邵爹：嗯。

你邵爹：所以呢？

齐明：明天你来办公室，把《一生一世一双人》的合同签了，这是最后的期限。

齐明以为他一亮出这张底牌，邵司便没有别的选择，只能乖乖地任他摆布，就像李光宗一样。

不过，遇上邵司也算他倒霉。

因为邵司没再回他，直接把那张照片转发给了顾延舟。

系统对邵司的行为表示无语。

邵司解释道：“不能我一个人被烦得睡不着觉，好歹他也是照片里的主角之一。”

邵司转发完照片之后，光脚进卧室里拿衣服，准备洗澡，手机被他随手搁在洗衣机的盖子上。

等他放了水，脱完上衣，伸手去解裤腰带的时候，手机响了一声。

顾延舟：谁拍的？

看看，有人跟着一起烦恼的感觉真好。

邵司心理平衡了一点，也顾不上裤子正欲脱不脱地挂在胯间，一只手回复道：一个叫齐明的傻子。

顾延舟隔了好长时间才回过来一个字：嗯。

你邵爹：你很忙吗，在工作？

顾延舟：我在看照片，拍得不错。

没一会儿，微信提示：顾延舟撤回一条消息。

顾延舟：嗯。

顾延舟：我在工作。

这两句话，五个字，一本正经得都快冲破屏幕了。

邵司靠在墙上，不知该摆出什么表情。

你邵爹：……

你邵爹：你是不是当我瞎？

顾延舟正在健身房里锻炼，他用毛巾擦了擦汗，然后弯腰捡起摆在边上的水，拧开灌了两口，便往房间外边走，直接拨了一通电话过去："我猜猜，他是不是想用照片威胁你接剧？"

自从上次邵司跟他说，刚进公司时齐明这个经纪人要求他们装人设开始，他就有意无意地在关注，也向陈阳打听过。陈阳只说了一句话：这人不是什么好东西。

尤其最近邵司的经纪人发生变动，再加上某部争议非常大的剧恰好在定角色，齐明为了这事到处跑，其人品如何，可见一斑。

顾延舟的声音有点嘶哑，可能是刚运动完，音调低得很。他等了一会儿，见对面没声音，于是说道："你怎么不说话？我刚撤回的那条消息是跟你开玩笑，你生气了？"

"没，我在穿衣服。"

邵司刚才脱完衣服准备泡澡，谁知道下一秒顾延舟的电话就拨进来了。他不着寸缕地听顾延舟讲话，感觉着实有些别扭。

邵司急匆匆套了一件衣服，还低头把翘起的衣摆捋下来，道："话说回来，你怎么了解得那么清楚？"

顾延舟道："你的事情，我当然清楚。"

邵司轻咳一声，正想打个预防针，就听顾延舟又轻描淡写道："照片你不用担心，他有胆就放出去。你那破剧该拒绝就拒绝了，不用管这个。"

邵司并不了解顾延舟的家庭背景，外边也从来没有出现过类似的传闻，所以顾延舟这话他将信将疑，说道："很厉害啊，大哥你是哪条道上的？"

顾延舟道："你瞎想什么呢。"

本来挺烦心的一件事情，跟顾延舟通过电话后，邵司思考的重点一转，忍不住想：顾延舟好像一点都不在意照片会流出去。

也不知道顾延舟究竟跟齐明说了些什么，第二天邵司睡了个懒觉，一直没出门，到齐明单方面和他约签合同的时间直接过去了，也没人来找他。

中午，好几天没出现的李光宗跑来给邵司送饭。

当两人一道坐在餐桌前要开吃的时候，邵司才收到齐明发过来的短信。

短信内容只有三个字：算你狠。

“这是什么？”邵司睡太久，脑袋有点疼，放下筷子对着这三个字看了好几眼，“算你狠？我怎么他了？”

李光宗当然不是单纯只过来送个饭。

邵司和齐明闹翻的事情不胫而走，公司里都在议论，他担心得不行，实在憋不住了就过来看看：“今天早上，公司里来了好几个警察，直接冲到齐明办公室去了，也不知道他们都说了什么。警察走了之后，有人听见齐明在办公室里砸东西。”

“砸东西？”

“嗯，还有《一生一世一双人》的男主角已经定了，是对手公司这两年蹿红得很快的一个小鲜肉，在韩国当了两年练习生的那个。”

邵司将这几个特征在脑子里过了一遍，没什么太大的印象，他皱着眉问：“白头发的？”

李光宗对邵司的脸盲症也是非常服气：“你记错了，人家是火红色头发。”

邵司夹着筷子的手一顿：“是吗？”

“是啊。”李光宗道，“他的名字可特别了，叫欧阳傲宇。你可长点儿心吧，他的经纪人是齐明的死对头，这次齐明没抢过他经纪人，保不齐要拿你撒气。”

“等一会儿，你先吃着，我打个电话问问你男神。”

顾延舟在忙，电话是陈阳接的。

跟上次的情况如出一辙，只听电话那边陈阳的声音微妙地顿了一下，然后疑惑地出声：“祖宗？”

邵司顿时不想说话了。

他们这边风平浪静，齐明办公室里却一片狼藉。

他手里那张照片算是打了水漂，但这口气他着实咽不下去。

谁能想到一票警察会直接过来，以“邵司和顾延舟两人在王山一案中配合警方合作”为由来警告他？警告他这张照片无论以何种形式泄露出去，他都需要负一定的法律责任。

“你也别怪我，事到如今都是你自找的。”齐明把自己关在办公室里，对着空气喃喃。

他办公室的墙壁上挂着手底下每一个艺人的海报，一排又一排，几乎贴满了大半面墙。

邵司的那张海报，是他刚出道的时候为了给他规划造型路线，特意拍摄的一套写真。

五年前的邵司看起来稍显稚嫩，对着镜头时面无表情，高冷得很。海报上，他身穿一件黑色毛衣，低着头坐在围墙边，双腿悬空。

“多好的苗子。”齐明伸手在那张海报上轻轻摸了两把，脸上泛起一抹微笑，看着竟有些瘆人，“既然你这只风筝我抓不住，那你也别继续在天上飞了，看着碍眼。”

之后两天，李光宗往邵司这里跑得挺勤。

之前他一直有意无意地回避邵司，觉得面子上过不去，更害怕会撞上邵司的冷脸。然而自从上次他拉下脸过来找邵司之后，他发现邵司对他的态度跟以往没什么两样。

“你明后天要去做什么？”这天，吃过饭后，李光宗替邵司打包了一堆垃圾，准备走的时候一起带下去，就像以前他一直做的那样，都已经变成了习惯。只见他站在门口踟蹰两下，犹豫再三，最后还是憋不住问了这么一句。

邵司随手往嘴里扔了一颗糖，倚在门口想了想："我不知道，还没通知。"

李光宗面色犹豫："哦。"

邵司道："怎么了？"

李光宗张张嘴，又摆摆手："没什么。"

"你屁股一撅，我就知道你要干什么。"邵司冷眼看他，"你说不说？"

李光宗每次欲言又止都是心里有事，这人压根儿不善于掩饰自己的情绪，却偏偏总觉得没人能够看出来。

李光宗扭捏了两下，正要开口。

这回轮到邵司摆手："行，你也别说了，我不想听。"

李光宗拎着垃圾袋，真想砸过去：这人怎么还是那么欠揍呢？

"是这样的，我一直在打听你的通告。"李光宗微微低下头，有点不好意思，毕竟邵司现在的所有活动已经跟他没什么关系了。

随即他话锋一转，切入重点道："我就是觉得很奇怪，因为你之后的行程安排完全空白，什么都查不到。齐明没有给你安排活动吗？"

基本上，圈内大部分的活动，不管是拍戏也好，录制综艺节目也罢，都会提前几个礼拜邀请艺人，确定艺人档期是否满了，什么时候有空，最后敲定价钱，签合同。

这些制作方之间的竞争也非常激烈，下手晚的话，有些当红艺人的档期说不定已经排满，只能错过。

"安排活动？"邵司的眼睛微微眯起，不咸不淡地笑了一声，歪着头道，"他怎么可能还会给我安排活动。"

李光宗："啊？"

邵司三言两句解释道："前几天我把他惹毛了。"

"你……你干什么了？你又打他了？我说多少次了，你做事情不要太冲动。你非要怼他，也别明着怼，偷偷摸摸地玩袭击不好吗？话说回来，你跟他说什么了？"

“也没说什么。”邵司道，“我就说我要搞死他。”

李光宗一阵无语。

“过分吗？”

李光宗张张嘴：“不过分吗？”

“他这算不算想冷藏你？”李光宗拎着垃圾袋的手有点酸，他换了一只手，继续道，“不可能吧，就算他想冷藏你，公司这边肯定也不会答应。”

邵司：“那你想一想，在什么情况下，公司会放弃我？”

邵司这句话点到即止，没再往下说。趁李光宗还在瞎琢磨的时候，他又说：“行了，你再不走，这个月末的奖金还要不要了。”

“哦，那我先走了啊。”李光宗仍在琢磨，一步两回头道，“我帮你在公司里盯着他，有事电话联系。”

邵司懒洋洋地抬起一条手臂跟他挥手，顺便点菜：“明天早上我想喝海鲜粥。你要是顺路的话，帮我捎一份，谢谢。”

李光宗一时无言以对。

在李光宗走后，系统幽幽探个头道：“在什么情况下，公司会放弃你？我也很好奇，想不通。”

“你凑什么热闹。”

系统：“好奇。”

邵司往沙发里一躺，随手打开电视：“你只要记住一点，商人从来不做亏本生意。”

电视上正好在放《娱乐聚焦》，这档节目专注娱乐圈八卦绯闻多年，一有什么风吹草动，他们就能立马整一个专题出来。

只是这两年《娱乐聚焦》的收视率不太行了，早些年它的地位算得上是圈内拔尖的，当时没多少人会去买报刊，观众都从电视上获取最新信息。不像现在，处于信息时代，大家只要低头在手机上随便一刷，什么都能知道。

女主持还是原来那位留着长头发、笑起来的时候有两个可爱的酒窝的美女。只见她转过身，轻轻在大屏幕上触碰了一下，然后道："近日，一部大型仙侠爱情剧正准备进入拍摄阶段，名叫《一生一世一双人》，这可能是今年最值得期待的剧了。那么让我们来了解一下，此次分别担任男女主角的欧阳欧巴和安殷女神，他们对自己的角色有着什么样的期待与展望？"

"这次对我的挑战也是非常大，因为以前我从来没有接触过这种古装题材。"欧阳傲宇仍旧是一头火红色头发，叠着画了两层眼线，那双眼睛不知该不该说妖媚。

此时他坐在沙发椅上，面对镜头："但我会努力去还原一个深情的角色。这个故事我也真的很喜欢，能够接到这么棒的剧本，我很幸运，也相信不会让粉丝和观众失望。"

紧接着画面一转，安殷的脸出现在大屏幕上。她笑了笑，说的话跟欧阳傲宇如出一辙："很荣幸……我会更加努力的……"

杨羽就别提了，此刻他在微博上和齐夏阳频繁互动，抱团蹭热度，连合照都PO了好几张出来。

邵司看这个节目看得胸闷，正要调台，节目内容一变，进入下一个环节："我们都知道，这几天顾延舟顾大影帝在米兰参加时装周，但你们一定不知道，他是内地唯一受邀的艺人。接下来，就跟着我们《娱乐聚焦》的特派记者，来到米兰时装周现场一睹究竟吧！"

邵司换台的手顿住了。

他也不太懂自己心里想了些啥，为什么会盯着顾延舟走红毯的镜头看了七八分钟。

顾延舟站在聚光灯下，从红毯另一边走来。

周围是闪光灯拍摄的声音，特派记者越过重重人群，终于将镜头对准目标。

男人的头发往后梳起，五官被完美地凸显出来，轮廓分明——浓黑的眉毛、高挺的鼻梁，成熟且精致。那双眼睛虽然不大，但有神得过分。

顾延舟平时的穿衣风格挺简洁的，包括色调。这次他可能是为了迎合时装周的主题，里头那件内搭衬衫脱离万年不变的灰黑调，选择了张扬的深红色。

顾延舟是高个子，穿衣显瘦，有点耀眼。

系统问：“好看吗？”

邵司挪开眼，评价道：“其实他长得也没那么差。”

“你这样说，我就有点听不太懂了。”系统委婉道，“按照您的审美，放眼娱乐圈，试问还有谁能跟您并驾齐驱？”

“还有人吗？”邵司面不改色，脸不红心不跳道，“没人了，没有。”

系统沉默一会儿，又道：“聊不下去了，我先撤了。”

此时，《娱乐聚焦》的特派记者终于逮到机会，凑到顾延舟前面，高举着话筒：“顾影帝，我能不能采访一下你？你跟观众朋友们说两句话吧，你看我们不远万里跟过来……”

一般情况下，艺人不会去理会这种“无理”要求。现在是在正式场合，周围人都在安安静静地拍照，对方没有采访资格。

哪怕是顾延舟这种好脾气的人，也不太乐意。他对记者颔首道：“抱歉，现在不太方便。”

特派记者对他的委婉拒绝置若罔闻，可能是想问得生活化一些，拉近两人间的距离，继续道：“顾影帝，听说你养了猫，这次出来，你留它自己在家里没事吗？”

顾延舟本来打算直接走人，听到“猫”这个字眼，又停了停，破天荒地回答了记者这个问题，只不过回答的内容前言不搭后语。

男人微微侧头道：“挺想他的。”

电视机前，邵司听到这句话，一时无语。

特派记者也就拍到了这个长达八分钟的视频，和两句简单“平淡”的对话。

《娱乐聚焦》女主持后面又播报了一些新闻，但邵司没怎么注意听。等他回神之后，屏幕上已经浮现另一行提示字眼“某某某女星被爆隐婚”，主持人显然对这个话题很感兴趣，说得手舞足蹈。

我大概是疯了。邵司心想。

他将电视关了，顺便揉了揉耳朵，揉了半天，耳尖还是火烧一样发烫。

次日。

李光宗没给邵司带粥，却捎来一个消息："听说齐明在买水军，准备黑你。你自己注意着点。"

邵司还在睡觉，接到电话的时候一下没反应过来："什么？"

"我也不清楚，现在公司上面的态度也挺奇怪的。"李光宗道，"昨天下午，李总和齐明几个人开了一个秘密会议。"

"什么会议？专门给我泼脏水的吧。"

邵司并不意外，齐明想整他，无非是先从公司内部着手，然后再想方设法从外面击垮他在民众面前的形象，让公司看着他失去价值。

"昨天，《嗨翻天》那边来了几个人，找齐明的。之前他们就想让你上他们节目，这次来应该也是谈这件事……但是很奇怪，没几分钟人就走了。"

邵司坐起身，一只手脱了上衣，赤脚下床。

他弯腰，换了一只手接电话，另一只手在衣橱里翻衣服："行，我知道了。等一会儿我就去一趟公司。"

齐明像在专门等他一样，见他来就放下笔，双手交叠在一起，嘴角微微弯起："你来了，直接去会议室等吧。正好，李总他们找你也有点事。"

邵司在会议室里打了两局游戏，才听到外头响起一阵越来越近的脚步声。

门外那几个人走得很慢，边走还边聊着天，隐约能够听到李总笑着说："小明啊，你这人真是……哈哈哈哈。"

进门的时候，齐明替几位老总开了门，然后退到一边，让这几位先进去，嘴上接着和他们说道："哪里哪里，这不都是李总的功劳。"

李总前一秒还在笑，下一秒目光触及邵司便没了笑意。

邵司站起来迎接，假装没有看到李总瞬间变化的表情，只道："李总好。"

李总目视前方，眼神不偏不倚，敷衍道："嗯。"

会议一开始，齐明说了些有的没的，看似是在缓和气氛，实际上话语里都在打压邵司。

齐明道："那个角色我也是尽力争取了，只是这戏也不是我去演，我也没办法。李总，没办成您吩咐的事儿，我真的难辞其咎。"

李总摆摆手："我知道，你不用说了。"说完，李总这才把目光投向邵司身上，"这次的事情我都听说了。你可能红得太快，这两年全公司上下都围着你转，让你忘了，你个人和公司之间孰轻孰重。"

一个小角色对公司来说真算不上什么，但是邵司这次撞的枪口，可不只是拒绝了一个角色那样简单。

他们常年和死对头"映美娱乐"争来抢去的，这次让欧阳傲宇得了这个角色，在齐明添油加醋、煽风点火之下，公司这边觉得特别没面子。

"小说的作者都在微博上放了你们一起吃饭的照片。"李总的声音威严得很，"大家都以为男主角肯定是咱们拿到手，可最后公布出来的却是映美他们家的。我就问问你，你拒接的时候有没有为公司考虑过？"

齐明摆弄了几下手机，然后将它抵在桌面上，朝邵司推过去："你自己好好看看，网友都是怎么说的。"

邵司一只手撑着桌面，俯身接过手机，然后随意地扫了两眼。

照片是那天他和齐夏阳吃饭的时候合的影。

——哈哈哈哈，同行竞争呗，映美娱乐不愧是老公司，手段就是强。论红，那肯定是邵司更红，可惜后台不给力啊，有什么办法。

——男一号被顶了？新晋影帝邵司被一个还没挤上一线的小鲜肉秒杀了。

——我就默默地看了一下傲宇的经纪公司。映美，嗯……牛！

这么蹩脚的文字，大概只有李总他们会信了。这些公司高层整天闲着没事干，别的方面不管不问，尽盯着这些人为制造出来的数据和分析。

邵司捏了捏太阳穴，觉得齐明这招完全是在侮辱他的智商。

偏偏这种侮辱智商的招数在李总身上完美地发挥了功效：“你这段时间停掉所有通告，在家里好好想想，想清楚、想明白了，再来找我。”

暂时性雪藏？邵司微微别过头，讽刺般笑了一声，故意问：“你要我想什么？”

这态度可谓是十分嚣张了，之前齐明在李总跟前说了一堆邵司这人有多不守规矩、不尊重公司，这些平白捏造的话混着邵司此时的态度，让李总彻底暴怒：“你还问我想什么？”他说着，一把摔了手边的资料，说话声震得邵司耳膜疼。

“你想想清楚自己到底是个什么玩意儿！没有公司，你什么都不是！现在你人气旺了，拿影帝了，屁股后面跟着一群捧臭脚的粉丝，就真把自己当大爷了？”

李总这番话说完以后，整个会议室都安静下来。

没人再敢说话，连齐明也没见过李总发这么大的火。明明这话不是对着他说的，他一下子却被威慑住，脑袋一蒙，没能立刻反应过来。

然而邵司丝毫未受影响，他一只手撑着脑袋，另一只手反复点亮手机屏幕看时间，态度十分散漫地问：“您说完了吗？”

没等李总回话，邵司慢悠悠地站起来，微微俯身逼近他们说：“我是个什么玩意儿我不知道，但你挺不是个东西的。你不用给我时间让我回家想了，现在我就可以告诉你们，我要解约。”

可能是因为不常笑，现在邵司笑起来反倒显得整个人更冷漠了：“我没心思再陪你们这群蠢货玩了。”

第六章　解约

“解约？”

李总好半天没能回神，直直盯着邵司，张张嘴，难以置信地重复道：“你要解约？你算过违约金吗？你赔得起？”

李总跟齐明盘算的不一样，只是想警告警告邵司，冷藏邵司一两个月给些教训，让他自觉把一身傲气收收，别红了就开始拎不清，凡事还是要以公司为重。

谁知道邵司一上来直接就是两个字：解约。

违约金赔付不是那么简单的事情，普通艺人的违约金一般在几百万到几千万，这是按照解约艺人剩下来未履行的合约年份乘上往年平均年利润得出的最终金额。

去年闹得挺大的一次解约纠纷，是公司里一个常年被排挤的三线小艺人。他平均一年给公司带来五六十万利润，解约的时候离合约到期还有三年，解约金加在一起就是两百万不到。

这对于一个本就不太出名的小艺人来说，算得上是大部分积蓄。

以现在邵司的片酬和身价，他单方面想解约，那这违约金就不只是几百万、几千万这点数额。

这场会议最后闹得不欢而散，还闹得尽人皆知。

只因为邵司往外走的时候，李总面上绷不住，猛地踹了一下桌子，大喊道："行，解约，我看你付不付得起这违约金！"

门外正好有几个员工路过，听到这声音，无不放慢脚步，竖起耳朵刻意细听。

傍晚李光宗回到公司取资料，正好撞上所有员工打卡下班。

电梯里人多，挤得很，李光宗站在最里面，手里拿着高高一摞资料，几乎要遮住脸了。他频频抽空看表，有点着急。

这些资料他得在晚上八点之前整理好，用电子邮件给上头发过去。然而在周遭嘈杂的声音里，他清晰地听到了一个人的名字。

"邵司？"

"是啊，就是他，今天我都快吓死了。"

"我也听说了，简直是修罗场。不清楚到底是怎么回事，他们说是要解约，我觉得应该没可能吧，好端端的怎么可能解约。"

李光宗的耳朵刚竖起来，就被连着两句"解约"吓得耷拉了。

几个员工继续窃窃私语。

"真的是解约，有人听到李总发了好大的火，说什么'有种你就走，我看离了这里，你还能去哪儿待'，邵司边往外走边戴口罩，理都没理他。"

"我脑补了一下，居然觉得邵司很帅。"

"帅归帅，可邵司解约……那违约金是天价吧？"

电梯已经降到一楼，指示灯暗下去，随着"叮"的一声提示音响，电梯门缓缓打开。

大家终止这个话题，朝门外拥了出去，赶着回家吃饭。

可不是天价吗。李光宗看着他们的背影，在心里补了一句：整整2.5亿。

他也不知道自己为什么那么淡定，可能是惊讶过度，也可能是潜意识认为这种事情会发生在邵司身上，实在太正常了。

等他抱着那摞资料走到停车场，关上车门系安全带的时候，才将刚才在电梯里听来的几句话在脑子里重新过了一遍，回味一番后，哆嗦着手给邵司打电话。

邵司正盘着腿坐在地毯上，算自己的银行卡以及存折里头的钱。

他咬着笔帽，刘海用小皮筋扎了起来，免得遮眼睛，地上摊了一堆东西，连房产证都在里头。

邵司低垂着头，露出光滑的脖颈，手里拿着纸笔，写得有点烦躁："两千万，六千万……"以至于手机响的时候他连看都没看，将嘴里的笔帽吐出来，道，"喂，哪位？"

"我的小祖宗啊！"

邵司："咋了？"

"听说你要解约？"李光宗扭扭钥匙，打了几下都没打着火，干脆将钥匙拔了出来，又道，"我在公司里听到大家在议论这个。你告诉我，这不是真的！"

然而并没有如他所愿，邵司俯身去查看另一张存折，顺便回答他："是真的。"

李光宗说不出话来，心下居然有一种"果然如此"的感觉。

"不是，发生什么事了？"他其实是想说"你疯了吗？咋想不开要解约"，但是转念一想，邵司不管做什么事情肯定有自己的理由，于是改口问，"那你钱够吗？不够的话你跟我说，我这里还有一点。"

邵司想解约也不是一天两天了。

当年李光宗刚接手他的时候，就听他每天边犯困，边喊着"烦死了，解约好了"。李光宗常打趣说："你拿得出钱，你就解约吧，没人拦你"。

这种时候，邵司要么不说话，要么冲他勾勾手指头，跟玩儿似的说："我跟你说个秘密，说出来你可能不信，其实我是一个富二代。"

李光宗："睡你的觉去吧，也许梦里真能当个富二代。"

李光宗回忆起这些，还真有点感慨，感慨那段单纯不做作的岁月。

"不用，我干什么要用你的钱。"邵司算账算得有点乱，边俯身整理银行卡，边小声道，"我真是有病，才会办这么多张银行卡……

这都是些什么银行，名字取得那么像，我往里头存了多少钱都记不清。”

“你真够？不用跟我客气，我愿意为你两肋插刀。”

“插什么插，你醒醒吧，傻不傻？要是钱实在不够，我把房子卖了，就差不多了。”

李光宗脑海里莫名浮现出一个无家可归的贫穷青年形象，半晌，他道：“不是吧，这么惨？”然后他又搬起那个陈年老梗，随口道，“你不是富二代吗？富二代哪有你这样的。”

邵司平常不怎么提他家里头的事，李光宗还怀疑这人是不是孤儿院出来的，从小没爹没娘，所以也一直没敢主动问。

直到有次邵司他妈给他打电话，不小心让李光宗听见了。

邵司一直在那里讲：“妈，我吃过饭了。我血压挺好的，胆固醇指标也正常，没毛病，真的……心率非常稳定，C 反应蛋白绝对没有超过 3 毫克／升。”

不知道邵司有心脏病史的李光宗，有充分的理由相信邵司他妈绝对是医生。

邵司算完钱之后扔了笔，又道：“一点小事而已，我不想麻烦他们。富二代也是有尊严的。”

李光宗感觉自己的价值观受到了猛烈冲击，说：“2.5 亿，是一点小事？”

邵司伸长双腿，直接往后躺下去，整个人瘫睡在毛绒地毯上，挺无知地问：“很多吗？”

李光宗直接挂了电话。

不多吗？太气人了，这傻孩子。

邵司对着屏幕上的“通话结束”四个字看了一会儿，随手将手机往边上一放，然后阖上了眼。半晌，他又张嘴，轻不可闻地说着：“钱虽然不多，但也不会白白地给你们。”

现在他是故意要让公司捞到这样一大笔违约金，数额越大越好，到时候引起的公众反响也会越发剧烈。

过了一会儿，他又百无聊赖地叫了一声：“统统。”

系统蹿个头道：“干啥？”

“你说，我要是因为拒接抄袭剧，和公司解约，支付天价违约金，这样的新闻闹出去是不是更爆炸？”

邵司刚才盘腿坐着，导致脚踝被压得有点难受，于是他支起腿，脚跟着地，又慢悠悠地继续说：“因为这个新闻的价值，等同于2.5亿。”

邵司和华业娱乐正式解约。

各路媒体争相报道该事件，他们撰写的文稿中无一不提到这样一个关键词：解约费上亿。

所有人都好奇究竟发生了什么，因为邵司解约时并没有“下家”接盘，所以不存在被挖墙脚这一说法，是邵司单方面向公司提出解约要求。这样一来，其中的是非就有点说不太清了。

华业娱乐和邵司，目前双方还没有人出来表态。

媒体记者消息灵通，邵司只是签个合同，再出去时，公司外边已经围满了人。

他们在邵司露面的一瞬间，就开始疯狂拍照。闪光灯都能把人闪瞎，“咔嚓”声此起彼伏，一个个话筒高举，那话筒几乎要顶到邵司鼻子上去了。

“您能否向我们透露一下，为什么要和华业解约？据我们所知，目前没有别的公司向您抛出橄榄枝。”

“听说违约金数额接近三个亿，这是不是真的？”

“你是打算退出娱乐圈吗？”

……

邵司微微别过脸，将口罩戴上，又从上衣口袋里掏出一副墨镜，避而不答：“麻烦让一让。”

在一片咄咄逼人的质问声中，突然钻出来一个温柔的声音：“那个，邵先生你好，我……我没什么要问的。”

胸前佩戴着“博闻社”记者证的女孩子看着瘦弱，却是拼得很。

她以一己之力挤到最前面，然后像一座铜像似的，别人怎么挤都挤不掉，而且说出来的话十分另类："不过如果你愿意说的话，你可以跟我说说。"

"又是她，"周围的同行都在发笑，"这个连最基本采访能力都没有的人。"

她身边的一个年轻男人推了推她，埋怨道："小妹妹，你搞什么，毕业了没有啊？"

女孩子在周遭的嘲弄声里涨红了脸，但眼睛还是坚定地盯着邵司。

邵司半摘下墨镜，瞥了一眼她的胸牌：博闻社，李缘。

"那我就跟你说说。"出乎所有人的意料，他对那女孩的另类采访做出了回应。

邵司彻底将墨镜摘下来，捏在手里："简单来说，就一句话，我只是想守住我的底线。"

这句话整蒙了一片人，大家面面相觑。

然而再往下，邵司却是不肯再多说了。

"你为什么不说啊？你不是就想借这个事引火到齐夏阳身上去吗？"系统问。

"我先吊着他们，造一会儿势。"邵司坐上车，为了避免被狗仔跟踪，他踩油门提速，绕了好几个弯，确定后头的车辆已经被他甩开，"料不能一次给太多，不然热度来得快，去得也快。"

信息时代，再轰轰烈烈的新闻，时效也短得可怜。

每天人们要接受太多消息——被太多真假难辨、噱头十足的速食产物喂得太饱，眼前永远不缺乏新鲜事物，舆论被营销号大肆主导，人人"娱乐至死"。

邵司跟媒体打了那么多年交道，当媒体每天抓着他不放的时候，同样地，他也对他们了如指掌。

身为艺人，对于"舆论"和"热度"这两个词太熟了。

邵司摇下车窗，风钻进来的同时，他从后视镜里看到了刚刚被他甩开的那辆黑色面包车。

现在他还不能公开自己为支付解约金卖房子的事情，需要再隐瞒两天。因为，“一个赔钱解约赔到连住的地方都没有了的大明星”这个点更让人好奇。

邵司还是把车开进了原先居住的别墅区。

小区治安很好，保安握着警棍走出来，弯腰敲敲狗仔的车窗：“你们找谁？不找人就别把车停在这里。”

狗仔连连道歉，只好把车开走。

邵司订好了酒店，不过他怕狗仔一直在别墅区门口对面的街道里守着，决定晚些再开车出去。

他只能百无聊赖地坐在附近花园的长凳上打发时间。

邵司想半躺着睡一会儿，发现长凳还是不够长，睡着难受。

当顾延舟赶过来的时候，看到的就是这样的场面：邵司两条腿都曲着，缩在一起，脚踩在长凳边沿，双手环着膝盖，在寒风瑟瑟中拿着手机打游戏。

邵司忙里偷闲，掀起眼皮扫了一眼来人，见是他之后，又低下头：“你怎么来了？等一会儿啊，让我把这局游戏打完。”

顾延舟直接走到邵司跟前，一边皱眉，一边解下脖子间的围巾，拿在手里问他：“今天降温，你怎么穿这么少？”

一局游戏正好结束，邵司退出界面，顺便瞥一眼右上角显示的时间——20:00。

他本来想说，那是故意想显得憔悴点儿，凸显一下他“被害人”的身份。但转眼一想，他又觉得这事解释起来有些麻烦，于是放下腿，半途改口道：“因为……因为穷啊。”

顾延舟也不在意邵司一张嘴就跟他胡扯，微微俯身，将手里那条深灰色围巾往邵司脖子上一挂：“戴着。”

邵司有点为难：“这条围巾跟我今天这身穿着不太搭。”

他刚说完，便看见顾延舟似笑非笑地盯着他看，眼底冷得发寒。

于是邵司抬手将围巾两端绕在一起，打了一个结：“戴就戴，你别露出那种眼神，我瘆得慌。”

五分钟后。

一辆黑色跑车悄无声息地从后门驶出去，是毫不起眼的陌生车牌。跑车玻璃用了特殊材料，从外头看不见里面。司机是一个中年男子。

“这些还只是守在侧门的，算上正门、后门，总共蹲了三四家媒体。”顾延舟说着，让司机把速度减下来些，继续道，“你以为他们晚些时候就会走？都入行多少年了。”

邵司透过玻璃窗果然看到几辆熟悉的黑色面包车，面包车里的人频频探头，手上还架着摄像机。

“按照之前的经验，他们几个小时没等到人就会撤退。”因为也没什么可蹲的，没有哪个艺人会蠢到在风口浪尖上还往外头跑。

只能说，这一回他解约引起的轰动远比他想象中的还要大。

邵司说完，又别过头看顾延舟：“我刚刚就想问了，你这是刚好路过？”

“不刚好，我特意过来找你。”顾延舟神色有些疲惫，他抬手捏了捏鼻梁，又道，“我一回来，就看到你出那么大的事。”

大约一小时前，顾延舟下飞机，被机场接机的影迷和媒体记者围得水泄不通。他放慢脚步，给几个站在前面的粉丝签了名，然后冲粉丝们笑笑，说了句“回去的路上小心些”。

这是他惯用的伎俩，表面上听着暖心得很，其实是赶人的意思。

就在这时候，有个记者不怕死地问：“请问你知道邵司今天和公司解约的事情吗？你是否知道一些内幕？能不能跟我们透露一下？”

顾延舟脚步一顿。

本来顾延舟不想那么快问解约的事，怕不小心戳到邵司的伤心处。这人现在肯定难受得很，尤其刚才缩在长凳上，一副借游戏消愁的样子，别提多可怜了。

然而邵司上车不过十分钟，这个应该“伤心过度”的人眼睛就慢慢眯了起来。看他那架势，明显是准备舒舒服服地靠在椅背上打盹。

顾延舟觉得自己之前泛滥的同情心好像都喂了狗。

“你那解约是怎么回事？”顾延舟虽然这样问，但心里猜得差不多了。上次邵司给他发的那张照片，说是齐明手上的，从那时候起，他就觉得不太对劲。

十有八九是邵司和经纪人闹掰了。

只是他没有想到，这事能把公司也一起扯进去。

邵司将眼睛睁开了些，坦然道：“我看他们不爽。本来我还能再忍忍，他们非把我叫过去批一顿，就因为没演那个什么生生世世，说我败坏公司形象。”

顾延舟：“房子也卖了？你现在住哪儿？”

“我订了酒店，先凑合两天。”邵司直起身子，往外头看了两眼，道，“我在前面路口下就行，今天谢谢你了，改天请你吃饭。”

顾延舟没回答，直接对司机说：“你别管他，继续开车。”

邵司：“喂。”

“他们查酒店开房记录，只是动动手指头的事情。”顾延舟三言两语掐中邵司的死穴，然后带着某种目的继续说，“我家很大，保密性也很好。”

邵司将这句话在脑子里过了一遍：“你是在邀请我？”

“如果带着‘就算你不同意，我也要打晕你，把你装进麻袋扛回去’的想法算邀请的话，没错，我在邀请你。”

说到保密性，顾延舟家确实是首屈一指，连邵司这种不怎么关注娱乐动态的人也略有耳闻。

媒体好像怕他似的，从来没有曝过他的私生活。

之前第一狗仔王某某就曾经隐晦地透露过：顾延舟背后有人，就算他敞开了门让我们拍，我们也不敢拍。这让顾延舟在娱乐圈成神的同时，也成了谜。

邵司本来想拒绝，转眼一想，他好像也没别的选择。

他要是想借住的话，李光宗、池子隽这两个人肯定不太方便，那些媒体绝对跟轰炸机似的，进小区将他们的生活搅得鸡飞狗跳。

邵司沉吟道："房租怎么算？"

顾延舟："你看着给。"

"是有点心动。"邵司叹了一口气，道："不过，我怕你对我图谋不轨。"

顾延舟无言以对。

最后，两人敲定了各项事宜，就让司机拐去酒店帮忙退房，顺便将行李搬上车。

今天，顾延舟很累，跑了一整天通告，又马不停蹄地从米兰飞回来。

所以一到家，他带邵司选好房间之后，倚在门边看了一会儿，实在撑不住了，道："我先去睡一会儿，有事再叫我。你想吃什么，厨房都有，饭菜热一下就行，都是王妈晚上刚做的。你不准吃泡面。"

邵司正把那只小羊驼从行李箱里拿出来，摆在床头，回他："我知道了，你去睡吧。"

顾延舟走之前，客套地评价了一句："你这只小鸡还挺可爱。"

邵司看了一眼手里的小羊驼，说："顾延舟，你困得都要瞎了。"

邵司的私人东西不多，衣服占了大半，全部整理完之后，他才有工夫打量顾延舟的"豪宅"。

室内装潢跟他想的差不了多少，就跟它的主人一个样，看着简约，其实都不是普通玩意儿。光是那个酒柜里摆着的一排排珍藏佳酿，就足以让人咋舌。

邵司随便绕了一圈，最后还是回到沙发上，半躺着刷微博。

网都撒出去了，他总得看看反响。

结果他登微博的时候，还没登上去，手机就卡得退了一次。

微博评论早就已经炸开。

——发生了什么？邵爹为啥解约啊，是不是被公司欺负了？

——2.5 亿，这可以说得上是倾家荡产了吧？

——求不息影。

——邵爹，你能不能出来说句话？我们真的都快被你吓疯了。

解约风波闹了大半天，双方都不肯透露分毫，直到晚上九点半，邵司更新了一条微博。

@邵司：我是遇到了一点事情，不过不用担心，我自己会解决的。

这语气，真像一个老父亲。

邵司发完微博之后，又去看了一眼缟衣的微博。

没有，什么都没有。不知道为什么，她把微博内容清空了。

这一片空白的个人主页，看上去跟她的名字“缟衣”如出一辙。

发生了什么？她被人公关了？

系统：“那个，虽然我知道现在说这个有点不太好，但我还是要说，这个微博账号的主人，嗯……生命值在波动。”

邵司的心突地一跳：“又来？”

能被破系统勘察到的生命值波动，按照以往经验，都是一些濒死之人。

系统继续掐指一算，说：“你查查哪个医院有个叫戴薇的病人在接受治疗。”

“医院，治疗。”邵司若有所思，“难怪了。”难怪她一副不争不抢的样子。

任缟衣心胸如何广阔，遇到这种事情也不应该表现得如此淡然，明明是她的东西，是她的故事。邵司终于知道第一次翻她微博的时候，那种隐隐觉得不太对劲的感觉是什么了。

原来是这样，在生死面前，这点事情自然变得非常渺小。

邵司刚联系到人帮忙查医院，原本已经睡下的顾延舟又从房里走出来。他脱了外套，里头那件内搭衬衫解开了好几颗扣子，不太正经地挂在身上，看来刚才他是困得连衣服都没来得及换。

邵司看了一眼时间，确定这人说的睡觉实际只睡了不到二十分钟：“顾延舟，你出来干什么？梦游？”

顾延舟声音喑哑，他扯了扯衣领，走进厨房开冰箱，边把饭菜端出来边说：“我没梦游，倒是做了一个梦。梦里，你跟我说把饭菜放进微波炉，再从微波炉拿出来好麻烦，我就醒了，然后出来一看，祖宗，你果然没让我失望。”

十二月二十三日，早上八点，《一生一世一双人》在影视城举行开机仪式。

邵司定了闹钟，想准时爬起来看直播。不过很显然，他高估了自己。

等他睡醒，已经是中午了。气温升高，阳光从窗户缝里洋洋洒洒地泄进来，照得房间亮堂了几分。

邵司一只手压在被子上，另一只手抓头发，睡眼蒙眬地思考了一阵，过了一会儿才想起来昨晚他洗过澡之后，一直在担心认床睡不着的事情。

然而结果出乎意料，他差不多是一沾枕头就睡着了，真是稀奇。

难道是昨晚他睡前喝的牛奶发挥出了功效？还是因为他喝完牛奶之后刷了“猫奴博主顾延舟”的微博？

邵司更偏向前者。

随着顾延舟的微博提到家里那只“祖宗”的次数越来越多，没几天就开始有热心粉丝根据微博内容画一些萌萌的小插画。

刚开始还算好，一人一猫，走的是温馨路线。猫趴在主人胸口睡觉，或者躺在地毯上，露着肚皮不停扭动。

过了一阵，画手们笔下的猫不再是那只圆滚滚的、四条腿的萌系动物了，一夕之间，不约而同地变成了各式各样戴着猫耳朵，有猫尾巴的清秀少年。

邵司在床上磨蹭了一会儿才下床，洗漱完之后晃到厨房找东西吃。

冰箱里吃的东西应有尽有。邵司弯腰，拎出来一袋面包片，又随手揭下冰箱上贴着的那张字条，上头只有寥寥几个字：“今天，我要去录制颁奖典礼，大概傍晚回来。你醒了，给我打一个电话。记得吃饭。”

昨晚顾延舟吃饭时就说了第二天有工作，只是当时没有详细地讲要去哪里干什么。

邵司吃完面包片，又倒了一杯牛奶，坐在沙发上捧着喝。他想了想，还是给顾延舟发了一条微信。毕竟顾延舟在工作，接电话肯定不太方便。

你邵爹：早。

顾延舟：几点了还早，我不是让你打电话吗？

顾延舟回得倒是挺快。

你邵爹：你方便接电话？

顾延舟：我只有想不想接，没有方不方便。

顾延舟：我想听你说话。

邵司觉得自己大概中邪了，等他反应过来，电话已经拨出去了，并且很快被人接起。他咽下嘴里那口牛奶，道：“喂。”

顾延舟跟陈阳示意了一下，从侧门往外走，找了一个没人的地方透透气：“你在吃饭？”

邵司俯身将玻璃杯放回茶几上：“没，我在喝牛奶。”

两个人聊了一些有的没的。顾延舟叮嘱邵司，要他在冰箱里找点东西吃。邵司随口应了两声，居然没有一丝不耐烦。邵司平时不怎么喜欢跟人讲电话，要真有事，基本控制在三到五句话。

李光宗对此一直表示无法理解，经常强压着怒火，试图跟他讲道理：“你每回都急着挂电话干什么啊？”

邵司每次只有一个回答：“防辐射。”

李光宗更是气不打一处来：“平时你打游戏的时候，我也没见你担心过辐射。”

邵司：“那你有没有听过一句话，叫具体问题具体分析？”

邵司简单地吃过饭，这才点开某部剧开机仪式的回放视频。

片场张灯结彩，热闹极了，制作方拼了命地大肆宣传。齐夏阳作为作者，也在仪式现场，并且受邀进行了长达十几分钟的演讲。

“今天，我真的特别高兴。”齐夏阳站在台上，今天她穿了一身喜庆的红色长裙，道，“我想，任何一个作者看到自己的故事能够从纸上搬上荧幕，走进全国人民的视线里，变得立体、丰富，这种喜悦都是无法言喻的。”

最有知名度的演员，最具争议的小说原著，加上自我炒作，这次开机仪式在网络上的反响非常剧烈。

然而各大媒体在报道的时候，也不忘加上一个关键问题：身为女主角的安殷缺席了这次开机仪式。据悉，最近她身体不适，所以没法来到现场。电视剧开拍在即，希望她早点好起来。

安殷缺席开机仪式，邵司隐约觉得这件事情应该没那么简单。

身体不适，连开机仪式都参加不了，非但没有露面，也没有一段在病房的祝福视频，这个“生病”更像是谁给她找的借口。

邵司往前翻了翻页面，发现有人截了图，图上显示“博文社”最开始一条报道上分明写着：安殷无故缺席。那篇文章的编撰者是李缘。

然而文章很快被人删除。十分钟后，“博文社”新发了一条微博，内容和其他媒体一样，像统一了口径似的，把“无故缺席”改成了“因病缺席”。编撰者的名字也改了，李缘两个字没了踪影。

邵司记不太清楚李缘的脸，但是靠李缘这个名字，依稀能够将人对上号。李缘是那天他解完约，从公司出来时遇到的那个小记者。

邵司顺着李缘这个名字找到她的个人微博，微博简介原本应该挂着“博文社记者”这五个字，现在则变成一片空白。

大约三个小时前，她发了一条这样的微博，上面写道：我可能真的不适合这个行业吧。

邵司盘着腿坐在沙发上，找到了安殷的联系方式，斟酌着发过去一句：听说你病了，没事吧？注意身体。

“叮咚”一声，是短信提示音。

安殷：我没事，就是有点发烧，谢谢关心。

看样子，她是不想多提。

邵司也不继续问，只说：行，那你好好休息，有事可以来找我。

此时，安殷正独自一人坐在昏暗的房间里，窗帘紧闭。她披散着长发，脸上未施粉黛，黑眼圈很重，看着憔悴得很，身上的睡衣都还未换下来。

她盯着屏幕，半晌后，手指在屏幕上点了几下，打出一行字，然后又将它们一一删掉。

门被人一把推开，来人是安殷的经纪人，见到她这副样子，不禁皱起眉道："多大点事，你就成这样了……明天进组，你赶紧好好调整状态。"

安殷的经纪人是一个四十岁不到的女人，看起来相当成熟，入行已经有十几个年头。

经纪人又走过去，蹲下来劝安殷，说道："其他的事情管它干什么，你就只是一个演员，拿钱拍戏，明码标价……那些泛滥的同情心，你还是收起来。你同情别人，可要是你一朝从天上落下来，没有人会同情你。"

安殷点点头，不置可否，也不知道听进去了没有。

经纪人帮她掀开被子，拍拍床道："你睡一觉，什么都别想了。"

安殷站起来，顺从地躺进去。她双手放在胸前，拉着被子，在经纪人准备出门的时候又问："萍姐，你是不是知道这事？当时你给我看剧本的时候，你是知道的吧？"

萍姐握着门把手，没有说话，顿了半晌，还是推开门出去了。

邵司还没找到戴薇就诊的医院，医院的住院记录查起来并不简单。尤其戴薇居住的淮北市离这里挺远的，他也没办法开车过去一间间医院查。

他试着在微博上给缟衣发私信，然而一天过去了，私信仍是未读。

顾延舟回来的时候，邵司正窝在沙发上睡觉，电视机开着，遥控大概是从他手上滑下去的，正好落在地毯上。

他轻手轻脚地关上门，走过去，弯腰把遥控捡起来，然后顺势用手拨了拨邵司额前的刘海。

邵司白天睡的时间太多，现在只是浅眠状态，想睁开眼又懒得睁，就干脆继续闭着。

顾延舟靠近邵司的时候，邵司就已经有所察觉。邵司一睁开眼，果然，这男人的脸呈放大状出现在他面前。两人四目相对一秒，他条件反射般直接拎起枕头砸了过去。

顾延舟一只手接住枕头，将枕头扔到一边，皱眉道：“你干什么？”

邵司的手撑着沙发，坐起身：“这话应该我问你。”

顾延舟指指他的衣领：“歪了。”

邵司低头一看，大概是刚才他睡觉翻身时压的，衣领真往一侧肩膀歪过去。他面不改色，抬手把它整理好，然后问出一个在心里盘旋了很久的问题：“晚上吃什么？”

中午他从冰箱里随便找了点东西吃，压根儿没饱。

“牛排吃吗？”顾延舟平时不做饭，牛排大概是他几样比较拿得出手的菜之一。

邵司点点头，然后提醒他：“吃，可冰箱里没有牛排。”

冰箱里的东西不是顾延舟采购的，因为工作，他经常到处飞。顾锋总担心他每次回家都要面对一冰箱过期的东西，所以让助理定期过来更换。

半小时后，邵司戴着口罩，推着商场手推车跟在顾延舟后面，他觉得他们俩今天大概是疯了。

从商场入口进去，他们最先抵达的是生活用品区。

邵司跟在顾延舟后面，一只手推推车，另一只手塞在口袋里，走两步就靠在边上停一停。顾延舟往里头扔东西，邵司俯下身看了一眼，然后不动声色地提醒顾延舟：“我好饿。”

邵司说完，顾延舟动作娴熟且自然地往推车里扔了一条毛巾。

“真的好饿。”邵司说着，用手指挑起它，细细打量。

毛巾上是 Hello Kitty（粉红猫）的图案，粉白相间，周围飘满了甜腻腻的糖果。邵司顿了顿，又说：“你这品位……”

顾延舟又拿了一条蓝色的叮当猫毛巾，回过头看他那副神情，就知道他想歪了：“昨天吃饭的时候我不是跟你说过吗，你忘了？笙笙要过来住两天。”

过几天顾锋出差，家里头没人，顾笙吵着要过来。顾锋想着顾延舟平时东跑西跑，比自己还忙，哪来的时间照顾她。结果顾锋打电话过去一问，自己那三百六十五天全年无休的弟弟说，让顾笙过来，他那两天正好休息。

“啊……顾笙？”邵司回想起当初那个一起拍广告的小女孩，“你不会指望我照顾她吧？我从来没带过孩子。”

顾延舟道：“没事，那几天我正好休息。”

反正顾延舟是主人，他说了算。

让自己跟一个小屁孩朝夕相处，邵司都不敢想那个画面。

两人一起挑了儿童牙刷、水果味牙膏，还有某种像狗粮一样、据说是早上用牛奶泡着喝的一大袋东西。

“应该挺好吃的吧，虽然它看着真的很像狗粮。”邵司拿着它，看背面的营养成分表，“补充蛋白质，来一袋？”

顾笙应该没吃过这种东西，顾延舟凑近了，去看邵司手里拿着的那袋：“你哪里看出来很好吃？”

“封面啊。”邵司又将它翻过来，指指封面上那个张着大嘴，拿着汤勺大快朵颐的欧美小女孩，“你看她。”

两人一路从食品区逛到儿童玩具区。在玩具上，两人的意见首度产生了分歧。

顾延舟拿着两个芭比娃娃问：“哪个好看？”

邵司拧起眉头，对着两张相差无几的脸和衣裙，一时间也做不出选择：“这两个有什么区别？”

“颜色不一样，长得也不一样。”顾延舟指指其中一个芭比娃娃，又指指另一个，“紫的，粉的。”

他们两个人即使戴着口罩，换了着装，也压根儿没法隐藏在人群里。他们走路的姿势、微微别过头说话的样子、隐约浮现的脸部轮廓，还有身上的气质，统统遮挡不住。

他们这种人，骨子里都浸满了耀眼的光芒。

“你在后面先跟着，小心点，我绕到对面去拍。”

在离他们两三个货架远的地方，有两个鬼鬼祟祟的人影，头靠着头，窃窃私语着。

其中一人有些犹豫，他拿着相机，道："可这两个人真的是……"

"你管那么多干什么？不管是不是他们本人，但凡有几分像，那也够了。"另一个人显然胆子大不少，他猥琐地笑了笑，"这次他们让我们遇到，那可算发了大财。只要我们拍到照片，绝对能卖不少钱。"

拿着相机的那个人看着他这笑容，没忍住打了一个寒战。

顾延舟本来还在挑娃娃，挑了一会儿，终于忍不住道："后面那两个人把我们当傻瓜？"

邵司也早就察觉到那两个偷拍的人。

他们跟拍的本领真的特别差劲，最开始拍照片的时候，相机的静音都忘了调，"咔嚓"一声，然后还掩耳盗铃似的以为他们没听见。

那人哆哆嗦嗦地拿着相机，看来是平时不怎么干坏事。他只是走了个神的工夫，镜头里那两个人就突然消失不见了。

他放下手里的相机，踮着脚往周围眺望，不承想肩膀被人从后面拍了一下。

"Hello。"他回头看去，只见邵司站在他身后，倚在货架边上，朝他伸手，"拿过来，自觉点。"

邵司和顾延舟其实不怕别人说，他们确实是一起出来逛的商场。既然是事实，没有什么好否认的。媒体非要报道，他们也无所谓，逛个商场碍着谁了，但他们很烦这种偷偷摸摸乱拍的事情。

等另一个偷拍的人抄远路，自以为不动声色地绕到对面去，却发现那里空无一人。

于是他又回到原地，问拿着相机的人："怎么搞的，人呢？"

他说完，觉得哪里不太对劲，又急急忙忙查看相机。果然，刚才他们拍到的几张照片已经被人删除。

他还没来得及发火，就见同伴对他说："我可能要对邵司转粉了，他有点帅。"

十分钟后。

邵司站在出口等顾延舟付账出来，顺便接了一个电话，看来电显示是一串陌生数字，也不知道是谁：“喂，你好。”

对面半天没人说话，邵司没那么多耐心等，正想直接挂电话，听筒里却传出来一个女人的声音：“你……你好，你是邵司吗？”她顿了顿，又说，“我是戴薇的朋友，她的笔名叫缟衣。”

邵司原来倚靠在墙上，整个人非常散漫，听到“戴薇”这两个字后，他立即站直了。

既然对方知道他的电话号码，那一定是看了微博私信。

“她已经很久不上微博了，我有时候会帮她看看，刚才看到了你发过来的消息。”她的声音都在抖，“我还以为是做梦……我就说，老天爷不会对戴薇那么不公平的。”

邵司看一眼顾延舟，然后转身往外走了两步：“你别急，慢点说。”

他给缟衣发的微博私信里其实也没讲什么，就说知道了他们的境遇，问问有什么他能够帮得上忙的地方，也没说具体知道了哪些，怕说得太多反而显得太过热络。

幸好是被戴薇的朋友看到，不然依戴薇的性子，她肯定不想麻烦别人，这件事情最后便不了了之。

戴薇的朋友姓方，叫方净。

现在她正站在医院过道的走廊上，来来往往有许多推着小推车的护士、坐在轮椅上的病患，空气里都是医院特有的消毒水味儿。她有点急：“戴薇正在市人民医院接受治疗，是白血病，情况不太好。”

顾延舟付完账，提着袋子出来，就见邵司拿着手机，一副若有所思的样子，走神都不知道走到哪里去了。

“怎么，你饿晕了？”顾延舟拆了一盒酸奶，插上吸管递给他。

邵司回过神，接过酸奶：“嗯，谢谢。”

结果一直到回家，邵司也没怎么说话。

顾延舟只当邵司是等太久，饿得有点小脾气了。

当顾延舟切菜的时候，邵司晃晃悠悠地走到厨房门口，站着看了一会儿，突然问他："白血病是不是治不好？"

"看病患的病情程度，看有没有合适的骨髓可以移植。"顾延舟将西蓝花切成合适大小，然后说，"运气好的话，可以控制住病情，但即使找到合适的骨髓，手术也不一定能够成功。痊愈的概率很小。"

他说完，关了火，又问："怎么，谁得病了？"

邵司也不避讳，直言道："缟衣，写小说的那个。明天我去同城的市人民医院看看她。"

他向来没有跟人报备行程的习惯，可能是被顾延舟影响的，居然觉得有必要说一声。

顾延舟将牛排盛出来，又把西蓝花从沸水里过了一遍，最后淋上酱汁，道："明天我休息。"

邵司盯着餐盘，满脑子都是晚餐，没细想："嗯？"

顾延舟也不指望他能从刚才那句话里领会出什么，洗过手，把他的那份端出去："吃你的饭吧。"

顾延舟的牛排煎得确实还不错。

邵司吃了两口牛排，突然想起刚才方净在电话里说的那番话。

"薇薇治疗的时间太晚了，家里头就剩下爷爷奶奶了。老人上了年纪，薇薇不想让他们担心。她家里的经济条件不好，也负担不起治疗费。"

第七章　独家采访

次日，市人民医院第三分院门口。

天刚刚亮，第一个出现在戴薇病房门口等候的人不是邵司，也不是以往他们所熟悉的任何一个人。

“你好，我……我是博文社的记者。”一个样貌清秀的女生站在门口，见有人开门出来，迎上去小声道，“我叫李缘，这是我的记者证。”

方净一脸防备。

戴薇已经醒了，她这两天不太舒服，睡觉会断断续续醒来，总是睡不好。她躺在病床上，一头及腰的长发由于化疗已经全部掉光了。她张张嘴，轻不可闻地问：“谁啊？”

方净回过头安抚她：“来问路的……没事，你再睡一会儿吧，现在才五点。”

方净说完，立马把病房门带上。她手里拿着保温杯，正准备出去打水，说道：“我不知道你来找我们有什么事，但是很抱歉，我们不接受采访。”

方净和戴薇是多年的好闺密，一起穿开裆裤长大，对戴薇的脾气摸得一清二楚。从戴薇上回化疗完，把微博账号和密码交给她，让她把上头的微博全部清空起，她就知道，这傻姑娘是打算在生命最后关头干干净净地走。

关于那本小说带来的一切，她不想再追究，也无力去追究了。

人到了这个地步，难免会产生很多感慨。现在戴薇感觉身体好一些了，就坐在病床上看书，可能这能给她带来一点希望和宽慰吧。

李缘被拒绝之后也不气馁，一路跟着方净来到水房，趁方净接热水的时候继续说："现在外面对戴薇小姐的报道,都是睁着眼睛说瞎话。《一生一世一双人》开拍了，齐夏阳的经纪人过来买文稿，让我们写反转，说其实是戴薇小姐抄袭，要反咬一口。"

热水冒着腾腾热气，像一朵朵祥云。方净的眼睛被水气熏得模糊，只觉得眼前一片朦胧。

混着水流进保温杯里的声音，方净半天才说："那你过来干什么呢？李小姐。"

"我想陈述事实。"李缘攥着书包带子的手微微收紧，眼神亮得发光，掷地有声地说了一遍，"我想知道真相。"

方净笑了笑，神情里不乏讽刺。

她说："大约一个月之前，也有一个像你一样的记者跑来医院找我们。"她的声音很轻，可能是长期照料戴薇，已经习惯了轻声细语说话，但就是这般细弱的声音里也藏着几分嘲讽。

"小薇不想见记者，但是我答应了。我想，应该让大家知道她现在过得怎么样。当齐夏阳功成名就的时候，她还在为手术费发愁。我们东拼西凑，怎么也凑不够五十万。"

没有足够的钱，意味着就算找到了合适的骨髓，也没有办法进行移植手术。

"我以为我们可以通过媒体发起募捐……"方净没有再说下去。

李缘是记者，对圈里的事情再熟悉不过。这个事情的最后结局，十有八九是那篇报道被上头砍了，根本没有和群众见面的机会。或者更过分，删删减减，最后形成一篇虚假报道。

方净打完水，拧上保温杯瓶盖，拧的时候由于杯子里头的水装得太满，滚烫的开水不小心溅到了她手上。

李缘急忙走上去两步，夺过保温杯，替她拿着：“你没事吧？快用冷水冲一冲。”

方净看了李缘一眼，捂着手背，缓了缓，又把保温杯拿过来：“没事，你回去吧，我们不会接受采访的。我不想让她再度变成你们制造噱头、赚取流量的工具。”

李缘站在水房里，眼看着方净走出去，又低头看看自己的记者证，半天没有动弹。

这天，邵司很早就起来了。昨天他跟方净通电话，从她那里得知戴薇每天九点钟左右身体状态会好一些，适合见客。

然而当邵司坐在餐厅里吃早饭，准备吃完饭出门时，顾延舟正好从外面晨跑回来：“这么早？你等一会儿，我洗个澡。”

邵司将牛奶拿起来喝，喝了两口，道：“顾延舟，我跟你约了什么事吗？”为什么要等他？

顾延舟拐进厨房，倒了一杯冰水，道：“我跟你一起去。”

邵司声明：“我去的是医院啊。”

顾延舟在家里毫不避讳，随手把杯子放在桌上，然后直接抬手脱了上衣，从腰腹、胸膛、锁骨一点点往上撩，脱到最后，头发被衣领整得有点乱。

他将衣服随手抓在手里，全身上下就剩一条裤子，道：“我知道。”

这两三天下来，邵司对顾延舟的家适应得差不多了。

就冲邵司每天窝在沙发里打手柄游戏那个劲，顾延舟毫不怀疑这人已经完全自来熟地把这儿当成了自己家。

顾延舟洗澡洗得挺快，然而邵司还是抱着抱枕，盘腿坐在沙发上，频频看表：“七点五十分了。”

干等着也没别的事干，邵司上百度搜了一下探望病人适合带些什么东西过去。

系统：“案件终于有了进展，我很欣慰。我顺便提醒一下你，电视里大家都送果篮。”

邵司："你也看电视？"

系统："我偶尔也会有一些娱乐项目的，比如，你们上次拍的那期《一往无前》。"

邵司："那是《奋勇向前》。"他说完之后，突然自己也不太确定，"等等，是勇往直前还是奋勇向前？"

系统："这真是一个好问题。"

邵司等了一会儿，实在等不及了，直接上楼敲顾延舟的房门："顾延舟，你好了没有？"

谁能想到顾延舟的房门压根儿没关严实，随便敲两下它就自动开了，房间里是正要穿衣服的顾延舟。

邵司一时无语，愣在当场。

他要瞎了。

"你为什么不敢看我？"顾延舟在前面开车，邵司的脸一直朝向窗外，有时候转过来，目光也老是往下看，"你又不是没见过我没穿衣服的样子。"

他说的应该是录综艺节目的时候，大家挤在一起换衣服那次。

邵司噘着嘴，道："你没穿衣服我是见过，可刚才的情形还是头一次见。"

趁着红灯，顾延舟踩下刹车，手搭在方向盘上，扭过头，意味深长地问他："你害羞了？"

要不要脸。

邵司属于内心羞涩，但从来不会表现在脸上的人。他眨眨眼，面不改色道："我有什么好害羞的。"他轻咳一声，指了指前面，"停车，我下去买个果篮。"

等他们赶到市人民医院第三分院，已经是早上八点五十分。

时间掐得刚刚好。

两个戴着口罩的神秘男人一前一后地出现在戴薇病房门口，病房门牌号是601。

邵司把花束和果篮拎在手里，敲了敲门，没有得到回应。于是他又弯下腰，透过门口那小半块玻璃望进去，病房里没有人。

“她们半小时前出去晒太阳了。”从两人身后传来一个声音，那人显然对戴薇的行踪了如指掌，“你们找她们有事的话，可以在这里等一会儿。”

邵司转过身，看到走廊的休息椅上坐着一个眉清目秀的小姑娘，看样子二十三四岁。

她的长相并不起眼，个子也瘦小，所以他们走过来的时候，压根儿没有注意到她。

“哦，好，谢谢你。”邵司隐隐觉得这人有点眼熟，但一时间想不起来。

邵司眼睛不太好使，轻度近视。倒是顾延舟眼尖，一眼就看到姑娘胸前挂着的记者证。

眼看邵司就要在她边上坐下来，顾延舟上前扯了扯邵司的胳膊，将他拉回来，出言提醒：“姑娘，你是记者？”

邵司身体一僵，顺从地后退两步，退到顾延舟身边。

“啊。”李缘低头看看自己的记者证，情绪有些低落，可能是一个人憋了太久，现在遇到两个人可以倾诉，话就多了起来，“对啊，我是记者。我想采访她们，但是被拒绝了，不过我也可以理解，毕竟现在是这样的情况……我会等的，直到她们愿意见我为止。”

李缘说着，给自己打完气，又抬头道：“你们呢，你们是戴小姐的朋友吗？”

“我们……”邵司指指自己，又指指顾延舟，他没法解释，便顺着她的话接了下去，“是她朋友。”

邵司说话的时候，还不忘眯着眼睛看她的胸牌。实在是那个名字太小了，他的眼睛又有轻度散光，走廊里光线还不太好。

他眯了一会儿眼睛，顾延舟俯身凑在他耳边小声说：“李缘，博文社的。”

李缘，这名字耳熟。

邵司微微别过头，小声对顾延舟说：“我认识她。”

顾延舟冷眼看他：“你认识什么，跟瞎子一样瞅了人家胸牌半天。”

邵司把果篮都扔给顾延舟，自己坐到李缘边上，打听了一下她的来历。

李缘道：“我是出来跑新闻的，外边现在对于戴薇小姐的新闻根本都是胡编乱造，我看不过去。”

邵司在圈子里待了那么久，还是头一次见到这么较真的人。

这种性格他挺欣赏，然而他也非常清楚一点，那就是大家不一定喜欢听真话。

近些年随着网络的发展，有些媒体确实越来越过分，但是追根究底，他们也是为了迎合大众。大家喜欢看什么，乐意看什么，看什么觉得新鲜、好玩儿、刺激、痛快，说到底是这些观众造就了现在的媒体行业。

娱乐，本来就只是娱乐。

邵司面对小姑娘执拗的眼神，心里的这些话最终还是没有说出来。他不动声色地把话题转到另一个点上：“李缘小姐，我之前好像看到过你写的一篇报道。”

李缘有点惊喜，像默默无闻的小艺人突然拥有了一名真爱粉，问道：“是吗？”

“嗯。”邵司点点头，“不过好像被撤稿了。”

“是之前安殷的那篇稿子，可能是我看错了。”邵司装作无意地提及。

李缘的情绪又低落下来，她的情绪变化还真是写在脸上：“我们社长撤的，那边有人过来联系，让我们改稿。”

安殷无故缺席，这是她亲耳听见的。

开机仪式前，她临时去了一趟洗手间，再出来就有点摸不清方向，走反了，正好看到导演和副导演站在走廊拐角处，边抽烟边讨论这事。导演：“要我说，她这毛病就不能惯着。随意旷工算什么？我们还得在媒体面前替她掩饰。要是知道有今天，我肯定不签她。”

副导演：“这两年她蹿红得快了，跻身一线，就开始耍大牌？老实说，这女主角我一开始就不太满意她演。她自己也说了，这角色不怎么合适，还非要挑战，挑战个什么啊，我看是没戏。”

最后，导演把烟扔地上一踩：“得了，我们说这些也没用，还不是替人打工，投资商对他们满意就行了。”

他们大概以为这里没什么人，所以说话毫不避讳。

李缘说完，愤慨地补了一句：“当时我不愿意改稿，社长训了我一顿。”

——我们的工作不就是把事实告诉大家吗？

——傻孩子，我们靠“事实”吃饭。

要是安殷这个事爆出来对他们没有影响，那他们就毫不犹豫地爆了，甚至还能吸一波眼球。但要是有人花上几十万，要求改一改其中几个字眼，那就另当别论了。

与利益相关的事，哪里还管什么“事实”。反正这个小小的娱乐新闻，在大家眼里不过是过往云烟。

社长最后挥挥手，赶她出去：“行有行规，你做娱乐版面的记者，这就是规矩。这次你做得很好，额外奖金我已经打到你卡上了。”

李缘却觉得，这笔揣在兜里的丰厚奖金像一个烫手的山芋。

“狗屁行规。”顾延舟将果篮放置在椅子上，冷笑道，“不能因为现在大家都这样做，就觉得是对的。”

可能是顾延舟说话的语气没收敛，显得特冷酷。李缘有点羞怯，多看了他两眼。

邵司刚也想说“狗屁”这两个字：“你抢我台词。”

顾延舟：“好好好，你的。”

李缘看看这个，又看看那个，觉得这两人之间的气氛有点微妙。

“她们好像回来了。”顾延舟靠墙站着，他个子高，看门口看得真切，“是不是坐在轮椅上那个？穿白衣服的？”

今天戴薇状态不错，主动提议去外边走走。方净就推着她在外面走了半圈，等太阳逐渐强烈了，这才回来。

戴薇身材又高又瘦，裤管空荡，披了一条烟灰色披肩，说话的时候语速很慢，斯斯文文的。

方净原本低着头在和她说话，抬头就看到两个戴着口罩的男人，其中一个因为昨天电话联系过，非常好认，她几乎就要脱口而出："邵……"

"嘘。"邵司把食指抵在唇上，对她眨了眨眼睛。

方净这才把"司"字咽下去。

戴薇瞥了他们两人一眼，没有说话，她又扭头看李缘："你怎么还在这儿？"

李缘有些局促地站起来："我……"

"你回去吧。"戴薇身上有种风骨，看起来弱弱的，其实里头有种韧劲，"我不想接受任何采访。"

单人病房里并没有多余的空间，医院大概是考虑到戴薇的病情，提议说单人病房安静些，对治疗有帮助。邵司走进去打量两眼，除了几样生活用品，几乎没有多余的东西，唯独床头摆了一本《肖申克的救赎》。

顾延舟把果篮和花束放在戴薇的床头。两人抬手摘下口罩，不只是戴薇，连方净也惊讶得说不出话。

她只知道今天邵司要来，没想到连大名鼎鼎的顾延舟也在。

方净低头，把前因后果跟戴薇说了一遍："我也是怕你太固执，如果跟你说了，你万一不肯见人怎么办？"现在医疗费真的是非常吃力，戴薇多次提议这病不要看了。

邵司这次来带了一张银行卡，当然，里头的钱不是他自己挣的。他妈远在国外，还经常往他卡里打钱，乱打。他一连查了好几张卡，挑了一张金额不那么大的带出来。

"两百多万，钱不多。"邵司将卡递给方净，"治病应该够了。"

戴薇朝方净摇摇头。

现在她最怕的就是拖累别人。自己已经这样了，花那么多钱，要是治好了还好说，要是治不好，这些债落在谁头上？她也没有资格花别人的钱，平白让人救济。

顾延舟看在眼里，看破不说破，只道："你也可以选择不要这钱，但是你会让爱你的人一辈子活在悔恨当中。"悔恨明明有希望，却没有抓住。

这话戳中了戴薇的心。

邵司自然也是有备而来。他看出戴薇开始犹豫，找了一张椅子坐下来，又道："我这些钱不是送给你，就当是借你的，你不用有心理负担。而且，这钱你绝对能还得起。"

戴薇诧异道："我还得起？"

邵司没有明说，卖了一个关子："放心吧，你还得起。"

那本抄袭作就像一个泡沫，他已经撒下网，舆论注定会将它击碎。到时候，大家自然会把目光对准原作《出其东门》，很快就会惊觉，原来获得的所有感动都是出自它，一切都会物归原主。

——希望是美好的，也许是人间至善，而美好的事物永不消逝。

方净欲给邵司倒茶，然而她面对这两个人情绪太紧张，手脚都不利索，一次性水杯都差点打翻。

顾延舟看着她这个样子，也没多想，顺势握着她的手腕，防止她拿不稳水杯将热水泼出来，道："不用这么麻烦，病人也需要休息。我们过一会儿就走。"

方净放下水壶，左看看右看看："这……你们这就走了？"

邵司道："嗯，我们就不打扰你们了，要是有什么事，我们电话联系。"

顾延舟等方净稳住水杯之后才松开手。方净把双手在衣服上蹭了蹭，擦干净，刚想说"那我送送你们"，就听戴薇猛地开始咳嗽，她赶紧过去拍戴薇的背，帮着戴薇顺气。戴薇弓着背，咳着咳着突然从鼻子里流出血来。

鲜红的血缓缓往下淌，她的肤色白，看着触目惊心。

医院称得上是邵司最讨厌的地方。

他从出生起，就没和医院断过联系。五岁以前，他心脏病发病频率高，唯一的印象是躺在手术室里，像一条濒死的鱼，浑身上下插满管子，连呼吸都是多余的。

系统道："曾经你也是一个身残志坚、渴望在田野里奔跑的活泼儿童。"

系统从小看着邵司长大，虽然不知道这人怎么越来越懒……但系统永远不会忘记，小时候的邵司每回看见同学们在操场上自由奔跑，都会流露出一种渴望又羡慕的眼神。

现在想想，它还真是怀念那段时光，堪称人生奇迹。

邵司回复系统："我要是之前跑过步，小时候的我是不会让这种黑历史发生的。其实我至今都不能理解，为什么他们在外面跑来跑去会那么开心？为什么？"

当初他身体好了之后，干的第一件事情就是兴致勃勃地出门跑两圈，然后……然后他跑了不到半圈，就回家洗洗睡了。

系统："别问我，比起他们，我更理解不了你。"

出病房后，顾延舟先去停车库把车开出来，让邵司站在医院门口等他。

邵司找了一个地方坐下，等顾延舟走远了，他才起身，抬手压了压帽子，然后沿着走廊往回走。

今天，李缘在戴薇病房门口守了一天，端茶送水的，能帮忙都尽量帮，然而即使她这样做，也不能够消除她们的成见。不过，方净对她的态度明显有所好转："你坐在这里也没用，这件事情就算我答应了，薇薇也不能答应。你别在这里浪费时间了，好好的干点什么不行。"

李缘垂着头："你要是觉得我待在这儿妨碍你们的话，我……我明天再来。"

方净盯着她看了两秒："我说你这人怎么就那么倔呢。算了，随便你吧。"

李缘在走廊里又坐了一会儿，摸摸肚子觉得有点饿，便转身翻双肩包，找带来的面包和水，打算将就吃一顿午餐。

然而当李缘翻找东西的时候，肩膀冷不防被人用一个硬硬的东西抵住。

她回头看过去，只见刚才坐在她边上的男人不知什么时候出现在这里，手里还捏着一个水瓶。男人抬手扯下脸上的口罩，一张她熟得不能再熟的脸出现在她面前。

邵司一只手插在口袋里，另一只手举着矿泉水瓶，举得有点手酸："拿着。"

李缘对着近在咫尺的这张脸，话都说不通顺了："给……给我的？"

邵司直接把水扔给她。

"看来今天你是约不上戴薇了。"邵司露脸也只露了几秒钟，说完很快将口罩戴上，凑近了问她，"不过现在还有一个机会摆在你面前，你要不要采访采访我？独家。"

顾延舟坐在车里等了半天，门口始终没有邵司的身影。

这个结果完全在他意料之中。

邵司和李缘进行了一场小型访谈会。

李缘开着录音笔，录音笔就搁在腿上，指示灯一闪一闪的。她手上也没闲着，在小本本上不停地做笔记。

"你的意思是，你因为拒演抄袭作品，所以跟公司解约？"李缘半场听下来，总结道，"你拒演后，紧接着就遭到公司和经纪人侮辱？"

"差不多吧，你可以这么写。"

李缘："可是他们……他们明明知道这是抄来的东西，为什么还要让你接？"

"抄算什么？"邵司道，"你的社长明明知道安殷是无故缺席，为什么还要让你改稿？"利益至上。

李缘入世不深，毕业一年不到，之前大半年都在办公室里给前辈们当打杂小妹，最近这段时间才被允许出来跑新闻。

她很早就想当一名娱乐记者，不是说她有多八卦，也不是说她多喜欢娱乐圈，是她觉得娱乐记者好像是一个可以触摸到星星的职业。

她想捕捉那些光芒，然而她却忘了，越亮的地方影子就越暗。

李缘张张嘴，还想再说些什么，邵司打断她："你等一会儿，我接一个电话。"

手机已经振了很久，邵司也没看来电显示，直接滑开，接听后，说道："喂。"

"又乱跑？你在哪儿呢？"顾延舟的声音有些冷淡，邵司直觉这人应该是生气了。

"没乱跑。"邵司站起身，往前走了两步，随口胡扯道，"我在解决生理需求。"

顾延舟的手搭在方向盘上："什么？"

"俗称上厕所。"

"嗯。"顾延舟真是气笑了，"那你解释一下，为什么厕所里会有护士叫号的声音？"

邵司无语了。

顾延舟："你当我傻？"

邵司掩着手机，等走廊尽头那个护士提着嗓子叫号的声音停下。

顾延舟捏捏鼻梁："行了，你别遮了，我还是听得见。"

邵司没辙了，想想又实在觉得解释起来比较麻烦，道："反正我这边有点事，等一会儿再跟你说。"

挂了电话之后，邵司转身对李缘道："他等半天了，我就先回去了。该说的我已经跟你说得差不多，要是有什么其他不确定的，你可以联系我。"

李缘听到那个"他"字，不可避免地想到刚才和邵司一起来的那个戴口罩的男人："嗯，你跟顾延舟一起来的吗？"

邵司见李缘突然有些兴奋，琢磨着：难道这又是一名顾延舟的小粉丝？

“你们俩也挺不容易的，”邵司怎么也想不到李缘会说出这样一番话来，偏偏这姑娘看着还挺认真的样子，言辞恳切，“一定要坚持下去，为了爱和自由。这条路可能有点难，但只要你们携手，一切都不是问题。”

邵司眨眨眼：“李记者，你在说什么？”他怎么听不太懂。

传闻的事情，不是几个月前就已经澄清过了？

这场莫名其妙、不知道从哪里吹来的风，怎么又刮了起来？

“你没看微博？”顾延舟提醒他系好安全带，然后又说，“上回那个节目播了第一期，反响很热烈。”

邵司低头系安全带：“我没看，未关注人私信、评论都关了……节目这么快就播了？”剪片子速度挺快啊。

如果说上次大家还只是在猜疑，那么这回基本上盖棺定论了。

网友一个个化身福尔摩斯侦探，视频剪刀手。

——双影帝高甜 cut。

——暴击！啊，我死了！

——双影帝 cut 你会明白的，两人对视的目光骗不了人。

邵司一点开热搜，看都不看就知道，两人的新闻肯定在榜首，果然没错。邵司点进去，出来的便是一溜儿一溜儿的剪辑视频。

周末虽然只播了上半部分，还有中和下未播出，但是顾延舟和邵司这一组已经以势不可挡的姿态再度杀进了网友的视野里。

“我去。”邵司看了一眼，自己都有点被洗脑了。节目这样剪出来，乍一看还真挺像那一回事。

“顾延舟，坐公交车的时候，你揉我头发干什么？”

“没揉，我就帮你理了一下。”

“你早知道了？”邵司扭头看顾延舟，“不打算管管？”

现在他解了约，也没人在乎这事。但是顾延舟不一样，陈阳虽然平时好说话，但是这方面向来抓得很严。这点从顾延舟出道多年，几乎没有任何绯闻就能看出来。

顾延舟满不在意地反问："管它干什么。"

对顾延舟来说，邵司就像一只干净又漂亮的动物，邵司勇敢、懒散、坦率，有时候还喜欢装腔作势，趁他毫无防备，不计后果地闯入他的世界里。

邵司回去之后，给池子隽打了一通电话。

池子隽正在麻辣烫店里，边看店边背台词。已经是下午，客人并不多。

这次他接到的依旧是一个小角色，魔尊身边的炮灰小弟。他背台词正背得入迷，手机铃一响，他接起来，想也不想地喊："来者何人，竟敢在我们黑云洞洞口放肆！"

邵司听着这孙猴腔外加这句台词，觉得莫名其妙："你干什么呢？"

池子隽一听这声音，激动地跳起来："哥！"

"哥，现在你还好吗？外面吵得都乱了套了，都在讨论你解约的事。我都不敢打扰你，给你发微信，你也没回。"

"抱歉，我看到微信了，但是我没给你回吗？"

池子隽："你给我回了微信吗？你是不是又用意念回复的？"

邵司想了想，觉得这个可能性很大："不好意思。"

池子隽跟邵司认识多年，被邵司"意念回复"的次数多到数不过来。后来还是李光宗给池子隽传授经验："你下回别给他发短信，不管大事小事都直接打电话联系他。他有时候懒得动手指给你回复，而且他还有个臭毛病，总觉得自己已经回复了。"

邵司简单说了两句："没事，就是我跟公司闹掰了，现在住在顾家。《一生一世一双人》，你知道吧？"他说完，又觉得这个话题讲起来太麻烦，"算了，你不知道。"

"我知道啊。"池子隽放下剧本，"就是我们隔壁剧组。我这次接到的是一部仙侠剧，我们都在影城里头拍。昨天我去参加开机仪式，还碰见了他们。"

邵司原本不以为然，但是池子隽下一句话让他一下子坐直了。

“最近安殷姐不知道遇到了什么事情，整个人状态很不好，每天都NG，总被导演拎出来骂，而且骂得特别难听。”

邵司眼睛一眯：“状态不好？”

“后来，我休息的时候去找她，她问我有没有烟。你知道的，我又不抽烟，她又问我能不能陪她聊聊。”

“她跟你聊什么了？”

“但我没跟她聊。”池子隽扭捏道，“我害羞。”

邵司心里百感交集：“很棒，你真棒。”

从头到尾，安殷都是这场计划中最不可预测的变故。邵司没把握能将她变成自己这一边的人。如果身为女主演的她表态，这场战他甚至都不需要和齐明他们打，基本稳赢。

现在种种迹象表明，她在动摇。

但……为什么呢？

确实是有少数网友在骂她，但是这跟她上千万的粉丝量比起来，根本微不足道。

邵司潜意识觉得安殷跟这事有关，但又确实想不到她身上会发生些什么。

“顾影帝不在家吗？”池子隽顺口问了一句，“哇，幸好媒体不知道你们住在一起，不然这风头你可真躲不过去了。”

邵司道：“他不在家，接他侄女去了。”

“侄女？”池子隽没听过顾影帝有侄女。

关于这个小孩，邵司光是想想就已经觉得有点头疼，道：“明天你还去影城吗？去的话多留意着点安殷，关心一下人家。你多大了，还害羞。”

池子隽连连点头：“被你这样一说，我也觉得自己不太绅士哈。明天我就去关心关心她。”

挂了电话，邵司把手机扔一边，坐在地上，继续专心贴手上的小贴纸。

因为顾笙要来，顾延舟特意把二楼朝阳的那间小房间布置了一下。顾延舟走的时候拜托邵司，让他帮忙把几朵海绵花贴在墙上。

邵司盯着手里这一沓贴纸，花朵正中央还有一抹笑脸，两道弯弯的眼睛，一道弯弯的嘴："我小时候应该没有这么烂俗不堪的品位。"

没多久，顾笙抱着那天顾延舟给她买的芭比娃娃来了，她爸也在。

邵司贴完那几朵笑脸盈盈的花，下楼的时候正好听到开门声。

"爸爸再见。"顾笙抱着顾锋的大腿撒娇，"我会乖乖的，你要早点回来。"

顾延舟蹲下身去，用手指刮刮她的小鼻子："真话假话？我怎么记得有人在车上偷偷跟我说，希望爸爸多出差几天？"

顾锋对自己女儿的性格摸得不能再清楚了："她就是一根墙头草，对谁都说好话。"

邵司站在楼梯口，上也不是，下也不是。

顾锋眼睛一瞥，瞥见从楼上下来一个男孩子。他个子高挑，穿一件毛衣，走路懒洋洋的。看他的年纪应该二十岁出头，长相没得说，就是看着有点冷淡。

邵司见对方望过来，立马站直了，道："顾先生，你好。"

"你好。"

"我傍晚的飞机，就不多待了，先走了。"顾锋抬起手腕看表，"笙笙就拜托你们了，别太惯着她。"

顾延舟道："行，我知道，一路顺风。"

顾锋走之前还跟邵司打了声招呼，真把他当自己人，然后出门坐上车走了。

顾笙丝毫不留恋她爹，抱着娃娃噔噔噔地跑上楼，兴冲冲地喊："我的房间在哪里呀？你跟我说过，会给我贴小花花的。"

顾延舟顺手把钥匙放在鞋柜上，然后拐进厨房准备给她切水果："你让那位叔叔带你去看。"

顾笙跟邵司大眼对小眼，对视了半天，说："坏蛋叔叔，我的房间在哪里？"

邵司笑笑，走下两个台阶："你叫我什么？"

顾笙张张嘴，看嘴型又要说"坏蛋"。估计是当年黑历史的事影响太深。

邵司揉揉她的脑袋："你再喊一声'坏蛋'，你房里那些小花花，我怎么贴上去的就怎么把它撕下来。"

前后不超过一分钟，顾延舟刚把苹果和盘子洗过一遍，正要去皮，冷不防从厨房外边传过来一阵清脆嘹亮的哭声。

"哇啊啊啊，呜呜呜。"

顾延舟放下刀，出去看了一眼。

大概邵司自己也没想过一句话就能把小孩弄哭，想伸手给顾笙擦眼泪。然而顾笙哭得带劲，哪里会给他干涉的机会，肉乎乎的小爪子将他一把挥开，哭得喘不上气，开始打嗝："哇哇啊啊啊，你要，嗝，撕我的小花花。"

邵司："别哭了，你那破花我也不稀罕。我不撕，不撕，我带你去看你房间。"

顾笙更气了："你说我的小花花是破花。"

邵司扭头："顾延舟，你过来哄哄她。这小孩怎么心灵这么脆弱？"

顾延舟哄孩子相当熟练，毕竟顾笙是他看着长大的，他知道这孩子情绪来得快，去得也快。于是他蹲下身，抹了抹顾笙的脸："乖，不哭了啊，哭了就不好看了……过来，叔叔亲亲抱抱。"

顾笙吸吸鼻子，一把扑进顾延舟怀里，眼眶还红着，却是咯咯咯地笑了。

这技能，邵司叹为观止，偏偏顾延舟还边上楼边问他："你学会没有？"

邵司："学什么？"

"小孩子忘性大，随便哄两句就行了，没那么难的。"说话间，顾延舟弯腰将顾笙放下来，给她指指前面那扇门。

邵司跟在后面，表情复杂："乖，亲亲抱抱……你不如杀了我吧。"

虽然邵司不讨厌小孩子，但也绝对谈不上喜欢。他就是觉得这种生物尤其麻烦，能避开就尽量避开。

而且还有一个比较重要的原因，他孩子缘不好。可能是他不经常笑，整个人看着冷淡，小孩都不怎么乐意靠近他，哪怕他们知道这是一个好看的大哥哥。

顾笙可能是胆子比较大，又可能是有顾延舟在这里给她撑腰，无所畏惧。

她在房间里头看了一圈，兴高采烈地跑出来，没几分钟的工夫就好了伤疤忘了疼。她跑过去拽邵司，带他看墙上的贴纸："坏蛋，小花花。"

得，坏蛋就坏蛋。

邵司被她抓着两根手指头，跟着她进去。他对上她满怀期盼的小眼神，勉为其难道："嗯，小花花。"就这几朵破花还是我给你贴上去的呢，小没良心的。

顾延舟倚在门口，没忍住，低低地笑出了声。

趁着顾笙满屋子乱跑，这个摸一摸，那个摸一摸，邵司也一步步退到门口："你笑什么？我不行了，再待下去我要窒息了。你跟她玩吧，我去楼下缓缓。"

今天系统闲着没事干，跑出来跟他唠唠嗑："至于吗？我看人家小女孩挺可爱的。"

邵司在厨房里给自己倒了一杯水："坏蛋叫的又不是你。"

"童言无忌。"

邵司喝完水，随手将水杯搁在桌上，看到水池边上有个洗好的苹果，又顺手捞过来啃了两口。

这时候，顾笙正好参观完自己的小房间，满意地跟着顾延舟下楼。她一路蹦跶，两根小辫子在空气里一甩一甩，声音还有些奶声奶气："叔叔，那我的小苹果呢？"

紧接着响起的是顾延舟熟悉的低音炮："小苹果在厨房，等下我就给你切。"

从脚步声可以听出，两人离厨房越来越近。

邵司后知后觉地低下头，看看手里已经被自己啃了一半的苹果。

他大概能预料到厨房门打开的一瞬间，顾笙又要哭着对他喊：你吃了我的小苹果！

“头疼。”邵司把苹果往垃圾桶里一扔，“这日子没法过了。”

第八章　护司狂魔

傍晚六点，正是下班高峰期。

一篇名为《独家专访：邵司解约内幕》的文章毫无预兆地由一个私人微博账号发了出来。

全篇两千多字，没有什么夸张的噱头，也没有太多花里胡哨的东西，然而里头的每一个字、每一句话，都有着千斤重的分量。

撰稿人：李缘。

文章封面配的是当时邵司签完合同，最后一次从公司走出来的背影照。应该是那天李缘随手抓拍的，因为还有不少记者入镜。

照片上，邵司背对着他们，背对着公司，头也不回地越走越远。阳光正好照在他身上，将他的轮廓勾出了一个边。

文中先是把两本小说之间的关系解释了一遍，然后上了第一盘菜——齐明。

她逻辑清晰地列出了齐明当初请水军帮齐夏阳买热搜，帮她伪造网站点击量的证据，甚至找出了实体书销量是造假的确凿证据。当然，部分证据是邵司找出来发给她的。

这样一本从头假到尾的“大 IP”最后却成功了，拍摄版权卖出上千万天价。

她这样写道："我惊讶于这样的事实，更惊讶于原来世界真的能够颠倒黑白，好赖不分。邵先生说，这次解约其中一部分原因是冲动，但是冲动过后，他并不后悔，甚至感激这份冲动，促使他做了这样一个抉择。"

紧接着，她引用了一段邵司的原话："其实接下这部戏，对我完全不会造成任何影响。可能有少部分人会来骂我'你为什么要接抄袭剧啊'，但是很少，真的很少……你知道螳臂当车这个词吗？虽然很残酷，但事实就是这样，没什么人在乎这个事情。"

"但是我没办法给自己一个答案，我没办法回答自己，为什么我明明知道它是剽窃来的东西，我还要去接。如果我去演了剽窃剧本，可能一辈子都没有办法回答自己。"

"世界不会因为你而改变，但你可以选择不被这个世界所改变。"

文章的最后，放了几段语音链接。

一段是邵司跟齐夏阳吃饭那天，他偷录下来的，另外两段是在公司里。录音内容并没有放全，只是截取了其中一部分。

齐夏阳："大家最后知道的是我，是我，是我的《一生一世一双人》……你出去问问，谁知道《出其东门》是个什么东西，她缟衣什么都不是。是我让这个故事被更多人看到，她应该感激我。"

齐明："你非得跟我说抄袭这事，那我也明明白白告诉你，你少操那份心，别太把自己当回事。你要敢搅和我的事，我就能让你在圈子里混不下去。"

李总："你拒演的时候有没有为公司考虑过？大家都在说你抢角色没抢过对家公司，连一个欧阳傲宇都比不过，你让我们的脸往哪儿放？你红了，翅膀硬了，想造反是不是？"

由于李缘发文前提前通知过邵司，所以邵司直接掐着时间，上微博点赞、转发。不然以李缘的两百个粉丝，等爬上热搜不知道还得花多久。

邵司盘腿坐在沙发上，一只手握着手机，另一只手按着顾笙，头也不抬道："你能不能坐好了？"

顾笙原本跟邵司并排坐着，但当电视广告一放完，屏幕上跳出来熟悉的动画片片头曲，她就兴奋地蹦了下去，站在邵司面前，眼睛眨也不眨地盯着电视机看。

等邵司转发完微博，将手机扔至一边，抬眼就看到电视屏幕上几个五颜六色的小糖果手拉着手在翩翩起舞。这几个小糖果还唱着歌："欢迎来到糖果屋，糖果屋里头有好多好多好多糖果……"

等顾延舟端着果盘过来，就看见邵司面无表情地抱着抱枕，表情很微妙。他弯腰将果盘放在茶几上，然后坐下道："怎么了？"

"我活了这么多年，头一次看这种东西。"邵司说着，又指指那几坨长着腿的小糖果，"她每天晚上都要看？"

邵司说完又摆摆手："算了，我换一个问题，这破……节目有没有哪天是不播的？"鉴于之前惨痛的教训，邵司立马把"破"这个字从嗓子眼咽了下去。

顾笙乐于跟他分享自己的电视节目安排，她扭头说："周六、周日，《糖果屋》就不会播放，但是会放《魔法学园》。《魔法学园》也很好看，我最喜欢魔法师露露了。"

"你不用说了。"邵司揉揉眉心，伸手将她的小脑袋轻轻扭了回去，"专心看你的《糖果屋》好吗？乖。"

其实顾笙还是挺可爱的，就像一块糖一样，甜滋滋，活泼又讨喜。

但是有句话怎么说的来着？对，甜到忧伤。

顾延舟原本特意推掉所有工作，想留在家里陪陪邵司。顾笙会来确实是一个意外，顾锋这次出差出得突然。老实说，一开始顾延舟还有些介意，在他的计划里，这几天本该只有他和邵司两个人，没有这个小侄女。

但是他看着邵司嘴笨，整个人头疼欲裂，恨不得全身上下写满四个字"离我远点"，却还是小心翼翼照看顾笙的样子，觉得这人有着表面上看不出的温柔。

顾笙看东西一直很喜欢问问题，嘴上从来没闲着：“坏蛋，为什么巧克力哥哥一哭就融化了呀？”

邵司对坏蛋这个称呼已经无所谓了：“因为它不够坚强。”

顾笙摸摸脑袋：“嗯，坚强是什么？”

邵司微微凑近她：“坚强就是我说我要撕你的小花花，你不能哭。”

邵司在跟顾笙瞎扯之际，顾延舟突然抬手，直接揽着邵司的肩膀将他勾过来。邵司抱着抱枕，一瞬间失去支撑，整个人往顾延舟身上栽：“你干什么？”

“我还想问你，你刚刚转发的是什么。”顾延舟举起手机，对着屏幕念了两行，“独家采访报道，带你走进邵司解约的真相？”

邵司没急着起身，顺着这个姿势，看了一眼顾延舟的手机屏幕：“天哪，你转发了？”

从邵司解约那天开始，关于他的各种传闻就没有停过。他基本没有站出来解释什么，除了中途发了一条微博让大家不要担心外，就再没有其他消息。

邵司没有发声，华业娱乐先坐不住了。

他们在邵司解约后的当天晚上，发布了一份声明。声明中将合同内容公开，明明白白地指出：公司一方没有任何过错，是邵司单方面要求解约，和平分手。希望好聚好散，大家不要妄加猜测。

这份声明看起来中规中矩，不偏不倚，但是字里行间都将“邵司违约”这四个字画成重点，解约金也可以称得上是违约金。

这一事件的热度被公司发表的声明击退不少，大家一开始都将苗头对准公司，后来受声明诱导，舆论开始扭转。

不过这也不是什么重要的爆点，毕竟人家是好好地按照合同赔钱再走人的，有些人非要阴阳怪气地说邵司不守信用，也站不住脚。

“你也不问问我就转发微博？你知不知道随便站队的后果很严重啊？”邵司伸手点开他微博底下的评论，短短几十秒钟，评论已经飙至上千条，他以为点开之后会看到满屏幕掐架争议，然而……

邵司眉头一挑：“护‘司’狂魔？”

评论目前都很和谐，大部分是连报道都还没点进去看，就急匆匆地评论。

——我要死了！今晚睡不着了！

——您的好友护司狂魔上线！这是秒转啊！绝对是特别关注！

“嗯，特别关注那个说对了。”顾延舟说。而且他的特别关注列表里，自始至终只有一个人。

邵司这次发声明，目的非常明确，就是和华业娱乐正面交锋。以他的粉丝量，这件事情闹大只是分分钟的事情。

现在后援团加上了顾延舟，让事情发酵的速度成倍增长。

顾延舟的粉丝们激动完以后，点进去看正文，心情瞬间沉下来。他们看完后纷纷重新留评，为自己刚才的行为道歉。

——抱歉，刚才在这样严肃的文章下面抖机灵。我是你们的粉丝，也是缟衣的读者，这件事情当年我是一路看下来的，真的很气，可又无能为力……没有想到邵爹是因为这件事情跟公司解约的……心情太复杂，特别心疼邵爹。他付出了太多，但是真的很让人自豪！

——无条件支持！那几段录音听得我想骂人，太恶心人了。

——放心，我们人多，让他们来找死，等着呢。

在充分有力的证据面前，评论一边倒。

不光是他们俩的粉丝，路人的反应基本跟这差不多。

很快，除了邵司解约，抄袭这个话题也上了热搜，越来越多人顺着邵司解约的事情去了解当年抄袭的真相。

“你这两个多亿，”顾延舟放下手机，思维非常跳跃，“太亏了。”

“不亏。”邵司道，“我拿不到，他们也没命赚这钱。这件事情闹出来，对华业信誉损伤会很大，短期内他们应该接不到什么合作，连带着手底下的艺人也会受牵连。”

“就这样？”

邵司沉默两秒，屈着腿，将抱枕扔在一边：“不然呢？”

顾笙站得离电视机太近，顾延舟顺手一把将她拉回来，然后继续说：“让他们直接倒闭得了。”

邵司："啊？"顾延舟说这话怎么让人觉得他有种"霸总上身"的感觉。

顾家手底下本来就有家娱乐公司，这些年由顾锋经营，顾延舟没开工作室之前，一直挂牌挂在顾锋那儿。虽然那家公司在顾家产业链里算是副业，但跟华业娱乐也是竞争关系，早几年就派了商业间谍过去，想整垮它，也只是动动手指头的事情。

像这种公司，逃税漏税的事情少不了，一翻就是一大笔账。

顾延舟没明说，只道："你等着吧，华业娱乐倒闭是早晚的事情。"

邵司俯身从果盘里又挑了一块苹果，道："顾延舟，你太嚣张了，小心被人打。"

顾笙矮矮的个头，站在前面，不知道从什么时候起，她突然就不说话了。

邵司还有点不习惯，他叼着苹果把牙签扔了，伸手拍拍她的脑袋："这么安静。"

电视屏幕上，《糖果屋》一集已经接近结尾。

"巧克力哥哥哭得累了，爸爸妈妈拥着他一道入睡，哄着哄着，他在睡梦中又变得甜甜的了。"

顾笙眼睛一眨不眨地盯着电视上巧克力一家三口盖着棉被，睡在蛋糕做成的床铺上的画面。

画面一转，屏幕上跳出来一个鬈发的小人，她甜甜地笑着说："小朋友们，今天《糖果屋》的故事就到这里，晚安啦。"

这孩子看完动画片之后，一整晚都不太对劲，话明显少了，一副闷闷不乐的样子。

七点多钟，阿姨过来帮顾笙洗澡，洗完澡就送她上床睡觉，帮她捂严被子，还帮她把那只小熊玩偶摆在手边让她抱着。

"她睡了吗？"阿姨下来的时候，顾延舟坐在沙发上挑剧本，抬头问了一句。

王姨在顾家干了挺多年，日常工作除了打扫卫生以外，有时候顾延舟提前通知她，她会在中午或者晚上买菜过来给他做顿饭。总的来说，她的工作还算轻松。

这么多年，她还是最近才看到家里头来了外人——坐在顾延舟身边那个男孩子，懒懒散散的，坐没坐相。

“她已经睡下了。”王姨道，“顾先生，要没什么别的事，我就先走了。”

顾延舟道：“嗯，挺晚了，您路上小心些。”

王姨一步三回头，带着满腹的疑问开门出去了。

顾延舟在挑剧本，陈阳给他塞了一大沓，什么类型的都有。他随手翻了一本剧本，看两眼就将它扔在一边，重新拿了一本。

邵司闲着没事干，将刚才那本被顾延舟无情扔掉的剧本捞过来，翻看了两眼：“现在都什么年代了，穿越剧剧本还那么俗套，观众都看不腻吗？”

他连着看了几本都是穿越题材，一脸失望地将它们扔在一边：“其实我一直想演反面角色，之前公司一直不让我接，说是会影响观众缘，不利于积攒粉丝，不管戏里戏外都要营造正面积极的形象。”

顾延舟闻言，侧头睨了他一眼：“你？你这细胳膊细腿的能干得过谁。”

邵司：“你怎么说话呢，是不是想死啊？”

两个大男人因为这件鸡毛蒜皮的事情争吵起来，与其说是争吵，不如说是顾延舟故意逗他，最后两人在沙发上直接打了起来。

沙发本来就小，邵司又懒得起身换个场地再打，顾延舟也就随便应付他，小打小闹。虽然两人的动作看上去有些激烈，其实都没怎么使劲。

邵司本来就瘫在沙发上，占了大半面积，反击起来比较方便，一个没收住力道就已经施加在顾延舟身上：“反面角色，违法乱纪靠的是脑子……现在是和谐社会，谁没事动不动就打架。再说了，我哪里细胳膊细腿了，给你三秒钟，你把刚才那句话给我咽回去。”

顾延舟好整以暇地看他，示意了一下两人现在正在干什么：“谁没事动不动就打架，嗯……你也有立场说这话？”

邵司被堵得说不出话来。

邵司原本压在顾延舟身上，说话的时候已经支起上半身，无意间转变成了更一言难尽的姿势。

此时，邵司正坐在顾延舟身上，微微俯身，一只手撑着沙发，另一只手扯着顾延舟的衣领。

两人吵着吵着，顾延舟突然话变少了。

偏偏邵司丝毫没有意识到，还在不停地强调自己曾经有过八块腹肌，甚至一把掀起上衣：“其实现在还隐隐约约有一点，当时我还是很强壮的……你看过我演的那部《海之子》没有？游泳题材。”

顾延舟无语了，这祖宗是傻瓜吗？

他们两个正僵持着，没有发现从二楼楼梯口缓缓冒出来一个小脑袋。那个小脑袋盯着他们看了一会儿，然后奶声奶气地问：“你们在干什么？”

这话邵司一时间接不上。

邵司抬手戳戳顾延舟的肩膀，想跟他统一一下口供：“我们在干什么？”

顾延舟面不改色：“联络感情？”

邵司直接拽起手边那个抱枕，往顾延舟脸上砸了过去。

夜越来越深。

大家都已经睡下歇息，然而这天晚上，李缘却整夜未眠。

她这次发新闻稿，完全是以个人的名义发出的，和博文社没有任何关系。

眼看着话题度一点点上来，留言越来越多，她不知道为什么，眼泪突然一下子就下来了，止都止不住。

可能这就是“真实”带给人的无法言喻的感染力。

她有在博客写日志的习惯。这天晚上，她压下所有长篇大论——如果让她写，或许能写一万字感慨。

最后她删删改改，博客里只留了一句：有句话他说得不对，世界是可以改变的，因为他已经做到了。

李缘敲完最后一个字，合上笔记本电脑，走到窗前。

天虽然还没亮，但一定是好天气。

文章一经发出，反响热烈。

本来圈内人都不太敢在这时候出来站队，顾延舟的转发可以说是给他们吃了一颗很大的定心丸——上谁的船都可能会翻，但是顾影帝的船，稳！

于是大家纷纷转发表态，欧导一马当先，哪怕他之前已经因为这个事情被人说了多次。

大家开始连带着谴责华业娱乐，并且抵制电视剧制作发行，有邵司这个例子在前，他们一窝蜂拥到各个主演微博下进行告诫。一时间，除了齐夏阳，《一生一世一双人》剧组不管是工作人员还是演员，一齐被推到了风口浪尖。

邵司挺会挑日子，现在这部戏开机没几天，在舆论面前直接夭折也不是没有可能。

齐明连夜在办公室里踱步，一晚上打出去无数通电话："哎，黄总，我是齐明。网上的事情你也听说了，不是，你听我说，那都是胡编乱造出来的……录音，伪造的。现在什么东西不能造假？邵司是自己抢角色没抢过人家，迁怒我们，现在还反咬我们一口。咱俩认识多久了，你还不相信我吗？"

"你说谁会傻到砸那么多亿，就为了这点破事。你给我时间，只要三天，这事我立马就能给你解决了，真不是网上传的那样。"

黄总是这部剧投资的老板之一，事情没出多久，他就表示想撤资。即使齐明嘴巴再能说，他也分毫没有动摇立场："我不管你们之间到底有什么弯弯道道，反正我是没有义务顶着风险陪你们玩。这剧已经糊了，我就两个字——撤资。亏损的那部分，我担着。你明白我的意思。"

生意人没有敏锐的洞察力，没办法在这个圈子里稳住脚跟。现在撤资的这些人，比如黄总，他们豁得出去，直接担下亏损，表明投资之前什么都不知道，为自己立个牌坊。

他们甚至会立马转移目标，投资原作《出其东门》，也许能够把亏损的加倍赚回来。这一场风波，他们也许能够笑到最后。

“黄总，这你……当时你怎么说的，说是看中了抄袭这个舆论热度，怎么现在……”齐明话还没说完，黄总直接挂了电话。

齐明听着电话里的忙音，抬手胡乱扯开领口。他沉着脸，深呼吸两下，堪堪压下心头的情绪。

他现在不仅要应付那帮猪一样什么都不干只会瞎指挥的公司高层，又要忙着给投资商们打电话——毕竟这次他把卖IP赚来的钱，加上自己多年的积蓄，一并投到电视剧制作当中，指着那一千多万能再翻翻。

同样着急的还有齐夏阳，她已经连着给齐明打了好几通电话，但都占线，这回好不容易打通，她急忙道：“表哥，怎么办啊？微博上好多人跑过来骂我。”

齐明忙得眼睛充血，哪里还有心情应付这个表妹，口不择言道：“你找我？你找我有个屁用！这书是你当初自己抄的，你还委屈上了？”

齐夏阳愣了，也急得跳脚：“你怎么能这么说呢？我那版权卖的一千多万都给你拿去投资了，你说到时候能赚双倍的。”

齐明：“投资，你懂不懂什么叫投资？我当时只是给你建议而已，这要是亏本，钱拿不回来，跟我没有任何关系。”

齐夏阳尖叫一声：“这怎么能跟你没关系，要不是你，我能亏钱吗？枉我那么相信你，你得对我负责！”

齐明太阳穴一阵猛跳，再也忍不住，直接将手机猛地砸了出去，骂道：“去你的！”

明明打了一场胜仗，这天晚上邵司却过得很憋屈。

从顾笙穿着一件小熊印花睡衣在二楼楼梯口蹲着，一个劲朝他们看开始，这晚就注定不得安宁。

“你还不去睡觉，乱跑什么。”顾延舟顺势把抱枕重新扔回沙发上，然后往楼上走，“你看看时间，八点钟，巧克力哥哥早就睡了。”

他不提“巧克力哥哥”还好，一提顾笙就猛地站起来，没再说话，噔噔噔往房间里跑去。

看那小小的背影，好像还颇为伤心，抬起手臂抹了一把眼睛。

邵司刚才只顾着刷微博，巧克力哥哥的故事没怎么看。他努力回想了一番，道：“刚才电视里怎么放的，好像那个一哭就自动融化的巧克力在爸妈的怀里睡觉。这孩子是不是想她妈了？”

顾延舟沉默两秒，盯着二楼顾笙的那个小房间。

顾笙妈妈很早就跟顾锋离了婚，孩子也没要。双方感情方面出了问题，继续在一起也是勉强将就。当时双方亲戚都在劝，说孩子都有了，离婚得对孩子造成多大影响啊。

“我对她负责，谁对我负责啊，怎么没人问我乐不乐意？”她留下这句话，收拾完行李，当天晚上就坐上了出国的班机，这几年再没回来。

摊上这么个说走就走的妈妈，邵司决定以后多包容顾笙的小孩子脾气。

于是他起身道：“我们上去看看吧，免得她偷偷躲起来哭。”

顾延舟还要拐进厨房里给她热一杯牛奶，邵司就先上二楼了。他屈起手指敲了敲门，在心里酝酿了一下“亲亲抱抱”这四个字。

“这历史性的一刻。”系统感慨道，“我要好好纪念一下。”

系统又道：“我们邵爹长这么大，居然要心甘情愿地说出亲亲抱抱这四个字。”

邵司：“我给你三秒，赶紧消失，瞎凑什么热闹。”

系统：“好，我隐身。哈哈哈哈哈哈……”

顾笙还真的哭过了，眼睛红了一片。她缩在被子里，就露出一个脑门。还是邵司坐在床沿，掀开她的被子，把她整个人像掏鸟蛋一样掏出来：“哭什么。”

邵司抱孩子的姿势不太标准，顾笙被他抱得不舒服，倒也不反抗，自觉地找了一个舒服的位置，小脸埋在邵司怀里："我也想爸爸妈妈陪我睡觉，像巧克力哥哥一样。"

所以说，没事看什么动画片。邵司心里这样想，脑子还是斟酌了一番："我都跟你说了，巧克力哥哥不坚强。"

顾笙心想：这个叔叔好像不怎么会聊天。

顾延舟端着热牛奶上来的时候，推开门就看到邵司抱着顾笙一道坐在床上。

邵司在家里穿得随意，又刻意控制了面部表情，整个人柔和了几分，看着倒跟邻家大哥哥差不多。此时他手里拿着一本童话书，一边念一边揉顾笙的脑袋。

虽然好好的一个故事被他缩减得不成样子："灰姑娘得到了魔法的帮助，跟王子跳舞，走的时候落下一只鞋……王子就拿着鞋去找她，最后她跟王子幸福快乐地生活在了一起。"

顾延舟刚把牛奶放下，就听邵司话锋一转，认认真真地给顾笙解析："其实都是假的，十二点一过，灰姑娘身上的魔法就失效了，怎么会留下一只鞋。所以说，灰姑娘直到最后也还是灰姑娘。"

顾延舟不知说什么好了。

顾笙也很心累。

不过小孩子有人陪着，心情就好了很多。在两人的监督下，顾笙把牛奶喝完，然后小声问："叔叔，晚上你们可以陪我睡觉吗？"

邵司正准备出门，闻言脚步一顿，脑海中顿时浮现出刚才电视机里的画面，又联想到顾延舟说的那番话，再对上顾笙闪着水光的大眼睛，终究是不好拒绝。

"这都是什么事儿，我怎么感觉养了一个女儿？"

系统："你是对的，我也有这种感觉。"

邵司沉默了两秒，道："你难道不应该安慰安慰我？"

系统："不，我只想笑。"

顾笙睡得很快，没几分钟已经进入熟睡状态。

邵司睡不着，他盯着天花板半天，微微别过头，喊了一声："顾延舟，你睡了没？"

他没得到回应。

这个孤寂的夜晚，只有邵司一个人因为换了一张床，"认床病"病发而彻夜难眠。

邵司正打算翻个身，尝试二次入睡，冷不防身后传来刻意压低的声音："你睡不着？"

顾延舟本来已经有点困意，听到这人的声音又清醒过来。他睁开眼，动作极轻地撑起上半身，避开顾笙，手往邵司那边伸，一摸就摸到邵司的脸。

"你干什么呢？"邵司推开顾延舟，却被顾延舟反握住手。

"哄睡觉，独门秘技，你要不要试试？"顾延舟说完，半眯着眼睛适应了一下光线——只有床头亮着一盏小灯。屋子全黑的话，顾笙会害怕，只是即使开着这盏灯，光线也很暗。

邵司刚想吐槽"独门秘技什么玩意儿"，然后额头就贴上了一个温温热热的东西。

邵司睁开眼，对上顾延舟近在咫尺的脸，强装镇定："你这是在哄睡觉？"

顾延舟不置可否，从鼻子里哼出一声："嗯？"

次日，早上八点多。

乐康小区门口缓缓停下一辆出租车，一个戴着帽子和口罩的男人慢慢悠悠地从车上下来。他先是绕到旁边鲜果店里买了一杯鲜榨橙汁，装在袋子里，再用手指勾着袋子往小区里头走。

小区里种植的一排排山茶树开了花，红色的花骨朵看着明艳张扬。风有些冷，忽而吹过一阵，打在叶片和花瓣上沙沙作响。昨夜应该下过一场雨，至今还能闻到几分泥土的气息。

邵司在小区里转悠了半天，没有找到三号楼。

"哥，你是不是跑北门去了？"池子隽在片场找了一个角落，蹲着偷偷给他打电话，“三号楼在南门，乐康小区里三个口呢。”

邵司脚步一顿，回头看看，果然看到门口写着“北”这个字。

池子隽将声音压得更低，好奇地问：“你现在一个人？顾影帝没跟你一起来吗？”

本来今天邵司心情就不是太好，背着顾延舟偷偷溜出来不说，遇到的司机开车技术还烂，刹车起步急得很，颠得跟拖拉机似的。

他找了一个不起眼的地方坐下休息，拉下口罩：“顾延舟为什么得跟我一起出来？”

“难道顾影帝这两天休假不是为了你吗？我在影城听隔壁方导说，顾影帝本来在他戏里有个角色要客串的，结果最后还是没演。他跟我说，顾延舟拒绝他的时候说，要回家陪猫。”

邵司刚把吸管插进橙汁里，没喝两口，听了他这话，果汁直接往喉咙里呛。

他咳了几声，实在呛得不行，随口骂出一句：“我去。”

“哥，你怎么了？”

“没事。”邵司呛得眼睛都有点红，堪堪止住，又道，“你继续说。”

池子隽觉得莫名其妙，不知道自己该继续说些什么：“没啦，我说完了。”

邵司决定跳过这个话题，道：“早上你怎么想到给我打电话？”

今天，顾笙醒得特别早，躺在床中央，推推这个又推推那个。

邵司睡觉的时候挺禁得住闹的，就算真吵醒了，他也能把人一脚踹下去，自己翻个身钻被窝里继续睡。顾延舟先被她闹醒，然后带她出去刷牙、洗脸：“乖，别闹他。”

邵司睡得迷迷糊糊，隐约只听到这句话。然后那两人起床后，在厨房里弄了一阵，发现没什么食材，最后还是选择出去吃。

直到池子隽一通电话打过来，把邵司吵醒，邵司才抓抓头发，半眯着眼下楼，然后看到桌上留的那张字条：我带笙笙出去吃早饭了，一会儿就回来。

他看完字条之后，把它重新压到果盘下面，然后把手机调成免提，扔在一边，问：“干什么啊？”

池子隽急急忙忙说：“《一生一世一双人》剧组今天内讧，戏没拍就散了，不知道明天会不会复工，反正今天是不拍了。”

“内讧？你说清楚点。”

“今早安殷没来片场，好像又是没通知他们就擅自缺席。全剧组等她一个人，她不来，这戏没法继续拍。然后大家吵起来了，跟炸了锅一样。”

能不炸吗？现在他们剧组每个人压力都很大，是选择继续当同一条船上的蚂蚱死撑下去，还是大难临头各自飞，就看个人的选择了。安殷缺席，其他人肯定就动摇了。

池子隽蹲着讲了一会儿电话，导演远远地喊了一声“开工了，开工了”，于是他说话加快了语速：“你那个事情闹得那么大，我能不知道吗？上次你问安殷的时候，我还没反应过来，现在我可算是知道了，你从那时候就计划好了，是不是？”

“这倒也……”没有。

那头导演在催了，池子隽急急忙忙地挂了电话：“我……我在催导演，不是，是导演在催我！我先走了，回聊啊，哥。”

邵司盯着屏幕上的“通话结束”四个字看了几眼，然后重新戴上口罩。

安殷家住在乐康小区三号楼508室。

这就是一个普通小区，治安也挺一般。安殷没红之前就住在这里，红了之后也没搬走。以前邵司和安殷合作拍戏的时候，听导演跟她聊过这个问题，当时导演还开玩笑说，她也不怕被狗仔跟踪。

“我住惯了。那么多年，你让我换一个地方，我还真不太习惯。”当时安殷吃着剧组盒饭，弯起眼睛笑着说，“没事儿，反正我又不谈恋爱，没什么绯闻，而且指不定什么时候就过气了，搬来搬去多麻烦。”

这天，安殷家里的窗帘依旧拉得密不透风，灯也没怎么开，看着怪压抑的。

邵司刚走到门口，就隐隐约约听到里头有什么声音——能透过厚重的墙壁传出来，十有八九是在争执。然而等他抬手按下门铃，里头又瞬间沉寂下来。

过了一会儿，才有一个成熟冷静的女音通过电子设备传出来：“谁？”这声音明显不是安殷，应该是她的经纪人。

邵司拉下口罩，回想了一下安殷的经纪人叫什么名字：“萍姐，是我。”

王萍透过猫眼看到邵司那张脸，这才打开门：“你怎么来了？”

此时，她的表情和语气并不好，一部分原因是安殷，另一部分则是眼前这个人。说白了，这次是因为邵司，才让她家安殷陷入这种两难的境地。

邵司只当没注意到这个细节。他的个头比她高出一大截，视线并未受到阻碍，往房里望了两眼：“安殷在吗？我找她有点事。”

王萍正要说安殷身体不舒服，没办法会客，就见安殷不听话地擅自从房间里走出来：“萍姐，让他进来吧。”

王萍只能侧过身让出一条道来，回头却是狠狠剜了安殷一眼。

安殷给邵司倒了一杯茶，是普洱，香气随着茶水流动缓缓飘出来。

邵司看似漫不经心，实则将这两人从头到脚打量了一番。

安殷眼眶有些红，看样子应该是哭过，嗓音也沙哑，精神状态不佳。王萍则显得比较急躁，比起安殷这身睡衣，她穿着体面的正装，甚至手里还拎着一个公文包。

对于她们之间的矛盾，邵司大概猜中了几分。

王萍频频看表，想说些什么，又碍于邵司在这儿，只能用眼神示意，偏偏安殷还不领情，不得已开口道：“你……”

邵司适时打断她的话：“萍姐，你也不用催她了，今天整个剧组都停工了。”

王萍显然还不知道这事，她一时愣住了，问：“你说的是真的？”然后她放下公文包，一路小跑到阳台上，给组里人打电话。

安殷对这些事情好像都不在意。她坐在邵司对面，捧着茶杯道：“我猜到你会来找我，其实我也早就想约你见一面。”她说着，头越垂越低，“我真的不知道怎么办了。这几天我就没睡过一个好觉，我以前挺瞧不起那种套着面具，嘴上一套，背后一套的人。我一直觉得身在圈子里，我起码能够保证自己是真诚的，可是……”可是有些事情真的身不由己。

《一生一世一双人》开机的时候，说安殷因病缺席，其实也不完全是胡编乱造。只是开机那天，她的身体恢复得差不多了，发烧烧到头晕反胃是开机前几天的事情。

而事情的开端，也正是那天。

“那天我去人民医院吊水，在病房里睡了好几个小时。萍姐忙着别的事，帮我缴完费就走了，让我在病房里好好休息，等她回来。”安殷回忆说，“我吊完水之后等了一会儿，实在睡不着，就出去转了两圈。我不小心撞到一个人，这人叫方净。”

“方净？”这件事情，当时方净并没有跟他们提过。

安殷继续说：“其实我知道这个抄袭事件之后，并没有把它当成多大的事，最多以后挑剧本的时候当心些便好。要我为了这件事情放弃这个角色，甚至倾家荡产赔钱，我做不到。说来也挺卑劣的，但我当时真的是这个想法。”

她没有回头路可以走，虽然心里有些过意不去，这次的戏也只能拍完，但她在医院里遇到了方净。

邵司放下茶杯，隐约觉得除了这件事之外，方净还有事瞒着没说出来：“她跟你讲什么了？”

安殷：“她说，本来定下的女主演并不是我。”

第九章　一念生死

那天，戴薇病情恶化。

方净在手术室外边等了一会儿，护士见她整个人状态极差，便安慰她说："姑娘，你要不把窗打开？站在窗边透透气，别压力太大了……现在放疗效果不错，咱们对医生和病人要有信心。"

方净摇摇头，又撑着坐了几分钟，直到胸口越发喘不上气。她望了一眼门上写着"手术中"三个字的指示灯，这才站起来往走廊拐角处走了两步。

现在她哪里还有心情看周围环境，浑浑噩噩地走出去两步，被人一下撞到地上，然后一双白净纤细的手急急忙忙把她扶起来。

"不好意思，你没事吧？"

"没……没事。"方净嗓音有些沙哑，她正想挥挥手继续往前面走，然而余光一瞥，瞥见面前这个女人面熟得很。

安殷刚才急着扶人，没注意到自己现在连口罩都没有戴，整张脸暴露在方净面前。为了避免麻烦，她立马抬起一只手遮住脸，道："你要是没事的话，我就先走了，你走路当心些。医院里人多，别一个不小心撞到病人。"

方净刚才连走路都没力气，现在却猛地反握住安殷的手腕，力道大得出奇。安殷只觉得手腕都快被抓断了，想挥开对方又无法撼动分毫：“你干什么？”

“你是安殷？”要是换成平时，方净不会把如此大的怒气附加在安殷身上，只是现在戴薇躺在手术室里生死未卜，她承认她现在根本控制不了自己的情绪，“你……你是不是安殷？”

安殷没有感觉到扑面而来的恶意，她急着走，只当自己倒霉，遇到了一个不理智的粉丝：“我是。你想要签名的话，现在可能不太方便，我身上也没带纸笔。”

然而让她没有想到的是，面前这个样貌平平的陌生女人浑身都在发抖，手越握越紧，问她：“你接剧本的时候了解过没有，知不知道你接的这个剧本混着别人的血？”

邵司听故事听到一半，手机振个不停。

安殷没再继续往下说，停下来看他。

“没事。”邵司无视手机屏幕上不停跳动的“顾延舟”三个字，直接按了拒接，道，“你继续说。”

安殷离得远，没有看清来电显示，只道：“你这样挂了电话没事吗？我看电话响了好几次了。”

邵司刚想说“真的没事”，手机又在桌面上振动起来。

“我留了字条，你眼瞎吗？”邵司接起电话，压低了声音，准备在十秒钟之内结束这场对话，“桌上，果盘下面压着的那张，我写在反面了。”

早上顾延舟带着顾笙吃饭，吃完还打包了几样东西回来，想着邵司肯定还赖在床上睡觉。结果他回到家，不知道那祖宗又跑哪儿去了，打电话也一直没人接。

自从解约的事情闹出来后，邵司树敌挺多的——公司、两个姓齐的，还有各大投资商，保不齐他会出什么意外。

顾延舟将那张自己早上留下的字条翻个面，背后果然新添了寥寥两行字：有点事，下午回来。

这字迹也是敷衍得不能再敷衍了，最后一笔甚至没有怎么用力，收尾的时候软绵绵地往外拖出一道长线。

顾延舟想了想，猜测道："你在安殷家？"

邵司顿住了："你怎么知道的？"

"我随便猜的，"顾延舟将字条仔仔细细折了两下，放回原位，"没想到那么好猜。早点回来，我给你煎牛排吃。"

邵司完全忘了刚才信誓旦旦想着十秒内挂电话的事情，问道："又是牛排？"

顾延舟道："我只会这个，别的怕毒死你。"

邵司心想：我等一会儿还是在外面吃完再回去好了。

等邵司挂了电话，安殷也已经调整好情绪。她刚才讲得太投入，连带着手指都开始颤抖起来。

邵司微微别过头看她："你继续说吧。"

"我当时并不知道她是谁，她说的那些话我也觉得莫名其妙。"安殷道，"然后她跟我说，导演组原先内定了雷雪儿，就差签合同这一步。"

雷雪儿是这几年大红的女艺人之一，无论是从外形还是自身性格考量，确实比她更适合这个角色。

安殷听了方净说的这句话，心里咯噔一下。

"其实我隐约知道一些事情，只是没有往那方面去想，也不愿意去想。我觉得我这个角色来得干净。导演组可能想过要请她，但试完镜，最后还是选择了我。"

然而事情并不是这样。

"试镜的时候，评委席有个人叫齐夏阳，你一定知道。"方净松开手，言语之中带着嘲讽，"是她坚持要用你。"

安殷当时听不太明白，知道真相之后，她呆立了半晌，说不出话。

"就因为戴薇是你的粉丝？齐夏阳为了打压她，临时换下雷雪儿？"邵司听到最后，皱起眉。他没有想过事情最后会发展成这样。

方净当时是这样说的："从你默默无闻跑龙套演小角色开始，戴薇就喜欢你。好几年前戴薇就跟我说，你一定会火的。你是火了，你现在多红啊，大明星。齐夏阳选你，只是为了在戴薇面前炫耀。看看，你最喜欢的艺人，我偏要用她，让她演我的故事。”

安殷对缟衣这个名字没有印象，但对“戴薇”这两个字并不陌生。

安殷哽咽道：“那是好多年前的事情了。当时我没有几个粉丝，她经常往公司里寄信鼓励我。那些信我现在都还留着，只是我真的红了之后，她就没有再出现过。”

安殷说着，从房里拿出一个小铁盒，里头装着好多稀奇古怪的玩意儿。东西看着不怎么值钱，但都有些年头，应该是早期粉丝们寄来的东西，她一直妥善存放。她一边打开，一边说着：“这是戴薇寄给我的最后一封信。”

邵司的指腹在信封上摩挲两下，缓缓拆开信。

上头只有寥寥两句话：

不知这封信是否能够顺利寄到你手中，也不知你是否会翻开查看。喜欢你的人越来越多，我很高兴，也望你每天都能开心。

戴薇，写于 2015 年 3 月 18 日。

难怪了，这件事情会带给安殷这么大的打击。

邵司之前就在琢磨，安殷不可能因为这点事情连剧组开机仪式都缺席。

“我看到她躺在手术室里，没办法假装什么都没有发生。我一回到家，一拿起剧本，一躺在床上合上眼，我都会想到她。我每天晚上睡不着觉，吃不下饭，没办法继续心安理得地演下去。”安殷用手捂着脸，几天来压抑着的情绪终于爆发，“因为我也是凶手。”

尤其这两天，邵司解约的事情曝出来之后，大批网友在她微博底下评论，问她吃人血馒头是什么样的心情。这件事情确实有争议，作品的抄袭上升到演员，听起来好像没什么道理，演员好像都是被无故牵连的。

网友和各演员粉丝之间撕得天昏地暗。

王萍早就打完了电话，一直站在阳台边上偷听。她听到这里，终于忍不住了，走进来一把拽过安殷手里的铁盒，将它摔在桌上，说道：

“你怎么就变成凶手了？咱们清清白白的，签合同拍戏，你想那么多干什么？”

“萍姐，这件事我确实有责任。是我没好好审剧本，而且我要是真演了，也没办法跟自己交代。影响力越大，我身上责任就越重。”

安殷看得明白：“电视剧会将这个剽窃来的作品带进更多人的视线里，粉丝为了支持我，说出‘我知道抄袭不好，但是我只是去看我喜欢的人’这种话。如果我给粉丝造成的影响是这样，我觉得我是失败的。”

而且如果这次它成功了，这类状况只会越来越多。

大家会怎么想，怎么做？大家是否会觉得，只要抄得有本事，照样可以出版，可以请一线明星拍摄，赚得盆满钵满？低成本高回报。

两个女人吵起架来，邵司根本插不上话。

王萍冷笑一声：“你能不能不要那么天真，你这样怎么在圈子里混下去？你替别人着想，谁替你着想？傻不傻啊？你好不容易混出头，现在要学你旁边这位大爷倾家荡产玩毁约？”

被点名的邵大爷无语起来。

王萍真的是被安殷气得不行，也不管现在当着邵司的面说这话是否合适，口不择言道：“你有那工夫，多学学人家杨羽，现在跟齐明捆在一块儿，准备联手反黑回去。邵司花两个多亿解约，他们多的是其他料可以编，谁会为事不关己的抄袭就放弃那么大笔钱。从这个角度切入，他们要反转不是不可能。”

安殷：“你们不觉得良心不安吗？”

“良心值多少钱？你只要记住一句话——‘人善被人欺’。我是过来人，你死活不听劝，到时候哭都没地方哭去。”

他好像知道了什么了不得的事情。

邵司：“为什么总有一种人一吵架，就感觉跟一个傻子一样？”

同时观战的系统：“是啊，脑子是个好东西，希望她也能有。不过幸亏她没脑子，我们才能知道齐明的下一步计划。”

邵司：“齐明是想拉拢安殷这边，不然也不会透露得那么详细。

不过很显然，王萍还在犹豫。”

这步棋到底稳不稳，光听齐明上嘴皮子碰下嘴皮子可没用，说白了还是有很大风险。安殷现在是王萍手底下最当红的艺人，所以她必须选一条万无一失的路。

系统道：“你的意思是，王萍这个人，我们也许可以利用起来？”

邵司坐在沙发上，不紧不慢地把安殷刚才给他倒的那杯茶喝完了，眼睛紧紧盯着王萍，对系统说：“是。她现在是唯一在我和齐明这两拨人之间都有交集的人。”

小区门口，那个戴着口罩、墨镜的男人又晃晃悠悠地从门卫面前走过去。

门卫室里开着暖气，胖大爷打着盹，手边放着一根警棍。天气冷，他也懒得动弹，就坐在这里装装样子。

胖大爷迷迷糊糊地睁开眼，脸上的肉微微一颤，坐起身来，看着那人在路边拦下一辆出租车，随口念叨：“现在的年轻人真是不怕冷，大冬天的还露着脚踝。”

邵司弯腰坐进车里，报了地址。司机娴熟地将“空车”指示牌按下去，一脚踩上油门，拐个弯往反方向去了。

司机技术不错，开车稳当，跟之前那个比起来真是好太多了。

邵司想眯一会儿，又忍不住想起安殷起身送他时，在走廊内单独对他说的那番话。

“如果缟衣不是戴薇，如果戴薇不是当年支持我的粉丝……如果她现在没有病入膏肓，躺在病房里，我想我不可能站出来承认自己的错误，也不可能去反抗。”安殷垂下眼，“我想我这段时间这么痛苦，可能是因为意识到了这个事实。”因为她察觉到了自己的卑劣。

如果没有这些前提，她会和其他人一样，装作不知情，把戏继续拍下去，热映期间还要顶着饰演的角色帮助宣传。

这部戏会让更多观众认识并喜欢上她，她只要装作毫不知情、认真拍戏就好，犯不着做那么大的牺牲。

邵司抬手将口罩戴上，站在楼梯口抬头看她，一时间不知道说什么。

“统统。”

系统随叫随到：“咋了？”

邵司：“我有个深沉的问题想找你聊聊。”

“要是我站在她的立场上，会不会为了那些细小的、微不足道的声音做现在这样的选择？”如果他是安殷，是一个没有任务要求，家境普通，好不容易熬出头，在圈内步步为营的人。

系统想了想，给出一个较为中肯的回答：“正常人都不太可能吧，谁会跟钱过不去啊？”

邵司阖上眼，不置可否。

与此同时，两个“正常人”正在会议室里商谈对策。

齐明手里握着黑色钢笔，手腕轻轻转动两下，便在合约书空白处落款，再抬头的时候，他将笔帽盖回去，道：“羽哥，签了这字，咱们现在可就是一条绳上的蚂蚱了。这船要是翻了，咱俩谁都讨不着好。”

杨羽和齐明两人，一个坐在这头，一个坐在另一头，面前都摊着一份保密协议。

杨羽对齐明这人的印象非常好，上次录综艺节目时，齐明在化妆间里给他献的殷勤都没有白献。

他签完字，不紧不慢地给自己点了一根烟，抽了起来。

杨羽烟瘾大，有时候没抽烟，但是靠近他的人都能闻到一股子烟味。只见他旁若无人地吐出一口烟，然后又弹了弹烟灰，问：“你说的那个计划，真的能成？”

“能成，绝对没问题，现在就差王萍给我回消息了。”齐明笑了笑，紧绷了几天的情绪这才松弛下来。他往椅背上一靠，也从口袋里摸出一根烟，神色晦暗不明，“她没有别的选择。安殷是她手里最好的一张牌，她不可能眼睁睁看着这张牌糊掉。”

两人静默着，不知道在等待什么，直到杨羽将烟头摁灭在烟灰缸里，齐明放在桌面上的手机才振动起来。

手机就摆在桌面正中央，杨羽只需要抬头就能看得清清楚楚，而且齐明好像是特意给他看似的。他松开捻着烟头的手，装作不甚在意地瞥过去，看到手机屏幕上跳跃着两个字：王萍。

当邵司按响门铃的时候，顾延舟正好在炖汤。

“你没带钥匙？”

邵司打着哈欠，在玄关处换鞋：“我忘了。”

顾延舟抬腕看看表：“那你等一会儿，再过十分钟，东西应该就炖熟了。”

邵司也凑过去，顺着他的手腕看时间：“现在下午一点半，你煮什么呢，要炖三个小时，排骨吗？”

顾延舟吐出一个字：“鱼。”

邵司怀疑自己听错了：“顾延舟，你是不是真打算毒死我？”

“没，之前废了两条。”顾延舟说着，撸起袖子进厨房，“这是第三条。”

顾延舟其实压根儿就不会做饭。邵司站在厨房门口看了一会儿，总算得出这个结论。

上次那两盘牛排煎得有模有样，也是因为以前拍戏需要，顾影帝特意找大厨学了两天才学会的。顾影帝除了学会煎牛排，还学了满身“高级厨师”的架势。

他拿刀切菜，下调料，装盘，看着都特别专业，就是最后出来的东西……

邵司倚靠在玻璃门边，只有两个字想说：“服气。”

顾延舟自己也意识到，这第三条鱼十有八九也要玩完儿，随即关了火，皱眉道：“你等一会儿。”

邵司确实是饿了，开冰箱看有什么吃的可以垫肚子，随口问：“你要准备搞第四条鱼？”

顾延舟看他一眼：“我叫外卖。”

邵司没忍住，手撑在冰箱门上，差点笑出来。

等外卖期间，邵司窝在沙发上，漫无目的地拿着遥控器换台，接连看了几部热播的电视剧，他都没什么兴致。

邵司换台正好换到“少儿频道”，总算想起来哪里不太对劲：“对了，顾笙呢？”

顾延舟愣怔了一下，最后还是不着痕迹地说：“她回家去了。”

邵司觉得不太对劲：“你哥走的时候不是说他后天才回来吗？”

顾延舟道：“我还能把她卖了不成？”

实际上，顾笙还真是被他卖了。

早上，顾延舟给顾锋打电话“要求将顾笙遣送回家”的时候，顾锋那边由于时差问题，正好是深夜，第一句话没听清，只道：“有什么事情明天再说，我这边深夜两点，你打电话之前能不能注意换算一下？”

然后顾锋就听到他弟冷着声音说：“不能，我有急事。”

顾锋了解顾延舟的性格，他不是那种没事找事的人。于是顾锋开了一盏台灯，坐起身，准备认真听他讲：“你说，怎么了？”

“把你女儿接走。”

“什么？”

顾延舟重复了一遍：“我说，把你女儿接走。”

顾锋：“你找碴儿呢？”

顾延舟：“你家里不是有家政阿姨吗，你跟她说一声，我待会儿带她吃了早饭就送她回去。”

顾锋无可奈何。

顾延舟没再继续聊顾笙这个话题，转而问邵司，安殷的事情。

邵司把今天在安殷家里头的一系列对话都跟他讲了一遍，讲到最后，心情还挺复杂的：“那些事前不知情、稀里糊涂接了剧的艺人，其实也没有别的路走。”

安殷并不是个例，而且她还算是受牵连的艺人中比较好的，起码她赔得起钱。以她现在的号召力和地位，还有能力和公司反抗。

相比之下，其他受牵连的小艺人事业刚起步，积蓄也没多少，什么都被公司抓在手里，连抵抗的资本都没有。也许他们想发声，但是出于种种原因，也只能憋着。

顾延舟用手背碰了碰邵司的额头，一语戳破：“你在给他们的懦弱找借口？”

今天，邵司在安殷家里头待了两个小时，听两个女人吵架，又听安殷自我剖析，听得整个人都被带了进去。他在安殷身上看到太多熟悉的东西，这些复杂又矛盾的点组在一起，组成了“人”。他试着去代入体会，发觉了一些悲哀且无力的现实。

“用不着这样，自己做了什么样的事，承担什么样的后果，这很正常。”顾延舟放下手，顺道捏了捏邵司的脸，“今天你是不是太累了？”

邵司身体一歪，瘫在沙发上：“别提了，什么破小区还分三个入口。”

邵司现在这个姿势，顾延舟正好顺手能揉到邵司的头发，他跟撸猫似的揉了一会儿。

邵司突然抬手握住顾延舟的手腕，他想起来之前问系统却没有得到回答的问题：“如果换了我是安殷……”

邵司话还没说完，顾延舟就斩钉截铁地来了一句：“不会的。”

邵司：“不会什么啊不会，你知道我要问什么吗？”

“嗯，知道。”顾延舟顺势反手扣住邵司的手，看着他的眼睛说，“不管你是什么身份、什么立场，你还是会站出来。”

邵司整个人横躺在沙发上，看顾延舟的时候只能仰着头：“你这么相信我？”

顾延舟本来还在揉邵司的头发，可邵司一仰头，下颚和脖子这一块的线条就凸显出来，弧度漂亮极了，顾延舟的手不由自主地往下移。

等邵司反应过来的时候，喉咙已经被人轻轻掐住。

“平时你懒得很，一遇到事情就不计后果地跳出来，嚣张起来整个人都会发光。”顾延舟轻声道，“我相信你。”

两人维持着这个姿势，谁也没有动弹。

直到门铃响起来。门口站着穿着红色骑手制服的年轻人，头发剃得很短，样貌年轻。他对着门边上的呼叫设备，道：“先生，我是外卖专送员，您点的餐到了。”

顾延舟正要起身开门，邵司抢先一步从沙发上跳起来，拖鞋都没穿，就赤着脚往门口走，并且轻咳一声，道："你坐着吧，我去拿外卖。"

顾延舟提醒他："客厅到门口的距离有二十多步。"

邵司没懂顾延舟的意思："嗯？"

顾延舟："你想好了？后悔的话，现在还有机会回来继续在沙发上瘫着。"

邵司已经不太想管自己在顾延舟心里究竟是个什么样的人了："我只是懒，不是高位截瘫。"

邵司从门口柜台上抓了口罩戴上，才开门。

门口那个年轻人将手抵在门上，防止他立马关门，急急忙忙追加道："先生，祝您用餐愉快……麻烦您给骑手一个五星好评，谢谢了。"

邵司接过外卖，不太懂这个五星好评是什么东西。以前这些事情都是李光宗一人包办，虽然他业务能力不行，但是像一个"美食雷达"一样，总能瞄准片场附近有什么好吃的。

李光宗经常吃饱了没事干，就拍拍肚皮，打个嗝，哼个荒腔走板的小曲儿："我跟你说，这个'吃'真的很重要，每天吃得好了，心情也就好。"

结果两人吃得明明差不多，李光宗就跟一个气球似的越来越鼓，邵司的体重却怎么都不变。

这顿饭菜还凑合，只是吃饭吃到一半，顾延舟的手机振个不停。

邵司含着汤勺看过去："你不接电话？"

难得送走了顾笙那个小祖宗，两个人坐在一起好好吃顿饭，顾延舟自然不想被人打扰。他正要关机，屏幕上却跳出来一条短信，上头是寥寥几个字，却不难看出陈大经纪人现在正处于狂躁的状态中。

陈阳：有急事！你倒是接电话！

隔了两秒，陈阳又发过来一条短信：前两天咱们给 Dalx 拍的那套宣传照出了一点问题，你看到信息，回我电话。

工作上的事情，他避不开。

顾延舟放下筷子，给陈阳回拨电话。

陈阳好不容易打通电话，激动地喊起来：“你干什么呢？中午我给你打过两通电话，也是没人接。”

顾延舟：“中午？那我可能在菜市场买菜，人多嘴杂，没听见。”

邵司趁着顾延舟打电话，悄无声息地将筷子对准餐盘里最后一块鸡肉。

顾延舟看了一眼，邵司脸不红心不跳地把那块肉扒拉到自己碗里吃了。

陈阳想问顾延舟没事一个人跑菜市场去干什么，又想到事情得分个轻重缓急，也不绕弯，直言道：“Dalx 那帮人不知道在搞什么，明明当时都拍完了，并且样片出来之后他们说没问题，现在又说风格不行，让我们找时间重拍。”

他接触了那么多品牌合作商，还是第一次遇到这种事：“我一开始拒绝了，我说我们没有义务为你们的失误担责任，况且艺人这段时间没有合适的档期。”

顾延舟听着，不咸不淡地“嗯”了一声。

“他们说他们也难办，都是公司上头传下来的话。那个老总厉害得很，Dalx 那么大的一个品牌，平时都放着不管，跟野孩子似的放养着，压根儿不当一回事儿。这次不知道怎么的，那个老总问他们要了这季度新产品代言的样片，看了之后就说不合格。”

顾延舟跟陈阳通完电话，连饭都没有继续吃，拿了外套就往外走：“我得去趟公司，你乖乖的别乱跑。”

“出什么事了吗？”

“没什么大事，就补拍两张宣传照片。”顾延舟将大衣外套挂在臂弯里，换了鞋，没说两句又将话题扯回邵司身上，“最近外头关于你的流言很多，齐明和杨羽不知道会联手搞出点什么新闻，你还是尽量减少外出。”

等顾延舟出了门，邵司这才放下筷子喝了两口水，他喝得急，差点呛到。

“邵爹，实力派，你这演技也是没谁了，够能装的。”

系统暗中偷窥了很久，直接戳破邵司的伪装：“你明明心跳快得不行，脑子里还一团乱，跟烟花似的乱炸，我都快被你影响了。”

邵司面上没什么表情：“你有病？”

系统：“有病这两个字用得好，你对自己的认知非常正确，很形象很生动，非常坦诚。另外，我冒昧地问一句，刚才顾延舟跟你说那句话，你感觉怎么样？”系统说完，蹩脚地学了两声，“嚣张起来像会发光似的。”

邵司：“你闭嘴。”

系统嘲笑起来：“哈哈哈。”

过了一会儿，邵司想了想，表达了一下自己的想法：“其实还挺爽的。”讲实话，就是爽，爽得他都想直接抛下偶像包袱算了。

系统本来就是凑个热闹，邵司好不容易开了窍，它怎么着也得好好见证见证。可现在，它却莫名感伤：“我怎么感觉邵爹的嚣张时代一去不复返了？”

邵司：“我怎么感觉你这句话哪里有毛病？”

顾延舟晚上回来得很晚，虽然他也急着把工作做完，但是 Dalx 这个海外奢侈品公司的总裁在现场监管。

那是一个国内外都不多见的女总裁，大约四十岁，保养得很好，身上是一套白灰色职业套装，优雅又不失严肃，坐在那里不怒自威。她盘着头发，露出一段白皙的脖颈。

拍摄时间并不长，对方原先的负责人在化妆间一个劲地给他们道歉：“凯瑟琳小姐不知道怎么搞的，突然从国外飞回来，我们谁也不知道。平时她从来不管这事……真的抱歉，等完事了，我请大家伙吃顿饭。”

陈阳看了看顾延舟的脸色，也就没再计较：“行吧，那你们尽快，我们时间也不多，都是争分夺秒挤出来的。”

那个叫“凯瑟琳”的女总裁，全程没怎么说话，只是她那眼神让陈阳觉得瘆得慌。

拍摄结束回去的时候，天已经黑下来。陈阳没忍住，猜测道：“这女总裁不会是想潜规则你吧？”

顾延舟正和家里那位祖宗聊微信，头也不抬道：“你瞎想什么呢。”

下午拍摄期间，他和邵司两人有一搭没一搭地聊了几回，话题主要围绕“某游戏副本的打法”，还有“晚上吃什么”。

你邵爹：下午那局游戏我本来能赢的，组的队友太蠢了。

你邵爹：还有，你不太适合厨房，不要为难自己。

顾延舟：……

顾延舟：晚饭我让阿姨过来做了，你没见着她人吗？

邵司那两条消息是一个小时前发的，当时拍摄休息时间到了，顾延舟跟邵司聊了两句就没时间再回复。现在他回了消息，邵司那边又迟迟没有动静。

顾延舟看看时间，琢磨着这人可能睡着了。

邵司确实是睡着了。

他洗过澡就在床上躺着，手机放在枕头边，本来还在等顾延舟的回复，结果等得睡着了。

顾延舟回到家，家政阿姨已经做完饭了。阿姨见他回来，擦擦手，正好要拎着包回去：“赶巧了，饭刚煮好，菜也都还热着，没别的事我就先回去了。”

顾延舟脱下大衣，点点头，然后又想起一个事，拦住阿姨问：“他人呢？”

她在这屋里忙活了快有一个小时，没见到什么人，闻言一愣：“谁？屋里没人啊。”

顾延舟大概猜到了，没多说话，放阿姨走了。

他关好门，转身上楼，绕到邵司的房门前，敲了两下门。

邵司听到敲门声的第一反应，是直接拉起被子盖住了耳朵。

顾延舟推开门，站在门口看了他一会儿，然后走过去，将被子从他脸上拉下来：“家里要是进贼了，你大概也只顾着睡觉。”

邵司半梦半醒，伸出去一条腿，露着脚踝和一小截腿，踹了顾延舟两下：“别吵。”

顾延舟不说话了。

邵司正打算翻个身继续睡，隐约感觉到什么，缓缓睁开眼，扭头就看到顾延舟站在床边。他张嘴说了第一句话，声音有点喑哑：“你回来了？”

顾延舟看了他两眼：“起来，吃饭。”

这段时间邵司跟顾延舟抬头不见低头见，对彼此的性格以及生活习惯都有进一步的了解，他认识到顾延舟这人其实远远没有表面上看起来那么好说话。

陈阳身为顾延舟的经纪人，哪怕顾延舟这几天在休假，有些资料、合同以及接下来的工作计划也要过来跟他报备，请他签字过目。

那次陈阳看中的是一部穿越剧本，他觉得现在这类题材比较火热，甚至带了这些年同类型剧的收视率、反响数据来力证。

结果陈阳在书房里头说了半天，顾延舟翻着书，漫不经心地听完了，然后只有五个字：“太俗了，不接。”

两人正说着话，邵司的手机响了两声，铃声音量逐渐加大。手机正好在顾延舟手边，直到最后那声音几乎要钻入两人耳朵里。

邵司懒得动，问：“谁啊？”

顾延舟看也没看，伸手直接想挂断电话：“不认识。”

邵司看了一眼，“王萍”两个字在手机屏幕上闪个不停。

他立马说道：“你当然不认识，这是安殷的经纪人。你别挂电话，这是我好不容易才搞定的人。”

顾延舟看了他两眼：“你接电话吧，我去洗个澡。”

邵司目送他出去，注意力很快集中在电话上：“萍姐。”

现在王萍心里慌得很，她这回答应帮邵司，也是因为邵司承诺过，就算这次他没搞过齐明，也会保全安殷的名誉。这笔买卖划算，比在一棵树上吊死要安全得多。

她掌握着两边的情报，就不难做到独善其身。

“跟我们之前猜的差不多，他们现在打算买水军反黑。”王萍站在窗前，说话的时候一把将窗帘拉上，挡住外头的夜色，“只是有一点，齐明远比我们想象的还要狠。”

不只是齐明，杨羽也不是什么好货色。这两人现在凑到一起，那是铆足了劲要将邵司一把拉下水。

如果说王萍之前想过要和齐明合作，那么她在参与了他们这场内部“会议”就退缩了。

这种吃人不眨眼的怪物，哪怕站在同一条船上，也不太安全。

王萍将齐明他们的谈话内容逐字逐句讲给邵司听：“他们打算造谣，你当时是真的想要这个角色，最后没有抢到，才用这种方式反咬他们一口。”

王萍又道：“你和齐夏阳一起吃饭的那张合照，他打算拎出来好好讲讲。他想说公司和他本来就不赞成你演这部戏，但你还是执意要和齐夏阳见面，争取角色。还有杨羽，杨羽会当见证人，站出来力挺他。欧阳傲宇那边应该已经被他说动了，毕竟欧阳傲宇今年就指着这部戏等大爆，现在剧组却被你搅到直接停工。”

“他们别是脑子坏了。”邵司盘着腿，虽然知道这波反黑有多荒谬，但还是觉得不太爽，直接将被子踹到了地上，“这种说辞，有人会信？”

王萍沉默了两秒，虽然觉得说出来太残酷，但还是斩钉截铁回答道：“会。只要新鲜、刺激，网友会愿意相信这是真的。而且，他们抓住网友最重要的一个心理暗示重点，就是世界上没有人会那么傻，为了那件破事做这么大的牺牲。”

“没人能做到的事情，你做了，大家第一反应总是质疑。”

邵司没说话。

王萍毕竟在圈子里待的时间比较久，所谓姜还是老的辣，她看事物看得更透，也更势利：“你不要小看了这招，自己小心些。目前我知道的也就这么多了。”

“我不会让安殷马上表态，我跟他们说，这件事情一念生一念死，让他们给我一点时间好好考虑。他们应该不会对我起疑心，又或者笃定我看到他们都站出来之后，也会让安殷站出来帮他们说话。”王萍说完，沉默了两秒，又道，“其实我挺佩服你的。”

她往客厅走了两步，客厅有面墙上挂了很多照片做装饰，照片里大多是她和她儿子，还夹杂了一两张安殷去年上台领奖的照片。她定定地看了一会儿照片，道：“还有安殷那孩子，我虽然气她优柔寡断，但是心里多多少少也是有点高兴的，高兴她处在现在这个地位，没有变成她曾经最讨厌的样子。”

邵司听出来她话里有话，一边找拖鞋，一边问：“你这话是在说她还是在说你自己？”

王萍笑了笑。

是啊，她可不就是最后活成了自己曾经最讨厌的样子。就连这份难得的审视，也只能趁着夜深人静，她的情绪无端发酵，感性战胜了理性，才得以冲破坚硬的外壳。

到底是为什么，她活成了这样“无情”的样子，只是为了用最轻松、最伤害不了自己的方式生存?

邵司：“那个……”

王萍聚精会神地听：“你说。”

邵司终于找到拖鞋，穿着走出去，道：“我有点饿，先下去吃饭。”

王萍无语。

邵司又道：“挺晚了，你早点睡吧，不用担心。”

齐明这场反黑计划没憋多久，很快发了出来。看得出来，他也是真的急了，仓促部署后，急匆匆进行反击。

主要下场人员有他、齐夏阳、杨羽和男主角欧阳傲宇。

虽然现在齐明和齐夏阳之间闹得很僵，他们的心不在一起，但投进去的钱还互相绑着。

邵司只是下楼吃个饭的工夫，网上已经闹得沸沸扬扬。

齐明微博上只写了这样一句话：鉴于我个人以及公司遭受的名誉损失，我在此诚恳地向各位公布实情，同时也希望大家不要被某人散播的虚假信息所蛊惑。

这出反转，在网络上引起轩然大波。

第十章　沉冤得雪

顾延舟洗完澡下来，邵司正趴在餐桌上，手机摆在一边。这人大概是又饿又想睡觉，正眯着眼睛，百无聊赖地用筷子敲桌面。

顾延舟擦了两下头发，将毛巾随手搁在一边，正想从后面偷袭他。

邵司却突然扔了筷子，微微支起头，嘴里来了一句："我去。"

顾延舟弯下腰，手搁在邵司背后的椅子上，俯身前倾，目光往他手机的方向看过去："怎么了？"

"这几个人扬言要联名起诉我。"邵司简直气笑，"连律师函都发了，说等着法庭上见……这些蠢货怎么这么不要脸？"

顾延舟的头发还湿着，靠近邵司的时候夹带着一股凉意。他顺着邵司的手看了两眼手机，评断道："有病。"

屏幕上是一份正正经经的律师函，最下边还有几人的签名，微博结尾明目张胆地艾特了邵司。

真是人不要脸天下无敌，这人睁眼说瞎话、虚张声势的能力在圈内也是首屈一指，齐明敢认第二，估计没人称第一。

这份律师函，加上评论里请的大批水军，邵司看得有点上火。

顾延舟挑着念了几句："邵司先生对于我方委托人造成的不良舆论影响以及散播关于我方委托人的不实信息……上述行为已经触犯了

法律，应当承担相应责任。”

顾延舟说话的时候，头发还在往下滴水，三两滴汇集在发尾处，直接滴在邵司的脖子上。

邵司下意识缩了一下脖子，道：“你能不能先把头发擦干了？”

顾延舟伸手将指腹抵在邵司的后颈处，轻轻抹了两下，只当没听见，继续念：“请邵司先生在收到本《律师函》后及时与我方联系，否则我方将针对你方的不法行为向人民法院提起诉讼。”

顾延舟念着念着，忽然勾了勾嘴角，嘲讽道：“就这份律师函，唬谁呢？”

邵司：“鬼知道，就骗骗无知群众。”

这种律师函，是一个艺人都接触过，也发过不少。有时候营销号以讹传讹传得太过分，他们都会采取这种手段，表明自己的立场，再威胁威胁那些记者。律师函这东西，就是雷声大雨点小的典范。

他们每天忙得很，只要对方差不多识相消停了，这事也就不了了之，真没那个时间和精力去计较那些层出不穷的破事。

“既然是谎言，就一定会有漏洞。”顾延舟分析道，“齐明这次被你逼得反击，肯定没怎么准备。比如你看第四行，齐夏阳的自述‘我不知道他为什么要捏造这样一份不实录音’，她是不是不知道，现在合成录音可以鉴别？就这样还法庭上见，别说蠢货了，说蠢货都是抬举她。”

邵司倒没那么仔细看，被顾延舟这样一说，再重新审视这封所谓的“律师函”，哪里都是漏洞。

他拾起筷子，将律师函的事抛之脑后：“行了，快点吃饭，我快饿死了。”

顾延舟这才想起来，刚刚下楼，这人就饿着肚子趴在桌上，一副了无生趣的样子。于是顾延舟松开手，将手撑在桌沿上，别过头看他：“你刚才在等我？”

“是啊。”邵司坦言道，“我怕我先吃，等你洗完澡下来，就只能啃骨头了。”

顾延舟看着他的眼睛笑了。

两人吃过饭，顾延舟洗了碗。

邵司像一个大爷似的坐在沙发上看电视。他发现现在的八点档实在没有什么好看的，调了几个台，最终还是停在纪实频道看《动物世界》。

顾延舟在家里穿得很休闲，主要以宽松为主，也没什么花哨的图案。他正撸起袖子，站在水池边上刷碗，哪怕只留个背影，看着也赏心悦目。

顾延舟将碗筷都冲洗干净，问："你想好对策没有，要我帮忙吗？"

邵司吃饱饭，就一门心思想着睡觉。他屈着腿，半眯着眼反问："你帮我？你怎么帮？"

顾延舟："动动手指头的事。"

邵司心想：大家还老说我嚣张，这人平时无形中装厉害的样子明明更欠揍。

邵司躺在沙发上，懒懒散散地撑着脑袋问顾延舟："你真没有被人揍过？"

"你想什么呢。"顾延舟又问，"明天有什么安排吗？"

邵司道："有，我得去见见我的经纪人。"

邵司之所以不慌不乱，也是他手里还有一张底牌。他在和公司解约之后，交付了李光宗一个秘密任务。

这傻孩子本来一听到他解约就默默地准备了一份辞呈，准备过两天就递交上去，陪着他亡命天涯。

目前李光宗对邵司的具体情况不太清楚，不知道他身上是否有多的钱，不知道他接下去的演艺生涯会怎么样。每次他跟李光宗打电话，都能够从李光宗字里行间里觉察出一种谜一样的落魄，而这个万分落魄的对象还是他自己。

"你最近吃得饱、穿得暖吗？我这边还有一点存款，要不先借你用用？

"你可千万要顶住，留得青山在，不怕没柴烧。大不了就是从零开始，我们本来就是从一无所有一路走过来的。

“人这一生会经历很多挫折，但是无论是什么样的，都不能将你打倒。你要站起来，想想第二天的太阳！”

邵司每次都只有两个字想说：我去。

李光宗跟邵司说过，拿到齐明反黑的证据之后，两人就在餐厅见面，他把东西交给邵司。然而他没跟邵司说的是，他已经向公司递交了辞呈。

他手底下也没有几个艺人，工作方面的交接很简单。经纪人不比艺人，他们只要签署保密协议就够，没有年数限制，也不用像邵司那样赔偿违约金。

他走的时候，没什么人送他，只有一个带了半年的小艺人。

那个小艺人送他到门口，问他：“宗哥，你找到新的工作了吗？”

李光宗抱着大纸箱笑了笑：“没呢，走一步看一步吧。如果邵司想继续留在娱乐圈打拼，我想陪着他。”

小艺人看着他的脸，不知怎么的，突然想起来网上一句很火的话：不在你巅峰时慕名而来，也不在低谷时离你而去。

“邵司大火的时候，公司上上下下都觉得你配不上他。”小艺人道，“我以前也这样以为，但是我现在觉得你倒真是最适合他的。”

邵司那种人，不需要有谁牵着他，带他飞得更高。

李光宗摸摸脑袋，没听懂什么意思，道：“没事的话，你就先回吧，我马上就到车库了。再见啊，祝你演艺事业一帆风顺。保重了，哥们儿。”

小艺人站在门口看了他一会儿，这才转身进去。

而李光宗没走出去两步，手机突然响起来，吓得他一个哆嗦，差点把手中的大纸箱整个甩飞出去。

这是他给男神单独特别设定的铃声，他从来没有想过，有一天这个铃声能够响起来。

他真把纸箱往地上一扔，说话有点不太顺溜：“喂？是顾……顾影帝？”

电话另一端，顾延舟轻描淡写地应了声：“哎。”

李光宗全身上下闪过四个大字：五雷轰顶。

李光宗细细回味了一番“哎”这个字，犹犹豫豫地问：“您是不是打错电话了？”

顾延舟：“你不叫李光宗？”

李光宗诚惶诚恐，脑子一时间有点短路：“是谁跟我同名同姓？”

随即，李光宗反应过来：“哦，那什么，您突然给我打电话，我吓了一跳。不过您有什么事？”

顾延舟：“我有正事找你，现在你有空吗？”

“有……有空的。”李光宗把纸箱放在后备厢里，然后猛地将它盖上，绕到前门，“有什么事，您说。”

顾延舟也不绕弯，直接切入正题：“明天你跟他约了见面？东西收集得怎么样？”

这几天李光宗跟搞谍战一样，见到谁、说什么话都要在脑子里转两个弯，啥都要好好提防。不过在顾延舟面前，李光宗不假思索道：“我在齐明办公室里装了窃听器，会议室里也装了。他和杨羽两个人聊的内容我都存着，还有他找水军……这次他没有亲手操作，都交由助理去办。”

那助理也是新手，要了小聪明，用公司名义打的款，大概是想方便找公司报销。这正好方便他们去查。

今天，李光宗为离职的事情忙了一天，还没来得及关注邵司最后怎么回应：“他没事吧，没受影响吧？”

肯定有很多“正义”人士一窝蜂跑到邵司微博下面骂，各种阴谋论，不知道会闹成什么样子。

李光宗说完，又念叨了一句：“不过用脚指头想也知道，他压根儿不会在意这些。”

顾延舟随口道：“嗯，他刷了一会儿微博，看得发困，已经睡着了。”

李光宗：“是他的风格。”

齐明爆出来那件事以后，邵司就发了几个字回应：瞎扯淡。

这几个字言简意赅，只是在不同的人眼里演变成了不同的意思。

媒体记者花了一晚上琢磨，对这几个字抽丝剥茧，层层解剖，最后得出了不同版本的解说。

一提到邵司，顾延舟的话就多起来。

扯了几句之后，顾延舟也不继续废话，直接道："明天你们要是吃东西，你帮我看着他，别让他点冷的。今天晚上他吃饭的时候胃就不太舒服。"

李光宗："嗯？"

顾延舟又想了想，道："橙汁也不行。"

李光宗打死也没有想过，顾延舟找他是为了商谈"明天邵司喝什么"的问题，他一时间有点蒙："那邵司应该喝点啥？"

顾延舟吐出两个字："热水。"

结果第二天中午，邵司走进小饭馆，直接上楼，一进包厢就立马摘了帽子，抬手捋捋头发："来杯橙汁。"

李光宗便从善如流道："没有橙汁。"

"那可乐呢？"

李光宗坐在邵司对面，由于茶杯实在太小，拿的时候只能翘起兰花指。他用拇指和食指轻轻捏着杯壁，将它拿起来，然后倒上茶水："可乐杀精，男人喝多了不好，您喝点热水。"

"您尝尝，西湖龙井。"李光宗将茶杯推过去，"健康又养生，趁热喝。"

邵司捏着那个小小的茶杯，看了他一眼："你有毒吧。普通的水没有吗？现在立马能喝的那种。"

他早上睡过头，一路赶过来的，赶得太累，有点渴。虽然邵司是起床困难户，但还存着所剩无几的良心——尽量不迟到。

李光宗指着冒着氤氲热气的小茶杯："就这个啊，虽然现在它有点烫，但是你吹两下就能喝了。"

邵司重新戴上口罩，站起身。

李光宗拦下他："你干什么去？"

邵司头也不回："我下楼买瓶可乐，这茶喝着太麻烦，还要吹两下。而且这一口下去才多少，够解渴吗？"

"我的小祖宗啊！"李光宗嗷嗷叫着从座位上弹起来，为了不辜负男神对他的期望，拼死拖住邵司。

"我纳闷了，这几年我的确因为很多事情跟你吵过架，"邵司缓缓转过身，想把自己的衣袖从李光宗手里抽出来，"不过为了一瓶饮料，这还是头一次。"

李光宗心想：其实我也觉得我现在挺傻的。

最后李光宗还是嘴上没把门，脱口而出："还不都是顾影帝，昨天晚上他给我打电话，让我看着你，说你胃不太好不能喝冷的。他还叫了我的名字，我被他喊得恍恍惚惚，还有点心花怒放，就答应了。"

邵司脚步一顿。

李光宗说这话也没指望能起多大作用，邵司那脾气他再清楚不过，基本上就四个字：我是老大。所以当他看着邵司乖乖坐下来，皱着眉头喝茶的时候，他的心情简直溢于言表。

不得了，不得了。

邵司也很心累，他对着茶杯吹了两下，发现李光宗举着手机，不知道在捣鼓些啥。

他正要说"别整了，什么时候点餐"，只听"咔嚓"一声，闪光灯一晃而过。

李光宗边低头编辑微信消息，边解释说："我得给顾影帝报备一下。放心，我把你拍得很帅，你怎么拍都帅。"

邵司面无表情："你知道你现在像什么吗？走狗。"

李光宗："走狗就走狗，为偶像当走狗，我愿意！"

邵司翻起菜单，翻过去两页，最后还是没忍住，不动声色地问："他说什么了？"

李光宗头也不抬："哦，他给我发了一个红包，然后说你今天穿太少了，领口也不合格，开太大，让你下次注意。"

两人闲扯了一会儿便切入正题。

李光宗："鉴于你这段时间不太方便，我跟李缘两个人去了一趟人民医院。现在戴薇病情有所好转，有投资商联系到她，说希望买下小说版权，出的价格都相当可观。还有，我去的时候碰到安殷了。安殷站在病房门口，拿着一束花，犹豫了两下还是没进去。"

邵司眉尖一挑："媒体现在还没找到她这边？速度这么慢？"

李光宗夹了一筷子肉："他们守着呢，只不过方向歪了，在小区门口守了快一个礼拜。"

戴薇入院连家里人都没通知，他们一时间也找不到医院里去。

这次事情闹得那么大，邵司还挺怕媒体缺心眼，把戴薇的事情添油加醋地写出来。他不想波及戴薇，最好是给她营造一个安心养病的环境。

他们跟方净达成共识，这次行动报喜不报忧，不管出了什么问题都别和戴薇讲，免得影响到她。

邵司沉吟道："在媒体把戴薇拉出来之前，这件事情得赶紧解决了。"

李光宗点点头，将一枚小巧的U盘递过去："是啊，这帮人速度太快，一个个都跟狗鼻子似的，避免夜长梦多，还是早点了结比较好。"

与此同时。

病房里，戴薇躺在床上，方净打了一盆水替她擦脸。

伴随着拧毛巾滴下来的水声，方净轻声道："医生说了，你最近状态不错，只要坚持治疗，保持积极的心态，康复的概率很大。"

戴薇半阖着眼，热毛巾贴在皮肤上有些发烫，她不经意地问："今天她来了吗？"

方净的手一顿，知道"她"指的是谁，犹豫了两秒道："没来了，她毕竟是公众人物，但是托人送来了花。我找了一个水瓶，盛上水装起来了，就放在窗台上。"

戴薇睁开眼，微微别过头，看到窗台上有一束将要盛开的百合花。

吃过饭，李光宗开车送邵司回去。

这辆车是当初他攒下第一笔钱时，屁颠屁颠跑去二手市场买的，四万块钱不到，是最普通的牌子。

那天，李光宗领了奖金，手里头攥着银行卡，非要带邵司一起去挑车："我人生中的第一桶金，你就不想跟我一起见证一下吗？"

"见证什么，挑来挑去不都是二手车。"

邵司不太理解李光宗这种平民逛二手车市的热情是从哪儿来的："你听我的，再等等。过段时间，我就带着你绕一个弯，去隔壁4S店里挑一辆好车。"

李光宗不信这个邪："现在你是有点起色，但是保不准很快就又过气了……我怕到时候跟着你吃泡面，吃到舍不得买车了，还是先买了再说。"

最后，他挑了一辆白色二手车。

邵司既然来了，就要扮演好"干涉者"这个角色。他拍拍李光宗的肩膀："这车，这个型号，你觉不觉得白色有点丑？为什么不买黑色的？"

平民李光宗一本正经道："黑色吸热。"

邵司眉头一挑："嗯？"

李光宗："到了夏天，那车里头不得热死，白色肯定比黑色好一些……省点油钱，能不开空调就不开空调。"

邵司："你有病吧。"

李光宗："到时候我带你兜风啊！"

邵司："谢谢，心领了。"

李光宗将钥匙插进去，打了好几下火才打上。这车早就出了点小毛病，起步的时候尤其费劲："说起来，咱找的这些证据上法庭能够用上吗？"

"谁跟你说要上法院了？"邵司睁开眼，刚说完，车身猛地一颤，颠得他胃疼，"你这破车怎么回事？"

李光宗："这车不太听话，不过你放心哈，它就刚起步的时候容易熄火，真上路了，还是一匹好马。"

邵司为自己的生命安全着想，道："你这车该换了。"

李光宗摆摆手，再度打上火，将方向盘拐了一个弯，一脚踩下油门："还能用，我跟它这么多年，有感情了。话说回来，你刚才说什么来着？不上法院？我们不是要跟他们打官司啊？"

邵司轻描淡写："不打官司。我懒得跟他们搅和。"

李光宗想不太明白："那我们干啥啊？"

等车开得稳了，邵司才缓缓开口道："我们看戏。"

"看戏？"

"剧名叫《狗咬狗一嘴毛》，挺有意思的。"

李光宗一知半解："哦？"

邵司闭上眼睛正打算睡觉，顾延舟又发过来一条微信消息。

顾延舟：你看微博没有？安殷站出来了。

这寥寥几个字，让邵司感到几分意外。

他的指尖在屏幕上顿了一下，然后回了三个字"知道了"。按发送键之前，他又停下来，在表情库里找到一个冷冷的、酷酷的、特别欠扁的表情加上去。

安殷这次写了一条长微博，信息量很大。

她应该是瞒着萍姐偷偷发的。这种事情，王萍要是知道了，不得骂死她。她何必在风口浪尖的时候出来发声？大家事不关己，都在一边缩着，你逞什么能？

那篇长微博里，安殷头一句话就写：这段时间，我一直在思考，我想成为一个什么样的人，包括我的职业……我是演员，我是一名艺人，但我对我职业的最终追求是什么？除了钱，我为什么要选择这个职业并为此奋斗？

安殷坦诚而深刻地剖析了自己。

她在最后写：很抱歉，因为懦弱和自私，我现在才站出来。

邵司随手给她点了个赞，然后撑着脑袋想：这下好了。

安殷还真是一场及时雨。

现在最慌的不是齐明，而是齐夏阳。

经过这次波动，他们之间肯定已经产生了隔阂。齐夏阳是里面立场最不坚定的一个，或者说，她已经不再信任齐明，只是苦于现在没有更好的选择。

那……如果有呢？如果现在有一个“更好的”选择出现在她面前，她会怎么做？

她会以为自己抓到了一根救命稻草，以为能够脱离浑水上岸。然而她却不知道，这根稻草将缠上她的脖子，拖着她往更黑、更深、更无法挣扎的地方去。

他们都将万劫不复。

这几天齐夏阳都没有出过门，窗门紧闭。

因为只要她一出去，就得面对蜂拥而至的媒体。那些尖锐的问题她没办法回答，怕自己多说多错。而且在层层包围之下，她感觉自己就像一个被扒光了的人，明明已经满身赤裸，却还要拼命伪装自己穿着漂亮的衣服。

前所未有的压力朝她笼罩而来。

这天，外头天气晴朗，她却连窗帘都不敢拉开。

齐夏阳在客厅里反反复复地走，边走边咬指甲，原本花好几个小时做出来的美甲都被她弄得坑坑洼洼，脚边堆满了吃完的泡面桶。

她几天没梳头，一头鬈发乱得很。她走到窗户边，小心翼翼地拉开一角，楼下有几辆面包车，窗口大大地敞着，上头架着两部摄像机。

镜头像静默的怪兽，无声地盯着她，盯得她汗毛直立。

“我已经快疯了，我真的受不了了。”齐夏阳抖着手给齐明打电话，“你说这件事情你很快就能解决的，很快是什么时候？现在你把我的生活搅得一团糟！我都不敢出门，我……”

齐明正在酒店里慢条斯理地吃饭，甚至有空抽出一张纸巾擦嘴：“你急什么？”

“你告诉我，我怎么不急？敢情被堵的人不是你。你现在可倒好，一个人躲在国外逍遥。”齐夏阳咬牙切齿道，“家里头都快闹翻了，你知道吗？记者都追到家里头去了。前两天我妈还追过来问我到底是怎么回事，我都不知道怎么回答，他们现在出门都要被人指指点点。你呢，你在美国待得舒服吗？”

齐明道：“我跟你说过了，我这次是有要事在身，我来美国是要办公事。”

齐夏阳听着冷笑一声。

齐明恍若未闻，继续说：“闹呗，由着他们闹，闹得越大越好。你放心，只要能笑到最后，是五十步还是一百步都没什么意义，你得沉住气。”

“齐明，你别把我当傻子。”齐夏阳愤恨地攥紧拳头。

他和杨羽这两人，明显想着如果最后局面无法挽回，就把她推出去当挡箭牌。

安殷一发声，让本来已经定下来的局面再度扭转，大家开始保持观望的态度。而他们这边给出的三言两语太苍白无力。尤其是齐夏阳，一个抄袭作者的证词，看着就可笑。

齐明看着窗外的海景，端起红酒杯敷衍道：“你别想太多，事情没那么复杂。不说了，客户来了，我们之后再联系。”

齐夏阳听着电话里的忙音，身体一阵无力。她靠着门板，整个人缓缓向下滑落，最后一屁股坐在地上。

她原本好好的生活被搅得一团乱，到手的版权费全部打了水漂！

她咬着牙，浑身发抖。

这段时间，她把自己锁在房间里，所有情绪都积压在一起。她忍不住开始胡思乱想：他们就是要丢弃我，到时候他们肯定会把我推出去的……这样我就毁了。

这段时间齐夏阳待在家里什么事都干不了，唯一能做的就是上网，但即使是上网，她也不敢登任何社交账号，除了邮箱。

现在齐明人在美国，打电话不是很方便，经常接不到电话，所以他们平时要是有事情，就会用邮箱联系。

只是现在他们的往来邮件也越来越少。

齐夏阳目光呆滞地坐在地上，也不知道在想些什么。

这时，被搁置在不远处沙发上的电脑发出“叮咚”一声，屏幕上闪过一抹光亮：您有一封新邮件。

邵司把邮件发出去，顾延舟正好从健身房里出来，他上半身穿了一件背心，头发滴着水，顺着下颚流下去。

顾延舟走到冰箱边上，弯腰取了一罐冰水：“她会看邮件？”

邵司看着“投递成功”这四个字眼，然后将笔记本电脑扔在一边：“齐明跟人联系喜欢发邮件，齐夏阳又被记者堵着出不了门。”所以她肯定会上网，不然这么多天她在家里要怎么待下去。

顾延舟刚一只手拉开易拉罐，食指屈起，还没来得及喝，邵司直接走下沙发，一把夺过那罐冰水，面无表情道：“喝冷的伤胃，你坐着，我给你倒一杯热水……西湖龙井怎么样？”

顾延舟看他那个样子就知道，这人对白天的事情介意得很。

“家里没有龙井。”顾延舟两只手空下来了，无奈道，“你还生气呢？你胃不好……”

邵司：“哦，听起来你还挺委屈？”

顾延舟点点头：“有点吧。”

“有个鬼。”邵司将冰水还给他，说道，“你离我远点，一身汗。”

顾延舟从善如流地接过冰水。

齐夏阳收到一封匿名邮件，上头只有四个字：小心齐明。

再往下是几个附件，从水军证明到办公室录音，应有尽有。靠这几样东西，她能做太多事情，甚至可以不费吹灰之力，将齐明和杨羽两个人的命握在手里。

“网友都傻得很，听风就是雨，我们只要请些水军反黑回去……邵司算个什么，只要我们不承认，他能拿我们怎么办。”

齐明的声音弱下去，杨羽那个老烟嗓又响起来：“是这个理，就算真是抄袭的，我凭什么不能演，它是抄来的跟我有半毛钱关系……我看邵司不爽很久了。上届金龙奖，影帝凭什么给他……”

“走运呗。”齐明奉承地笑了笑，说，“要我说，您的实力，您在娱乐圈的资历，这个奖怎么也轮不到他。”

这马屁拍得太准，杨羽就是想听这种话，于是也跟着笑起来。

这段录音，齐夏阳越听越觉得危险。

她没那么傻，在这种关头，谁会给她这种东西？当她快要饿死的时候，谁会递给她这块“蛋糕”？更重要的是，这块“蛋糕”有没有毒？

齐夏阳听着听着便开始走神，屋内光线并不好，有些昏暗。室内晒不着太阳，南方空气潮湿，这几天又下过几场雨，屋内还有股霉味。

她犹豫着，不知道该拿这封邮件怎么办。

把邮件发给表哥，让表哥解决？她和表哥毕竟是一家人。

即使刚才他们还在电话里头吵过一架，不过看在齐明以前帮她卖版权的分上，她心里也有一瞬间的松动。

然而已经下载下来的录音还在继续播放着。

齐明语调轻松地同杨羽说笑：“就算情况太过恶劣，我们两个没办法掌控……但这跟我们又有什么关系呢？这小说又不是我们抄来的，找我们负责？我们负什么责？”

这句话像一枚炸弹，“轰”的一声在齐夏阳脑海里炸开。

她浑身发抖，无意识地抠起了手指。由于用力过猛，她长长的指甲不小心戳到皮肉里去，一阵钻心的疼袭来。

小心齐明。邮件上这寥寥四个字，清清楚楚地映在齐夏阳眼底。

她过了几分钟才镇定下来，将那几段录音保存好，然后做了一个大胆的决策。

齐夏阳紧紧捏着 U 盘，眼底流露出几分狠意，喃喃自语：“如果这件事情一定要牺牲谁才能了结，一定不能是我，一定不能是我。”

下午三点，一波未平，一波又起。

邵司解约的事情发酵到现在，太多人站出来了，也出现了太多版本，大家看得云里雾里。

@娱乐聚焦V：惊天逆转！证据确凿！《一生一世一双人》作者反水发声！

@新娱乐周刊V：在邵司解约事件中，联名发布律师函的几人现在言辞不一，详情请戳下方地址。

齐夏阳的微博发出去没多久，杨羽就像炸了一样跳起脚来。他一时间没控制住自己的情绪，在评论里骂了脏话，随后又秒删，但是被网友截图留证。

很快，齐明在国外也收到了消息。

既然事态如此，已经没办法挽回，杨羽和齐明两人就不能让齐夏阳安全脱身。他们把她抄袭的事情扒出来说了，一时间三人陷入激烈的骂战中。

狗咬狗，一嘴毛。

这个时候，邵司睡午觉还没醒来。

最近他找到一处好地方休息——顾延舟家后花园里的大摇椅。中午睡在上面晒晒太阳，比睡床还舒服。有时候几只野猫会从墙外面顺着树爬进来，然后叫一阵，蹲在邵司脚边挠他痒痒。

顾延舟在书房里把顾锋发过来的工作事宜弄完之后，一只手拿着水杯，另一只手抓了一条毛毯，走出去看他。

邵司个子高，摇椅摊平了也装不下整个人。此时他正蜷缩着，由于睡姿问题，毛衣领口往边上歪了几分。也幸好他平时到处跑，睡车后座已经睡出了一种特殊技能，这样睡着并不显得费劲。

不知道是太阳太耀眼，还是为了防止把脸晒黑，邵司拿帽子遮着脸。所以从顾延舟这个角度看过去，只能看到邵司头顶几撮翘起的毛，再往下就是脖子和锁骨。

太阳快下山了，气温也逐渐降下来。

顾延舟随手将水杯搁在窗台上，走过去帮邵司盖毯子。他一靠近，蹲在摇椅底下的那只中华田园猫立刻“喵”地嚷了一声，然后立马夹着尾巴蹿到边上去了。

邵司本来睡得好好的，总感觉谁在闹他，不太耐烦地睁开眼，结果入目便是顾延舟那张脸："你想干什么？"

顾延舟一只手撑在邵司耳边，另一只手掀开他脸上的帽子："我想干什么，你说呢？"

邵司揉揉太阳穴，道："哦，那你就想想吧。"

顾延舟伸手轻轻捏了捏邵司的鼻梁，然后起身道："你醒了就回屋，外头冷，还穿这么少。"

邵司撑着椅子坐起身，没缓过神来，还有点蒙，随口应了一声。

他的手机没带在身上，随手扔在沙发上了。等他和顾延舟两人一前一后回到客厅，远远就听到手机铃声在响。等他们走近了，那阵铃声正好停止。

李光宗，未接来电三通。

邵司点了回拨，抓了抓头发，往沙发上一坐。

顾延舟叠完毛毯，随口问："谁啊？"

邵司噘着嘴："我经纪人。"

李光宗打电话没人接，正在编辑短信，让邵司看见了回个电话，结果短信编辑到一半，电话就来了。李光宗立马接电话，嗓音嘹亮地喊："我们翻盘了！"

"你嚷嚷什么，看把你激动的。"

邵司坐得不太舒服，刚才还没睡够，于是他一会儿靠着抱枕，一会儿又屈着腿换姿势。

顾延舟原先在低头摆弄手机，跟陈阳聊下一部戏的事情，分心注意到邵司换姿势换了好几个，不由分说地将他拉过来："你躺好，别乱动。"

邵司也很自觉，找了一个舒服的位置，将顾延舟的腿当靠枕垫着。等顾延舟发完信息，把手机扔在一边，便有一搭没一搭地揉这人的头发。

李光宗的听觉极其灵敏，尤其是对自己男神的声音，两只耳朵跟雷达似的："哎，我偶像也在你边上？"

邵司不太想搭理这头白眼狼："你要跟他打个招呼吗？"

李光宗连连回绝："不不不，我就随口一说，怕承受不住。顾影帝叫我名字，我听着都要晕厥……不对，扯远了，你看微博没有？跟你想的一样，那些录音，除了齐明说她抄袭的那段，其他的她都发了出来。”

这件事情完全在邵司意料中，只是他没想到会那么快：“她这是迫不及待想踩着齐明和杨羽上岸。”

李光宗：“是啊，她说得可狠了。她说他们两个丧心病狂。她还翻了一堆齐明的陈年旧料，说他一直强迫手下艺人进行潜规则，把那些破事全说出来了，还说自己之前是被他们威胁逼迫，但是现在还是决定勇敢地站出来……她那张嘴脸，啧啧，要多无辜有多无辜。我一直想知道，这些人翻脸怎么比翻书还快？”

邵司冷笑一声：“你少抬举他们，他们哪里来的脸？”

李光宗本来特别担心这次计划会失败，更见不得邵司被人误解。他诚惶诚恐地刷微博，刷了好几个小时，就是为了第一时间获得媒体动态。最后看到报道的那一瞬间，他心里那块大石头终于落了下来。

“现在这件事情的来龙去脉已经清楚了，明眼人都看得出来。已经有几家公司来找我，问你那边的情况，想签你。他们的条件开得很好，接戏方面也没什么限制。尤其有一家公司，还愿意支付你离开华业娱乐的全额违约金。”2.5 亿，不是小数目。

邵司没太大反应：“你觉得呢？”

李光宗：“我？我觉得挺好的。”

“行了，我先不跟你说了。”邵司不置可否，道，“我给安殷打个电话。”

此时安殷正在家里，王萍也在。

她之前发的那条微博，王萍事后倒也没骂她，只是把利弊讲给她听：“你自己考虑清楚，你执意如此，我也没办法干涉你什么。”

当时安殷说：“我都想过了，不管什么后果，我自己一人承担。”

现在结局出来，王萍松了一口气，多亏了安殷之前主动站出来，他们基本没有任何损失。

王萍放下手机，却没有想象当中那般轻松，她欲言又止：“这件事情，我应该向你道歉。”

“你是对的。身为艺人，不只是拿钱拍戏，还得对自己和观众负责。”王萍继续道，“说来也惭愧，我活了那么多年，什么大风大浪没见过，还没你们几个年轻人有勇气。”

这场风波之后，《一生一世一双人》停拍，投资商纷纷撤资，最后剧组彻底解散。剧组和演员之间的合约自然变成了无效合同。

齐明远赴国外，杨羽被公司永久封杀雪藏。

齐夏阳注销了她在文学城的笔名和作品，再没有出现在大家的视线内。

而缟衣所著的《出其东门》，一时间名声大噪，某著名公司宣称已经买下它的影视版权，预计明年初开机，主演还未定。

至此，由邵司解约引起的一系列事件逐渐平息，但是这一事件留下的教训，值得每个人吸取。

欧导发微博说：谢谢当初曾经站出来为此发声的人们，因为有了你们，这类事件将永远不会再发生。

这天天气晴朗，方净拉开房门正要去水房打水，迎面撞见一个戴着墨镜的女人。

安殷抬手摘下墨镜，手里捧着的花束太大，挡住了她大半张脸，她鼓起勇气道：“我……我能进去看看戴薇吗？”

邵司来得晚一些，因为他起晚了，顾延舟也舍不得叫醒他。

结果等两个人买了点东西，赶到人民医院的时候，已经快中午了。邵司本来准备直接敲门进去，顾延舟轻轻拉住他：“嘘。”

邵司顿住脚步：“怎么了？”

门虚掩着，顾延舟小心翼翼地将门推开一道缝，邵司透过门缝，清楚地看到安殷坐在椅子上和戴薇说话。

两个人不知道说到什么，一道笑了起来。

“我们过一会儿再来吧。”顾延舟帮邵司把口罩戴上去，顺手捏了一下他的耳朵，道，“先去吃饭。”

邵司想想觉得也是，于是问：“吃什么，川菜？我跟我经纪人之前好像在这附近吃过一次，有家店还不错。”

顾延舟看他一眼：“就你这胃，还川菜，你经纪人平时是不是太纵容你了？”

邵司差点跳起来勒他脖子。

第四卷 罗生门

我遇到了一个有趣的、闪闪发光的灵魂。

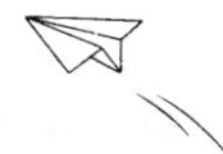

第一章　欲望觉醒

邵司本来打算自己开工作室，最后没架住那个号称要替他出 2.5 亿的傻公司。

去公司的路上，李光宗多次强调："你怎么能说人家傻呢，说明他们有眼光……你知不知道，现在你可抢手了。圈里现在都在传一句话，'得邵爹者得天下'。"

现在邵司就是行走的口碑，哪个公司和他签上约，那真像买了一块金字招牌一样。

邵司缓缓睁开眼："拜托你用脑子想想，他得跟我签多少年合同才能回本？"

李光宗："不是说没有期限，你想走就走吗？"

"你看你傻不傻。"邵司道，"那我要是签完字，拿到钱没几天就走了呢？不是，这都不能算傻了，可能是蠢货。"

李光宗一拍大腿："我说呢，总觉得哪里怪怪的。你这样一说，是啊，他们蠢吗？"

邵司闭上眼，没再理他。

李光宗嚷了一会儿，发觉只有自己一个人在说话："你这就睡了？又困了？"

他抬起手腕看看表，难以置信道："你才起床不到十分钟，而且今天我十点整过来接的你，就是怕你早上起不来床。"

两人说话间，窗外景色飞驰而过。

冬天，路边的灌木丛叶子有些已经干枯，只留下灰褐色的枝干，而路边一排排山茶花开得正艳。

邵司被李光宗吵得睡不着，心情颇为烦躁，他眯着眼，望向窗外。

保姆车正好开到十字路口，遇到一个红灯，缓缓停了下来。

邵司顺着窗外看过去，马路对面是一所学校——侨安双语学校。

校门边上刻着两行字：智周万物，道济天下。看起来应该是校训。

此时正赶上孩子们下课，吵闹声和欢笑声充斥着整个校园。他们正是花一样的年纪，来回奔走，在操场上玩游戏打闹。

邵司撑着脑袋，不禁回想着上学时自己都在干些什么。

系统神出鬼没，道："不用想了，你当时忙着和暗示学生家长送钱的班主任斗智斗勇。"

邵司有点同情自己："我真是一个没有童年的孩子。"

系统熟稔地翻起旧账："你有什么童年，好不容易心脏病好了，能跑能跳了，又开始嫌这个累，那个麻烦。你的童年就是趴在课桌上睡觉。"

说到这个，邵司想起来一个事儿："我妈这两天是不是回国了？"

系统："此话怎讲？"

邵司："前几天她莫名其妙地在微信上给我发了一句话。"

邵司："我给她打电话，她也不接。我爸的电话也打不通……这两个人又在搞什么？"

说话间，红灯跳了两下，紧接着黄灯亮起来。

邵司正要收回目光，余光却瞥见从学校旁边一个阴暗的小巷里缓缓走出来一个男人，那男人站在垃圾桶边上。垃圾桶看样子是被不少淘气包踹过，整个桶身往旁边歪了两度，整日风吹日晒的，桶身都掉了很多漆。

他浑身上下遮得严严实实，从帽子到口罩……甚至连墨镜都戴着。

只见那男人随手扔进垃圾桶里一团东西，然后鬼鬼祟祟地左右张望两眼，最后挺直了肩背，抹一把鼻子，往反方向走了。

男人的模样有点邋遢，但个子倒是挺高的，大约一米八，穿着一身黑。其他的，邵司离得远，看不太清了。

“你看什么呢？”李光宗整理好等下要用的合约资料，扭头伸手递给他，“既然你睡不着，先把这些看了，这是我初步理出来的条约要求。如果还有什么问题，等下到了那边再提。”

于是邵司收回目光，接过资料，随手翻了两下：“哦。”

如果说一开始邵司对这个新公司的领导人持着“这人是不是蠢货”的态度，那么在见到顾锋的那一刻，他真是没什么想说的了。

顾锋作为“腾跃娱乐”最高执行总裁，平时神龙见首不见尾，这天却是一大早就到了公司，在会议室里不知道准备些什么玩意儿。

等邵司被前台小姐带到会议室门口，一推开门，“砰”的一声响，邵司再睁开眼，从头到脚都挂满了五颜六色的彩带。

邵司皱起眉：“……”

顾锋把手上已经放完的拉炮递给助理，伸手道：“欢迎你加入我们腾跃这个大家庭。”

助理接上顾总的话，道：“你们提出的要求，我们刚才已经全部看过了，完全没有任何意见。公司您想来就来，剧本想接就接，您不嫌麻烦的话，可以跟我们报备一声……我们这边对您完全没有任何条约束缚。”

邵司有种“公司是你家，你就是我们公司老大”的感觉。

助理还想继续说，邵司却摆摆手道：“等等，几个意思？”

他看着顾锋的眼睛：“顾延舟跟你说什么了？”

顾锋还没来得及狡辩：“没……”

“得，顾总，我也不管你弟弟跟你说了些什么，但这事咱们要是谈成了，合同条约还是按照行规来。”邵司抬手摘下头顶上几根花花绿绿的彩带，上前两步，毫不客气地坐下，道，“我不喜欢走后门。

你要愿意，我们就当不认识，客观地聊聊合作的事。”

邵司跟顾锋坐在会议室里，谈合同谈了两个多小时，最后谈得挺满意。

要他自己搞工作室，自由是自由了，但想想还是太麻烦。

顾锋这边，邵司也不会欺他欺得太狠，属于各自退让一步，大家双赢。

这场“谈判”结束，顾锋对邵司的印象转变了很多。

出公司的时候，顾锋问他要不要一块儿出去吃顿饭，奈何他只想赶紧回去补觉，直接拒绝了：“改天吧，我有点困。”

邵司这一觉睡到第二天早上才醒。

电视遥控正好就在枕头底下，邵司坐起来的时候碰到了，硌得慌，于是干脆将它拿出来，顺便开了电视。

新闻台，女主持穿一身正装，表情极其严肃，眉头还隐约皱着。

她缓缓道：“紧急插播一则报道。今天早上，侨安双语学校附近发生了一起命案。死者是一名就读于侨安，下学期马上就要升三年级的女童。就在今天上午九点左右，警方接到路人报警。报警人王女士说，她今天跟往常一样，走这条近道去菜市场买菜，然而她走进小巷子里却闻到一种古怪的味道。”

说完，主持人转过身，带领大家一起看向身后那块大屏幕。

那是一段视频，王女士的脸打上了马赛克。她站在案发地附近，身后是一道黄色的警戒线：“我一开始以为是谁杀了什么鸡鸭鹅的，没素质往这里扔。因为血腥味特重，我闻着恶心。等我往前走两步一看，看到了一个黑色的大塑料袋，塑料袋里还有血慢慢渗出来……”

她本来觉得晦气，急急忙忙就要走出去。然而她只是瞥了一眼，就看到一只像手一样的东西垂在大塑料袋外边。

那只手很小，上面还有斑斑血迹。

画面切回，女主持人又道：“近期，类似案件已经发生三起，凶手作案手法极其相似，不排除是同一个人所为。请大家出门的时候多加小心，有什么线索也可以拨打警局举报热线。”

侨安双语学校附近，小巷，垃圾桶，这三个线索串起来，电光石火间，邵司脑海中闪过一个画面。

他记忆力向来很好，几乎不会出现偏差。不过当时他只是匆匆忙忙间瞥过一眼，即使对方可疑，也并不能证明什么。

这则紧急新闻很快播报完，电视机屏幕又切回原先的节目，一位身穿蓝色制服的主持人继续介绍国内外新闻要事。

“前几天广受大家关注的留学生事件有了最新进展，按照德国的法律，判其十二年刑期。据悉，这位难民就住在大学附近的难民营里，他曾经……”

邵司找了半天终于找到刚才那段新闻，将这段一分半的视频的进度条拖至中间，正好卡在王女士接受采访那个画面上。

就是这里。邵司紧紧盯着王女士身后那条幽深的小巷，还有那个饱受风吹日晒、桶身向一边倾斜的垃圾桶。

这个地方他绝对不会记错。

邵司吃早饭的时候都没放下手机，还是顾延舟喊他，他才反应过来。

顾延舟：“你看什么呢？”

“早上临时插播的新闻。”邵司指着标题给他看，继续道，“昨天中午，我去你哥公司的路上路过这儿，还多看了两眼。”

顾延舟扫了一眼，皱眉道：“嗯？女童被害……又出了一起？”

邵司别过头看他：“你知道？”

顾延舟说出一句出人意料的话来：“上一个遇害的孩子，是笙笙隔壁班的同学。”

邵司眉头一挑。

顾延舟道：“案件性质过于恶劣。关于这起连环案件，目前警方暂时没有通报具体案情，就怕引起社会恐慌。”

邵司：“性质恶劣，是有多恶劣？”

顾延舟只说了两个字，便让邵司忍不住脊背发寒：“碎尸。”

这事还是顾锋花了好大力气去警局找局长问的，毕竟受害人就在笙笙隔壁班。当时消息封锁着，没说孩子具体情况，只说发生了意外，让家长和孩子出行，尤其上下学的时候千万要注意。

顾家势力范围大，不管哪行哪业都有人顶着。然而针对这件事，哪怕局长跟他们是亲属关系，谈及这个案子一开始也是有所保留的。

“那天我哥去警局的时候，我也跟着去了一趟。”顾延舟道，“整面墙上都是照片，白板上写满了对嫌疑人作案动机的推测。受害人大多在四岁至八岁，这次这个……三年级，十岁，应该在警方原本划定的受害人范围之外。”

邵司想了想，还是没忍住，指着手机屏幕道：“昨天我看到一个奇怪的男人，就在巷口。他穿得太严实，看不见脸，而且鬼鬼祟祟的。”

“你怀疑凶手是他？”

“也谈不上怀疑，我就是觉得有点奇怪。”

顾延舟道：“这上面公布了死亡时间，为今天早上七点左右，被目击者发现的时候刚死亡两小时，时间对不上。”

这个时间确实挺尴尬，况且没有证据，一切也只是邵司的臆想。

一个昨天上午在巷口出现的男人跟今早刚发生的命案之间有没有联系，这谁也不知道。

“行了，你别瞎想。要是实在放心不下，你就打电话给警局把线索跟他们说一说。”顾延舟说完，门铃突然响起来，并且有愈演愈烈的趋势，连着响了好几声。

两人你看看我，我看看你，谁也不愿意动弹。

李光宗提着东西，站在门口，研究了一下门上这个先进的电子设备。他犹犹豫豫地抬手，摁下红色的小按钮，然后小屏幕上顿时映出了他的脸。

李光宗傻呵呵地抬手，冲着摄像头笑了两声：“早上好啊。”

他太蠢了。

邵司听不下去，踹了踹顾延舟，道：“开门去。”

李光宗其实还有点紧张，他第一次直接上门向男神讨人，敲门之前还做了好一番心理建设。结果当顾延舟拉开门，那张脸出现在他面前的时候，他又开始语无伦次："那啥……请问邵司在吗？"

顾延舟捧着一个碗，碗里还放着一个勺子，给他让了条道："在。"

李光宗一进门就看到邵司半躺在沙发上，抱着一个枕头，冷淡地扫过来一眼。

"我带了一些剧本过来让你看看，这段时间好多导演点名要找你，片酬一个比一个出得高。"李光宗将手里抱着的大纸箱放下来，暂时搁在红木地板上，弯腰搬出一摞又一摞剧本，"我们可能马上要迎来第二春了。"

邵司直起身，拧着眉道："第二春？我什么时候过气过……还有，你管这叫一些？"

李光宗搬剧本搬得带劲，头也不抬："是啊，也就几十本吧。"

"你先挑着，不够我那儿还有。对了，我们换了公司地址，这段时间收到的粉丝来信、礼物之类的东西都搁在仓库里。你看你哪天有空，我把它们都搬过来。"

李光宗把剧本整了整放在桌上，想到另一件事："那个，《回村的少妇 2》导演过来找我，问你还有没有意愿继续客串？"

邵司怀疑自己的耳朵出了问题，毕竟"回村的少妇"这五个字已经离他现在的生活太遥远："回村的什么？"

李光宗解释道："《回村的少妇》，这次是第二部，预计再过两个月就要开机了。"

趁着顾延舟在厨房洗碗的工夫，邵司捏了捏眉心道："就这剧还要拍第二部？谁给他们的勇气……这跟我有什么关系，我为什么要去客串？"

李光宗摸摸脑袋："我以为你很喜欢这个剧本。"

邵司面无表情道："不好意思，我不喜欢。"

李光宗心想：当初拍第一部的时候你不是上赶着，特别积极吗？

他一直以为除了杨茵茵这个原因之外，邵司应该还挺喜欢这个剧本的。虽然这个剧本题材比较特殊，不过也许邵司眼光独到呢？

“哦，那行，我知道了，我回头就推了它。”李光宗找了一张单人沙发坐下来，“不过我觉得第二部的剧情还蛮有意思的，你确定不要试试看吗？乡村爱情，多接地气。女主角在农村里喂喂猪、割割草，竞争一下村委干部，一股清流啊。这可是你当时接第一部说的原话。”

邵司不想去回忆这段黑历史，他当初接下《回村的少妇》这部戏的时候，网络上铺天盖地都是对他品位的质疑声。

——诸君，我在《回村的少妇》演员名单里看到邵司两个字的时候，内心是崩溃的。

——还有比看着偶像和女主角一起在猪棚里喂猪，嘴里还说着“我要养猪，我要发达”这种逆天台词更绝望的吗？

……

“当时我眼瞎。人总是会变的，现在我长大了。”

李光宗一时不知如何接话。

顾延舟洗好碗，将他们的对话听了个七七八八，唯独没听清剧名：“什么电视剧？”

邵司别过脸：“没什么。”

几起手法相似的女童被杀案件，让警方感受到莫大的压力，也引起了全民高度重视。

之前两起案件还未告破，现在又出现一起，上头施加的压力不小，线索又少得可怜。

刑事调查科重案六组会议室内。

王警官已经整整三天三夜没有合眼，长时间熬夜让他的双眼看起来十分疲惫，眼睛里布满了血丝。他双手合十，支着脑袋，对着满墙的线索不知道在想些什么。

他虽然疲惫，但眼神仍然像一把刀似的，藏着几分无法抹灭的凌厉。他的视线顺着白板上用油性笔书写出的种种字迹游移，每隔一行便停留几秒，字里行间任何细小的批注他都不放过。

“王队，您要不回去休息休息？您已经好几天没合眼了，这样也不是办法，别到时候案子没破，您人却倒了。”同事善意提醒道，“而且这个案子蹊跷得很，我们只是怀疑，但也不排除团伙或者跟风作案这两种可能性。凶手到底有几个人，这还说不准。”

王警官的眼神突然亮起来，像想通了什么似的，一拍桌子站起身道：“不对。”

“我们漏了什么，我们肯定漏了些什么……这应该是同一个人所为。小李，你仔细看看这几张现场图片，他留下了同一个‘暗号’。这个人思想处于极度危险状态，他连犯两起案件之后都安然无恙，就开始变得张狂，开始留下自己想留下的东西。至于这个暗号究竟是不是我想的那样，我们得再去一趟案发现场进行验证。”

窗外，天逐渐阴沉下来，没过多久便压得人喘不过气来。随着一声野兽怒号般的雷声响起，空中一道闪电劈开灰蒙蒙的苍穹。

有那么一刹那，闪电将整座城市照得通亮。

“这鬼天气……《天气预报》还说今天空气质量优，空气湿度极佳，适合外出。都是瞎话，说下雨就下雨。”

场务刚打了板，报完场号、镜号、次数，雨点就狠狠地往他头上砸。

他赶忙用场记板临时挡雨，回头问：“导演，咱这是进摄影棚接着拍，还是停工啊？”

在他说话的间隙，两名艺人的经纪人等不及导演回应，直接撑开伞冲出去，将自家艺人接回来。

李光宗手速奇快，冲出去的时候，还顺手抓了一条毛巾。

邵司甩甩头发，没接毛巾：“你是不是有点夸张，这才几滴雨，我擦什么？”

李光宗：“凡事都要小心。”

邵司：“我不想骂你，我得控制住自己。”

导演也烦得很。做他们这行，很多时候也是看天吃饭。像今天这种突如其来的变故，会影响这一整天的拍摄，甚至打乱整个安排。

他将烟头扔在地上，用脚后跟踩灭了，挥挥手道：“什么摄影棚，你用脚指头想想，这场戏能在摄影棚里拍吗？行了行了，停工！今天，大家都早点回去休息。”

邵司前脚刚上保姆车，后脚雨势便加大了。那雨滴砸在人的脑袋上，恨不得砸出一个坑来。

今天，邵司参加的是一个音乐节广告宣传拍摄。接到这个通告的时候，他刚起床，还躺在沙发上补眠，迷迷糊糊地听李光宗说了个大概，然后听到从厨房里走出来的顾延舟似笑非笑的声音：“音乐节广告，你要唱歌？”

邵司刚睡醒，脑子再怎么转不过弯来，也能听出他这句话里浓浓的嘲讽。

邵司起身，直接问他：“你几个意思？”

顾延舟在这个话题上毫不避让：“嘲笑的意思。说真的，以你的唱歌水准，还是别去伤害别人了。”

邵司眯眼问：“你对我的声音有什么意见？凭什么我唱歌就是伤害别人？我当初以组合出道的时候，单曲空降排行榜第……108呢。”

顾延舟：“啧，108，还空降。”

邵司没作声，暗自拧了拧眉。

顾延舟松了松口，话说得相当浮夸：“好吧，我夸夸你。祖宗，你真厉害，厉害坏了。”

邵司无语。

那天，李光宗在电话另一头听得心情复杂。顾男神的人设每天都朝着意料之外的地方崩塌，他真是拿502都补不回去。

唉，他脱粉可能是早晚的事情。

他怎么那么惨，这遭遇完全可以去论坛开个帖，帖名就叫作《818那个崩塌的男神》。

李光宗这样想着，清清嗓子，喊道：“你聊得还没完了是吗？这个通告到底接不接啊，我得马上给人家回复了。”

他这次提这个通告，基本上就没抱什么希望。邵司出道多年，从来没想过要去歌唱领域拓展事业，很有自知之明。

这回李光宗也只是尽了自己的义务，跟他通报一声。毕竟这个音乐节地位举足轻重，在行业内也算是顶尖级别，曝光率很大。

李光宗想想，又道："算了，你不用说了，我现在就帮你推了……反正你唱歌唱得有点奇特。"不是难听。

以邵司的音色，再怎么唱也难听不到哪里去，就是特别奇特，有种深入人心的尴尬。可能这就是尬唱吧。

然而邵司却挑衅似的扔给他一句话："接，不就是唱歌吗？"

这次主办方除了邀请邵司，还请了另外一位重磅嘉宾——徐桓扬。

徐桓扬在华语乐坛可是封神级别的男人。

他二十三岁出道，很快成名，此后六年扶摇直上。他还是全能型歌手，词曲都是自己一手包办，唱功也十分了得。

他的每首歌一经发布，那都是乐坛一次极其轰动的盛宴。当然，他炙手可热还有一个因素：人长得帅。

车外倾盆大雨，李光宗看着徐桓扬上了前面那辆车，身高腿长的，一跨跨进去，微微低着头，帅气的侧脸一晃而过。

"是有点小帅。"李光宗拍拍身上的水珠，一脸感慨地说，"难怪别人说他一个人顶起了乐坛一片天呢，颜值实力双担当。"

邵司窝在车后头，头都没抬："没感觉。"

李光宗将头扭回去，道："行，我又没忍住，就不该找你谈美丑。你的审美就是全世界除了你，其他人根本无法入眼。"

邵司道："话也不能这么说，我觉得我妈长得挺美的。"

李光宗："你这是从侧面肯定自己的基因？"

邵司工作的时候手机开着飞行模式，现在刚联网，几条微信消息就连着弹了出来。

上午十点四十分。

顾延舟：今天我应该回来得很晚，最近有个合作商老缠着我，你记得好好吃饭。

顾延舟：你别吃冷的，冰箱里的冷饮我都扔了。

过了两个多小时，就在几分钟前，顾延舟又发过来一条消息：祖宗，你是不是录制节目的时候把歌唱得太难听，把老天吓到了？要不怎么突然下雨了？你带伞没有？

邵司刚想问他“合作商是男的女的，多大岁数”，看到最后一条消息，什么想法都没了。

你邵爹：这雨不是我唱歌招来的。

你邵爹：我是假唱。

你邵爹：还有，我得解释一下，不是唱得不好才假唱。那个徐什么，名字忘了，他也是假唱，因为现场收音效果不好。

顾延舟正在摄影棚里拍摄，手机暂归陈阳保管。

陈阳直接给邵司拨过去一通电话：“哎，是我，陈阳。延舟的手机在我这儿呢，我就是跟你说一声，他还在摄影棚拍东西，等拍完了休息的时候，我让他再打给你。”

邵司抓抓头发，没想到陈阳会给他打电话，忙道：“没事。阳哥，你不用特意打过来跟我说这个。”

陈阳笑道：“老板特意吩咐的，我当然得照做了。他怕你等他回复，就跟我说，要是你的消息回过来了，就跟你汇报一声。”

“最近有件事情不太对劲。”陈阳想了想，说道，“有个女人，这几天老是盯着延舟……像一匹狼一样，眼神怪吓人的，好像要吃了他一样。”

邵司：“那个投资商？”

齐明：“可不是吗，叫凯瑟琳，国外回来的，还是一个女总裁。她长得很漂亮，昨天还请延舟吃饭，我没跟过去，不知道他们俩都聊了些什么。”

邵司把这两句话反反复复琢磨了两遍，然后意识到顾延舟可能被人盯上了。

晚上八点。

某知名西餐厅里没有像往常那样满客，门口挂着暂停接待的告示牌，显然是被人包了场。

“那位是不是……”几名服务员凑在一起，小心翼翼地讨论着，甚至连那人的名字都不敢说出来，生怕走漏了什么风声。

“肯定是在约会吧，他还帮她切东西呢。看那位女士的穿着打扮，也不是普通人。”

一名年纪较大的服务员出言劝道：“行了，你们偷偷摸摸看两眼就好，别议论，让经理听到了，有你们好受的。”

于是几名服务员慢慢散开。然而其中一名服务员实在是挪不开眼，扒着柜台不肯走：“我的天，他比电视上见到的还要帅。”

顾延舟只穿了一件黑衬衫，袖口解开，往上折了两下，随性又不失礼节。他将面前餐盘里的鹅肝整整齐齐切好，再推给对面那人：“您慢用。”

凯瑟琳从落座开始就上上下下地打量他，也不知道在打量些什么。

然后她伸手接过鹅肝，动作优雅得甚至让人感觉她有些傲慢，说道：“谢谢。”

等她接过鹅肝以后，顾延舟才不紧不慢地切起自己那份。

上次代言合作之后，凯瑟琳就像盯上了他一样。

顾家旗下新开了一间贸易公司，刚处于上升期，想发展海外市场。正好凯瑟琳这段时间回国，然而这位霸道女总裁对顾锋说：我可以考虑跟你们合作，但是得让你弟过来跟我谈。

因此弄得顾延舟这段时间除了拍摄，还要跑去谈生意。

顾延舟切鹅肝的时候有点走神，他控制不住地想：也不知道那位祖宗自己在家里头乖不乖。他转而又觉得自己的担心实属多余，这个时间那位祖宗应该睡得正香。

凯瑟琳吃了两口便放下刀叉，用餐巾擦擦嘴，然后直言不讳道：“我听说，你有个朋友。”

顾延舟不太清楚她说这话究竟是什么意思。

今晚女总裁穿得特别正式，白色套装让她整个人看上去很冷艳。

凯瑟琳微微屈起手指，在桌面上轻敲两下，然后面不改色地问：“你们是怎么认识的？”

她问了这一句之后，还没完，连珠炮又是几句：“你了解那人吗？网上传你们的关系是真的吗？”

顾延舟眉头一挑，捧着水杯的手抖了抖。

另一边，邵司吃过饭，洗了澡，躺在床上半天睡不着。

然后他踩着拖鞋出了卧室，把李光宗前两天送过来的剧本搬出来，坐在地毯上挑挑拣拣。

他将一些已经演过类似角色的剧本排除掉，没眼缘的也不要，剩下没几本能看的。

“这都是些什么。”邵司又扔开一本剧本，顺便拿手机，边翻联系人列表边道，“你能不能在剧本上多花点心思？”

邵司说着，从通讯录里翻到李光宗，给他发过去一条短信：我没挑中，这批剧本都不太行，还有其他的没有？

李光宗很快回过来：我觉得那个心理犯罪的就特别棒啊，我还以为你会喜欢，你看了吗？

邵司：什么心理犯罪？

李光宗：就是以凶手的角度为主要出发点，叙事挺曲折的，名字好像叫《欲望牢笼》。

邵司刚才把刑侦类的剧本全部扔在一边，没有考虑，因为他已经演过特警，演过卧底，这类题材不想再尝试，想试其他的。

《欲望牢笼》这个剧本安安静静地躺在一众剧本下面，只露出一小截黑色封皮。邵司伸手将它抽出来的时候，压在它身上的那些“大军”差点轰然倒塌。

邵司：行，我再看看。

——我好像一个从地狱里慢慢爬上来的魔鬼，毒汁浸入我的心脏，于是我便一点点腐烂了。我拥有全世界最令人匪夷所思的顽劣，但我看上去像风一样自由。我好像是自由的。

——但是如你所见，我不是一个好人。

——我不是人。

这是印在欲望牢笼扉页上的几段话，也是人物的自我剖析。

邵司顺势往地上一躺，一条腿屈着，举着剧本继续看起来："有点意思。"

顾延舟回来的时候，已经接近晚上十点。他在玄关处换了鞋，没走进去两步，差点踩在邵司身上。

"你躺在这儿干什么呢？祖宗。"顾延舟蹲下身，伸手弹了弹邵司的脑门，"等我？"

邵司看都没看他，一只手举酸了，换另一只："你少往自己脸上贴金，我在看剧本。"

顾延舟瞥过去一眼，从他这个角度只能看到"欲望"这两个字，只道："色情尺度超标的不准接。你要是接了，就得做好被我搅黄的准备。"

邵司看得也差不多了，眼睛有点酸涩。他放下剧本，撑着地板坐起来："这是正正经经的刑侦剧。顾延舟，你一天天脑子里都在想些什么？"

顾延舟捏着邵司的下颚，缓缓逼近，道："我想什么你不知道？"

两人靠得近了，邵司闻到顾延舟身上有股酒气。他鼻子灵敏，顺势往顾延舟怀里凑，还闻到一点淡淡的女士香水的味道。

等顾延舟上楼洗澡，邵司还躺在地上迟迟没动弹。他想了想，最后还是特别小心眼地在朋友圈里发了一条动态，按键的时候差点把屏幕戳穿了。

邵司：你身上有她的香水味。

没过几秒，评论的人一个接一个冒了出来：

李光宗：是我鼻子犯的罪。

柳琪：不该嗅到她的美。

池子隽：擦掉一切陪你睡。

邵司：你们有毒吧。

李光宗回复邵司：不，是香水有毒。

邵司被这帮在他评论里隔空唱歌的人弄得没脾气了。

过了一会儿，池子隽发过来一条私信。

麻辣烫小老板——入店消费五折起：咋啦，哥？

你邵爹：你这破名字什么情况？

麻辣烫小老板——入店消费五折起：生意人都这样。是不是很有商业气息？

池子隽这次过来找他，是奔着一个人来的。

“我听说你跟徐桓扬这两天有合作啊，哥？”池子隽说起来还有点小羞涩，“那什么，你能不能偷偷给我录一个视频啊？我真的超喜欢他的歌。”

“行啊。”

邵司上楼的时候，路过顾延舟的房间，他还没从浴室里出来，但是他的手机在床上响个不停。

邵司看也没看，拿了手机过去敲浴室的门：“顾延舟！”

顾延舟没脸没皮地说：“进。”

“进什么啊，你的手机响半天了。”

顾延舟微微拉开浴室的门：“谁啊？”

他探个身，看到手机屏幕上不停跳动着的字眼：“凯瑟琳？你帮我接一下，就说我不在。这人太烦了，晚上吃饭不停逮着我问，查户口都没她这样查的。”

哦，凯瑟琳。

邵司比画了一个“OK”的手势，接起电话便冷声道：“喂。”

然而他一说话，凯瑟琳那边顿时没了声音。

邵司继续道：“您哪位？顾延舟在洗澡，可能没办法接您电话。”

顾延舟披上浴袍，倚在门口，感觉此刻的邵司像一只被人踩了尾巴，正准备闷声放大招回击的猫，可能邵司都没听出来自己话里藏着多少怒火。但是顾延舟听着非常受用。

凯瑟琳那边沉默了很久。

“她是不是打错电话了？”邵司抓着手机，回头一看，发现顾延舟站在门口看他。

电话那头迟迟没有声音，当邵司准备挂电话的时候，凯瑟琳那边终于传来一声怒吼，咬牙切齿地说：“小宝，你能耐了啊，你这是跟谁嘚瑟呢？”

从小到大，叫他小宝的人就那么一个。

邵司张张嘴：“妈？”

电话那边，凯瑟琳不冷不热地哼了一声。

这下顾延舟也惊了：“凯瑟琳，是你妈？”

邵司头有点疼：“凯什么瑟琳，她叫刘翠花，整天净瞎装。”

翠花女士被邵司气得够呛：“你给我闭嘴吧，别添乱。我刚在你朋友面前成功塑造了非常优雅的形象。”

顾延舟听不太清，隐约听到什么“优雅”：“你妈说什么呢？”

“没什么。”邵司把顾延舟推进浴室里，反手拉上了门，“洗你的澡去吧，你头上都是泡沫，你还有脸到处晃。”

顾延舟显然也被这个突然冒出来的“妈”吓得不轻。

不过他很快冷静下来，回想着这几天凯瑟琳女士的种种表现。他抬手抓了一把头发，道：“我早该想到的，之前还以为哪里来的海龟女总裁想潜我。”

玻璃门隔音效果并不好，洗澡的时候流水的声音都能听得一清二楚，更何况顾延舟说这话的时候丝毫没有降低分贝。

邵司敲了敲门，提醒他：“你说话注意点。谁想潜你，少自恋啊，被我妈听见，你就完了。”

邵家人的相处模式一向是互相放养，爱干啥干啥，无条件支持。

当年邵爸说“你也长大了，我想一边赚钱，一边带你妈环游世界”，说完两个人就收拾东西跑了。其实他俩也不是瞎玩，确实是发展业务去了，国内这块已经让他们俩造作得差不多了，资金链、人脉都稳妥，他们打算把魔爪伸向国外。

只剩下“已经长大”的邵司在家里，他穿着校服，放学回来，对着《五年高考三年模拟》不知道说什么好。

过了一阵，高考填志愿的时候，他发了一封邮件通知他们，他报考了哪个电影学院。

由于跨国时差以及各种奇奇怪怪的因素，反正他不知道那两人在国外究竟发生了什么，应该是公司比较忙吧。

总之，在高考结束差不多一个礼拜后，邵司才收到他妈给予的爱的关怀：小宝，高考加油！不要紧张，妈妈相信你一定没问题的！千万不要紧张，你就正常发挥，全市第一拿不到，第二也行。

邵司只能回过去一句：我真是谢谢您了。

翠花女士向来不怎么靠谱。

有一年大夏天，邵司不想出去晒太阳，开着空调蹲在家里打游戏。穿短袖的他喝着冰水，收到了他妈发过来的邮件：今天澳大利亚的雪下得真大。宝贝儿，你要注意身体。妈妈给你寄了一件羽绒服，注意查收国际快递。

过了一会儿，他爸又发过来一封邮件补救：你妈有病，你多担待。

邵司一直不太清楚爹妈做的那些生意，也没想过去了解。他对经商本来就没什么兴趣，反正家里从来都不缺钱花。

不过现在邵司有点后悔，好歹也该知道他妈的英文名。关于刘翠花管自己叫凯瑟琳的事情，他要是能早点知道，也不至于像今天这样尴尬。

“妈，你自己一个人回来的？我爸呢？”

刘翠花缓和了语气：“他这两天太忙，走不开……你自己说说，前几天我查你的账，发现我给你打生活费的那张卡有不明消费，什么人民医院，什么化疗的，把我吓了一跳。”当时她真是吓得心脏都快骤停。

邵司小时候就有过心脏病，问题很严重，虽然后来奇迹般康复了，但是医生说，这种康复从医学角度上来说根本无法解释，除了理解成奇迹，再没有第二种说法，还劝当家长的不能掉以轻心，经常带孩子来医院体检，身边也要备着药。

“人民医院？化疗？”邵司想了想，“是不是那个叫戴薇的姑娘？我忘了跟你说了，当时她情况比较困难，我就把卡借她用了。”

“这个你不用说，你说的这些我后来都查到了。我更想知道，我这一回国，铺天盖地都是你跟谁谁谁的事情。你要不要解释一下？趁我现在还不怎么生气。”

“这你要我怎么解释？”

邵司站得累了，往床边走，将靠枕抱在怀里：“我俩清清白白的，真的。”

邵司那套相当不要脸的审美方式，完完全全得到他妈的真传。这位女士全世界就认可自己，除她自己以外，也就从她身上掉下来的肉能让她破例夸赞两下。

翠花在电话那头指点江山：“你那朋友，叫什么舟的，长得挺寒碜啊，跟你爸旗鼓相当……当年要不是妈的基因替你撑着，你指不定长成什么歪瓜裂枣。”

邵司不以为然：“其实看多了也还好吧，对方挺耐看的。”

刘翠花：“这人长得虽然寒碜了点，但好在身材还算不错……那小伙子有腹肌吧？我看着像有，几块？”

邵司：“八块。”

浴室里，连续五年蝉联国内颜值排行榜首位的国民偶像顾延舟还不知道发生了什么，只觉得洗着洗着，脊背莫名有点发凉，没忍住打了一个喷嚏。

顾延舟把头上的泡沫冲下去，简单擦了两下，腰间围着一条浴巾出来：“你讲完电话了？聊了些什么？你妈对我印象怎么样？”

邵司把怀里的靠枕一扔，整个人歪着倒下去：“我妈说你长得丑。”

在这一家子面前，顾延舟有点怀疑人生。

“我真服了，你们家是不是就没一个审美正常的人？”顾延舟的头发没擦干，偶尔有两滴水滴下来。

邵司的脸忽地一凉，于是眯起眼：“你说谁瞎呢？我还没问你，你吃饭的时候跟翠花同志说什么了，她讲电话讲到最后，一个劲夸你有品位、有眼光。”

顾延舟反应过来之后，沉默了一阵，道：“你可真是她亲生的。”

邵司缓缓眨眼：“嗯？”

顾延舟：“晚上吃饭的时候，她问了我一堆问题，问我了解你吗，有多了解，知道你是个什么样的人吗。”

邵司：“哦，那你怎么说的？”

顾延舟看着邵司——这人的一双眼睛虽然只睁开了一半，眼尾却微微往上扬，一副冷淡又慵懒的样子，睫毛又翘又长。

“我说，你是全世界对我而言最好的人。”

这话邵司听得十分受用：“你把‘对我而言’四个字去掉，也许我会更高兴。”

顾延舟似笑非笑：“你很膨胀吗？”

邵司：“还好吧，我觉得这不算盲目自信，大实话还不让人说了。”

第二章　正直男粉

第二天邵司醒过来，想起今天还有通告要赶。

“你干什么去，又去唱歌？”趁着邵司刷牙的工夫，顾延舟悄无声息地出现在他身后。

邵司漱了口，拿毛巾盖住脸，声音透过一层布料传出来，有点闷闷的：“那是音乐节广告，今天我得过去补拍昨天的戏份。”

顾延舟：“早上你想吃什么？”

“就你这水平，撑死也就能做出来一份水煮蛋。”邵司洗完脸，将毛巾挂回去，“重点是，我要迟到了，我定的闹钟本来是七点。早饭我跟李光宗在车上吃。你别看我，你看我也没用。”

顾延舟松了口：“行吧，那晚上我等你回来一起吃饭。”

话刚说完，李光宗赶到。

“你住影帝家这事还是得注意点，刚才我来的时候，后面一直有几辆黑色面包车跟着，我绕了好几条街，幸好红灯把他们拦着，这才甩掉。”路上，李光宗的心很累。

虽然顾影帝家的地址记者没胆曝光，但是他们两个现在每天的行迹路线都差不多，这已经相当可疑。

今天，那几辆车上十有八九是狗仔。

邵司顺手从桌上拿过镜子照了两下，确定没什么太大问题，便从沙发上爬了起来："怕什么，我暂住而已，是杀人了，还是犯法了？"

李光宗心下百感交集，觉得邵司还是一如既往天不怕地不怕，又说："我跟你说啊，你得做好准备，上次假唱是因为收音的那个东西临时出了点小问题，今天收音可是正常收的……"

九点半正式开工，邵司换好了衣服，这是他第一次穿这种有点耀眼的摇滚元素服饰。他往舞台上一站，手里拿着话筒，只要不唱歌，看上去真的像一个专业歌手。

他的妆容化得有点重，尤其是眼睛，被眼线勾得特别深，是那种全世界的星光都照在他一个人身上的样子，超帅。

李光宗没忍住激动的心情，偷偷在底下拿着手机给顾延舟录了一段视频。

李光宗心想：要是邵司唱歌不那么奇特，该是一件多么美好的事情。

顾延舟正在吃早饭，收到提示便放下手里的刀叉，滑开手机。视频缓冲两秒，手机屏幕上呈现一片伸手看不到五指的漆黑画面。

过了两秒，聚光灯突然打开，强光从上面呈散射状照下来，那些光悉数洒在台上那人身上。等音乐响起，邵司缓缓睁开眼睛，那目光好像正穿透屏幕专注地盯着谁看。

顾延舟低低地笑了一声："装得有模有样的。"

他的话还没说完，本来打算再多夸夸邵司，只见邵司面无表情，张嘴跟着配乐唱了一句："天快亮了，你还睁着眼，心里藏着的那个人，他在触摸不到的天边……"这唱功，一言难尽，唱得跟小学生读课本似的。

导演紧急喊停："Cut！"

导演喊完"Cut"，不知道该说些什么，措辞了半天，最后说出来一句："那个，我说一句话你不要生气啊。正所谓术业有专攻，每个人多多少少都会有些缺陷，这并不可耻，也无须为此感到自卑。你要不还是继续假唱吧？"

视频只录到这里，总共一分多钟。

视频结束的时候，除了导演犹豫不决的话语，还混着李光宗难以自持的狂笑声，拍摄画面也随着他的笑不停上下抖动。

假唱容易，一遍过，录得很快。

邵司和徐桓扬本该一起同台，但是歌神因为有别的通告，时间上排不开，说会迟一个小时。所以编导临时改了一下脚本，变成了分开出场，等最后再补录一个站在一起的镜头就行。

等邵司假唱完下来，李光宗还没调节好心情，一看到邵司那张脸他就笑喷了："哈哈哈哈哈哈，我的天哪，这么多年下来，你在歌唱领域丝毫没有进步。"

邵司："你活得不耐烦了，是不是？"他说完，留意到李光宗的手机屏幕上似乎有什么内容，"你跟谁发微信呢？"

李光宗心里"咯噔"一下，后知后觉地想藏起手机，然而已经来不及了。

上午十点二十一分。

李光宗：好尬！

顾延舟：尬这个词已经不太能够说明问题了。

李光宗：顾影帝，您还想看吗？我再给您录一段？

顾延舟：他还唱吗？不唱就接着录吧。

……

邵司看完他们两人的聊天记录，说不上来是什么表情，居然勾起嘴角笑了，然而这笑落在李光宗眼里总觉得瘆得慌。

邵司抬手，摁在语音键上，一字一句地说："顾延舟，做好心理准备，你完了。"

徐桓扬来现场已经是一小时以后，他戴着口罩下了车，跟导演说话的时候口罩也没摘下来。

徐桓扬的经纪人给导演递过去一根烟，赔笑道："真的不好意思，非常抱歉，还望你们见谅。晚上，晚上我请大家一起吃饭！"

导演接过烟，点上，抽了两口，这才抖抖烟灰，道："没事儿，我能理解的，大忙人嘛。"

说话间，导演注意到徐桓扬的口罩一直没摘，随口一问："怎么了，你怎么老戴着口罩啊？"

徐桓扬的声音沙哑得厉害，说话都非常艰难，还没说两个字，经纪人急忙接过话："昨天不是下雨吗？他淋了雨，一回去就发烧……也怪我，没留意到他最近身体情况不太好，工作又多，这病来如山倒……"

经纪人说着，徐桓扬便咳了几声，听上去病得真挺重。

导演："啊？这样啊。"导演转眼又一想，道，"那要不你也假唱吧。我们争取一条过，能行吗？能坚持住吗？"

邵司坐在一边休息，阖着眼，耳朵里塞着耳机。

他这个搭档还没什么反应，李光宗倒是叹了一口气，觉得颇为遗憾："本来我还以为能听到歌神唱现场版，又泡汤了。"

邵司没把这个徐桓扬当一回事。

然而当他闭目养神的时候，多日没有出现的系统突然上线。

"任务对象，徐桓扬；任务完成所得寿命，五年。"

邵司缓缓睁开眼，一时间没有反应过来："啊？"

系统继续道："本次任务没有提示。"

邵司说出早已经听烂了的下半句话："不限时间？"

"不，这次有时限。"系统沉声道，"三个月。"

邵司："超时会怎么样？"

系统："不会怎么样。"

邵司："您这是在放屁？"

系统解释道："我这不是让你有点危机意识吗？"

徐桓扬，趁他们录制节目的空当，邵司上网查了一下这人的资料。

徐桓扬出道的时间很晚。对于一个十七岁便已经声名远扬的人来说，二十三岁才出道，这之间相隔的六年看起来尤为蹊跷。

自从徐桓扬变成任务对象之后，邵司看他就觉得古怪，好像他浑身上下哪里都是疑点。

邵司的手指轻轻往下滑拉，翻到下一页。

徐桓扬十六岁时，匿名给唱片公司投了一首歌，歌名叫《浮生》。

这首歌邵司有点印象。哪怕他平常不怎么听歌，对于这首曾经红遍大江南北的热门单曲，多多少少也能哼出几句来。

那个唱片公司建立了一个“网络约歌平台”，这个平台设立的初衷挺好的，但是几年来邮箱里塞满了不入流的自荐邮件，渐渐地，他们也很少会去翻看。

毕竟公司已经有一批固定的、有经验的一流词曲创作人，何必再耗费那些人力、物力扑在这上面。

如果不出意外，这首歌会像其他邮件一样，躺在公司邮箱里，永远标着“未读”的标签。

然而阴差阳错地，它们被徐桓扬现在的经纪人——朱力所挖掘。

朱力多次在访谈中提及：我像一个不小心挖到宝藏的旅人，桓扬的歌真的就是宝藏。他在音乐方面的天赋太高了，有时候甚至让我感到恐惧。

朱力笑称：我觉得他可能不是人，太牛了。

徐桓扬十六岁创作的《浮生》，公司出重金买断了版权，交由当时乐坛里一个出名的男歌手拿去当作新专辑的主打歌。新歌发布的当天，直接飙升各大音乐排行榜榜首。

徐桓扬当时应该是不想出道的。邵司看了一圈下来，隐隐有这种感觉。

徐桓扬后来也陆陆续续给很多知名歌手写歌，当然他自己也唱。他在音乐原创网站上有个小号，发布的每首歌都上了权限，锁着不给任何人听。

直到后来，为了纪念徐桓扬出道五周年，朱力才公布了他这个小号，并且开放歌曲权限，当作发放给粉丝的福利。

页面上附着一个链接，点进去正好是那个原创网站。第一首歌就是十几年前，他自唱自创的第一首歌《浮生》。

@XHY：浮生试唱。

后面附了一个歌曲链接。

发布时间：2004年8月23日，凌晨三点半。

舞台上，灯光师正在调试灯效，徐桓扬穿着西装，模样特别沉静。他坐在一架钢琴前面，手指轻轻搭在琴键上，几个音符流畅地倾泻而出。

导演伸长手到处指挥："摄影，你别老站这儿不动，你几号机位的？音效！音效师，等一会儿桓扬弹完前奏，你衔接的时候机灵点。"

无论台下有多么混乱，徐桓扬始终低垂着眼，一副置身事外的样子，好像所有嘈杂都在他手指触摸到琴键的时候远去了。

邵司点开那首《浮生》。徐桓扬十六岁时的声音还比较稚嫩，录音设备也相当简陋，甚至有一些轻微的噪音混合在前奏里。

紧接着，背景音乐逐渐淡下去，徐桓扬张口唱的第一句就让邵司直起了背。

他的音色非常特别，不能将其定义成任何一种类型，但绝对是让人过耳不忘的声音。尤其他咬字、转音也自成一派。他没有运用任何技巧，真的就是在安安静静地唱歌。

邵司想起了之前自己与人组合出道的时候，制片人对此表露过担忧，丝毫不掩饰地说道："你们没戏。不知道公司怎么想的，你们好好地走偶像派演员这条路就行，没事组什么男团。你们的歌不行，红不了。你知道什么叫好歌，什么叫好的歌手吗？好的歌那是唱到人心里头去的。"

徐桓扬十几年前的歌声通过网络顺着耳机线缓缓钻进邵司耳朵里。

邵司又抬头看看舞台上的徐桓扬。由于离得远，他眯起眼睛仔细看，也只能瞥见徐桓扬被灯光照得有些朦胧的侧脸。

徐桓扬同样张着嘴，跟着歌词对口型。

他也许情不自禁地跟着唱了出来，但是为了收音效果，他面前的那个麦克风并没有插上电。

"歌神的歌真的超棒。"李光宗情不自禁感叹道，"如果没有顾影帝，他绝对是位列我男神排行榜第一的男人。”

邵司拉下耳机，侧过头，面无表情地看着他：“我早就想说了，我老是觉得哪里不太对劲，你一个大男人追的都是男偶像，我从没在你嘴里听到过哪个女人的名字。你别瞒我，你是不是取向不太正常？”

李光宗：“哦，你还有脸说我，你觉不觉得自己的脸挂不住？”

李光宗又解释说：“我们男粉都是很正直的，就是人格上的欣赏而已。”

对于这个问题，邵司不太想多谈。他关了搜索页面，照着之前跟池子隽说好的，录了一段徐桓扬弹钢琴的视频给池子隽发了过去。

池子隽：啊啊啊啊！我想变成那架钢琴！我想让他演奏我！手指拂过我的身躯！

池子隽发了一个激动的表情包。

邵司放下手机，把化妆师叫过来补妆，接着漫不经心地往椅子上一靠：“你们男粉，嗯，果然很正直。”

傍晚，拍摄顺利结束，朱力说到做到，张罗着要请大家伙吃饭赔不是。

李光宗已经准备好跟着邵司早退，他整理好所有东西，背上包，拍拍邵司的肩膀：“我们静悄悄地从后门撤退，趁着没人注意到这边。我已经让司机把车开过去了。快快快，弯腰，撤退！”

邵司站在原地没动弹：“等一会儿，你让我再想想。”

他很困，就想回去洗个澡，然后倒床上就睡。而且早上出门的时候，顾延舟说了要等他吃晚饭，但饭局又是他接近徐桓扬的好机会。

“你当然是跟着一起去吃饭啊。”系统道，“我说什么来着，有了牵绊的人啊，就是让人不省心。”

邵司道：“现在他身体状态不是很好，刚才我跟他一起上台的时候，他整个人都在发烫。朱力上台给他量体温，三十九度多。他吃什么饭啊，还要不要命了？”

拍摄的时候有一个画面，需要邵司跳起来往前走两步，然后一只手勾住徐桓扬的脖子，顺势在他身边站稳，展现出一种充满活力的感觉。

然而邵司的手一碰到徐桓扬的脖子，只觉得掌心有些发烫，徐桓扬整个人就像没站稳似的晃荡了一下。

导演一喊Cut，朱力就特别担心地从台下冲上来："昨晚你吃了药，体温明明降下去了，怎么又烧起来了？"

"撤吧，回去睡觉。"邵司说完，又自言自语道，"要是谁在我发烧到三十九度的时候还在我耳边说东说西，我可能要打他。"

他们俩撤退的功力堪称一流，神不知鬼不觉地就从后面溜走了。

等其他人商量好了去哪儿吃，才反应过来少了人，他们左右张望一圈："是不是还差一个人？邵司呢？"

导演晃晃手机，手机屏幕上赫然是邵司发过来的早退短信，有理有据，借口找得令人信服："我早就听说这位收工特别积极，一喊'Cut'，人就消失，这回算是见识到了。"

徐桓扬还戴着口罩，导演说完这话，他不动声色地抬头往后门的方向看了两眼。

车上。

李光宗特别心疼自己的第二男神，不停地说："导演组那帮人也不识相一些，人都烧成那样了。歌神不好意思说想早点回去休息，他们也就不管人家的身体状况，真让歌神陪着吃饭。"

邵司不太能理解："他不能拒绝吗？"

"你以为圈子里能有几个人跟你一样，不怕得罪人？不想立牌坊的，放眼整个娱乐圈就你一个，还嚣张得要死。多亏粉丝吃你这套，换一个人分分钟混不下去。"李光宗解释说，"歌神在圈里口碑特别好，人也好。他就是觉得今天迟到的事情特别对不住大伙……不行啊，我还是好气，很心疼他。"

邵司想了想，点开联系人列表。

昨天邵司跟徐桓扬见面，出于礼貌，两人打过招呼后，交换了联系方式。两个经纪人更积极，开着两位艺人的账号，麻溜地走了一波互粉。

邵司："第一次聊天，得慎重一点。"

系统表示非常赞同："嗯。"

然后系统看着这个嘴上说着要"慎重"的男人给徐桓扬发过去一份早退多年的心得感悟，又称"撤退的各种方式"。

系统："喂，等一会儿，你教人家怎样优雅又不失风度地早退，这叫慎重？"

等邵司回去，换好了鞋，走两步就见顾延舟坐在沙发上，手里捏着一本薄薄的剧本，拧着眉头一行一行地看着。

顾延舟听到开门的声音，放下剧本，朝他道："过来。"

邵司没理他，拐个弯绕到厨房里倒了一杯水，边倒边说："我发现你最近一天天好像很闲，你这是提前休了年假？"

"我跟你讲一件有意思的事情。"顾延舟讲故事的时候，语气不痛不痒，好像这件事情跟他没有关系一样，"前几天我刚进的剧组，就那个武术题材，名字叫《一代宗师》。"

邵司抓着水杯看过去："嗯，怎么了？"

顾延舟轻扯起嘴角，道："停机了。"

这个剧组邵司有印象。

当时顾延舟在挑剧本，邵司闲着没事躺在他旁边打游戏，每回中场休息的时候，邵司就凑过去看两眼，时不时地点评一下："这个剧情太狗血，换下一本。"

"导演出轨女主角，顺便神不知鬼不觉地把女二也拐上了床。导演老婆抓着证据来片场闹，结果不小心把人打得流产，孩子也不知道是谁的。"

邵司："这么劲爆？"

顾延舟走过去，倚在厨房门口看着他："现在还在大换血，导演、女主角、女配角都得换……这些都不重要，重要的是我一整天脑子里都是你那首歌。"

邵司直接踹过去一脚："我跟你之间的账还没算清楚。"

顾延舟沉吟了两下，才想起来这人说的是什么事情，嘴上依旧没有松口，逗邵司道："唱歌难听还不让人说？"

可能是打架的次数多了，顾延舟躺赢的概率就减少了很多。邵司颇有几分天赋，将顾延舟的拳法学了几成，有时候顾延舟没防备，被他打到一下真还挺疼的。

最后邵司伸手拍了拍顾延舟的脸蛋："大爷我去洗澡了，你还有没有什么话想说？"

顾延舟被邵司摁在地上，头发有些凌乱，眼睛微微眯起，但他什么都没说。

徐桓扬回短信过来的时候，邵司还在一楼浴室里擦头发。

他没有把手机带进浴室的习惯，坐在沙发上的顾延舟自然看到了短信。

徐桓扬：谢谢。我已经好多了。

顾延舟闲着也是闲着，替邵司回过去三个字：不客气。

"你发的？"等邵司擦完头发出来，他看到了那条显示"已发送"的短信。

顾延舟："嗯，这就是那个歌神？"

"是啊，乐坛一枝花。他唱歌真挺好的，也很敬业，发高烧还撑着录制节目。"

邵司随口夸了徐桓扬两句，没再管那条短信。他点开微信，将李光宗发过来的十几条消息扫了几眼。

李光宗：这几天我不催你，你干脆微博也不上了是不是？你赶紧的，发一条动态。

李光宗：你知道自己多久没有发微博了吗？简直像一个失踪人口。

你邵爹：你烦不烦啊？

邵司往沙发上一躺，懒得继续打字，直接按语音："微博不是你在发吗？昨天你对着我一顿拍，连着发了三条动态全是自拍。傻孩子，你不会失忆了吧？”

李光宗回得特快，一看就是等回复等了很久：“你的粉丝眼睛尖得很，我一发照片出去，评论都在说什么经纪人小哥辛苦了。是不是你发的微博，他们太清楚了，真是火眼金睛。你自己看看。”

邵司：“你怪谁？你在配文里整天发什么亲亲啊，啵啵啊，我爱你……又是阳光，又是小兔子微笑的，高仿号说话都比你像我。”

李光宗被堵得一阵心绞痛。

啊！他想杀人！他怎么会带这种艺人？还被吃得死死的！

“总之，你发微博就是了，你现在粉丝眼里已经是一个连一条微博都不肯施舍的高冷偶像了。”李光宗重新组织了一下语言，“有时候，我都觉得当你的粉丝是一件特别惨的事情。前几天，‘邵司不发微博’这六个字都飙上热搜了，你能想象吗？”

邵司：“行了，我知道了。我想想发什么。”

邵司退出微信，仰起头看顾延舟，正想问问他的更博频率，转眼一想，想到自从变成“猫奴博主”以后……这人发微博基本维持在几天一条。

顾延舟没留意到这人的视线，他正在专心看剧本，看到重要的地方还会停下来念两句，细细琢磨。

于是邵司点开顾延舟的微博头像，进去逛了一圈。

@顾延舟V：它刚睡醒的时候脾气很差，一伸爪子就挠人。

@顾延舟V：超爱。

……

也是非常恶心了。

邵司承认这波操作顾延舟完胜。

“你把手松开。”邵司翻了翻手机相册，发现平时没有自拍的习惯，相册里也没什么旧照可以拿出来发，只能现拍。他将焦距对准之后，顾延舟的手也一并出现在取景框内。

顾延舟抬眼看他：“怎么？”

“我现在需要一张自拍。”邵司调了一下亮度，道，“这位先生麻烦配合一下。”

刚才他和李光宗的对话，顾延舟也听了不少，不用猜就知道他要干什么，于是顾延舟直接说：“你要不要现成的？我手机里有。”

邵司伸手在顾延舟裤兜里摸手机，顾延舟提醒道：“在另一边。”

顾延舟手机里下载的东西很少，手机界面一览无余，相册也非常干净，点进去只有一个加密相册。

“密码是你生日。”

邵司懒得跟顾延舟纠结这个，输了几个数字进去，相册解密成功。

相册里只有一张照片，是邵司睡着时候的样子。他的头顶几绺头发翘起，阳光从窗外洒进来，浑身上下除了脸和脖子，哪儿都没露，干干净净的，而且色调特别温暖。

邵司突然有点原谅这人之前说自己唱歌难听的事儿了。

邵司拿走这张“独家”照片的时候，顾延舟还有点后悔：“这样吧，你接着自拍，我不挡你镜头。”

“我发都发了。”邵司扬扬手机，“你哭去吧。”

顾延舟看了一眼邵司的微博，短短十几秒，已经冒出来不少评论。

热评第一条：这条肯定是邵爹更的博。楼下的兄弟姐妹们，稳住了，不要高兴，不要夸他。给他惯得，免得以为自己两个月更一条微博特勤快。

“啧，你的粉丝真可怜。”

夜很快深了，窗外淅淅沥沥地开始下起小雨。

气温骤降，零下七八度，雨越下越大，重重地砸在屋檐上，砸在婆娑的树叶上。

重案组的各成员套着雨衣，踩着雨靴，还在路上奔走。

“王队，你让我搜查的地方我都找过了，什么都没有找到。”一名年轻警官匆匆地从河畔的小树林里走出来，走到车前，拉开车门，一进去就给队长打电话，“犯人丢弃凶器的地方可能不在这里，也许我们的推测有误，仅仅凭借一个陌生网友的博客……”

王队坐在办公室里，面前的电脑屏幕上闪着荧荧的光，他仔仔细细地盯着屏幕上的一小行字，这行字已经被他做了着重标记。

——我很高兴，今晚的月色很美。我听着涓涓细流的声音，蹲下来在河边洗净了手，也洗净了我的罪恶。天就要亮了，明天，我又能若无其事地活下去。

“那条河有多长？”

“大概有六百米，附近没什么住户，连路灯都是坏的。林子最里头实在是太深了，越走进去越黑，不提着灯，根本看不见脚下的路。”

王队沉吟两秒：“你们直接去最里面找。”

几天前，他们重新勘察了现场，在沾染血迹的墙壁上有了突破性的发现。

凶手在各个现场留下了四个英文字母，只是留的地方特别隐秘。他在原本就沾了血的地方模模糊糊地添上两笔，等血迹干了之后，甚至无法辨认出它究竟是什么字眼。

这还是专业人士反复对比了三张现场照片，才无意间得以窥见。

那四个英文字母连起来是“JOKE”。

“上周在侨安双语学校附近发生的凶杀案，目前有了新进展。警方在距学校五公里远的地方，也就是环和北路和南路的交接口处，一条蜿蜒的小河尽头，找到了嫌疑人所用的斧头、刀子和一条五米长的绳索。”

画面上出现了不少身穿警服的人，他们正在封锁现场。

“警方已顺利取得对方的指纹和DNA，相信案件侦破只是时间问题，很快就能将犯人绳之以法……好了，今天的新闻播报就到这里。这起案件受到人民群众的广泛关注，本台也会继续跟踪报道，明天我们同一时间再见。”

女主持人微微鞠躬，电视屏幕上画面一切换，黑了下去，然后工作人员的名字一行行滚动上来，片尾曲曲调恢宏而又严肃。

“你吃花生酱还是芝麻？”顾延舟说着从厨房里探出头来。

今天早上，他得去一趟公司，有会议要开。顾锋每次出差，公司管理的担子就落在他肩上，导致他平时不光要看剧本，还得看助理呈上来的季度报表。

此时顾延舟已经穿戴整齐，西装笔挺，为了防止衣服被弄脏，他仔仔细细地将袖口挽了上去。

邵司瘫坐在沙发上，随手调了一个台："随便吧。"

"稀奇啊，我头一次见你起这么早。"系统说。

系统这话说得，邵司忍不住翻了一个白眼："我也觉得稀奇，我睡得好好的，直接被顾延舟扛下来。"

"顾延舟扛你干啥？"

"吃早饭啊，顾延舟说不吃早饭死得快。"

顾延舟做完一份简单的三明治之后，洗了手，将它端出来："你刷了牙把早饭吃了。我先去公司，晚上不知道什么时候能回来。"

邵司这才慢慢悠悠地站起来："我知道了。走好，再见，不等你。"

顾延舟一看邵司那副没睡够的样子，十有八九是等自己走了之后，他一扭头就接着上楼睡觉。

顾延舟给助理发了一条短信，说自己会晚半个小时到，会议让他们先开着，然后拉开椅子在餐桌边坐下："过来，我看你吃完再走。"

邵司没辙了："你真跟我妈似的。"

邵司简单洗漱过后，坐下来吃早饭。顾延舟还真说到做到，眼睛都不眨地盯着他吃。

邵司无奈道："我知道我帅，你也不用这种眼神看我。"

顾延舟将热牛奶递过去："嗯，今天我们祖宗也是一如既往自恋。"

邵司吃着吃着，不知道为什么，回想起刚才电视上出现的画面："那个，笙笙的同学，现在他们家里怎么样了？"

顾延舟道："他们？急得很。案子一天没破，他们就一天睡不着，每天以泪洗面，天天去警局里闹……跟催债一样。他们也到学校里闹，出了事情哪边都逃不了干系，说学校那边发现学生没有按时到校，不给他们打电话通知一声。"

关于这点，学校方面也很无奈。

这个孩子平时就有迟到的行为，做早操没见到她人，以为又是起晚了，没有往其他方面想。班主任想着要是出完操，上午第一节课时人还不来，再给家长打电话问问；谁知道发生了这种事。

邵司："我刚在电视里隐隐约约看到王队了，这个案子还是由他负责？"

"这我就不知道了。"顾延舟道，"但是这个案子确实棘手，不知道是谁会对这么点大的孩子下毒手，太狠了。"

这种事情比普通的凶杀案更引人注意，可能因为受害人还只是一个五岁左右的孩子。

孩子太纯洁了，灿烂得像一朵花似的。最重要的是，他们还有着无限可能的未来，却被人以最残酷的手法扼杀。

邵司咬着生菜叶子，没有说话。

顾延舟看了一眼时间，道："行了，我先走了。"

"嗯。"邵司也看看时间，"我吃完再睡一会儿，下午要去试镜。"

最后剧本还是选定《欲望牢笼》，邵司已经把台词都记了下来，还特意看了《欲望牢笼》原作者"小丑先生"的访谈，听他对这部作品的解读。

"这个故事选取单元形式写作，看似独立，但是其中几个重要罪犯的故事层层递进，相互之间又有密切关联，最终单元主角'凯撒'的人物原型，源自我无意间在博客上看到过的文章。"

小丑先生的声音经过特殊处理，可能是为了配合他这个笔名，听上去有种诡异的金属质感，像齿轮不停卡顿，发出"咔咔"的声响。

"是那位博主激起了我的灵感，对方在描写杀人的时候，那种心理状态和手法相当逼真。但是后来我再点进去，那个域名已经失效了。"

邵司这次试的角色，就是最终单元的主角——凯撒。

李光宗来接他的时候，还有点犹豫："你这次选的角色会不会太负面了？连环杀人案凶手啊，整个儿就是变态。你能行吗？而且你得想好，这部作品最后可能没办法在年终盛典上获得提名。你见过哪次最佳男主角颁发给一个负能量爆棚的大变态？”

邵司上车之前又看了一遍剧本，满不在意道：“要提名干什么，提名能吃啊？我就是想随便试试，还挺有意思的。”

他演过那么多角色，从纯罪犯角度去揣摩还是头一回。

每个人都有犯罪的潜质，他们心里有一处密不透风的、潮湿阴暗的角落，常年上着锁，偶尔会有类似怪物一样的东西从里面敲击两下，发出一声嘶吼，频频叩门。

然而这扇门一旦被敲开，便是阿鼻地狱。

邵司抽到的试镜片段里没有具体情境，也没有动作，只有几句只能意会无法言传的话语。

邵司拆开信封，将纸拿出来抖开，扫了两眼，不太确定地问道：“这个？”

评委席上坐着几个重要人物，导演、副导演、编剧，还有两位投资商。

为首的那个年纪有些大了，胡子花白，眼神锐利得很：“嗯，就这段，行吗？表演形式不限，我们给你五分钟准备时间，五分钟之后准时开始。小王，按表，计时。”

小王站在那人身后，看样子应该是助理。小王闻言，丝毫不含糊地按下胸前的计时器，时间便一秒一秒地跳过去。

这个方导果然名不虚传，雷厉风行。

邵司也不拘束，找了一个墙角直接坐下来，在众目睽睽之下阖上眼。

李光宗在外面等他。

李光宗一点都不担心，邵司参加试镜从来没有落选过，百发百中。而且他最近受邵司的影响，也开始玩手游打发时间。

此时李光宗就坐在外边走廊上，低着头，手指在屏幕上滑得特别带劲，连邵司什么时候出来的都不知道。

邵司的手插在衣兜里，轻轻用脚尖踹了踹他：“喂，走了。你玩的这是什么傻瓜游戏？”

“《连连看》啊。”李光宗说完便抬起头，顺便看了一眼时间，“哇，十分钟，这么快？中午我们吃什么？”

邵司张嘴道：“还吃个啥？”

“你怎么这副表情？”李光宗这才注意到邵司的情绪不太对劲，急忙起身道，“咋啦？”

邵司走出去两步，边走边戴墨镜，在门口处停下来：“没过。”说完，他看李光宗那张蠢脸，知道李光宗一定是没有反应过来，于是重复一遍，“试镜没过。”

李光宗跟上去，走在邵司身侧，道：“你这是在开玩笑，想给我一个惊喜吗？”

邵司没什么表情，看他一眼：“我看起来像会干这种蠢事的人吗？”

李光宗：“像，非常像。”

第三章　入戏

回去的途中，车内气氛一度十分压抑，这是邵司从业多年第一次受挫。

李光宗也不知道怎么安慰他，生怕不小心碰到他的雷点，说道：“人生就是这样，不经历风雨怎能见到彩虹。有时候，挫折也是催促人类进步的一个重要因素。你说对吗？我们要永远对未来充满希望，充满信心。”

邵司：“鸡汤就算了，你闭嘴就行。”

李光宗顺从地闭上嘴：“好吧。”

其实李光宗想太多了，邵司倒真没什么负能量，反而觉得挺新鲜。

他平常拍戏都太顺风顺水，不管是什么角色，看两遍剧本就能揣摩得八九不离十。他难得受一次挫，反而激起了斗志。

顾延舟：试镜没过？

你邵爹：哦，李光宗那个狗腿子。

顾延舟：你第一次试镜失败，感觉怎么样？

你邵爹：方导说我不够变态，我还能怎么样。

邵司抬头看了一眼李光宗的后脑勺，然后微微站起身，弯腰拍了拍他：“剧本，拿过来。”

李光宗不明所以："你不是试镜没过吗？还看什么。"

"还有第二次试镜的机会。"

"第二次？什么时候说的？通知上没有啊，试镜不就这几天吗？"

邵司翻开剧本："可能我这样说不太妥当，但是连我都驾驭不了的角色，你以为这两天他们能招到合适的人选？如果真的有，我直播吃剧本。"

顾延舟晚上十点多到家，客厅里的灯还亮着。

邵司坐在地毯上，脚边摊了好几本书，低着头不知道在干什么。顾延舟走过去，弯腰捡起一本离他最近的书，将那本书摆正了，只见封面上写着五个大字《变态心理学》。

顾延舟随手将书搁在桌上。

邵司看得太投入，没察觉到身后站了一个人。他屈着腿，书架在膝盖上，另一只手拿着笔在上面画着，没头没脑地来了一句："我要杀了你。"

顾延舟听到这话不由得顿住。

"我把刀抵在你喉咙上，轻轻地划过你的皮肉，挑开你的筋骨。"邵司突然放下书，缓缓站起来，身体僵直，声音也越来越冰冷，"你瞪大了眼睛看我，而我看到你痛苦，看到你不堪重负，你眼底的渴求与不甘，我就感到快乐。"

顾延舟："你念叨什么呢？"

邵司闭上眼，过了一会儿又睁开，对顾延舟的话恍若未闻："我是从地狱里开出来的一朵花。"

顾延舟将他拉过来，摸摸他的额头："你怎么傻了？"

在顾延舟回来之前，他就在朋友圈里看到了这人发的一堆动态，古古怪怪的，像中了邪一样。

——福尔马林浸泡腐尸的气味让我眷恋不已，就好像娘胎里温暖的羊水环绕着我。

这句话把一群平时老潜水的人都炸了出来。

池子隽：我去，我可能是在做梦。

安殷：你怎么了？不要想不开。

邵司抬头看了顾延舟一眼，从剧本和人设中脱离出来，双手紧抓着顾延舟的领口不放，缓和了好久，才从嘴里吐出一口气来。

现在邵司整个人像虚脱了一样，浑身上下都没力气："这角色真是要命了。"

顾延舟没说话，抬手将这人的额前碎发拨开，把掌心贴在他额头上，果然摸到湿漉漉的汗水："你也太拼了，不行咱就算了。角色不适合不能强求，看你这冷汗冒的。"

"这还真不能就这样算了。"邵司推开他，打算去洗手间洗把脸，"头一次试镜失败，我可不想认输。更有意思的是，结束的时候方导冷笑着说'继顾延舟之后的第二个天才影帝，也不过如此'。这个导演是不是太找打了，比我还不会说话。"

"方导？方云飞？"顾延舟将为数不多那几个姓"方"的导演在脑子里过了一遍，这种说话语气，除了方云飞应该不会有别人，"他就是这样，说话难听得很，你别往心里去。以前我跟他合作的时候，NG了两次，他直接跟我说'你还是趁早滚出娱乐圈'。"

这种嚣张没礼貌，晚上回家走路都能被人套麻袋打一顿的人，邵司叹为观止："挺厉害。"

"对了，今天下午三点左右，方净给我打了一通电话。她打你手机，你关机，那时候你应该还在试镜。"

顾延舟继续道："昨天戴薇进了手术室，手术非常顺利，恢复状况良好，只要安静休养，康复的可能性很大。"

而且，戴薇还是想把《出其东门》女主角这一角色交给安殷。安殷虽然很想参演，但更重要的还是避嫌，她不能因为自己给《出其东门》带来任何负面影响，便以角色不适合为由拒绝了。

"嗯，希望她早日康复。我看看我的行程安排，哪天有空再去看看她。"

邵司刚洗完脸，满脸都是水，还没擦干净，手机便催命似的振动起来。

“顾延舟，你接一下电话。”邵司闭着眼往右手边摸毛巾，“谁那么烦。”

李光宗鲜少有给邵司打电话，电话没响够二十秒就被接起的经历，不由得感叹道：“我这才打了第一通电话你就接了，这必须得夸夸你。我给你算过，你知道你接电话的平均速度维持在多少分钟吗？没个两三分钟，你不会接。”

顾延舟：“你有什么事？”

李光宗一时语塞：我又失策了。

在男神面前，哪怕男神形象崩了也还是男神，李光宗小心翼翼地措辞道：“是这样的，您帮忙转告一下邵司先生，您本人也顺便做一下心理建设。你们俩又上热搜了，这次情况还比较严重。我跟阳哥两个人摸不清你们当事人的想法，目前还没有采取什么公关行动。你们看一下，想怎么解决，我跟阳哥着手去弄。”

顾延舟说话简洁明了：“好的，等一会儿我再找你。”

邵司正好走出来，话只听了半句，道：“什么热搜？”

第一狗仔王某某一直没有放弃邵司和顾延舟这条线，尤其看着身边各大媒体纷纷碰壁受阻，凡是想接着调查的，私底下无一不受到很大压力——顾家势力范围太大。

正是因为这份阻力，王某某更想把真相挖出来，公布在群众面前。

正如王某某所说，他是一个有梦想的狗仔。

这回王某某爆的料相当有分量，都是实锤。邵司凑过去看了两眼，满屏幕都是动图、照片，还有文字解说。

@第一狗仔王某某：之前的事情被两位影帝说成污蔑诽谤，我王某某还收到了律师函，赔了他们几十万。但是我没有因此退缩，经过数月潜伏，找到了不少证据。

这篇文章有理有据，从邵司刚住进顾延舟家里开始一一罗列，连两人一起逛商场那次也没能幸免。不知道照片是从哪里流出去的，看画质很像超市监控录像。正面、侧面、背面照片拍了好几张，都是邵司推着推车，顾延舟走在前面买菜的画面。

根据前后时间，文章附上很多图片，把他们住在一起的事情坐实了。

他们俩因为这类消息上热搜上得太频繁，很多人早就已经看厌了，整天闹来闹去，又没有什么劲爆的新花样。

——能不能不要再捆绑了？好烦啊，本来我对他们两个人印象还挺好的。

——同意楼上观点，用这种手段博眼球，他们不烦我们看得也烦了。

网上说什么的都有，王某某自带的水军战斗力也相当强大，利用这种舆论争议，将整件事情的热度拉高，情况其愈演愈烈。

评论里也有几个理智的粉丝：看时间，当时邵爹违约，刚卖了房，所以没地方住。邵爹跟顾影帝关系好，借住在他家也很正常。两人一起买菜算什么，要是换了两个女明星在一起买菜，你们还会猜测成这样吗？都是些什么臭毛病。不过虽然我这样说……

“那张照片拍得挺帅的，存一下，你往上拉。”邵司的关注点不知道歪到哪里去了，他指挥顾延舟把页面往上滑，停在一张偷拍照上。背景是人民医院，他们当初一起去看戴薇的时候。

照片上，邵司微微踮起脚去勾顾延舟的脖子，两人有说有笑往外面走。这张照片镜头抓邵司比较多，正好斜过去拍到他大半张脸，跟顾延舟没有半毛钱关系。所以邵司嘴里那句“挺帅”，毋庸置疑，完全是在指他自己。

“这张照片？”

“嗯，下面那张也顺便存一下。”

顾延舟往上滑了两下，一边帮他保存照片一边说：“你还要不要脸了？”

李光宗和陈阳互通电话，不停地在琢磨这事儿：“阳哥，我和你说，邵司那脑子里一天天装的是什么我都不知道。他那心思真是，我猜都猜不着。而且他做事从来不考虑后果。顾影帝可千万别被他带跑了，现在我就特别担心……”

相比之下，陈阳显然冷静得多：“放心吧，你们邵司想干什么，我保证不了，但是延舟这边我敢保证，他做事一向稳重。”

李光宗一想：“也是。”

顾影帝出道多年，从来没有出过什么岔子，他肯定分得清轻重缓急。

这种事情看着闹得大，只要不去理会，网友也不会揪着不放。冷处理这种方式屡试不爽。

放下心来的李光宗刚想回房拿衣服，好好洗个澡，上床休息：“那行，我就不叨扰你了。那个什么动感音乐节的广告，明天一大早我们还要赶过去拍一场额外增加的戏份，我们回头再联络，好吗？”

李光宗的话还没说完，通知栏就弹出来一个消息推送：

您关注的用户“邵司”正在直播中，快来围观吧。

李光宗喉咙哽了哽：“阳哥，我突然有种不太好的预感。”

邵司开直播的消息不胫而走，不到一分钟，蹲在直播间里的人数已经飙到上百万。

李光宗被邵司吓得够呛，手一抖就想去翻通讯录，然而只见屏幕那边邵司喝完水，随手将水杯搁在边上，直言道：“我经纪人李光宗同志在吗？在的话发个 1，其他人都安静一下。”

李光宗不明所以，打了“1”发出去。

邵司眯着眼，在滚动的弹幕里找到那个眼熟的 ID“邵爹的贴心小棉袄”，然后道：“你等一会儿别给我打电话，乖一点，反正你打了我也不会接的。”

邵爹的贴心小棉袄：啊？

邵司：啊什么，你别啊了，傻里傻气的。

——哈哈哈哈，经纪人小哥日常被怼。

——小哥哥 ID 瞩目，太可爱了。

“今天我就是想跟大家说一件事情。”

邵司说着，看向右侧，伸出一根手指在空气里勾了勾。

顾延舟放下手里削了一半的苹果，极其配合地侧身过去，半张脸出现在屏幕上，冲百万网友挥了挥手："大家好。"

观看直播人数成倍递增，弹幕滚得太疯，网友打上去的话瞬间就被其他人的评论淹没了。

但是在这片"残影"似的弹幕里，由于"顾延舟"三个字出现的次数太多，还是看得非常清楚，伴随着的还有一大堆感叹号。有些人甚至激动得说不出话，只能发标点符号。

邵司也没管他们，自顾自地介绍说："我跟你们介绍一下，顾延舟，我现在的室友。如你们所见，我付完天价违约金后，一穷二白的我目前借住在他家。"

邵爹的贴心小棉袄：……

邵司这句话说完，网友们非常默契地集体选择了沉默。

整整十几秒钟，几乎没有人刷弹幕，然后突然在某个特定的点轰然爆发。

——真的假的？你不是在逗我们吧？

——我去，直播说这个！

——我看的仿佛是一个假直播！完了，为什么我的心跳那么快？

"我没开玩笑，认真的。不过王某某写的那篇稿子还是不能乱看，都是些什么乱七八糟的东西。"邵司看了看弹幕说道。

邵司没打算多说，简单陈述完重点之后，他一摊手，非常潇洒地打算关了直播："好了，我说完了，大家晚安。"

——这怎么睡得着，注定是一个不眠之夜。

——唉，我可能已经在梦里了。

——啊啊啊啊啊，别走啊，你撩拨完了就跑，很没有礼貌的！

次日，邵司乘坐的保姆车刚驶出小区，差不多开出去两条街，后面已经跟着好几辆可疑的车辆。

李光宗透过后视镜观察了它们好几分钟。这些车辆整齐划一，跟着保姆车转弯，窗口还大大地开着，摄像机毫不避讳地架在窗上。

李光宗收回目光："目测大概有五家媒体跟着我们，等到了拍摄场地门口，人肯定更多。你想不开就算了，顾影帝怎么也陪着你胡闹？”李光宗话说到一半，几度说不下去，“你们真是太胡闹了。”

邵司坐在后面，背靠着靠枕，身上盖着厚毛毯，面无表情道：“别闹，你活得不耐烦了，是不是？”

李光宗“啧”了两声，没再说话。

动感音乐节广告本来已经拍摄完毕，但是主办方看了样片之后，觉得这个“全年龄”的概念还不够突出。本来已经拍摄了青少年、成年上班族这两个角色，主办方又提出再加几个小孩子和老人，将这个广告做得更加完善一些。

徐桓扬这回倒来得很早，坐在化妆间里。他见到邵司进来，冲邵司点了点头。

而且，他明显是看了“今日头条”，对着邵司说道：“恭喜。”

邵司抬手把帽子和口罩摘下来，顺手抓了一把头发，一脸从容道：“谢谢。”

李光宗刚才挡媒体挡得简直快要疯了，他花了好长时间才安顿好外面吵成一团的媒体记者，回来的时候只感觉嗓子都在冒烟，整个人瘫坐在椅子上：“咱得再多找几个保镖了，六个不太够用。”

他气若游丝地从上衣口袋里掏出手机，准备打电话：“我这就联系保安，等一会儿收工出去的时候用得上。这帮人还在外头守着，我花那么长时间，也只把他们赶出去了一条街。”

邵司道：“辛苦你了，月底给你涨工资。”

李光宗：“拉倒吧，你让我省点心就行。”

李光宗刚滑开手机，陈阳一通电话打了过来，他立马接起：“阳哥。”

陈阳：“延舟让我问问你，你那边怎么样？”

李光宗看了一眼丝毫没有受到影响的自家艺人，回道：“挺好的，累的都是我。他潇洒得很，在车上一局游戏没打完，下了车还想边走边打。”

陈阳没说话，心想邵司这心也是够大的。

“你们那儿呢，没啥事吧？”李光宗边说边往外头走，毕竟化妆间里人多嘴杂，于是他放低了声音，继续道，“其实媒体这么激动也可以理解，就连我的手机都快被人打爆了，从昨晚开始就没停过。不光是我七大姑八大姨，连我多年没有联系过的初恋女友都打电话来问我。”

陈阳：“没啥事，顾延舟那人平时看着好说话，真出了什么事，没有记者敢惹他，也就王某某整天找死。”

李光宗打算跟他取取经：“为什么啊？”

论嚣张程度，他们家邵司明显比较像一个不好惹的混世魔王。

“几年前，百闻天下报社出的那件事情你有印象吗？”陈阳道，“他们乱曝顾延舟和一个女明星的绯闻，整天尾随跟拍，没过几天整家报社被封了。你以为这是谁干的？”

李光宗：“顾……顾影帝？”

邵司听了这件事情之后只有一个想法：“我是不是也该灭一家媒体立立威风？”

李光宗：“你？你可拉倒吧。”

徐桓扬来得早，妆化得差不多了，拿着纸笔坐在边上，低头不知道写些什么，嘴里还无声地哼唱，嘴唇一张一合，极其投入。

邵司没有忘记徐桓扬的身份，他之前没有主动找徐桓扬，就是怕过度靠近显得不太自然，反而会让人起疑心。他缓缓别过脸，不动声色地搭话道：“你在写歌？”

徐桓扬刚在五线谱上画了两笔音符，闻言，笔尖轻轻顿住：“嗯，我没事的时候就随便写写。”

“我能看看吗？”邵司看他的时候，一直望进他眼里，不闪不躲，既不带着过分窥探，又不显得特别冒昧，“虽然我唱得一般，但学了很多年钢琴。”

徐桓扬收了笔，将纸递过去：“当然可以。”

只是一张草稿，写得挺散乱，只谱了几段曲，没有填词。还有很多划痕，删删改改的。

曲名叫《影子》。

邵司对音乐不太懂，学钢琴也只是照着琴谱弹，演奏名曲的时候他从来没有在里面感受到什么恢宏多变的情感。对于那些能写上万字赏析的人，他一直表示由衷的敬佩。

邵司装模作样地看了几眼，瞎点评了两句废话，然后将纸递还给徐桓扬："写得很好，低音很难用，我很少能见到把这么多低音凑在一起还谱得毫不违和的。"

徐桓扬扯起一抹笑，邵司注意到他接过那张纸的时候，手指不自然地绷得很紧："哪里，我还差得很远。"

"平时我听古典乐比较多，"邵司边说边对着镜子将右耳上的耳钉摆正，"流行乐听得少，就连你的歌也没怎么听过，不过略有耳闻。"

这人搭讪的本领炉火纯青。

两个不相熟的人刚开始接触，最忌讳的就是"冒犯"。在这方面，邵司一向把控得很好。

徐桓扬果然跟他多说了几句："巴洛克时期的音乐给我的印象比较深，华丽复杂，从层层禁锢中展现出来一种自由。"

邵司无言了。

他哪里知道什么巴洛克，刚才都是胡诌的。

一个流行乐乐坛歌神，对古典乐研究那么深做什么？

邵司的脑子转了转："嗯，虽然古典乐发展到后期更为自由，但巴洛克时期的音乐始终有一种它独有的特色。"

徐桓扬闻言，颇为赞同地点了点头："和我想的一样。"

他只不过是顺着徐桓扬刚才说的再往下说了两句废话而已，谁能想到徐桓扬就着这个话题，又开拓了一些专业性话题。邵司头有点疼，一边应付，一边不动声色地转动手腕，看了一眼时间。

离开工还有十几分钟。

还好朱力来得及时，他站在门口敲了敲门，然后直接道："桓扬，出来一下，导演找你说点事儿。正好魏老来了，你把位置让给魏老。"

邵司抬眼望过去，觉得这个小胖墩此时看上去顺眼了一些。

朱力只觉得这个鲜肉影帝看他的目光莫名亲切，一时间心里还有点发毛，又喊了一声：“桓扬！”

于是徐桓扬站起身，朝门口走。

朱力侧身，让徐桓扬先走出去，然后他才带上门，关门的时候礼貌道：“邵先生，我们就先下去做准备了，希望这次也合作愉快。”

“合作愉快。”

化妆间里顿时只剩下化妆师和邵司两人，还有时不时开门走进来到处找道具的工作人员。

这时候邵司才留意到顾延舟发过来的消息。

顾延舟：蹲在你拍摄场地门口的那群记者，已经有人过去遣散了。违章停车，一人一张罚单。为了以防万一，你回来的时候还是从后门走。

顾延舟：还有，你不准跟那个唱歌的多说话。

邵司往椅子上一靠，随便回复了几个字：嗯？哪个唱歌的？

顾延舟过了半分钟才回过来一句：别装傻。你夸过人家唱歌好听又敬业。

邵司：我是不是闻到一股酸味儿？

顾延舟：你没闻错。

邵司：行，那我也夸夸你。你想听什么？

化妆师不过二十五六岁的年纪，看上去很紧张，都不敢多看他。

在她眼里，这位爷从进门前表情就挺冷淡的，哪怕刚才跟歌神聊天，脸上也挂着“生人勿近”四个大字，现在却突然勾了勾嘴角，整个人放松下来，气势无端地软下几分。

她当然不敢偷瞄人家的手机屏幕，只能忍着好奇心，化完妆便收拾起散落在桌上的东西道：“您看看怎么样，还有没有什么要求？”

邵司看她一眼，破天荒地朝她笑笑：“就这样吧，辛苦你了。”

“不……不辛苦。”化妆师手一抖，简直招架不住，“那我先出去看看魏老来了没有。”

魏老是主办方特意请过来的大人物。他是一个老戏骨了，早年参演了许多经典著作，大多是名著改拍之类的。除此之外，他还是一个网络红人，与时俱进地开通了微博，天天发段子，是一个段子手。

即使现在他老了，戏路少了，热度也不曾消减。

过了没两分钟，化妆间里果然走进来一位八十多岁的老人家。

李光宗跟在魏老后面，毕恭毕敬："您慢点，刚才真是不好意思，我多有冒犯……"

邵司不明所以地看了李光宗一眼，心想：这人出去上个厕所，回来就成了这副德行。紧接着，他站起来微微鞠躬道："魏老先生好。"

那位老演员冲邵司微微一颔首，然后坐下来就闭上眼，看来是赶时间。化妆师手速极快，帮他加深皱纹。

等魏老眼周那一圈皱纹加深完以后，他才睁开眼睛，冲邵司笑笑："我认得你。现在的年轻人真是不错，我在你这个年纪的时候，演技远远达不到这种水准。人才辈出，真好。"

李光宗揽过话："哪里哪里，您太谦虚了，像您这种老艺术家才是不可多得。我从小就特崇拜你，看着你的剧长大的。"

邵司压低了声音："你插什么嘴。"

李光宗别过头："我拍拍马屁，弥补一下。"

魏老左右环视两眼："小黄莺呢？怎么没见到她？"

化妆师道："她早早地就来了，比歌神来得还早，换好衣服就跑出去乱逛了。小孩子一刻钟都闲不住，说是外边搭的外景特别好看，想去摘两朵花。"

小黄莺是一个有名的小童星，今年刚好六岁半。这孩子三岁就上台参加儿童唱歌比赛，由于活泼可爱，歌声又清脆动听，因此，网友给她取了一个这样的外号。

看来魏老也挺喜欢这个小黄莺，一来就打听她。

"之前儿童星大赛，我还是评委呢。当时小黄莺的个头才到我膝盖，她一开嗓子，唱得那叫一个响亮。"魏老笑笑，解释说，"她一点都不怕人，这一晃三年多了，还怪想她的。"

黄莺一直蹲在楼下花坛里，开始是找花，后来找起了蝴蝶，开机的时候她还不肯下来："我刚才看着一只小蝴蝶，白色的，可好看了。"

大冬天的哪里会有蝴蝶，这孩子别是眼花了，工作人员左哄右哄，只能说："等拍完了，大家一起帮你找蝴蝶好不好？"

邵司远远地看了他们一眼，刚走过去，导演就挥着剧本喊他："哎，你来，我正好要找你。"

"我们这次就是这样一个设计，你找找感觉，要有年轻人的朝气。"导演摊开剧本，将括号里着重加粗加黑标注的词又念了一遍，"朝气。"

邵司看了导演一眼："我知道，我来的时候看过剧本了。"

导演非常耿直："我知道你看过了。我就是怕你太冷场，怕你蹦不起来。"

邵司："虽然我觉得这个动作设计得非常傻，但是基本的职业素养我还是有的。"

导演沉默两秒，千言万语最终还是化作一个"OK"的手势。

邵司往之前定好的位置那边走，准备站位，走的时候随口问了一句："导演，你刚才叫歌神不会也是为了这个事吧？"

导演丈二和尚摸不着头脑，反应了一会儿，才回答："你说徐桓扬？我叫他了吗？我没找他啊。"

新增的几个动作拍起来倒是挺容易的。只要等音乐响起来，他们就一道蹦蹦跳跳地往前走，每个人轮流唱一段，一直到白线标注的终点位置停下来。

就是四个人轮流唱歌的衔接点和脚下速度得注意点。

等配乐一响起，摄像大哥就扛着摄像机倒退着拍。

小黄莺打头阵，活蹦乱跳的，小马尾左甩右甩，两只脚来回交替一蹬一蹬的，张口就从嘴里唱出一句："我们相聚在这里，我们欢呼，我们起舞。贫瘠的土壤上，我们的梦想发了芽。"

紧接着是徐桓扬。邵司第一次听他唱现场版，虽然现场周边环境比较嘈杂，但他标志性的唱腔仍然让人过耳不忘。现在他的音色比当年成熟不少。

在这种压倒性的歌唱功底面前，也就只有邵司自信心过剩，等歌神唱完之后，他还能面不改色地秀歌技。

歌衔得还可以，但是几个人的动作一直没连上。

他们几个一起跳，跳来跳去动作都不统一，NG了好几次。

最后导演站起来挥挥手："先到这儿，大家休息一下。刚才你们录了一版我感觉还可以，等一会儿你们再来最后一次，争取在之前的基础上更进一步，先散了吧。"

小黄莺的经纪人就是她婶婶，一家人。导演一喊"Cut"，她就扑过去找婶婶："我要去上厕所……你别跟过来，我就想自己去。"

她婶婶刚走出去两步，闻言又顿住，笑着捏捏她的小脸蛋，又拍拍她的屁股："我们小黄莺真是长大了，那你去吧。婶婶就在这里等你。"

过了六岁生日，这孩子变得特别好强，也不知道是不是因为家里人开玩笑跟她说，她已经长大了。

反正厕所离这儿也不远，就隔着百米距离，想想也不会出什么事。

眼看着小黄莺跑着往厕所方向去了，魏老笑着说："她还跟小时候一样，一点没变。她马上要上一年级了吧？成绩肯定也不差。"

她婶婶数落道："哪里，她平时就不爱学习，教她算数和英语单词都觉得头疼。"

小孩子急急忙忙地往厕所跑，然而她在门口撞上一个人，刚想抬头，却被那人死死摁住了脑袋。

她的眼睛只能直直地往前看，没办法抬头。

"对不起，我不是故意的。"

她说完，那人并没有松手，依旧摁着她的头顶不放，但是另一只手却往她面前凑，骨节分明的手里捏着一只用纸折出来的白蝴蝶。

十五分钟休息时间很快便过去，小黄莺还没有回来。

导演正准备招呼大家各就各位，争取一遍通过，扭头一看，看到满脸焦急的黄莺婶，不由得将话筒放下，上前询问："怎么了，这是出什么事了？"

"你们看到小黄莺没有？有没有人看到她？"女人急得都快哭了，

手发着抖，情绪起伏剧烈，“我刚才等了半天，没见她人回来，就去厕所找她……没人，我一间间都推开了。她不在，她到底去哪儿了啊？有没有人知道？”

她一哭，弄得周遭人顿时不知道该说什么好。导演回头一吼：“傻了啊，问你们话呢，都听见没有，见没见着人？有没有人看到的？”

周围工作人员纷纷驻足摇头道：“我们一直在这边忙活，没看见。”

“没有，我在弄布景呢。”

“我刚刚从道具室里头回来，也没见到她。”

李光宗对于这种事情向来热心肠，凑过去扬声道：“你别担心，肯定没事儿的，这儿这么多人呢，她十有八九是跑哪里玩儿去了。你先别急，我们大家伙一起帮你找找。”

黄莺婶也察觉自己失态，赶忙抹两把眼泪：“那麻烦大家了，帮我找找……谢谢，真的非常感谢。”

李光宗积极热情地安慰了黄莺婶几句，然后放下外套和水杯，小跑着往 A 楼方向去了：“那边花坛上花开得比较多，小黄莺不是吵着要找蝴蝶吗？我过去看看。”

徐桓扬正在补妆，他闭着眼睛，听到动静，拍了拍朱力。

朱力左看看右看看，弯着腰不知道同徐桓扬说了什么。然后徐桓扬不顾化妆师正在给他补画眼线，睁开眼瞪了朱力一眼，朱力这才摸摸鼻子，也跟着大家找小黄莺去了。

邵司本来是不想动的，但是这件事突然从“小黄莺不知道跑去哪里玩了”发生了扭转。猝不及防间，系统突然上线说了一句：“紧急提示——小黄莺生命值正在波动。”

系统话还没说完，邵司便猛地坐直了身体：“你说什么？”

谁谁谁生命值在波动，这种话邵司听过不少，几乎每回都意味着一桩命案。

牵扯其中的人，有的运气比较好，被及时救下，更多的则是直接当场死亡。

很多时候，这句话仅仅代表着一张死亡通知。

系统：“那孩子现在很危险，我只能告知你大致方向。”

邵司：“大致方向是？”

系统：“直走。”

“然后呢？”

“什么然后，没有然后，大致方向就是直走。”

“你还能更废一点吗？”

然而他还没来得及走出去几步，前面几百米的地方突然传出来一声尖叫。

邵司心里没由来地“咯噔”一下。

紧接着，一个身穿红色制服的清洁工大爷连滚带爬地从厕所里头爬出来，连手中的拖把都在惊吓之间甩飞了出去。他满脸惊恐，爬出去两步，才撑着地板堪堪起身，晃悠两下，从喉咙里挤出一句话来：“不……不得了，杀人了……杀人了！”

这就是之前小黄莺进的厕所。邵司没跑两步就跟老大爷撞上，他顺手扶了老人家一把，然后往里边看了两眼，问：“怎么了？”

空气里弥漫着一股怪味儿，除了洗手间消毒液的味道，还有一股子说不上来的腥气。

这里的血腥味太重了。

邵司皱了皱眉，觉得自己的嗅觉可能出了什么问题，因为他还闻到了某种男性精液的腥臭味。

“在那边……那边，最里面……最里面一间。”

清洁工大爷抖着手指指女厕隔壁的男厕，说话都不太清楚，还夹杂着方言。邵司仔细听了两句，听出来他是在说“谁家的孩子，这么可怜，作孽哟”。

孩子？这里离拍摄场地很近，当老大爷高呼尖叫的时候，已经有几个工作人员放下手里的东西奔过来，此刻厕所门口围了四五个人。

邵司想冲进去看，奈何老大爷手劲实在太大。由于刚才他受到惊吓，现在紧抓着邵司的手不放，像抓救命稻草似的。他的手背上长着褐色的老人斑，皮肤松弛。邵司推了他几下，也不敢使劲。

于是其他几个工作人员怀着试探、怀疑的心情，相携着走进去，推开了男厕最后一间隔间。

隔间门发出“吱呀”一声，所有人无不倒抽一口冷气。

小黄莺身上穿着一条淡黄色的公主裙，裙摆已经被染得鲜红。她整个人以一种诡异的姿势被人扔在角落里，靠着垃圾桶，头发凌乱，脖子处还有一圈触目惊心的青紫。

让人觉得诡异的是她的手腕，被人生生折断，以一种人类不可能做到的姿势向外侧翻转。

一时间没有人说话，甚至连惊叫都发不出来，这些人像傻了一样愣着。

直到邵司站在他们身后，给救护中心打了一通电话：“您好，我们这边发生了一起恶性伤人案件，受害人是一名六岁女孩，现在情况不太好，不知道还有没有生命体征……地址是水南路 128 号，大型体育场内。”

“对对对，打电话。”他们这才醒悟过来，赶忙掏手机道，“报警！”

黄莺婶本来在楼上找人，听到风声赶忙跑下来，整张脸惨白，说道：“不可能，不可能的，一定是你们看错了，她肯定是躲在哪里，跟我闹着玩……”

由于现场过于血腥，大家齐声劝道：“你还是别进去了，已经叫了救护车，我们怕你看了之后受不住。”

黄莺婶推开他们，高跟鞋踩在瓷砖上发出噔噔的声响。她越走近，闻到的血腥味就越重。

她的手握成拳，抵在唇上，一步一步往里头走，然后目光触及什么，突然定住不动了。她被刺激得往后倒退两步：“天——”

邵司站在她身后，一抬手，轻轻将她的眼睛遮住：“我们已经通知警方，救护车也在来的路上。现在她还有呼吸，虽然很微弱，但你要稳住，不能自乱阵脚。你想想，自小黄莺从早上进体育中心起，有没有遇到什么可疑的人，仔细想想。”

邵司这番话有转移注意力的作用，但此刻效力微弱，黄莺婶整个人处于崩溃边缘，根本没有办法再去思考。

她哽咽道：“都怪我，都是我的错。我应该跟着她的，我为什么就这么大意……”

第四章 探望朋友

“现在警方已经封锁了现场，要出去都得一个个进行排查。”邵司站在水池边洗手，此刻他正歪着脑袋，用耳朵和肩膀夹着手机，“我一时半会儿应该走不了，晚点可能还要去警局做笔录。晚饭只能你自己吃了，不用等我。”

顾延舟原本在午休，给邵司发了几条语音消息，没得到回复，便专心看起剧本。

陈阳坐在边上刷新闻，突然刷出某童星被害的消息，这条博文一时间引爆整个微博。

不知道是从谁手里流出来的现场照片，凄惨至极。

“体育中心？今天邵司是不是在那边拍广告？还有这个童星小黄莺也在……”

陈阳刚加载出来全图。为了尊重受害人，保护受害人隐私，含有“女童星受害现场”照片的博文被秒删。

顾延舟没有多问案情，只道：“你想吃什么？等一会儿我收工了，给你捎过来。”

邵司关了水龙头，擦擦手问：“啊？”

“你那边不是排查吗？不能随便出去，总能进去。”顾延舟道，“还不准我探望朋友？”

王队忙得焦头烂额，收到通报：“什么朋友……让他在外边等着。”

过来通风报信的是一个警局实习生，刚才在门口被顾延舟三言两语唬住，一时间大概是脑子抽了，喏喏地说：“他把身份证押给我，我已经放他进来了。”

不光是男厕这个案发地点，厕所外面整个都被围了一圈警戒线。

根据在场人员的描述，小黄莺一开始进的是女厕，最后却被人发现倒在男厕最后一间隔间里。

这中间必然存在着一个转移的过程。

王队直起腰，摘下医用手套，将它扔进垃圾桶里，别过头道：“你把那人的身份证拿过来我看看。”

实习生立马从上衣口袋里掏出身份证递过去：“给。”

王队随手接过身份证，翻过来看了一眼：顾延舟。

“行，我知道了。等一会儿你什么时候有空，就给他还回去。”

王队将那张身份证塞回实习生胸口，然后将警戒线轻轻往上拉，腾出一个能够容纳人半蹲着钻出去的空间，边钻边说：“除了他以外，其他人谁也不准再放进来……你先去小周那边看看，是否需要人手帮他做做笔录。”

他还没能走出去两步，又被人拦下：“王队，你看看这个，刚从医院发过来的照片。”

小黄莺已经被立即送往医院抢救，在手术过程中，一名护士扒开她紧握僵直的右手，在她掌心里发现一小团白色的纸张。

那张纸不过两指宽，之前被精心折剪过，现在已经被抓到变形，很难看出原先是什么造型。

“很可能是犯人留下的，可能是诱骗工具，也许上面还带有指纹。”王队沉吟道，“请医院妥善保管证物，我们立马派人过去取。”

警方还没来的时候，整个体育中心里一片混乱。

出了事，大家只想第一时间逃离这儿，谁也不想沾上这事，耽误时间。

现场只靠着几个保安守门，其余的人待在里面，像热锅上的蚂蚁一样："这凶手可能还在我们中间，要是再出了第二起命案怎么办？我们的人身安全谁来保障啊……这事跟我没关系，先让我回去吧。"

"是啊，有什么需要可以再找我们，但是把我们关在这里不太好吧？现在我尿急，连上厕所都不敢。"

李光宗觉得莫名其妙，他推推邵司："这群大老爷们什么毛病？咱这体育场里聚着这么多人，还怕这怕那的。"

邵司睁开眼："大家潜意识觉得身边藏着一枚定时炸弹，看谁都像凶手，指不定那枚炸弹见到四边出口都被封住，急了乱咬人怎么办？这跟人多不多没有关系，再多人聚在一起，只要心里只装着自己，就不会从别人那里得到什么安全感。"

李光宗暗暗一琢磨："我受教了，听你这么一说，好像还真是这样。"

王队将每个人的任务安排下去，顺路想去看看黄莺婶，正好遇到邵司和某位押了身份证"非法入侵"的男人。

顾延舟用保温壶装了一锅鸡汤带过来。

邵司一边捧着盛满鸡汤的壶暖手，一边不知道跟顾延舟说着什么。

等王队再走近些，才将他们的话听得清楚了些。

顾延舟："乡下散养的老母鸡，听说肉质很不错。"

邵司："你有毒吧，大老远就跑过来给我带鸡汤？"

"嗯，那你说说，正常人都带些什么？"

"面包、矿泉水，简单方便，解饥解渴，而不是这个，我还要吐骨头。"

"面包没什么营养。你自己说，我带面包，你会吃？"

邵司沉默了一会儿："不会。"

顾延舟点点头，摸摸他的头："那你就闭嘴。"

"咯。"王队轻咳了一声，然后转而对邵司道，"刚才的事谢谢你了，我多带了一批人，就是怕现场太乱。没想到一来，这儿这么安静。"

邵司摆摆手："没事，不客气。协助警方，也是我们民众的责任。"

顾延舟看了他一眼，眼里写着一行字：你说什么呢？

李光宗替邵司解释道："当时全场封锁，这群人闹得像下一秒死的人就是自己一样。邵司没忍住，冲上去，喏，就是用那个话筒，他把音量调到最大，劈头盖脸把他们骂傻了。"

那个本来就是导演专用话筒，声音最大的时候，能够全面覆盖整个体育场。

李光宗尖着嗓子学道："一个个都是傻子，是不是？想去厕所的，组个团手拉手！你们怎么那么多事，配合一下会死啊？既然我说都说了，顺便再说一句，微博上的照片谁透露出去的……还拍照，等着法院的传票吧。"

邵司轻轻抬脚踹了踹他："就你戏多，闭嘴。"

王队脑袋里紧绷多日的那根弦暂时松了松，哭笑不得道："原来是这样。"

"总之很感谢你们，不然我们迎接的不知道会是什么局面。目前我们在录入所有在场人员名单，还有他们对应的指纹，以及调取监控。"

王队说完，转向黄莺婶道："你的状态好点了吗？根据你刚才的陈述，我还有几个问题想再问问你。"

"你说受害人当时自己跑去厕所，差不多隔了多长时间，你起身过去找她？"

"五分钟不到。"

黄莺婶强迫自己冷静下来："对，五分钟，我记得当时场上在放歌，正好一首歌放完，我看看手表，心想这孩子怎么那么慢，然后我就过去找她。"

五分钟。

当黄莺婶过去找她的时候，凶手听到脚步声，将她转移到一个最近，也最方便的地方——隔壁男厕。

顾延舟和邵司两人彼此交换了一个眼神。

这太残酷了，跟凶手擦肩而过。

当她没找到人就这样出去的时候，小黄莺只跟她隔着一堵墙，正遭受着非人的对待。

王队低头在本子上记了两笔，又问："你去找她的时候，有没有发现什么痕迹？"

"没有，我当时没找到她人就……"

黄莺婶说到这里猛地想到什么，话说到一半突然顿住。

"就怎么？"

"我想起来了。"黄莺婶一激动便从座位上站起来，然而她站着也站不太稳，摇晃两下，道，"当时男厕里有冲水声！"

王队没敢说出自己的推测，按照他办案多年的经验来说，这很有可能是小黄莺向她求救，凶手为了掩盖小黄莺哭闹的声音所为。

"好，我的问题就问到这里。"王队收起纸笔，"你好好休息，别太担心。受害人被发现的时间不算晚，积极救治应该没有什么大问题。如果你还想到什么线索，就给我们打电话。"

黄莺婶接过王队递过来的名片，她反手握住王队的手，颤着声音道："你们一定要抓住凶手。警察同志，求求你们，一定不能让那个浑蛋逍遥法外。"

王队拍了拍她的手，声音里带着几分沉重："我们尽力。"

第四起，这是第四起伤童案件。

当前三起案子刚有点进展的时候，他们毫无防备地迎来了第四起相似案件。

由于体育场内工作人员、参演艺人人数过大，等采集排查完毕已经接近夜里十二点。

李光宗踮着脚左右张望，还是没有弄明白为什么他们就被扣押了。

李光宗在体育馆门口转悠了一圈，看到重案组各成员都要收工了，有点蒙，道："难道我们有嫌疑？"

顾延舟作为"陪从"，任由邵司将头枕在他腿上，他自己则拿着明天会议上要用的企划案翻看，跟顾锋场外连线，问了几个问题："你确定第三页第十四行这个百分比是正确的？企划案谁做的？你居然还给通过。这种方案放在我这儿，我直接将人开除了。”

顾锋又说了两句，然后顾延舟便挂了电话。

挂完电话，顾延舟放下笔，将邵司身上盖着的毛毯往上拉了拉，这才抬头道：“你看看你家艺人包里都放了些什么。”

李光宗没反应过来：“嗯？放了什么？”

趁着邵司睡觉，顾延舟随口吐槽道：“神经病才会放的东西。”

邵司没睡熟，就是之前站太久太累了。他闻言，轻轻地在顾延舟的手心挠了挠：“你说什么？找死啊。”

顾延舟反手握住邵司的手：“你醒了？”

邵司坐起身，体育场内倡导节能减排，就开了一盏微弱的吊灯，他抬手揉了揉眼睛：“睡不着。”他一闭上眼睛，脑海里都是小黄莺的样子。

王队正好收队，在体育馆门口敲了敲门，然后推门而入，道：“抱歉，让你们等了那么久，得劳烦你们再跟我回一趟警局。”

邵司看过去，回想几个小时之前在体育馆门口进行排查的画面，有点头疼：“王队，我那些书真的只是研究剧本用的。”

“《变态心理学》《你离变态只差一步之遥》。”传讯室里，王队将这两本书摆好，摊在桌面上，然后又拿出一本较薄的、黑色封皮的书来，“还有这个。”

邵司坐在对面，忍着困意，看到了黑色封皮上印着的四个大字——《欲望牢笼》。

邵司一下子坐直身体，他不知道王队给他看这些是什么意思。

邵司解释道：“这就是那个剧本，由方云飞导演担任制作，原作者是‘小丑先生’，曾经拿下过什么最佳推理小说奖项。主演还在招募，我前几天过去试镜没选上。除此之外，你还有什么要问的吗？”

王队摆摆手：“你不用紧张，我不是怀疑你。”

说着，王队翻开第一页。由于常年拿枪，他的虎口处积了厚厚的一层茧。他指着第一页上头的三句话道："我好像一个从地狱里慢慢爬上来的魔鬼……从这句到结束'我不是人'这里。"

邵司："嗯？"

王队抬眼看他："这是原作者写的，还是编剧后期添加的？"

"原作者。这三句话在原作出版发行的时候就印在扉页上，算得上是《欲望牢笼》的经典以及核心台词。"

他当初打算试这个角色，就去补看了原作，甚至关注了小丑先生的微博。

只是这个小丑先生古古怪怪的，整天在微博上发些诡异小段子，还好他平时不常上微博，不然保不准自己会在 3 秒内取关。

王队听到这个回答，沉默两秒之后才说："我实话告诉你吧，我们顺着之前三起案件的线索往下挖，挖到一个加密的私人博客。这个博客的主页上就挂着这三句话，一字不差，并且发表时间是 2007 年 11 月。"

邵司道："可小丑先生写《欲望牢笼》，是 2011 年的事情。"

可能是被之前那个任务混淆了，邵司第一反应居然是：抄袭啊！

然而王队一句话把他拉了回来："所以，这个小丑先生非常可疑，我们怀疑他跟这起案子有什么关联。"

"他前几年就出国了，微博定位都是洛杉矶。"邵司道，"你们想找他，估计得出境跨个国。"

十分钟后，邵司从警局里走出来。

外面是一群没头没脑的媒体记者，如狼似虎一样扑上来："为什么在场那么多人，只有你被传回警局做二次审问？你是不是跟这起案子有什么牵连？你能不能正面回答一下？"

另一个记者伸长了手臂，从最外围挤进来，将最残酷的话挂在嘴边："小黄莺是不是遭受到侵害？我们看了现场照片，隔间里一片混乱。既然她身上没有别的伤口，那么血迹是从哪儿来的？"

这些娱乐版面的记者根本没把这种社会性新闻当一回事，一转头便将受害人的遭遇拿出去当“卖点”。

因为小黄莺不是普通小女孩，她是一个声名远扬的小童星。在体育中心现场又有那么多大牌，像邵司、徐桓扬这种，这背后的话题量太足了。

邵司皱着眉头，嘴里那句脏话差点没憋住。

然而一只手从邵司身后伸出来，缓缓擦过他的脸侧，将离他的脸越来越近的摄像机镜头遮住，然后直接推开。

顾延舟神色晦暗不明：“请你们搞清楚娱乐新闻的界限。”

“你们想要些茶余饭后的资料，想吸睛赚流量，也该有点最基本的底线。不要在受害人还躺在医院里生死未卜的基础上，拿人家的名誉做文章。”顾延舟很少发火，这些媒体也跟他打交道多年，平常见得最多的还是顾延舟挂着几分笑意的样子。

但是此时，顾延舟一点表情也没有。

深夜一点多，天色昏暗。顾延舟站在警局门口，目光一点一点扫过他们，让那些记者无端端觉得夜里的气温又降下几度。

“娱乐最前线。”顾延舟突然又笑了，轻轻扬起一边嘴角，念出刚才提问“侵害”这个问题的记者胸前的挂牌，“前线……是挺前线的。要是我没记错，四个多小时前在微博放出照片的就是你们家。”

顾延舟又道：“如果那是你自己的孩子，你什么感觉？”

那名记者闻言，局促地握紧了手中的录音笔。

顾延舟也没再往下说，顺着他们让开的路往前走：“你们想知道案件的进展，就多关心关心新闻。一群狗仔聚在这里扒个屁，是能找到凶手还是怎么样？省省吧，回家洗洗睡。”他走在前面，直接拉着邵司往外走。

那堆记者哑口无言。他们蹲了这么久，也只能拍到一张两人相携而去的背影照。

等上了车，邵司没忍住，直接扑过去捏顾延舟的脸，他的困意完全被顾延舟刚才那番话搅得没有了，并且难得地夸了一句：“今天你特帅。”

顾延舟看他一眼："那是你眼瞎，我什么时候都帅。"

"我夸你两句，"邵司松开手，轻轻拍了拍顾延舟的脸，"你别膨胀啊。"

顾延舟顺势将邵司的手抓下来，老老实实按在手里，道："今天怎么回事？王队找你过去干什么了？"

"我之前试镜的那个剧本……"邵司想想觉得有点头疼，"原作者跟这起案子好像有什么牵连。具体的我也不清楚，王队不方便透露。"

邵司说完之后又道："不过倒真是挺奇怪的。这凶手疯了吧？选择在拍摄现场作案。小黄莺虽然是一个人去的厕所，但是不出几分钟肯定会有人来找她。时间太短了，对方既要犯案，事后还得掩盖证据、收拾现场，是一个正常人都不会选择下手。"

顾延舟听完，只说了几个字："那如果是一个惯犯呢？"

惯犯？其实邵司潜意识觉得不太可能，这起案子不管是从手法还是作案地点来说，跟前三起都有很大不同。

王队自己也说：按照目前的思路来讲，我们倾向于这起案子是凶手临时起意，是独立的个案。

独立的个案？顾延舟道："是不是独立的个案，等最后调查结果出来就知道了。"

邵司一点就通："看他露了多少马脚？"

邵司的话刚说完，顾延舟道："不说这个了，你是不是应该奖励一下我？"

邵司："你干什么了，我得奖励你？"

顾延舟："帅这个字原来就只是嘴上夸夸？"

邵司没理他。当邵司阖上眼，正要补觉的时候，手机又毫无防备地响起来。

是李光宗打来的。

邵司微微扬起头，跟顾延舟稍稍拉远了距离，接起电话道："你知不知道现在几点了？你有什么事？挑重点说。"

李光宗心想：我……我怎么就那么命苦，摊上的都是什么人啊。

“是这样的，我回去的时候遇到一件古怪的事情。我寻思着，王队不是找你去警局吗？”李光宗道，“就打电话过来问问你，看你还在不在警局，在的话帮我转告两句话。”

邵司听到这里，打断道：“你有线索不直接打 110？找我？”

李光宗也觉得自己有点蠢，解释道：“我一时间脑子太混乱了……我也不知道我怎么就……好吧，我可能就是脑子有点问题。”

“听听来自你男神的嘲笑。”

邵司说完，随手将手机往顾延舟面前一凑，说道：“你冷笑一声给他听听。”

顾延舟配合道：“呵呵？”

李光宗：“你们两个够了啊！人设不能再崩了，我要脱粉了！”

“行了，说事。”邵司道，“我替你转告王队。”

“那什么，是这样的。你们去警局之后，我不是先回去吗？我就去车库取车，总之就是误打误撞，我看到歌神和他经纪人鬼鬼祟祟的，不知道在干什么。”

“不是清场了吗？”

“是啊，我一想，这两个人不是最早一批检查完就走了吗？我就在车里偷偷盯了他们一会儿。”

邵司拿着手机，顾延舟对着他张张嘴，嘴型明显是五个字“那个唱歌的”。

邵司用手堵了顾延舟的嘴，小声道：“我真跟他不太熟。”

李光宗在王队把邵司带走之后，就准备自己一个人开车回去。

他那辆破车起步的时候感觉状态不是很稳，不知道是不是心理作用，他总觉得哪里不太对劲，可能是车胎出了什么问题，也许是爆了。

他熄了火，正要推开车门下车检查一番，却听到窸窸窣窣的脚步声越来越近。

当时警方清场检查的时候，朱力是怎么说的？

李光宗想了想，他好像说明早还有什么活动。

“桓扬明天一大早要在录音棚录新歌，能不能行个方便？有什么要查的、要问的，我们都可以配合。”当时朱力抽出了一根烟递给王队，“公众人物不比普通人，在这儿耗不起。”

王队摆摆手：“别，你别跟我在这儿提公众人物什么的。这队伍怎么排就怎么查，没理由让你们插队。”

朱力左右为难：“这……”

王队朝后边指指：“一个邵司，一个顾延舟，这两个公众人物怎么就安安静静地等在最后边？”

王队根本没时间搭理他：“请你回去排队。”

“警察同志，我们真的赶时间。”

“回去排队。”

李光宗回想起这两人当时急急忙忙要走的样子。然而他躲在车里，看到的可不是这个景象。

朱力穿着一身皮夹克，衣服有点紧，将他圆滚滚的肚子勒了出来。他走在前面，四面环顾，不知道在找什么东西。

徐桓扬慢慢悠悠地跟在他后面，没有什么表情，只说：“你现在知道紧张了。”

朱力骂骂咧咧：“我能不紧张吗？他就是一个疯子，疯子。”

徐桓扬：“你早干什么去了？那件事情我一开始就不同意，现在事情变成今天这个局面，你高兴了？”

李光宗那辆二手车款式低调，满大街都是，停在这儿一点存在感也没有。

朱力正要回话，张张嘴又突然顿住。他的余光瞥见那辆车，原本就阴沉的表情变得更加古怪，像警惕过度似的，脚下改了路线，直直地往车辆停放的位置走过去：“你先别说话，我过去看看。”

往常李光宗总觉得夜色能带给人无限遐想，然而今天这个夜晚变成了恐怖片。

体育馆早已经切了电源，从外面看过去，整个巨型建筑都是黑漆漆的一片，还是路灯隔墙照进来，才让这个角落变得亮堂些。

朱力表情太严肃，一步一步靠近车子，手里举着东西，可能是手电筒，也可能是防身用的刀具。李光宗看着觉得浑身战栗。

幸好他这辆车的玻璃窗用了特殊材质，因为邵司偶尔会坐他的车回家，虽然这大爷内心其实特别嫌弃。不过在邵司坐了一次之后，他还是把车窗都换了。

朱力拍拍车窗，又敲了两下，然后将脸贴近了，使劲往里面瞧。

“可吓人了，他那绿豆般的小眼睛瞪起来还挺大。”李光宗心有余悸道，“那张大圆脸就这么贴在我车窗上……大半夜的，你说吓不吓人？”

邵司：“你知道吗？你讲事情没个十分钟压根儿讲不到重点。”

李光宗：“我有吗？”

邵司：“你说呢，还有你这副毫无自知之明的蠢样子。”

“我男神在吗？你当着他的面这么挤对我，作为粉丝，我也是要脸面的。”李光宗刚到家，从兜里掏钥匙开了门，转言道，“而且这还不算重点吗？他出现在那里，古古怪怪地拿脸非礼我的车窗，这一点就非常值得重视了，好吗！”

顾延舟冲邵司勾了勾手指：“你把电话拿过来，我跟他聊聊。”

邵司正好也懒得再听，直接把手机塞在顾延舟手里：“你教教他怎么做人。”

李光宗在电话那头越来越阴谋论：“他们两个在附近绕了几圈，好像还吵起来了。然后歌神的手机亮了一下，两人凑在一起看屏幕，看完之后歌神说什么‘被耍了’，好像是这三个字，我没太听清。但是真的很古怪……也可能真的是我想多了。”

毕竟在警察眼皮子底下，整个体育中心还封着，照理来说他们也做不出什么事情。

顾延舟道：“细节太多。你跟我们说，我们不能保证全部能记得住，而且警方如果还有什么问题要问你，我们也答不上来。”

李光宗：“嗯？”

“翻译一下就是，麻烦你直接给警方打电话。”

哦，这两个人，一个比一个冷漠。

顾延舟跟李光宗讲电话的时候，邵司一直凑在边上听。

他虽然对李光宗的遭遇丝毫不感兴趣，但是一直留意着“徐桓扬”三个字。

“统统。”邵司喊了一声，“这徐桓扬到底是干什么的？”

系统：“谁知道呢。”

“你还能干点什么？”

“上周我闭关维修，差点报废。现在我能出现在你面前，不给你拖后腿已经算不错了。”

系统又叹了一口气，说：“唉，你说我俩可不可怜？”

他刚想说“你报废跟没报废，也差不了多少”，就听到李光宗提到“歌神”这两个字。

然而重要的地方这人却一笔带过了，极其简练，丝毫不拖泥带水。

顾延舟正要挂电话，邵司伸手拦着他，隔着半个手臂的距离问道：“你刚才说歌神什么？”

李光宗：“啊？我说他什么了？”

“他看屏幕的时候是什么表情？”邵司道，“他看的是短信吗？”

“应该是短信吧，我离得有点远，看得不是很清楚，但是他手机‘嘀’了一声，表情挺……挺烦躁的？”李光宗道，“他们后来就走了，巡逻的过来了。本来体育中心封锁着，也不知道他们是怎么溜进来的。”

当时巡警拿着手电筒，往这边一照：“你们在这儿干什么？”

朱力立马走上前去：“我们落东西了，过来找找，进来的时候门口还没人……你认得我们吗？白天我们在这边拍摄，后来出了那事，走的时候又太匆忙。”

“你把身份证拿出来给我看一下。”

“哎，好。”朱力点点头，“给。我们真是遵纪守法的好公民，你别误会，就是桓扬的手表丢了，我们猜可能是拍摄的时候不小心弄丢的。”

本来清场工作就在收尾阶段，就剩下几个收拾东西的人，巡警看了他们的身份证两眼，徐桓扬三个字他不陌生：“我认得，唱歌的，我挺喜欢你的歌。行，那你们赶紧走吧。”

徐桓扬接过身份证：“谢谢，打扰你了。”

“他们根本就不是来找什么手表的，为什么要撒谎？”李光宗给自己倒了一杯水，琢磨道，“我想不明白，倒也不是觉得他们有嫌疑，就是觉得奇怪。”

这个问题的答案，邵司也不清楚，但是他沉默了两秒，说了另外一句话：“你知道吗？这回排查耗时耗力，但是一无所获。”

令王队头疼的正是这点。直到清完场，都没有发现任何一个可疑人员。

每个人都有充分的不在场证据，厕所里又不可能装有监控。

虽然厕所门前的走廊里装了监控，但是一派人去监控室调录像，却发现它早已经变成了黑屏。

监控室工作人员解释说：“经常这样，监控摄像头质量不太好，时不时就黑屏，坏了两三个了。我们跟上面汇报了一下，说明天统一找人过来修，因为其他地方也坏了几个。”

这究竟是不是巧合，没有人知道。

李光宗说完，便准备挂电话，今天发生的一连串事情把他吓得不轻：“算了，我应该是被刺激的，有点疑神疑鬼。那我就不说了，你们早点休息。广告的事情明天……明天再看看安排。”十有八九是不会继续拍了。

好好的广告拍出了案件，导演组都不知道外边会不会把舆论带到自己这边来……现在最好的方式还是用原来邵司和歌神合唱的版本。

在邵司恍神间，车已经停了下来，顾延舟在他眼前挥手道：“你傻了？”

“你才傻了。”邵司眨眨眼，按了按太阳穴，“之前的画面就是一直忘不掉，老在我脑子里转。”

有些事情，知道和亲眼见到终究是不一样的。

前阵子邵司也在电视上看到过类似的新闻，但看过也就看过了，不至于夜不能寐。现在他不管是睁着眼还是闭着眼，都无法甩开那些画面。

趁顾延舟洗澡的空当，邵司登了微博，小黄莺的事情果然引起全民热议。同样火起来的，还有他和顾延舟在警局门口怼记者的视频。

本来营销号是想带一波“两位大明星没素质，居然骂人”的节奏，没想到一经发出，获赞无数：“他们说得没毛病！路转粉！今天我刷微博差点气死！那些在评论里求照片的什么毛病？这么严肃的事情，当看戏啊，茶余饭后的谈资？图个新鲜好玩、刺激？”

邵司略过这些报道，把页面往下滑，翻到一个小黄莺粉丝整理的一些图片，图上小黄莺笑得两只眼睛眯起，天真且灿烂。

那名网友配字道：你要快点好起来。

邵司哪篇报道都没转，唯独在这条微博下面点了一个赞。

小黄莺在医院抢救了十来个小时，身上多处骨折，脑部以及肺部均受到外力撞击，伤势严重。

次日，动漫音乐节广告组派人过来慰问。当时小黄莺才刚脱离危险，躺在重症病房里，广告组的人只能从一个小小的玻璃窗口望进去。

导演捧着一束花，正要走过去，却听到病房门口有争吵的声音。

“你怎么回事？看个人都看不好，囡囡变成现在这个样子，这都是你的责任！”

一个打扮贵气的女人伸着手指，指着黄莺婶，可以看得出来现在她整个人处于失控状态，说话咄咄逼人。

女人身边还站着一个男人，那男人比她冷静些，拦着她，将她往边上拉：“你冷静一点，你怪小兰又有什么用，事情已经发生了，她心里已经很自责了。现在最重要的是等孩子度过危险期……”

“自责？”女人的音量高了八度，尖锐的声音透过层层空气直接钻进人耳朵里，“自责有用吗？她自责能把囡囡换回来？当时我就说了，找一个专业的人照顾囡囡，她这个半吊子出身的，当什么经纪人？

你别拦着我，我说的难道不是实话？她在别地找不到工作，来祸害我们囡囡。”

黄莺婶低着头，面上淌着泪水，一个劲地道歉：“对不起……”

当时小黄莺上节目一夜成名之后，本来是要和一个圈内有名的童星经纪人签合约的。

可家里人说那谁谁谁工作还没着落，既然专业也勉强对口，就把机会留给自家人得了。对小黄莺来说也是一件好事，亲近的人在身边，总比陌生人带着好。

“我一开始就不放心她。建国，我老早跟你说过的。”女人咄咄逼人道，“现在囡囡出事了，她在这里装可怜给谁看？不知道的还以为我在欺负她。”

面对女人这张喋喋不休的嘴，男人只能拦着她，对黄莺婶说：“你先回去吧，守一整晚了，也让你嫂子冷静一下。”

导演和副导演两人顿时往前走也不是，往后退也不是。

动感音乐节工作群里，一大早就异常热闹。

导演：早上我过去探病，一家子人在医院里头吵架，那架势……

编剧小陈：吵架？

副导演：可不是吗，孩子出了事都把责任往别人身上推，在医院吵得不可开交。尤其小黄莺她妈，战斗力太强了……不过也怪不得她，孩子出这么大事，换谁都冷静不下来。

难得早起的邵司坐在沙发上，拿着手机看他们聊天。正好顾延舟晨跑回来，也往沙发上一坐。邵司把出着汗的顾延舟往边上推开了一些。

顾延舟不甘心，凑过来低声问：“你看什么呢？”

邵司拿着手机道：“昨晚吴导在微信群里说，他要去医院探病，看看小黄莺的情况。我定了闹钟，看看他探得怎么样。”

“嗯。”顾延舟凑近看邵司的手机屏幕，“怎么样，她脱离危险了吗？”

邵司：“他们都在八卦人家家里的事了。”

他们聊了一会儿，直到邵司忍无可忍插进去问，他们才正式聊起小黄莺的伤势问题。

邵司：你们能别废话吗？

全场安静了几秒钟。

导演：是这样的，小黄莺暂时脱离了危险。不过她还要进一步观察，毕竟全身多处骨折，还有内出血。目前就是这个情况。

导演：外面传得特别厉害的那个，还好没有，除恶意殴打以外，小黄莺没有遭遇其他侵害。至于满大腿血，是被人拿刀子在腿根划了好几道……真不知道是谁这么恶毒。

跟苦苦守在医院的家属一样彻夜未眠的，还有重案组全部成员。

“医院的检查报告昨晚连夜传真过来了，受害人顺利度过了危险期，看来应该不是一个人干的，我们一开始推测的方向没有错。”

王队边听报告边翻资料道：“这跟前三起案件性质确实不一样，但也不能仅仅因为这两个条件就掉以轻心。”

“怎么说？”

“第一点，他没有留下任何线索，甚至避开了所有监控录像。我不认为一个即兴作案的人会有这种能力。”

年轻警察犹豫了一下，又问：“那第二点呢？”

“第二点，我们拘留了娱乐最前线的责编，她说那张照片是一个网友提供给她的。你觉得一个正常人的第一反应会是拍照留念？”

审讯室里，娱乐最前线的责编还在接受盘问。

她是一个样貌年轻的女孩子，脸上化着淡妆，双手交握，不停地捏自己的手指关节：“警察同志，我真的知道错了。当时我脑子一热，什么都没想就发上去了。不然你们想怎么处罚，你们提，交罚款或者怎么都行。”

“我还是那个问题，给你提供照片的人是谁？”王队推门进去，拉开椅子坐下来，坐在对面看她，随手将一沓文件重重地拍在桌上，“我最后问一遍，谁给你提供的照片？”

“我不知道。”

王队没说话，只是静静地看着她，不怒自威。

“就是陌生网友匿名给我发的照片。你非要我给你找出来，我上哪儿找去啊，对话记录也已经删除了。”

她显然十分焦虑，并不想跟这件案子有任何牵扯。

自从进审讯室以后，大部分时间都是她一个人待着。审讯室里只有一张长桌，两把木凳子，一个二十四小时不停运转的监控摄像头，偶尔进来几个警察，问的问题也就是翻来覆去的那几个。

经过一夜，她的头发已经有些凌乱，她说：“而且，我的微博账号和密码都已经给你们了。”

王队从口袋里摸出一个烟盒，他在烟盒上摩挲了两下，想了想还是放回去了。

他继而又抬眼看她，认真道：“姑娘，我从事这行多年，别的本领没有，你说的是真话，还是睁眼说瞎话，我一清二楚。”

“有些话，不需要测谎仪，”王队抬手指指自己的眼睛，“看这儿就能看出来。我希望你能认识到一点，这是人命关天的事情，不是你们之间拿来争头条的东西。”

王队眼神确实毒辣，多年犯罪行为分析不是白学的。

他们关了这女孩一整晚，在她焦虑的同时，他也在通过监控分析她。

果然，王队的话刚说完，她原本狠狠捏着手指骨节的动作顿了顿，眼里闪过一丝慌乱。

王队又缓缓道：“说吧，他给你开了什么条件，你愿意帮他瞒着？”

第五章　再次试镜

下午三点多，李光宗提着饭盒过来敲门，手刚放在门铃上，还没按下去，门便自动打开了。

邵司倚在门口，侧身给他让出一条道：“我等你半天了，怎么那么慢？”

李光宗：“堵车，高速路上三辆车连环追尾，救护车也堵在那儿，还有消防车，整个堵死了。”他说完，吸了吸鼻子，闻到一股不太对劲的味道，“什么味儿……对了，你让我给你带的饭菜，今天晚饭你怎么吃得这么早？”

邵司打开饭盒，看了两眼：“不是我吃，我等一会儿去你男神那儿探班。”

李光宗一下子没反应过来：“嗯？你认真的？”

邵司：“我看起来像开玩笑吗？你等一会儿，我先收拾一下厨房。”

他这下厨倒是有模有样。

李光宗以前也幻想过，这人要是做饭会是什么样子，想来想去，应该还是这副大爷样。

邵司这种人，以后找伴侣估计得像找孙子似的。

“我开车送你？”李光宗一脸欣慰道，“挺好的，这两个人住在一起啊，就是得相互照料。”

邵司没理他，自顾自地往厨房走。

厨房门打开的一瞬间，李光宗刚才进门闻到的那股奇怪味道又猛烈地冲击了他的鼻子：“这什么玩意儿？你在搞些什么，这股烧焦的味道，你炒什么东西炒糊了？”他一边捂着鼻子，一边靠近厨房，只往里头看了一眼，无语凝噎，“你炸了顾影帝家的厨房？”

邵司的手伸得特别长，一脸嫌弃，还不得不把锅拎起来放水池里清洗：“你怎么说话呢？这怎么叫炸厨房，就普普通通做个菜。”

李光宗心想：普通做个菜能做成这样，也是没谁了。

那垃圾桶里黑色的不明物体还冒着热气。

“早上我嫌顾延舟做的早餐难吃，他说‘你行你来’，我琢磨着应该挺简单的，尤其我又那么聪明。”邵司说着，往锅里挤了一坨洗洁精，挤完他又扭头往洗碗机上看了两眼，认真问道，“你说洗碗机能洗锅吗？”

李光宗决定收回刚才对邵司的评估，他对这位大爷真是无奈了：“你觉得呢？我是觉得这个尺寸怕是不行，毕竟它也不叫洗锅机。”

这几天顾延舟都在某古装剧组里客串一个小角色，只有两三集戏份，正好补上原来接的那个剧剧组停工整顿的空当。

《盛事》是一部正正经经的历史剧。

从导演到演员，都是一流水准。可这样一部集齐十几位老戏骨的电视剧，却没有几个人关注。

“这并不奇怪。这剧太正式了，一点娱乐元素都没有。”当时顾延舟翻着剧本，两三眼就看出问题出在哪里，“它的受众群体可以把年轻人排除在外，而一些上年纪的也未必愿意看。而且整个故事太深了，晦涩难懂。”

邵司翻了一下，也挺咋舌：“这是一本教科书吧？”

导演也真是敢拍。这剧几乎注定了没有收视率。

顾延舟分配到手的剧本只有两页纸，演的是一个活在他人回忆里的皇叔。由于男主角从小体弱多病，所有人都看不起他，觉得他是皇子里头最不可能登上王位的人。

只有他皇叔偷偷带他出宫，去集市上看灯会，给他买糖葫芦，把他捧在手心里疼。

然而唯一对男主角好的皇叔，最后却被皇上赐了一杯毒酒，享年不过三十岁。

邵司没去探班的时候，真是觉得这部剧完美地避开了所有“红”的要素。没有女主角，没有情情爱爱，就几个皇子带着大臣们争皇位，不知道有什么看头。

拍摄场地完完全全地还原了寝宫内雍容奢华的构造和装饰，就连盛着烛火的烛台都极其讲究，祥纹从底部环绕而上，细巧精致。

现在正在拍摄的一场戏是小皇子病倒在床，皇叔亲手照料小皇子的场景。

邵司一进去，陈阳就看到他了，偷偷跟他招招手，示意他过去。

“你坐这儿吧……哎，不行，我先把椅子上乱七八糟的东西拿开。”陈阳道，“让你见笑了，这边太乱。延舟老早就说你要过来，让我收拾收拾。我光顾着看他拍戏，给忘了。”

邵司把手里的饭盒递给陈阳：“没事，你不用麻烦，我站着也行。”

陈阳弯着腰，一边整理一边说：“要是别人说这话，我还会停下来想一想。不过从你嘴里说出来，百分百是客套话。”

“我这回真是认真的。”邵司揉了揉腰，“刚刚我在车上睡姿不太对，闪着腰了。”

陈阳愣了愣。

邵司：“我站着缓缓。”

顾延舟的古装扮相跟平常完全不一样，长长的黑发束起，可能是因为剧情里说的是，他已经歇下，又事出突然，衣服并没有穿得很整齐，领口处略显凌乱。

小皇子原本紧皱着眉，见顾延舟来了，手在空气中焦急地挥了两下，直到他的皇叔伸手握住他的手，他这才安静下来，像找到了什么依靠似的："皇叔，你来了。"

小皇子的扮演者是近两年红得飞快的年轻艺人，样貌不错，演技也十分了得。

上次如果不是被邵司压着，他很可能拿下了最佳男主角。

"嗯，我来了。"

顾延舟从宫女手里接过碗，怕皇子吃着烫，低头吹了两下，再给他喂过去："我听说你一天都没吃饭，这样下去可不行，身子要紧。"

小皇子眨了眨眼睛，手还是没有松开，紧攥着不放，说道："皇叔，我做了一个梦，我梦见我可能活不久了。我的灵魂飘在天上……皇叔，我哭喊着叫你，我不停地叫你的名字，但是你却不回头。"

顾延舟道："我一直在，我就在这儿，你别怕。"

邵司之前弄不明白这剧要怎么拍才会有收视率，现在他知道了。

这台词……还有这个气氛，打光用得着这么朦胧吗？

他们在那边继续演着，陈阳打开饭盒，看了两眼："这都是你做的？好手艺啊，今早延舟还跟我说，他等着看你睁眼说瞎话，最后圆都圆不回来。"

邵司面无表情道："过奖了，这是我买的。"

过了十几分钟，导演高举着手喊了一声："Cut。"

导演话音还未落，顾延舟便立马松开对方的手，往后退了两步，保持一个略显疏离的距离。

导演略微弯弯腰，看了一遍回放，又抬起头道："行，那延舟的戏份就到这儿杀青了。大家把手上的活停一停，都听我说，这次真的很感谢顾影帝百忙之中抽空过来，解了我们的燃眉之急。"

"本来皇叔这个角色定了另一个演员，结果那人临时有事没办法参演。"陈阳解释说，"黄导当初提携过延舟，虽然只是举手之劳，可能黄导本人都不记得了，但延舟一直记着。"

邵司拍拍陈阳的肩膀："行，那我直接去化妆间等他，正好他等一会儿也要过去换衣服，你跟他说一声。这里空气太闷，我出去透透气。”

顾延舟向在场工作人员微微鞠了一躬，再抬眼，只看到他家祖宗溜出去的背影。

他盯着看了两眼，然后才简单地说了两句客套话：“这两天我受到组里很多人的关照，大家也辛苦了。希望之后的拍摄都能顺利，有机会再合作。”

底下响起一阵掌声。

化妆间很大，光戏服就有好几排，琳琅满目，什么式样都有。

顾延舟刚推门进去，便看到邵司百无聊赖地靠着墙。他走过去道：“你腰疼？”

邵司盯着手机屏幕，头也没抬：“嗯，你换好衣服过来吃饭。”

顾延舟道：“不急，你过来，我帮你揉。”

邵司也不扭捏，直接走过去，站在顾延舟跟前。邵司任由顾延舟把他的衣服下摆一点点往上撩起，然后将手掌覆上去，他才提前警告道：“顾延舟，你别趁机报复。”

“你想什么呢，我还不至于那么无耻。”顾延舟用指腹轻轻捏了一下邵司的腰侧，道，“你哪儿疼？你怎么睡的，能闪到腰。”

邵司抓着顾延舟的手移到后腰：“这里。李光宗那个傻子，急刹车刹得我差点儿被晃出去。”

顾延舟表面上没说什么，但是李光宗这天晚上收到了来自男神的一条短信，上面清清楚楚地写着一行字：有时间的话，你去提升一下车技。

李光宗有些摸不着头脑。

小黄莺病情好转的那天，正是邵司去方导那里第二次试镜的时候。

方导将上一个试镜演员的个人履历表翻过去，放在标有“不合格”这个牌子的收纳筐里，整整齐齐地摆放好，然后才看到下面一张履历上写着名字：邵司。

方导一皱眉："又是他？"

身边的助理凑上去问："有什么问题吗？"

方导微微眯起眼，不知道在想什么，也不知是欣赏还是别的情绪，最后只说："没什么。只是来试这个角色第二回的人，除他以外还真没有别人。算了，让他进来吧。"

面对"为什么会来试镜第二回"这个问题，邵司十分坦然："我从来不认输。"

方导笑了一声："你的语气倒是不小。"

这回邵司发挥得比上次好很多。

虽然对于方导这种高要求的人来说，邵司这种水平离他想要的还差了一段距离，但是短期内能够有这种进步，已是难得。

"你回去等通知。"除此之外，方导什么都没说。

等邵司转身出去之后，方导才把履历表放在"候选"栏里，扬声道："下一个。"

顾延舟还在车里等邵司，见他出来，抬手看了看表：一小时二十分钟。

顾延舟递过去一瓶水，别过头问道："过了吗？"

"不知道。"邵司接过水，拧开灌了两口，"过不过都无所谓，我已经尽力了。如果还不够像，那我也没辙。"

"心态不错。"

邵司捏捏鼻梁："我只是想看看我能把一个不适合的角色发挥到什么样子，试过了也就够了……直接去医院吧，听说小黄莺醒了，探视时间在下午两点到三点。"

几天前，小黄莺已经脱离了危险期，只是还不允许闲杂人等探望，需要静养。

音乐节拍摄组的人想去探病想了很久，有事没事就在群里聊，需要带点什么，大家一起集个资，派几位代表。

媒体记者二十四小时轮班守在医院门口，他们出面给记者拍拍也是好的。小黄莺毕竟是在工作的时候出的事，他们一定得探望她。

他们约的时间是下午两点，现在还早。

邵司和顾延舟两人偷偷摸摸地跑去商场给小黄莺买礼物，本来挑得好好的，中途被粉丝认了出来。幸好那个粉丝情不自禁高喊出声的时候，他们已经在柜台结账了，逃脱路线比较近，紧急出口就在右手边。

顾延舟低着头道："等一会儿我们从紧急出口下去，往车库跑。"

邵司："幸好你没说什么'我数三声'，我一直觉得这种台词有毛病，数个屁。"

朱力和徐桓扬早就到了医院地下车库，只是一直坐在汽车里没有出去。

徐桓扬闭着眼睛听歌，一曲终了，才睁开眼睛，有点讽刺地看着他："你怕什么，你这时候倒怕了。"

"我怎么能不怕，谁知道那个疯子，他——"

朱力胸口剧烈起伏，话说到一半突然停下来。

因为他从车里望出去，车窗上赫然倒映出一个人影。

邵司弯着腰，手指屈着，在他们车窗上轻敲了两下："嗨。"

朱力调整好面部表情，降下车窗："好巧。"

"你们也到了，我刚刚看车牌，还以为认错了。"邵司不动声色地透过车窗往后座上看，目光扫过徐桓扬的脸，又收回来。

朱力笑了笑："没想到你也来得这么早，我们怕掐着点过来被门口那群记者堵住。他们不知道从哪里听来的风声，知道我们两点会在医院集合。"

邵司看了他一眼，道："嗯，既然我们都碰到了，一起上去？"

朱力解开安全带，正要推门下车："行。"

然而车门还没推开，他就看到邵司身后又出现一个人。顾延舟将一个粉嫩嫩的礼盒塞进邵司手里："自己挑的，自己拎着。"

邵司回头看了他一眼："这个礼盒跟我今天这身衣服不太搭。"

顾延舟："你少来这套，有话直说。"

邵司："那我就直说了，我懒得拎。"

朱力下了车，心想：原来这两人关系这么好。

徐桓扬的话一直很少，除了下车的时候跟他们打了招呼，基本上没再说话。他戴着耳机，进了电梯就靠在墙上，默不作声。

导演来的时候接受记者采访，耽误了一点时间，一路跑着上楼，发现所有人员已经到齐。

护士站在病房门口，提醒道："你们只有十分钟，病人现在虽然情况好转，但还是需要安静的环境。"

导演道："好好好，没问题，我们心里有数的。"

小黄莺见到有人进来，躺在病床上眨了眨眼睛。护士也跟着进去，坐在她床边，摸摸她的头发："看看是谁来看你了。"

顾延舟把拎着的东西放在边上，他常年照顾笙笙，跟小孩子打交道的技能十分娴熟："我们小黄莺真乖，今天有没有好好吃饭？"

小黄莺点点头。

虽然她的眼里还是像流淌着一条清澈的溪水似的，明亮又水汪汪的，但是整个人变得有些胆怯——尤其看到成年人的时候。

每人都说了一两句慰问的话。

最后轮到徐桓扬，他走上前两步，刚张嘴喊了一声，还没来得及说其他的话，小黄莺突然睁大了眼睛，浑身发抖，像回忆起了什么，拼命尖叫起来。

小黄莺的情绪瞬间崩溃，令所有人始料未及。

顾延舟回头看看邵司，邵司回他一个眼神：你别看我，我也不知道。

导演听到哭闹声，脑子里"轰"的一下炸开，手都不知道该往哪里放，伸出去犹豫两下又收回来。最后他只能搓搓手，安抚道："这……孩子你别哭啊。"

然而他一说话，不知哪里又刺激到了小黄莺，小黄莺的动作幅度加大，手脚胡乱地在空气里乱蹬。

她的嗓子早就哑了，之前检验报告最后一行里清清楚楚地写着声带受到严重损伤。

原本清脆婉转的声音，现在听着尤其怪异，仿佛一把上好的琴断了弦似的，喑哑又听不出声调。

护士按住小黄莺的身子，防止她胡乱扭动把输液管弄歪。鉴于病患从来没有过这种过激反应，此时护士也有些乱了阵脚。

顾延舟拉开门，道："大家都先出去，虽然不知道原因，但是我们站在这里只会影响她。"

"对对对，我们先出去。"导演拍拍脑门，唏嘘一声，"就不该今天来，看样子她还没恢复好。她看着怪可怜的，也不知道是谁那么狠心，下得了手。"

这次的任务没什么太大进展，系统一筹莫展，时不时会出来瞎掺和一下："你觉不觉得哪里怪怪的？"

邵司："徐桓扬？"

"刚才他表现得，嗯……我也说不上来。"

"这个徐桓扬太明显了。"邵司道，"他和朱力两个人，吃亏就吃亏在混了乐坛，没来演艺圈，慌乱都写在脸上，一点都不知道掩饰。"

"就你眼尖。"

"连我都看出来了，警方那边没理由不知道，可能正派人盯着他。我想来想去，这整个案件到底有我们什么事？"

系统沉默了两秒后，没说别的，只是意有所指道："你们要小心。"

病房内，护士按下了紧急按钮。没过多久，几个白大褂医生急匆匆地从办公室里跑出来："麻烦让一让……这位先生，别在门口挡着。"

徐桓扬收回目光，往后退两步："不好意思。"

"病人受到刺激，各项指标都开始波动。"医生检查一番后，又走出来，摘下口罩简述道，"说不准，可能会影响病情，还需要进一步观察。我们给她打了镇静剂，现在她已经安静下来。为了病人考虑，还是不要让她见外人。"

这番话无疑是逐客令，站在门口的几个人都有点不太自然。来探个病却办成了坏事，换了谁都不好受。导演说道："我们也是担心她，没有考虑到那么多，真的很抱歉。"

客套话邵司一向不喜欢多说，他扯扯顾延舟的衣袖："走了。"

顾延舟看看他："就这么走了？"

"现在不走，等一会儿出了医院大门，又得停下来跟着他们参加半小时的记者采访。"邵司牵起嘴角，冷笑道，"探个病整得跟作秀差不多了。"

如果不是为了了解小黄莺病情怎么样了，顺便盯一盯徐桓扬，邵司压根儿就不会跟着工作组过来。

加上从明天起，他的档期整个排满，也实在是抽不出时间。

"都这样。"顾延舟道，"我跟你讲个笑话，我以前吊威亚摔伤，在医院里躺了两天。"

邵司："嗯？"

顾延舟道："他们一个个像来哭丧的一样。我只是骨折，又不是要死了。"

邵司表示理解，拍拍他的肩膀："我传授你一招，平时不轻易跟别人讲的。你生病的时候对外说是传染病，保证没人来探望你，一个比一个躲得远。"

顾延舟："你对自己倒是够狠的。"

邵司挑眉，心里油然生出一种莫名其妙的优越感："还行吧，不太容易死的传染病，我基本上得过了。"

顾延舟按下电梯按钮，电梯"叮"了两声，然后门才缓缓合上："嗯，我夸夸你。不过说实话，你有点傻。"

邵司："我给你一个机会，把刚才那句话咽下去。"

顾延舟："不知道你听没听说过一句话，叫'做人不能昧着良心'。"

回去的路上，邵司开的车。

平时他们两个谁开车完全取决于运气，两个人站在车门前，打开社交软件，找到一个叫"骰子"的东西。

邵司活动了一下手指关节："我先来，还是你先？"

顾延舟："随你，我都行。"

邵司刚想说"那我先吧"，就听顾延舟补充了一句："反正你手气差。"

手气差了近乎一个月的邵司这回终于骰到一个"六"。

他将手机揣回兜里，嘴角略微上扬，冲顾延舟笑了一下："话不要说太满。我很久没开车，感觉有点生疏，你多担待。"

顾延舟系上安全带："您谦虚了，不是号称闪电车神吗？"

邵司一脚油门差点踩过头："什么狗屁，你从哪儿听来的？"

"李光宗说的。"顾延舟似笑非笑道，"他说你当初刚考到驾照，在朋友圈炫了一波，给自己取了一个羞耻到不行的外号。"

邵司咬咬牙。

"不过，今天那孩子的反应真挺反常的，"顾延舟回复了一个工作邮件，然后道，"看着不像没有原因就突然发病。"

前方路口正好遇到一个红灯，邵司踩下刹车，手搭在方向盘上，手指轻轻随着音乐点了两下："我也在想，为什么徐桓扬一说话，她就变成那样。"

顾延舟道："徐桓扬这个人挺古怪的。上次我跟一个制片人谈事情，聊到过他。"

"嗯？"

顾延舟道："他不开演唱会，所有专辑的制作都用自己固定的班底，而且那些人从来没有公开露面过。换句话说，他的歌从创作到发布，都是一个谜。"

尤其那位制片人聊到最后，也不知道是开玩笑还是认真地说了一句："老实说，我都怀疑这歌到底是不是他唱的了，别是假唱。"

次日，邵司跟李光宗讲到这个假唱的猜测，李光宗差点跳起来打他："你不要这么说歌神，歌神是乐坛的一股清流！"

邵司坐在后座，边换衣服边道："哪儿清了？还清流。"

李光宗急得有点上火："歌神是不可能假唱的，而且拍摄那天你不是也听到了吗？他不开演唱会，那是以前出过一次车祸，好多年前了吧，意外事故。后来他虽然康复了，但这几年身体一直不太好，开演唱会需要消耗太多精力，他撑不住。"

"车祸？"

"是啊，不然你以为他为什么那么晚才出道。"李光宗道，"车祸耽搁了他两年，出道以后他也是安安静静地唱歌。这次拍广告还是制作商求了好久才……喂喂喂，你干什么，好好地脱衣服，不要脱得那么暧昧。你能不能先把上衣穿上，再脱裤子？"

邵司裸着上半身，正在解裤带，没理他，只道："你害羞什么？"

"对了，我是不是还没跟你说？"李光宗没理他，想起今早收到的邮件，转言道，"昨天那个试镜，你过了。"

邵司一时间没有反应过来，又或者说他压根儿没有想到自己能过："过了？"

"是不是很惊喜？"

"这是真找不到人了？讲真的，我不太适合这个角色。"邵司伸手道，"算了，通知呢？我看看。"

李光宗道："你还是别看了吧，那个方导说话特别难听。通过就通过了，非要再补上几刀，说什么你还差得很远，破例给你一次机会。你这次进组，日子应该不好过。"

这两位都不是好惹的主，方导嘴毒惯了，邵司那就是一个大爷，两人合作起来指不定会发生什么事情。

他不敢想，头疼。

"今天，咱们要拍的那个广告，你看剧本没有？"李光宗把一沓卷成筒状的剧本扔过去，"你肯定没看！你不能因为人家是跑步机广告，就连剧本都不肯看啊！你老老实实看剧本，方导那边我来联系，你就别操心了。"

邵司将那沓纸压平了，挡在手机后面，一边打开游戏，一边面不改色道："我当时就跟你说过，不想接。"

邵司又看了一眼封面："让我放一台跑步机在家里，不如杀了我。"

李光宗暗自腹诽：顾影帝家里有两台跑步机，也没见你自杀。

而另一边，顾延舟刚上了妆，正要去摄影棚，陈阳便急急忙忙地推门进来："延舟，王警官找你。"

顾延舟还没来得及起身，王队便摆摆手："没事，你坐着吧。我这次过来，就是有几个问题想问问你。我来得突然，没有提前告知你，打扰了。"

"不打扰，您有什么需要帮忙的，尽管提。"

"我们最近在查的案子，想必你也应该知道一些。"王队找了一个位置坐下来，将手中的文件袋递过去，"你先看看这个。"

"今天下午晴转多云，紫外线指数弱，气温维持在零下一摄氏度左右，市民出行的时候注意多穿衣服。"

播音员的声音还是那么熟悉，字正腔圆，温柔又死板。

窗外阳光明媚，只是冬日的街道略显萧条，一眼望过去，入目都是光秃秃的树枝。偶尔有几阵风吹过，路上的行人便紧紧地裹住衣服，低着头，行色匆匆。

然而摄影棚内却是一副热火朝天的景象。

"很好，保持这个频率。"

"你甩一甩头，想象一下大汗淋漓、汗水飞舞的感觉。鼓风机风力开大一点，对，没错，就是这个感觉，非常好，完美。"

导演翘着兰花指，指尖一点一点地说道："我突然有个非常棒的主意，咱们边跑边把上衣脱了怎么样？展现一种野性、狂野的感觉。"

邵司缓缓闭上眼，他想骂人，硬生生忍住了。

李光宗在底下笑到打嗝："有生之年少见之作，这段我得录下来。"

在导演的再三要求下，邵司还是反手把上衣脱了下来，直接往地上一甩。

摄影棚里好几个人没忍住，停下来"喔"了两声。

邵司虽然平时运动得少，但是身材并不瘦弱，而且拍摄前化妆师还给他加深了一下腹肌，用阴影和高光画了八块，乍一看挺唬人的。

这个跑步机广告，李光宗一直想让邵司接，然而他劝说多次都没有结果。

一个“打死不接”，另一个觉得跑步机代言彰显“阳光健康、积极向上”，是一个难得的机会。两人争得脸红脖子粗，顾延舟正好回来，听他们俩闹了半天，过去把两人分开：“打住，别吵，一个一个说。怎么回事？”

李光宗简单地说了一嘴，然后问：“你说气不气人？这人就在健身房里泡过两月，还是为了拍戏才跑去的。我现在回想一下，当年他愿意拍那个什么《海之子》……就那个游泳健将的青春偶像电视剧，简直玄幻，他肯定是中了邪。”

邵司：“你说谁中邪呢？”

李光宗没理他，自顾自道：“这代言真挺好，平时他工作太忙，没时间健身，这正好一举两得，也能让他感受跑步机的魅力。”

邵司被顾延舟按着，动弹不得，只能冷笑一声表明立场：“感受什么的魅力？”没有魅力。

“行，我知道了。”

顾延舟给邵司顺顺毛，然后扭头对李光宗道：“你先回去吧，我好好教育他。”

李光宗将信将疑地走了。

第二天，邵司一见面就冲他伸手：“合同呢？”

李光宗一下子没有反应过来：“啊？”

“啊什么，再‘啊’我就不签了，机会只有一次。”

“不是吧，顾影帝这么神？”李光宗想起来代言的事儿，手忙脚乱地将合同翻出来，连着笔一起递过去，“你可别又是中邪了。”

邵司皱着眉，道：“你再烦我就不签了。”

虽然此刻李光宗拿着手机偷录视频，但他还是不知道邵司为什么会签下那一纸合约，成为小猎豹牌跑步机的形象代言人。

邵司拍完下来，李光宗藏起手机，顺手拿了一条毛巾迎上去："怎么样，奔跑的感觉怎么样？"

邵司看他一眼："你觉得呢？"

今天的小祖宗有点冷。

"我觉得，应该还不错吧？"李光宗又道，"厂商说要送你几台跑步机，给了我一张快递单，你看我填哪里的地址比较好？公司的话不太方便。"

邵司："寄到垃圾场去得了。"

李光宗打了一个哆嗦，跟在邵司身后，转言道："顾影帝到底跟你说了些什么？我好研究研究，学上两招。你别不说话啊，你这个表情看得我瘆得慌。"

邵司接过毛巾，擦着汗，随便找了一个位置坐下来，坦然道："你男神要我在晨跑和这个里头挑一个，我还能选什么？"

休息时间很快过去，导演拍拍手："来来来，大家都打起精神来啊，我们补一下最后一个镜头。"

邵司将毛巾扔给李光宗，起身道："对了，等一会儿完事了，我自己开车走，你直接回去。有事情你给我发短信，我看到了会回你，当然指不定什么时候才能看到。"

李光宗呆愣地接住毛巾，停在原地追问："啊？为什么？你要去哪儿啊？"

邵司头也不回道："我去找一个人。"

"找一个人。"李光宗摸摸脑袋，喃喃自语，"找谁？找顾影帝吗？"

"下午四点，徐桓扬会去录音棚，我收工后正好过去逮他。"

系统："哦，但是你从哪里得来的情报？"

"池子隽最近要出歌，我看他朋友圈看到的。"邵司边说边将车窗降下一些，风顷刻间从外面灌进来，吹得他的耳朵都有点凉，"我借着这个由头过去看看。"

"池子隽还会唱歌？"系统停顿两秒，"他不是过气了吗？"

“连你都知道过气这个词？”

“嗯，事实上，我知道的还是挺多的。”

池子隽一直都喜欢唱歌，每次歌神出专辑他必买。

本来他打算把重心放在歌唱事业上，然而进了公司才发现，走什么方向都是由公司来考量评估的。当时公司看他外形不错，就直接安排他去拍戏，结果拍到解约也没拍出什么名堂来。

“哥，我在这儿！”池子隽站在门口，老远就瞅见邵司那辆车。

邵司将车倒进停车位，推门下车，摘下墨镜看他：“你站在门口干什么？傻不傻，不是约好大厅见吗？”

池子隽笑道：“我太久没见你了，特想你。你还真来了啊，我以为你开玩笑的。”

邵司并没有急着往大厅走，他站在原地，微微扬起下颚，看了一眼大厦的外貌。

高耸入云的建筑，从上至下标着六个金光闪闪的大字：华誉唱片公司。

这家唱片公司在业内可谓是一家独大，不光有歌神徐桓扬镇场子，其他一线歌手林林总总加起来，数量相当可观。

去年“歌后”评选，他们家就有三位入围，其中一位夺冠，另外两位拿下二等奖。

邵司不动声色地收回打量的目光，拍拍池子隽：“我什么时候跟你开过玩笑？上次那个拍手观众不算啊，那次我真有事，走不开。”

“今天你不用工作？”一走到大厦里边，池子隽整个人都不太自然，没话找话，说完才反应过来，“哦，我这脑子，我忘了你是收了工过来的。”

前台接待小姐穿着红色制服，看到两人进来，微笑道：“您好，两位吗？麻烦这边做一下登记。”

池子隽：“嗯，两位。”

邵司看他签个字手都在抖：“你很紧张？”

池子隽："我能不紧张吗？我已经很久没进过录音棚了……为了今天录《麒麟传》的片头曲，昨晚我压根儿都没睡着。"

池子隽这个人，又过气又没演技，但是有一个优点，就是人缘出乎意料好。

可能就是他太单纯，没什么心机，也没有好胜心，所以很多前辈都愿意提携他，看到合适的角色会推荐他。不然照着现在他这种没有经纪人、接活儿全靠运气的野路子，指不定什么时候才能混出头。

池子隽签完字，拿了贵宾卡，刷卡坐电梯上去："我太紧张了，而且歌神的录音室就在隔壁。"

池子隽深呼吸好几下，还是没缓过来，又紧张又激动："你说我等一会儿可以问他要合影吗？会不会太打扰人家了？"

"徐桓扬的录音室就在隔壁？"

"是啊。"他丝毫没察觉邵司说这话的时候语气不太对劲，"我本来在楼下录音的，结果录音设备坏 206 临时改了房间。"

电梯门"叮"的一声响，刚打开一道缝，他们就听到了争执声。

其中一个人的声音听起来还颇为耳熟。

"可这也不是我们能决定的。"说这话的人是公司职员，胸前挂着员工牌子，他一脸为难道，"您就谅解一下，上头安排的，跟我说这些也没什么用。要不您自己打电话跟上头说吧？"

朱力一只手叉着腰，另一只手在空气里不断比画着，表情很不好看："我不管。你也不用跟我说这些，你就直说，能不能把他安排去别的录音室？整栋楼还差他那一间房间？"

"这都满了，排不开。"

朱力说话声越来越大："那就让他改时间，非得今天？你是新来的，不知道规矩吗？谁不知道这一整层都是桓扬的地方？"

池子隽听了半天，后知后觉地指指自己："他们这是在说我？"

邵司从两人的话里提取了一个重要信息。

他不允许任何人进这一层楼录音。他护得那么严实，干什么呢？

邵司想来想去，还是把它归结成“怪癖”。有些人就是臭毛病多。

没想到徐桓扬看上去和和气气，架子倒不小，录音的时候还得清场。

朱力话说到这种程度，基本上该表达的意思已经表达完了，这才假装“后知后觉”地听到电梯声，扭头望过来。

刚才朱力那番话很显然是故意说给来人听的，只是他没想到，除了那个听都没听说过的三线艺人池子隽，还有一个“熟人”。

今天，邵司穿了一件大衣，看着像顾延舟同款。也不知道这件衣服是不是他直接从顾影帝衣柜里扒拉出来的，两个人的穿衣风格越来越相近，只是气质各有不同。

邵司一只手插在衣兜里，倚在电梯口看朱力，跟他打了一声招呼：“好巧。”

顾延舟和王警官在休息室里谈事情，陈阳在休息室门口等了二十多分钟。

他刷刷微博，发现小黄莺事件的热度已经下去了，现在挂在热搜第一位的是某艺人吸毒被抓的传闻。

信息更替太快，爆发的时候呈围剿之势，一人一口唾沫，像洪水似的涌来。过去也快，仿佛一阵风。

“现在这些新闻真是一阵一阵的。”陈阳自言自语道。

之前顾延舟、邵司两人的传言也是，这两位当事人不怎么关注外界评论，但是陈阳作为经纪人，不能不管。虽然他也管不着，但该盯还是得盯。

陈阳顺着热搜不停地往下翻，翻了很久才翻到关于顾延舟的消息，标题就很雷人：“两位影帝逛商场被粉丝追，为躲粉丝，两人携手在商场狂奔。”

底下评论都还挺正面的：这两个人简直了，我居然有点粉上他们俩了。他们不炒作，有实力，有作品，也希望媒体不要过多干涉人家的私事。我觉得顾影帝上回在直播里说的那句话很不错——不需要在意别人怎么看。

提到直播，陈阳回想起那件让人措手不及的事。

某天下午，顾延舟突然开了一回直播。

刚开直播的时候画面有点糊，镜头上下摇晃，时不时地还来个一百八十度大翻转。

顾延舟边走边举着手机，镜头只捕捉到他的侧脸。他拐了一个弯走到客厅里，目光不知道聚集在什么地方的时候，嘴角忽然上扬，笑道："之前我答应过你们，带你们见见住我家的那位祖宗。"

自从邵司上次直播后，因为支付巨额违约金而不得不暂时借住顾家这事就摆到明面上了。

顾延舟说完，镜头又来了一个大翻转，最终定格在客厅中央。

邵司正在午睡，身上盖了一条毛毯，蜷缩在沙发上，一条胳膊还垂了下来，手指差一点就能碰到地板。

镜头一点一点、越来越靠近沙发，最后在离邵司很近的地方停下。那距离，近得连他的眼睫毛都能一根一根数清楚。

顾延舟伸手捏捏邵司的脸，随口逗他道："别睡了。"

邵司直接抬手将毛毯往上拉，把整张脸都盖住。

顾延舟又将毛毯扯下来："你是不是又偷吃冰的了？冰柜里少了一桶冰激凌。"

邵司皱皱眉，含糊不清道："没吃，你好烦，我要睡觉。"

"你撒谎撒上瘾了是不是？胃不好自己不知道？"

"顾延舟，你真像我妈。"

……

休息室里，王队收起资料，起身告辞："那就先这样，非常感谢你的配合。邵司那儿我就不去了，你帮忙转告他一声就行。"

顾延舟也起身送他："您客气了，我送送您。"

陈阳听到里头的动静，收起手机，侧身让了一条道。

王队冲他点点头，同时摆手道："不用，你接着忙，我已经够不好意思了，耽搁你不少时间。"

"那行，有事再联络，我的手机一天二十四小时都开着。"顾延舟送到门口就没有再送。

陈阳看着他们俩，一头雾水。等王队走远了，他才问："怎么回事啊？"

"没什么。"顾延舟沉着脸。自王队走后，他的表情就变得有些凝重，"王队过来问了几个问题，就是走访调查。不提这个了，你的手机呢，借我打一个电话，我的手机没电了。"

邵司接到电话的时候，已经跟着池子隽下了楼。他现在正在六楼一间临时腾出来的录音室里坐着，听池子隽的声音通过录音设备传出来，一遍一遍重复同一句歌词。

他边听边想，等一会儿找什么理由上去。

徐桓扬就在楼上，这一趟他可不能白来。

刚才他和朱力两人站着寒暄了几句。

邵司不太想让步，明里暗里表示："大家都是老熟人了，就当看在我的面子上，子隽是一个新人，也是第一次来这儿，你这么为难人家，不好吧？"

朱力满脸不情愿："这……"

池子隽赶忙走过去把邵司拉走："没事儿，我们可以去楼下找房间，或者等别人录完了再说，让歌神安安心心在这儿录，就不打扰人家了。"

这个队友要多傻有多傻。

邵司看了他一眼，偏偏这人还毫不自知，急匆匆地就想走。朱力求之不得，主动帮他们按了电梯："下回，等下回有空，我让桓扬带你参观。"

邵司越想越觉得不对劲。

邵司坐在音效师边上，有些出神。

音效师隔着玻璃窗做着录音工作，时不时地喊"停"。

只是这一回喊停，并不是因为池子隽唱得不对。

音效师回头看了邵司一眼，提醒道："你的手机一直在响。"

“不好意思。”邵司反应过来，看了一眼手机屏幕，屏幕中央闪着两个大字，通知栏里还显示了好几通未接来电。

邵司将手机举起来，在池子隽面前晃了晃，用口型道：“我出去接一个电话。”

池子隽傻呵呵地跟他比了一个“V”的手势：“去吧，你忙就先走，不用等我。”

他们这间录音室位置比较偏，应该是平时不常用，设备有点小问题，一开始连话筒都发不出声音。

邵司推开门走出去，看了一眼拐角处的楼梯，一边继续盘算，一边道：“阳哥？”

顾延舟：“是我。你在哪儿？”

听到顾延舟的声音，邵司停下来，换了一只手拿手机：“我现在华誉，过一会儿就回去，怎么了？”

他等着顾延舟问他在唱片公司待着干什么，他就要耍顾延舟，随口来一句“打算出专辑”，谁让顾延舟平时对他唱歌意见那么大。

音乐节广告过后，邵司真接到过一个邀约。《回村的少妇2》剧组特意打电话过来问：“虽然这部戏我们没缘分合作，不过我们可以换一种形式……不知道您有没有意愿为我们的片头曲献声？”

邵司一时间没反应过来：“片头曲？”

“咱们这次的片头曲叫‘乡村 style’，要不我给您放一段伴奏，您听听看？真的很不错，曲风大气，歌词诙谐幽默，又朗朗上口，您考虑一下？”

曲名太难听，不过他还是表示考虑考虑，然后拿着人家的歌，闲着没事就练两嗓子。顾延舟每回都让他把嘴闭上：“本来电视剧收视率就低，你这样唱，更没人看了。他们怎么想的……”

然而顾延舟并没有追问他在唱片公司干什么，只道：“你先回家，再过一会儿我也收工回去了，有事跟你说。”

邵司：“什么事？”

今天顾延舟不太对劲，平常打电话没说几句，准要开一个玩笑。

此时顾延舟却顿了一下，又问：“方导那部戏，你第二次试镜过了吗？”

邵司推开窗户，从六楼往下看。

楼下除了一片占地面积非常小的小树林，就是一扇上着锁的铁门，那扇铁门看起来有些年头了，锈迹斑驳：“嗯，过了。怎么？”

“王队刚才来找我，他给我看了几份资料……”

顾延舟说了些话，邵司听两句之后就没有继续往下听，他的注意力全部集中在弯着腰从小树林里钻出来的男人身上。

那片树林大概走个十来步就能走出来，它坐落于后院右下角。那男人弯着腰，看样子应该不矮，脸上戴着口罩，浑身上下裹得相当严实。

邵司也不知道为什么，就盯着那人看了好几眼，潜意识觉得熟悉，又想不起来在哪里见过。

那人原本要推开铁门走出去，可能是感官过分敏锐，察觉到了什么。他停下来，回头看了一眼。

“祖宗。”顾延舟话说到一半，问邵司问题，却没等来对面那人回应，于是停下来反问道，“你有没有在听？”

邵司哪里还顾得上听电话，他忍不住从头到脚打了一个寒战。楼底下那个男人似乎诡异地笑了一下，即便对方戴着口罩，邵司也隐隐有一种这样的感觉。

他仿佛在微笑。然后他又缓缓抬起手，在空中点了几下。

正好是六下。

第六章　小丑先生

“抱歉，我走神了。”邵司回过神来，问道，“你说什么来着？”

顾延舟：“你总算回魂了？”

刚才顾延舟喊了好几声，邵司都没反应。结合王队说的那些信息，顾延舟的心都提起来了，正要换衣服直接翘班去华誉找邵司。

邵司摸摸鼻子解释道：“刚才我看到一个男人，就在楼下。”

“特别古怪”四个字还没能说出口，顾延舟的声调便降了下来，冷冰冰地问：“男人？

“长得很帅？”

邵司将窗户关上，转身道：“你瞎说什么，他从头到脚遮得像一个神经病一样，我压根儿没看清脸。”

楼下那个古怪的男人并没有逗留太久，他意有所指地在空气中点了几下之后，食指和中指轻轻并拢，贴在口罩上，这个动作像对邵司做了一个飞吻。

邵司平静下来以后，定定地看着对方，眼神不闪不避。

在最短的时间里，邵司将那个男人的外形等主要特征记住了。

男人的身高在一米八左右，体型偏瘦，飞吻的时候抬的是左手，可能是一个左撇子。

那人似乎感觉到这种窥探性的目光，弯腰推开铁门走出去了。

“挺奇怪的。”邵司道，“为什么他会偷偷摸摸地从那里出去？”

顾延舟没说话，耳边回响起半小时前王队跟他说的那番话。

“《欲望牢笼》这本书有问题，原作者在美国失联，我们联系不上。但从他以前接受的采访来看，这本书就是在向凶手致敬。他很有可能跟凶手认识，并且长期维持着一种‘网友’关系。”

“我们通过他的个人信息找到了他家，发现很多疑点。他卖了《欲望牢笼》这本书的版权以后，立刻买了去往美国的机票。因为走得匆忙，他连家里人都没有通知。”

小丑先生，男，八零后，原名肖踌，笔名取的是谐音。

他从小喜爱看悬疑小说，血腥凶杀类的电影。自小学他被同学凌辱开始，就不怎么喜欢说话，总是一个人低着头在座位上发呆。

“我在这儿住了快三十多年，邻里之间关系都不错，这一片的人我都认识。警察同志，你们有什么想问的就问，我基本上知道一些。”王队带着人前去走访时，小丑先生家里正巧没人，去商场买菜了，于是便在邻居李阿姨家里坐了一会儿。

李阿姨一边给他们递水，一边接着感叹道：“肖踌这孩子，小的时候还好，越长越……这个我也不好说，有时候我都挺怕他的。这孩子太孤僻了。”

晚上她跳完广场舞回来，经常会碰到肖踌上晚课回来。在楼道里，他背着书包，冲她喊一声“李阿姨”。这三个毫无平仄的字眼，配合着当时他看她的眼神，都让她不自觉地汗毛直立。

半小时之后，肖踌的父母买完菜回来。

当王队掏出自己的证件，亮明身份的时候，这两个老实人提着一袋芹菜，站在门口有些不知所措，钥匙还插在锁孔里，也没顾得上拔下来：“找我们？”

王队将证件塞回去，道：“准确说是找你们的儿子，肖踌。”

关于肖踌，他们夫妻二人所说的话相差无几，而且不太愿意多谈：

“我们一直想带他去看心理医生。他整天看奇奇怪怪的东西，在纸上写些让人毛骨悚然的话。我们感觉他不太正常，而且他这个状态，我们也不知道用什么方式去开导他。”

肖踌没有参加高考，高考那天他在网吧里待了足足一整天，最后没有任何成绩。

他落榜后，一直关在房间里写东西，基本不和他们交流。他们两人也不知道孩子一天天究竟在弄些什么。

“当时我想，他要是就这样在家里待着，安分一点，那也不错了。他想待在家里就待家里，我们也不在意多煮那一口饭。”

他们对肖踌并没有抱什么期望，然而一本《欲望牢笼》改变了他们的看法。这本书成功发行，并且获奖无数，让夫妻俩欣喜若狂，连带着平日里在背后指指点点的邻居都转了态度，纷纷夸他们儿子“好样的，大作家”。

只要有才华，古怪就成了个性，别人眼里的“疯子”一下就变成了“天才”。

肖踌就是一个活生生的案例。

王队拿着录音笔，听到这里隐约觉得哪里不太对劲。

要真像他们所说的这样，为何此刻这两位对自己儿子的事情有种“避而不谈”的态度，似乎并不太想多说？

“是这样的，警察同志。”聊到一半，肖母聊不下去，起身去厨房洗菜了。肖父叹了口气，坦言道，“我们早已经跟他断绝关系了。当初他招呼都没有打一声，就买了机票出国。我们与他失联了，到处找他，还报了警，贴广告，整宿整宿睡不着觉，最后从亲戚的孩子嘴里听到他的消息。”

那孩子正好在美国留学，在路上偶然碰到肖踌，然而也只瞥见一眼，肖踌就急急忙忙上车走了。

“这些倒是次要的。”王队说得太多，一下子没刹住，此刻直接切入重点，对顾延舟道，“Joke的个人博客两天前更新了几句话，意有所指。他写‘我，只有一个我，任何揣测、模仿都是对地狱的不敬，必将受到严惩’。通过这句话，我们初步推断这应该跟《欲望牢笼》即将开机这事有关。因为凯撒这个角色的原型就是他……现在凯撒已经定了角色，所以他的目标很可能是这次凯撒的扮演者——邵司。”

“也就是说，我被变态盯上了？”邵司屈腿坐在沙发上，怎么也想象不出来，“这个逻辑倒是很独特，因为我演一个角色，他就觉得被冒犯。那肖踌写出凯撒这个角色，并且在全国各地大量发行，这事又怎么说？”

顾延舟递过去一杯水：“所以肖踌失联了。”

邵司接过那杯白开水，手指被热水弄得有点发烫，皱了皱眉：“有橙汁吗？”

顾延舟：“没有。就热水，你嫌烫就吹两下。上次你偷吃冰激凌的事情我还没跟你算账。”

想到那桶冰激凌，邵司噘起嘴：“我说了上次是意外，忌口了那么多天，我就只是想偷偷吃一口。”

顾延舟看着他，似笑非笑：“嗯，你管那叫一口？”

顾延舟中途拐去厨房，洗了手回来，坐他边上给他剥柚子。顾延舟把剥出来的肉整整齐齐地摆在果盘里：“你别不在意，这次的事情没那么简单。”

邵司这人，好像没什么东西是他害怕的。

哪怕第二天天就要塌了，估计前一天晚上邵司也能安稳地睡一个好觉。

以往顾延舟可能会跟邵司抱有相同想法，但是这一次不行。整件事情实在诡异，从三起连环杀人案，再到音乐节广告拍摄现场恶性伤人事件，包括这祖宗今天遇到的奇怪男人。

最重要的是那句阴阳怪气的誓言，什么必将受到严惩，整得跟邪教一样。

邵司道：“我知道了。话说回来，我们晚上吃什么？”

顾延舟叹了一口气，一瓣柚子剥完，他将手里捏着的最后一块柚子往邵司嘴边凑："张嘴。"

顾延舟喂完之后道："我锅里还炖着汤，看时间差不多了。"

"就你那厨艺……"邵司替自己感到担忧，"何苦为难自己？"

事实证明，顾延舟的厨艺确实没有任何进展。那锅骨头汤最后差点烧干，只倒出来一小碗"浓汤"。

骨头单独放在盘子里，像一个不明生物，既不是红烧也不是清蒸，底部还有点煳，黑了一块。

邵司咬着筷子，不知道挑哪块，每一块看着都有点惨："顾延舟，你想毒死我。"

顾延舟坐在他对面，眉头轻皱，把不那么煳的几块骨头挑出来，扔邵司碗里。

两人大眼瞪小眼瞪了一阵，顾延舟甘拜下风，换了话题："行，怪我。对了，方导那部戏什么时候开机？"

邵司想了想道："后天办开机仪式，拍摄周期三个月。"

《欲望牢笼》是方导沉寂两年后，重新出山接的第一部戏。两年前，他拍完一部极其成功的大电影之后，宣布暂时退出娱乐圈一段时间。一众粉丝等来等去，等来这部黑暗色彩浓烈的罪案剧。

"为什么你会想到要去拍这个题材？之前你拍的都是一些非常正能量、励志的影片，比如大家熟知的《英雄主义》《地震三十天》……都是你的代表作。这次你在选材方面的突破，着实让我们意想不到。"

活动现场，主持人很会活跃气氛，说完之后将话筒举到方导嘴边。方导弯弯嘴角，坦然道："要说原因的话，确实是有很多。但是最重要的一点，还是我想尝试不一样的东西。"

半小时前，众人拿着台本彩排过，早就知道答案的主持人故作惊讶道："不一样的东西？"

而邵司站在一旁，没什么心思跟他们一起作秀。他摸摸裸露在外的胳膊，只觉得冷。

他这一动，李光宗立马在台下不停地用眼神示意他：别乱动，好好站着，手放下……算我求你。

邵司回了他一个眼神：你以为我想？这身破衣服到底是谁挑的？

造型师挑这套衣服，也是为了贴近原著，文中的凯撒就是一个无袖爱好者，文中多次提到他的无袖装扮。为了彰显他胳膊上文的那朵黑色罂粟花，也突出他放纵的性格，总结一句话就是：特别装。

虽然邵司对这个方案不太认同："只是开机仪式，又不是正式开拍，你想冻死我？"

李光宗还真是怕这位爷突然跑下台穿衣服。

在李光宗挤眉弄眼的攻势下，邵司别开眼，放下手，心想：行，算你们赢了。

今天方导话比较多，沉寂两年，他实在是有太多东西想展现给观众看了："这两年我重新学习，看了很多，也想了很多。确实，我的拍摄风格已经固定了。很多人可能看一部影片，即使不看导演，也看得出来这是我导的戏——我不喜欢，我真的不喜欢这样。我想往其他方向走走，想让你们在谢幕的时候看到导演名字的时候会惊讶，会讶异地说'原来这部片是他拍的'。"

"所以我想往多元化的方向发展，改变自己，突破自己，给大家带来从未见过的东西。"方导说完，将话筒还回去，"大概就是这样。"

主持人听完后，简单发表了两三句看法，然后往右手边转了十来度，侧身道："好的，那么我们来跟邵司交流一下。我们邵司的人气真的是很高啊……网友问题太多了，我们挑了几个最有代表性的问题想采访一下你。不过问之前，我倒是有一句话想问问你。"

邵司将话筒举起，凑在嘴边："嗯，你问。"

主持人伸手摸摸邵司的胳膊，开了一个无伤大雅的玩笑："你不冷吗？今天的温度差不多接近零下，你这穿得也太少了。"

邵司微微颔首，赐了他一个字："冷。"

这主持人也不敢继续调侃下去，干笑两声表示他"蛮拼的"，然后就立马换了话题："我们看看网友的提问。第一个问题，听说你这次这个角色一开始试镜失败了，那现在对自己有把握吗？"

他以前做主持工作的时候遇到过邵司，邵司冷漠得很，浑身上下刻着四个字——“生人勿进”。虽然之后采访下来，他觉得邵司也没那么可怕，有时候还挺幽默的——当然都是冷幽默。只是他再遇到这个人，还是会怵得慌。

“还行吧。”邵司道，“尽力就好。”

主持人：“你有为这次拍摄做些什么准备吗？”

“我在研究变态都在想些什么，问警局的朋友要了一些审讯录像。”说完后，邵司坦然道，“这个角色挺难演的，不过我相信我可以。”

方导难得夸人：“其实邵司第二次试镜也不是很理想，但是我在他身上看到了一股劲。现在有这种冲劲的人不多了。第一轮试镜人被我全刷光了，一个没留。等到第二轮，只有他一个人过来试了第二次。”

主持人唏嘘道：“原来还有这样一层关系。”

开机仪式很快结束，主要目的就是宣传剧。他们在临时搭建的小舞台上开了一瓶香槟，脚下铺着红色地毯，身后的背景板上挂着几个广告牌，分别印着剧名、开机时间、导演以及各位主演的名字。

台下记者来得很少，大多是各家媒体派出的摄影师。他们互相推搡着，只为了争一个好的拍摄位置，闪光灯在众人眼前不停闪烁。

就在大家各拿着一杯香槟，站成一个圈，要碰杯之际，谁也没有预料到，刻着“欲望牢笼”四个字的广告牌突然往下坠落。

那几块牌子里，就属印着剧名的那块最大，也挂得最高。

他们几个人为了让媒体拍照的时候能把背景板上的字都拍进去，方便拍摄全景，因此几乎是贴着背景板站着的。

物体从高空下落的速度实在太快，眼尖的几个摄像师看到广告牌摇晃的时候，还来不及喊出声，它便已经砸了下来。

“天哪！”

“没事吧？我好像看到有人躺在地上。”

“谁被砸到了？”

“看不清……台上那些人围成一团，什么都看不到。”

就在那一瞬间，惊呼声、尖叫声、物体重重地砸在什么东西上的声音，全部声音交杂在一起，直直地钻进人的耳朵里，引人发慌。

台上一阵混乱过后，终于有人扭头对他们喊：“别拍了！叫救护车！快！”

是方导。

他神色焦急，将手握成拳头，手背上青筋暴起。他说完之后，见闪光灯一直不停闪，又吼出一句：“你们听见没有？叫救护车！”

意外发生得太突然，好好的一场开机仪式，现场秩序井然，每个环节都进展顺利，没人能想到会发生这种事情。

救护车来得很快，不出十分钟，鸣笛声由远及近。

直到医护人员把伤员抬到担架上，再从舞台上抬下来，底下人的镜头才终于捕捉到躺在担架上的那个人。

“别再拍了，我说多少次了！”在摄影师按下快门的一瞬间，方导伸手遮住了镜头，脸色相当差，“有点素质行不行？换你躺在担架上，你乐意被人拍吗？”

在打完120以后，方导就已经让保安清场，然而还是有些人死赖着不肯走。

对他们来说，这可是一个大独家，在场的都是业内大咖，随便一个人出事都能引起轩然大波。他们当然不肯撤，最好能拍到是谁不幸被砸伤，以及受伤情况如何。

方导心里也清楚，不愿再同他们多说，转头道：“保安，把他们都轰出去，都轰出去。”

那个摄影师被保安架着，还不肯走，脚尖在地上使劲蹬着，嘴里喋喋不休地问：“请问邵司受伤情况如何？有没有生命危险？”

他这句话一出，还在和保安周旋的其他几家媒体顿时都炸了锅。

“邵司？”

“被砸伤的人是邵司？”

“天哪……”

外面那些记者怎么说，李光宗都不得而知。他跟着医护人员上了救护车，吓得魂都快飞了：“怎么回事啊？他脸上都是血。他……他没事吧？”

一名穿白大褂的医生初步检查完邵司的伤口，做了简单急救后，安慰道："他还有呼吸。眉骨附近划了一道口子，伤口比较长，导致出血严重。现在最重要的是去医院做更详细的检查。患者头部受到撞击，情况不好的话可能……你们得做好准备。"

李光宗深呼吸两下，抖着手翻通讯录。

今天顾延舟没有通告，在顾锋公司里代他开会。会开到一半，顾延舟扬扬手，做了一个"中止"的姿势："你们等一会儿，我接一个电话。"

刚好轮到某女员工做汇报，她点点头，站在电脑前等着，同时偷偷地打量这位大明星副总裁。

顾延舟穿了一身正装，由于会议室里暖气开得太足，他脱了西装外套，衬衫扣子也解开了两颗。

他听人汇报的时候，会拿着钢笔在评测表上随意画两下，一举一动都让人脸红。

然而顾延舟接了电话之后，仅仅一句话的工夫，不知道对方说了些什么，他一下子沉下脸，拿捏在手中的钢笔也"啪"的一声落下来。

"医生怎么说？哪家医院？"顾延舟一边问，一边往外走，只来得及扔给他们两个字，"散会。"

李光宗在手术室外头走来走去，不停踱步，鼻尖上都是汗水，正喃喃自语着"这可千万不能有事啊"，扭头就看见顾延舟从走廊另一端走过来。

"这么快？"李光宗看看时间，距离他给顾影帝打电话前后不超过二十分钟。

顾延舟直直地盯着"手术中"这三个字，没空跟他解释自己一路飙车过来的，只道："现在邵司情况怎么样？"

李光宗摇摇头："还不知道。"

顾延舟强迫自己冷静下来，他抬手捏了捏鼻梁："好，我换一个问题，广告牌怎么会突然砸下来？"

李光宗犹豫道："意外事故？"

可这真是一场意外事故？李光宗或许不知道，但顾延舟站在手术室外边，右眼皮跳了两下，心下某个诡异的预感愈加剧烈。

"我们检查过了，患者轻微脑震荡。眉骨上方割伤，缝了十几针。他很幸运，广告牌砸下来的时候避开了要害。就目前的检查结果来看，他的情况还算乐观，后续还得继续观察……家属在哪儿？"

顾延舟："我是他朋友，您告诉我就行。"

医生摘下口罩，翻看了两眼病历，继续道："患者饮食方面清淡一些，忌油腻、辛辣类的食物。一旦发现任何状况，你要及时告诉我们。"

顾延舟又问了主治医生几个关于"后遗症"方面的问题。李光宗则在旁边拍拍胸口，瘫坐在休息椅上，心想：还好还好。检查结果远远比他们预期的要好很多。

不出意外的话，只要邵司注意休息，十天半个月就能出院。

李光宗想到这个，一直卡在嗓子眼的那口气终于舒出来，然后他转念想到一个严重的问题——《欲望牢笼》今天办开机仪式，明天就要进组拍摄，现在邵司人躺在医院里，那这戏怎么办？

"还能怎么办。"顾延舟立场十分明确，直接道，"换人。"

李光宗："那违约金？"

顾延舟看了他一眼："要什么违约金？"

李光宗一时间有点蒙。

顾延舟情绪不太好，他抬手将衣袖纽扣解开，往上折了两下，然后冷笑道："开机仪式谁负责的？没有部署好，导致演员发生意外，还想要违约金，做梦呢？"

顾延舟的态度很强硬，嗯……很强。

李光宗摸摸头："好像……说起来也是。"

只是剧组那边恐怕不愿意平白遭受损失。

虽然还没有开机，但是一切已经布置好了，该定的酒店、拍摄地点已经安排妥当，不能按时开工，对于剧组来说损失巨大。

不过方导向来清高，即使现在顶着亏损的压力，他也做不出来这种事情。等他处理完后续各项事宜，找当时负责布置场地的负责人质问，已经是晚上八点。

傍晚下起了雨，淅淅沥沥的雨声打在树叶上。天色昏暗，偶尔闪过几道闪电。方导站在医院门口，收了伞，将雨水抖落下来之后便迈步进了医院。

“他的情况怎么样？”方导问了前台邵司的病房号，直奔而来，“没事吧？还有那个，医药费多少，我来付吧。”

这话倒是奇怪，他付什么医药费。

顾延舟道：“邵司轻微脑震荡，缝了十几针，没别的。医药费就算了，你还是考虑换人的问题，现在他这个情况，也不知道得住院住多久。”

方导连连点头：“我知道的。”他说完，又叹了一口气，站在病房门口往里头看，“邵司这孩子看着冷淡……如果不是他，现在躺在病房里的那个人就是我。我真的很感激他，但是不知道能够为他做些什么。”

李光宗出去了一趟，找了一家小菜馆打包了点饭菜，一回来就听到这句话，没反应过来：“啊？”

“当时情急之下他把我推开了。”方导重复一遍道，“本来广告牌砸中的人是我。”

李光宗：“我居然毫不意外。”

虽然邵司平时冷漠，聊天的时候阴谋论一套接一套……李光宗刚认识他的时候，每回都觉得这人特别社会，并且饱经风霜，但真正遇到事情，他每次都像一个热血青年一样，总是不怕死。

顾延舟揉揉眉心，说不出来什么感受：“拿他没办法。”

方导说明来意过后，转言道：“换人的事情我们会处理的，你们不用担心，让他好好在医院养伤。如果没别的事，我就先回去了，明早我再过来。”

“等等。”

方导刚走到电梯前，伸手按下电梯按钮，听到这两个字的时候别过头望过去。

只见顾延舟双手交握着，活动了几下手指关节，朝方导走过来，然后一只手搭上他的肩膀，道："我跟你一起下去。"

随着显示的数字不停跳动，在接近一楼的时候，方导终于主动打破了沉默的气氛："你有什么话就说吧。"

顾延舟抬眼道："那我就直说了。你问过场地负责人了没有，广告牌是谁负责的？"

找场地负责人其实也问不出什么来。他底下的人，谁干什么活，哪里能记得那么清楚。

对场地负责人来说，只要在规定时间内把活干完就行，你姓甚名谁，他根本不在意。

方导摇摇头："没有，他手底下很多是招来的小时工，身份登记查得不严。就算对方拿着假身份证登记，也基本不会去查，有些甚至都没满法定年龄。这种人时薪拿得比较低，所以他们总是睁一只眼闭一只眼。"

这种情况，查起来真的挺难。

而且大家更偏向于"风刮得太大，将广告牌不慎吹落"这个说法。

顾延舟没再追问，电梯门开的时候，方导看了看他，犹豫道："那我就先走了，有事电话联络。"

顾延舟点点头，提醒了一句："你自己当心些。"

在方导从安全通道出去之后，顾延舟待在下面抽了半根烟。

之前王队的猜测没出差错，只是他们算漏了一点，Joke 嘴里"妄自揣测"的人不仅仅是邵司，方导作为导演，也包括在内。

邵司昏迷了二十多个小时。

顾延舟推了所有活动，一整晚都没阖上眼睛。他睡不着。

次日一大早，李光宗拎着早饭过来，被这种"痴情朋友和绝症兄弟"的戏码吓得不轻："顾……顾影帝，你要不休息一下吧？吃点东西。"

顾延舟的眼睛有些红，他握着邵司的手，头也不抬道："我等邵司醒过来。”

李光宗把早饭放下，边说边朝后退：“那我把早饭给你搁这儿了，你饿的话记得吃。”

看到顾延舟那个样子，李光宗特意去了一趟医生办公室：“医生，490 的病人叫邵司，他病情怎么样？是不是恶化了？”

医生正要赶着做下一台手术，闻言翻了一下资料，道：“恶化？你为什么这么问？患者的各项指标都挺正常。这是昨天夜里我们护士巡房记录的数据，你不放心的话可以看看。”

李光宗哪里看得懂这些。不光是那些专业名字，医生写的字也不是人能看得懂的。

他连忙摆摆手，道：“数据我就不看了，打扰您了，您接着忙。”

李光宗出去之后，挠挠脑袋，一边往回走一边自言自语：“不太懂，可能这就是患难室友情？”

不光是李光宗，邵司醒过来的时候，睁开眼睛也被眼前这人吓了一跳。他眨了眨眼睛，蜷起手指，声音暗哑地喊了一个字：“喂。”

从邵司睁开眼睛起，顾延舟定定地看了邵司好几分钟，直到邵司被他看得心里发毛，忍不住皱起眉头。

虽然现在邵司说话语速较慢，说出来的话还是极其欠揍：“你这是什么表情？我又不是要死了。”

顾延舟没有回话。

邵司的手被顾延舟抓在手里一直没放，像在触碰一件珍贵的易碎品。顾延舟将一句疑问句强行念成陈述句，低声道：“你醒了。”

“你哭了？”邵司本来想再怼两句，却惊讶地发现眼前这个男人不仅眼眶红了，而且还湿湿的，觉得有点稀奇，打起精神道：“顾延舟，你真哭了？完了，你身边一天没有我，人生就仿佛失去了意义。”

顾延舟：“你少贫。我是一天没睡，搁你，你试试。”说完之后，他松开手，俯身按了铃，喊护士过来看看情况。

顾延舟又将掌心贴在邵司的额头上测了测，另一只手帮他掖被角，问道："现在你感觉怎么样？头晕不晕？哪里不舒服？想吃什么？还记得自己姓什么，叫什么吗？"

"大哥，你问的每个问题跨度都好大。"

邵司其实已经没什么大碍，他被砸的那一下并不严重。

这二十多个小时里，他也不是完全昏睡过去，中途迷迷糊糊有过意识，只是醒了以后觉得困，又睡过去了而已。

"我感觉还不错，头不晕，就是睡多了，有点缺氧。"邵司继续道，"我也没有失忆，你以为在拍连续剧？"

顾延舟道："那你说说，我是你的谁？"

邵司的表情慢慢固定了："你是我的谁？"

他的指尖颤抖两下，然后抬手死死地按着脑门，看起来又是头疼又是着急地问："你是谁？"这人还真是说演就演。

顾延舟哭笑不得，他本来打算等邵司情况好点再兴师问罪的，谁想得到这祖宗一睁眼就戏精上身。

"你什么都不记得了？"顾延舟伸出一根手指，挑起邵司的下巴，雷剧台词张口就来，"你怎么可以忘了我？"

邵司定定地望着顾延舟，歪了歪头，眼里含着疏离："这位先生，我们认识吗？"

顾延舟正要说"小祖宗，我是你朋友"，就听到门口传来东西砸落在地上的声音。

声音不大不小，"砰"的一声响。

两人扭过头去，只见李光宗呆立在门口，原本装在袋子里的水果此刻滚了一地。

顾延舟无语。

邵司也无语。

李光宗张张嘴，难以置信地问："你失……失忆了？"

这两位演技都是影帝级别的，随便开开玩笑飙戏，他哪里能分得清真假。在他眼里，刚才那一幕简直冲击了他的大脑。

李光宗胸口一闷，只觉得窒息："怎么会这样，太残酷了……你怎么会失忆呢？”

邵司急忙道：“不是……”不是你看到的那样。

他的话还没来得及说完，李光宗已经跌跌撞撞地扶着墙跑出去了：“医生！医生！”

他们玩大了。

邵司扭过头看一眼顾延舟。

顾延舟起身，把散落在门口的水果重新装回去，装完以后，他随手挑了一个，问邵司：“吃苹果吗？”

邵司点点头，又张开双手：“吃，不过吃之前，你先扶朕去上个厕所。”

当李光宗急急忙忙带着几个医生和护士冲进来的时候，这两人正无比和谐地凑在一起。

顾延舟用牙签插了一块苹果递过去：“甜吗？”

“还行。”邵司指指餐巾纸，“我不吃了，你抽一张纸给我，我擦擦嘴。”

李光宗无言以对。

啥玩意儿啊？这整得怎么让人越发看不太懂了？

主治医生看看这个，再看看那个，低声问：“这是你说的失忆？”

李光宗恍恍惚惚的：“刚才……刚才他是失忆了啊。”

“你恢复得不错，比我预想的要好，不出意外，休息十来天应该就可以出院了。”主治医生给邵司做了一番检查，最后隐晦地提了一句，“脑震荡很容易引起记忆缺失等问题，你仔细想想，有没有什么记不太清的。”

邵司：“我没什么记不太清的，谢谢你了，我挺好的。”

李光宗指指自己：“你确定吗？那你还记得我是谁吗？”

邵司看了他一眼：“你是李光宗？”

这看上去还真不像失忆了。

“刚才那是演着玩的。”等医生走了，邵司才解释道，“我在后头怎么喊你，你都没反应，你说你是不是傻？”

李光宗："你们两个演技那么厉害，我怎么看得出你们是演着玩，还是认真的？你们太唬人了，这能怪我？"

邵司："那怪我？"

下午，王队派了两名便衣警察过来。

这两位丝毫不拖泥带水，一进门就亮证件，然后开了录音笔，将录音笔搁在手边就开始发问："你能不能简述一下当时的情况？或者说，现场有没有什么疑点？"

邵司："就那么个情况，我知道的，你们都知道了。当时情况太紧急，我也没注意到别的。"

"本来广告牌是往导演那个方向下落的，是吗？"

"是的。当时我站的位置相对而言比较安全，但是方导要是没人推他一把，估计直接砸脑门上了。我没想那么多，就顺手把他往边上推了推。"

"风很大吗？"

"只能说有风，但是不足以把广告牌吹下来。"

这几个简单的问题，他们得挨个询问，一遍遍问在场的人。

"好的，感谢你的配合。"两位警察收起录音笔，起身道，"你好好休息，早日康复。"

他们走后，邵司躺在病床上，半天没睡着。

顾延舟回家拿衣服，提着袋子回来："你怎么了？在想什么？一脸烦躁。"

"刚才警察来过了。"邵司半坐起身道，"我在想，《欲望牢笼》是不是还得继续拍下去。"

他拍不了，还会有下一个"凯撒"饰演者，也就是说，危险会一直伴随着他们。

"是，剧组会临时找新的演员，正常开工。而且它必须拍下去。"

这是案件的一个重大突破口。

从哪个角度来说，大家都不会放弃。早一天破案，就少一些受害人。

顾延舟道："虽然这样做可能会伤害到另一些人，但是没有办法避免伤害，就只能把伤害减到最小。王队已经找方导谈过了，男主角打算动用从杨茵茵事件开始就潜伏在娱乐圈内的警方卧底……知道瓮中捉鳖吗？现在整个《欲望牢笼》剧组就是一个'瓮'，全剧组都是眼线，包括群演。"

邵司设想了一下那个局面，叹为观止："戏中戏啊。"

这次整个计划太宏伟，几乎可以载入史册，然后取个什么"英雄行动"之类的代号，供后人参考。

邵司想着，这比第一次他和顾延舟演戏，引毒贩入套还要厉害多了。在那样一个大场景下，大家的一举一动都得好好斟酌，一天二十四小时，戏里戏外地演，还得处处提防着，不知道危险什么时候会降临。

虽然说有警方全天二十四小时贴身保护，满剧组安插了眼线，但是谁也不能保证这次行动百分之百安全。

邵司眨眨眼，又问："这种机密，王队怎么会告诉你？"

"王队没说。"

顾延舟："我从方导嘴里套出来的。"

邵司："我该夸你厉害，还是骂方导太蠢？"这种事情也能透露？就算关系熟，人可靠，也不能说出去，而且这么轻信别人，不太像方导的性格。

顾延舟："当然是夸我厉害。"顾延舟把话圆了回去，突然来了一句，"其实现在方导也在犹豫。"

邵司一愣。

顾延舟继续道："他憋了太久，急于倾诉，鉴于这件事情的性质，他又谁都不能说。我没套两句，他就装作说漏嘴了。他虽然有时说话不太好听，但他是一个好人，爱憎分明，挺耿直的一个人。他想帮忙，但是没人不怕死。这回是你帮了他，那下次呢？谁能保证？"所以他害怕。

邵司沉默了两秒："嗯，可以理解。"

无论是谁平白无故卷进这个恶性事件里，都不可避免会有这样那样的考量。

“他说他也有孩子，现在已经上大学了，成绩很好，前途一片光明，每天课余时间打打篮球……这是那些孩子被摧毁的未来，他们本来也应该在父母怀里撒娇。”他一想到这点就心疼。

这也是为什么他想都没想就答应了王队，说会参与这次秘密任务。

但是他冷静下来，越来越多的顾虑从心底一个劲地往上冒。

邵司道：“应该还有另一个因素，就是这部剧本身。虽然我对他的了解不多，但是那一代的老艺术家都差不多，把戏当成生命一样……因为这种事情而不能好好完成《欲望牢笼》这个剧本的拍摄，他应该也不愿意。”

顾延舟：“你这么聪明？我还没说到这个，你都说完了。”

@第一狗仔王某某：开机仪式突发意外，《欲望牢笼》主演由邵司换成李亚雷！

据悉，开机仪式进展顺利，正要收尾之际，广告牌突然不慎坠落，邵司当场陷入昏迷。目前邵司正在医院接受治疗，已无生命危险，请大家放心！除此之外，小编有一个问题想问问大家，李亚雷是谁？在小编的印象当中，他好像是一个没怎么听说过的艺人，为何能独得方导青睐呢？

一个劲爆的标题，用大号红色字体标注，正文内容简洁明了，最后还埋了一枚不大不小的炸弹，博文发布没多久便吸引不少网友的目光。

邵司出事那天，有媒体放出了风声，但都含糊其词，没有指名道姓，隐晦得很。大家看得云里雾里，等了半天官方又没个明确说法。

那几家媒体都是怕惹着顾延舟。自从邵司跟顾延舟走近以后，他们写关于邵司的通告都得斟酌两番，就怕一不小心惹了麻烦，指不定顾影帝动动手就把他们的饭碗端了。

其他媒体坐得住，王某某却坐不住。他能在圈子里肆意妄为，得罪那么多人，多少有点后台背景。更重要的是，他自认手上料够多，多的是猛料没爆。要是有人把他拉下台了，不知道多少艺人替他垫背。

“这好好的，怎么会发生这种事情？”说这话的是一个女人，五十岁不到，身材略微发福，但是看着十分和善。

她刷了一会儿微博，放下手机，走到方导面前，替他将衬衫衣领翻出来，整理完以后拍了两下，道：“还好你没事，你要是被砸到，我肯定急得晚上都睡不好觉。”

方导看着自己的结发妻子，突然开口唤道：“淑惠，我们结婚也有二十几年了吧？”

方淑惠笑道：“准确地说是二十五年，我们一九九二年年底扯的证，你忘了？”

“我没忘，我记着呢，就是想听你说一遍。”方导念了两遍，“二十五，二十五年了。”

“你怎么突然说这个？”

“没什么。”

方导伸手环上妻子的腰。

不知道从什么时候起，他们不再做这种腻腻歪歪的举动。两个人都老了，不是热恋的小年轻。

方淑惠被他这个动作吓了一跳，下意识推搡两下：“你干什么，今天这是怎么了？”

方导答非所问，常年不苟言笑的脸柔和下来，最后甚至弯了弯嘴角，道：“有你真好。”

“行了行了，我这怎么听着浑身上下不太舒服。你瞧瞧，我鸡皮疙瘩都起来了。”方淑惠又推推他，“今天不是正式开机吗？你可抓紧点，千万别迟到了，给人留的印象不好。”

由于突发事故、临时更换主演，这部戏还未开拍就已经火了，到处都能看到关于《欲望牢笼》的话题。

《欲望牢笼》开机这天，媒体蜂拥而至。

“方导，这门口都被记者堵死了，我们绕后门去，还是直接在这儿下车？”司机在不远处停下车子，扭头问。

方导远远地看着那群记者，道：“就在前面停车，直接下车。”

司机想说这样不好吧，看这阵仗，一下车肯定被围得死死的，媒体问东问西的不知道要问到什么时候去。

但是他看着方导的脸色，又把那句话咽了回去，转言道：“行，那我就在前面那个路标那儿停车了。”

医院里。

趁着顾延舟出去打电话的工夫，邵司偷偷开了手机。他怕顾延舟在走廊里听到声响，还特意调了静音。

“我都快闷死了。”正好池子隽前两天发消息过来慰问他，他直接回复道，“顾延舟不让我碰手机，也不准我看电视，老是担心那个什么脑震荡后遗症……我都说我没事了。”

顾延舟更狠的是，只要邵司一喊无聊，他就给邵司念小说。

邵司难得吐槽得那么带劲：“你能想象吗？我听了一堆小说……这个人有毒。”

池子隽一时间想象不出“顾延舟念小说”是什么画面：“嗯？这样你还会闷？我感觉很有意思啊。”

邵司：“我给你背一段，你听听是不是还觉得有意思？”

池子隽：“你都会背了？”

池子隽：“那还是算了，你别背啊，我可消受不起。”

邵司压低声音跟池子隽聊了一会儿语音，说了两句之后怕被发现：“我不跟你说了，现在我偷偷摸摸的，怕他听见。”

池子隽忙道：“好的好的，哥，祝你早日康复啊！”

邵司说着退了微信，抬头警惕地往外看了两眼，登上微博准备扫荡一圈。

他一登上微博，就看到几家媒体都在曝《欲望牢笼》开机当天的采访视频。

视频里，方导戴着墨镜，一走过去，人群便躁动起来，将他团团围住。

媒体提问道："请问李亚雷是谁？为什么你会用一个没什么作品的新人呢？"

第七章　剧组换血

“李亚雷是一位优秀的新人演员，试镜的时候我就觉得他很不错，但当时也是碍于这孩子没有什么经验……这一次，我想着应该给新人一个机会，用不着那么苛刻。新演员像一块璞玉，可塑性非常强。”方导从善如流道，“我觉得我们应该用一种积极的心态去看待这件事情，如果你们没有别的什么问题，请让一让，挡着路了。”

媒体想要的当然不是这种答案。

他们刁钻地玩起文字游戏，想从刚才那番话里找点碴儿：“所以您的意思是，当时选角色只是因为邵司粉多，影响力大，才选择了他？”

方导直接往前走，边走边道：“这是你的意思，跟我没什么关系，别强加在我身上。”

李亚雷，原名李军，四年前从警校毕业。由于他成绩优异，并且在表演方面表现出特殊专长，被警校名义上开除了，从事卧底工作。经秘密训练后，他接到的第一个大任务就是娱乐圈圈内贩毒案。

视频很短，时长半分钟左右。

邵司看了一圈下来，对“李亚雷”这个名字一点印象都没有，但是对最后两秒放出的照片倒是有几分印象。

那是一张硬汉的脸，轮廓分明，下巴周围长着一圈络腮胡子。

这种类型的新人，在圈子里确实是很难出头，更不用说他为人处世低调，出道几年没有负面新闻……当然，他也没有存在感。

邵司乍一看觉得李亚雷好像在哪儿见过，但是再看两眼又不太确定了。

他对人的长相向来不太敏感，脸盲症一直没好过。就连顾延舟那种标志性的脸，一开始他也总是分不清楚对方到底是哪位。

邵司在微博上直接搜了一下李亚雷，微博简介上写着：演员，代表作有《回村的少妇》，在该片中扮演张家村村长的儿子张富有。

邵司看了两张乡土风味十足的剧照，清清楚楚地在剧照右上角看到了自己，不由得感慨道："原来我跟他还合作过。"

看来当时李亚雷就已经查到杨茵茵那条线了，不然也不会跟他一样，接这种一言难尽的剧。

李亚雷的微博上评论最多的一条居然有十来万，应该是换角色事件带过来的热度。鉴于有些网友黑白不分，很容易被带节奏，现在还真有人觉得，他邵司出意外是李亚雷为了跟他抢角色，故意设计的。邵司想着去写一条评论，支持一下。

然而他一点进去，立刻哭笑不得。

评论区已经被他的粉丝攻占。

——邵爹粉在哪儿？把那群妖言惑众的蠢货压下去，让我看到你们的双手！

——讲真，是粉就不要做这种掉价的事情，对着人家人身攻击，忘了邵爹平时是怎么教育我们的？

——诸位，我们来聊聊张富有吧，用作品说话。我刚刚跑去看了两集《回村的少妇》，平心而论，李亚雷的演技真不错啊。

然后他们真的聊起了张富有。

——张富有这个角色塑造得立体饱满而富有张力。

——李亚雷十分善于把握人性的弱点，以小见大，折射出这个复杂贫瘠的乡村社会。尤其第十三集二十三分十八秒，这里张富有和村长进行了眼神交流。不知道你们有没有注意，这个眼神里蕴含了太多东西。

——等等，你们是认真的吗？

邵司觉得自己现在就像一位慈爱的老父亲，看着他们活蹦乱跳，不知道在整些啥幺蛾子。

“你看什么呢？”

身后响起某个熟悉的声音，邵司一边点赞，一边下意识回道：“微博评论。”

等他点完赞，这才反应过来，手指触在屏幕上顿了两秒。

他缓缓抬头，顾延舟正倚在门口似笑非笑地看着他。

邵司默默地关了手机：“不好意思，我就是太闲了，不会有下一次了……应该吧，我也不敢保证。”

这人犯了错，总是这么理直气壮，让人都不好跟他发火，连数落都不忍心。

顾延舟：“是我念的小说不够好听，还是我人不够帅？”

邵司顺着他的话说：“没有没有，都没有。你念的小说好听，人很帅。”

“行了，我又不打你，不骂你。”顾延舟走过去，摸了摸邵司的额头，“头晕不晕？”

昨天半夜，邵司不知道是不是脑震荡后遗症发作，爬起来干呕了一阵，没由来地觉得反胃。

这把顾延舟吓得够呛，忙前忙后到凌晨都没合眼。

邵司盯着顾延舟，道：“我突然发现，你好像从来没对我红过脸。”

不管邵司做错什么事情，顾延舟都不会做那种事后过来教育他的事情，基本上连责骂都没有。

“红什么脸？”

顾延舟一时间没有反应过来，过了几秒才想明白他在说什么，道：“既然事情已经发生了，比如说你犯错，犯都犯了，回过头我再数落你几句也于事无补，想想还是算了。而且你做事自然有分寸，用不着我说。”

这番话邵司听得浑身舒畅："你这么相信我？那我要是真搞出点事情来怎么办？"

顾延舟看着邵司的眼睛，忽然笑了："你怕什么，那我就跟你一起担着。"

自从认识邵司，顾延舟就知道，这人从来不是笼中鸟。

他也没想过要改变邵司。

邵司的眼眶有点泛红，他眨眨眼睛道："听起来你像一个纵火犯。"

顾延舟："嗯，这一个形容相当贴切。"

接着两人各做各的，邵司躺回去继续睡，顾延舟搬了一张凳子坐在他床边看剧本，翻页的时候手指捏着纸张，不用力基本不会发出什么声音。

邵司眯了眼睛一会儿，没睡着，侧过身："纵火犯，我主动跟你承认一个错误。"

顾延舟抬眼："嗯？"

"昨晚我不是吐了吗？不是什么后遗症，我一直没敢跟你说……昨天我让李光宗偷偷给我带了一份麻辣烫，吃得有点胃疼。"

"说出来果然轻松多了。"邵司将被子往上拉了两下，"你自己说的啊，不打不骂，也不教训。我继续睡了，午安。"

顾延舟合上剧本："对你是这样，对别人就不是了。"

邵司："你要干什么？"

顾延舟又道："我干什么都不过分。"

此时李光宗正在公司里跟人洽谈代言活动，冷不防打了一个喷嚏，觉得背后凉飕飕的。

他摸了摸胳膊，嘴里嘀咕着：这什么鬼天气，难道又降温了？

此时他还不知道，自己即将迎来怎样一场狂风暴雨。

"我们还是希望你能再考虑一下。"王队第三次给方导打电话，言辞恳切道，"这次行动有一定危险性，我们是希望把全剧组都换成我们的人，导演我们这边也会安排。我们实在不想给无关人士造成困扰，也不想影响到你们。用你们的说法就是，剧组人员大换血，您不妨再考虑看看？”

《欲望牢笼》拍摄现场，气氛看起来跟普通片场没有任何区别。

在来来往往喧嚣的人群里，有眼神或疲惫或充满斗志的群演，没有工作的时候，他们便蹲在角落里，补眠或者侃大山。

其中有几个比较活泼的，周围都围了一圈人。他们在群演中资历较老，自以为很有话语权，整天瞎吹牛，当然，其中也不乏一些真料。他们吸引了一些听众。

“我跑龙套可有五年多了，合作过的明星比你们见过的还多。那个十亿票房的大电影《大逃杀之风卷残云》，你们都知道吧？我当时在组里待了十几天，演了一个有三句台词的小角色。”

“顾影帝？我当然见过了。我们合作过两部戏，他真人比电视上看到的还要帅，而且很有礼貌。特别是他抽烟的样子，直击人的心脏。”

既然聊到顾延舟，自然少不了另一位赫赫有名的新晋影帝。

“邵司，我也见过，倒是没有说过话，他太冷淡了，光是看着都要发抖的那种，我没那个胆量。”

即便是饭点，工作人员也不曾松懈，该扛道具布置现场的继续扛道具，有时候扛的东西太重，走得急了便会大声地喊：“前面的挪一挪啊，让个道，小心别撞到。”

一切都井然有序地进行着。

任你眼睛如何毒辣，也看不出来他们在制造这样一场“喧闹”的同时，他们有意无意间的一个小动作，都是相互之间早就拟定好的暗号。

方导站在这样一片喧闹之中，举着手机，听王队在对面说话。

等王队说完了，他才道：“我要留在剧组里。”

“为什么？”

方导道：“说出来你可能很难理解，但我想会会凯撒，我想知道他到底是一个什么样的人，他在想些什么。这段时间发生的事情，推翻了我之前看原著时对他的理解。我想我只有足够了解他，才能导好这部戏。”

王队心想：我岂止是很难理解，根本就无法理解。

方导也是一个执拗的人，怎么劝也劝不听。

“而且，你把整个剧组来个大换血，很容易引起他的怀疑。”方导道，“他是一个精明的家伙，有着异于常人的敏锐。”

然而就在这个时候，从休息室的方向传来一声惊呼，一名工作人员边跑边道：“方导，不好了，李亚雷不见了！”

李亚雷凌晨五点多就从家中出发，一路坐着保姆车，于六点半准时出现在化妆间内。

他到达片场之后，看看剧本，和导演聊了一会儿戏，打发做造型的漫长时间。

为防止意外发生，化妆间里装了好几个针孔摄像头，而且从化妆师到助理，都是他们安排的人。

“他是怎么消失的？”

这个问题一出，在场所有人都面面相觑。那困惑像一个莫名的漩涡，将他们所有的神志都卷入其中，不停相互拉扯、冲撞，将人搅乱。

他们脑海里一闪而过许许多多的画面，却理不清头绪。

气氛变得尤为沉默。

大家都意识到，现在出现了一个严重的失误。

“助理”回忆道：“刚才雷子说要去一趟洗手间，我跟他一起去，我们又一道儿回来。回来之后，按照流程上写的，他拿衣服在更衣室里换服装……我得空了，就去接了一趟水，想着反正大明在这儿呢，结果一扭头人就找不着了。”

“大明”充当的角色是化妆师，他当时正好在整理化妆箱，等一会儿得给李亚雷上妆。

“那负责监控的人呢？”

听到这个消息，王队第一反应便是：用不着查监控，这种情况肯定是雷子自己主动往外头走的，否则不可能有人能在这里把他带走。

因为这里不可能存在任何一个死角，不管凶手从哪里翻进来，都避不开周围人的视线。

果不其然——

“我一直盯着监控，他中途从更衣室出来了。”负责监控的警员十分自责，“当时我没察觉出来哪里不对劲。”

却不想他这一去，一直没再回来。负责监控的警员这才紧急向上级汇报。

以王队对雷子这个人的了解，他不是一个鲁莽的人。虽然他年纪不大，但作风相当沉稳，办事之前总是会深思熟虑，极其善于权衡利弊。这一个特点，他在警校学习期间便已经展露出来。

而且一旦发生什么紧急情况，他的临场反应速度也快。

那么是什么让他抛下一切，甚至连一个口信都没留，就这样冲出去了？

这一次行动，给了在场所有人沉重的打击。

他们承认自己轻敌，以为在这样万无一失的情境下，不可能会有人走到这里把人带走……况且今天是开机第一天，距离邵司被砸伤才几天，正常人都不会选择顶风作案。

虽然组里明文规定了，发生任何事情都不能走漏风声，尤其是媒体记者那边，然而世上没有不透风的墙。

拍摄地不是只有他们一个剧组，隔壁剧组拍摄戏份接近尾声，平时比较闲，偶尔会有人跑过来。这地方又小，哪个剧组发生了什么事情，消息传得飞快。

李亚雷失踪这个消息，不出两天就上了头条。

@娱乐聚焦：《欲望牢笼》新主演李亚雷在开机当天神秘失踪，此后两天更是音讯全无。剧组不得不再度停工，陷入困境。

关于这部剧，现在网友们最想知道的就是，到底什么时候能开拍。

——我从来没有为一部戏这样操心过，不过仔细想想，真感觉挺邪门的。上一个主演被广告牌砸了，这个又失踪？下次开工之前，看看皇历吧，或者请一个老法师诵经驱驱邪。

——我觉得他可能临时遇到了什么事，来不及打招呼。

有话题的地方就有争议，评论里很快形成了两派：

——什么事情急到连招呼都来不及打？就算爸妈死了，也能托助理通知一声吧？而且过去两天了，再紧急也不可能紧急成这样。依我看，这就是一场炒作……事情闹了几出，现在最有利的人是谁？请诸位仔细想想，《欲望牢笼》知名度连续三天蝉联微博热搜第一位。

——楼上是不是脑子不好使？知道剧组停工一天损失多少吗？他们需要用这种自损一千的招数？我不认为这是炒作，拍戏出现各种意外，这都很正常。他们真要宣传，犯不着用这种方式。

顾延舟知道消息的时候，正陪着邵司在医院里闲逛。

邵司坐在轮椅上，往右边指指：“绕过去看看。”

顾延舟走在后面推邵司，邵司指哪儿他推哪儿，随口道：“讲点道理，这轮椅你还要坐多久？”

“挺爽的。”邵司坦言道，“出院之前我姑且就这么坐着，让我多爽几天。”

一大早，花园里已经有几个老人出来活动筋骨，也有几个坐轮椅的。

顾延舟刚按照邵司指挥的路线推到没人的地方，一个老大爷自己摇着轮椅紧随其后，凑过来找他们聊天：“小伙子，你这腿怎么搞的，也折啦？”

话题展开得太突然，邵司一时间居然不知道说什么好。

老大爷呵呵一笑，指指自己的腿：“我跟你一样，上个月动的手术，年纪大了，腿脚不方便，还不小心从三楼掉下去……现在恢复得还不错。小伙子，我建议你平时没事多做做复健，找两个护工架着走走。你不要忘记脚踩在地面上的那种感觉，相信要不了多久就能下地走路。”

邵司看了一眼顾延舟，发觉此刻这人看他的表情特别嘲讽：让你瞎坐轮椅，好了，看你怎么圆。

老大爷话多，絮絮叨叨地又说了一大堆，然后将话题重新绕了回来：“你这是怎么弄的啊？现在的年轻人，做事免不了要冲动一把。

我也是过来人，想当年，年轻的时候我也疯狂过。”

邵司：“没什么，我的腿没出问题。”

老大爷一脸疑惑。

顾延舟笑了笑，一语戳破：“大爷，您不用理他。他就是懒得走路，前两天自己在网上买了一台轮椅，今天刚到货，他坐着出来遛遛。”

轮椅到货的那天，邵司挺高兴，饭都多吃了两口。

顾延舟拎着轮椅只觉得夸张，挑眉道：“前天你逛了两小时淘宝，就挑这个去了？”

说起轮椅，邵司对这玩意儿肖想了不是一天两天，而且这一个念头从来就没打消过。当初他买电子代步器的时候，就挑了一款加在购物车里。

只是平时他坐着轮椅出去遛弯，怎么看怎么像一个神经病。这回他正好住院，又闲着没事，想说体验生活，纠结了一会儿就下了单。

顾延舟对“体验生活”这个说法不置可否：“体验什么生活，你也是给自己找借口……体验残疾人的生活还差不多。”

邵司：“随你怎么说，反正等一会儿推轮椅的人是你。”

荣升为“残疾人”朋友的顾延舟盯着邵司看了两秒，最后败下阵来：“你认真的？”

邵司：“我从来不开玩笑，这玩意儿我加购物车里头好久了，上回看中的款式下架了，买的这个是重新挑的。”

“行吧，你赢了。”顾延舟又道，“反正都是你说了算，要不要我抱你上去？”

那位老大爷再怎么能唠嗑，这时候也唠不下去了。他一边摇着轮椅，一边往前面去：“你们逛，你们逛，我去前边走走。”

等老大爷走远了，邵司面无表情地甩锅：“顾延舟，你看看，你都把人吓跑了。”

顾延舟轻轻勾起一边嘴角：“你太谦虚了，这还不都是沾了您的光。”到底谁吓跑谁啊。

两人散完步，在花园里逛了两圈，正好收到李光宗发过来的一手八卦：接替你的那个小艺人，你还记得吗？叫什么雷，李亚雷，他出事了！

你邵爹：瞧你一惊一乍的，他出什么事了？

李光宗：开机当天他无缘无故失踪了，算不算大事儿？

“李亚雷失踪了？”顾延舟低头，从后面看邵司的手机屏幕，皱了皱眉，“不可能吧。”

李亚雷是警方安插的卧底，没那么好对付。

顾延舟也不认为那个嫌犯有这么大能耐，在开机当天把他解决了。

邵司道：“我也觉得不可能，应该是烟幕弹？假新闻吧。整个先发制人什么的策略，搅乱对方视线。”

李光宗在微信上嚷嚷：你等一会儿啊，我正往这边赶，还有十分钟就到了。我们见面再聊。

虽然邵司不知道有什么继续聊的，但还是回复了一个字：哦。

然而李亚雷失踪的事情却不像他们想象的那样。

“是真的。”电话另一头，王队的声音听上去尤为沉重，“我们找了两天，还没找到他。”

雷子就像人间蒸发了一样，没有人知道那天他从休息室走出去之后去了哪里。

他们追着监控一路往下查，只查到他弯腰上了一辆黑色货车，车牌尾号2612。最后他们在一间废弃钢铁厂里找到这辆被遗弃的黑色货车，车主表示毫不知情，说可能是偷车贼干的。

按照平常办案的经验来看，李亚雷已经遇害的可能性非常大。

“可他为什么会上赶着去送死？”顾延舟听完之后道，“而且他真的什么线索都没有留？”

最近发生的事太多，一桩接着一桩，几乎连休整的时间都没有。

这一个Joke很擅长顶风作案，好像事情越大，他越来劲。加之这种突击式破坏的手段，也弄得他们措手不及。

顾延舟又道：“他肯定很了解你们，甚至非常了解李亚雷。他会不会是李亚雷认识的人？熟人作案，将李亚雷引出去的可能性比较大一些。”

王队摇摇头：“不可能。雷子在娱乐圈里接触什么人，说过什么话，我们都一清二楚。他在圈里没有熟人，就连‘李亚雷’这个身份都是假的——他真正的家庭由警方保护，不会有人知道。”

“如果他受到了威胁呢？”

这一个猜测倒是让王队浑身一震。

邵司勾勾手指，示意顾延舟将电话贴在他耳边，缓声道：“你想想看，对他来说什么最重要？”

“这些事情跟你给我的关键词‘徐桓扬’到底有什么关联？”

回病房之后，有些地方邵司始终想不太明白：“除了小黄莺那次徐桓扬在场之外，其他案件都跟他八竿子打不着。而且音乐节录制的那天，他根本没去过厕所。”

虽然清场之后，他和朱力两个人重返体育场的奇怪举动确实引人注意，但这也说明不了什么。

系统：“这个我不太懂，不过有一点我觉得蛮奇怪的。你还记不记得，音乐节那天徐桓扬唱的歌？”

邵司：“什么歌？”

“你们录制节目的时候，他不是负责唱两句吗？当时你就站在他旁边，听起来没觉得哪里不太对劲吗？”

“你的意思是……”

系统过了一会儿才说：“感觉不像他唱的。”

系统：“声音传出来的方位有点偏，跟收音效果无关，不像是从他的麦克风里发出来的……你们可能没听得那么清楚，嗯……你懂我的意思吗？”

系统也算是“机器”的一种，它对电流、各种电子设备，包括被“设备化”的声音十分敏感，如果它觉得不太对劲，基本上就真的是不对劲。

邵司：“我不懂，我也不懂唱歌。”

系统无语。

邵司又道："别人真唱、假唱我都分不出来，这是真指望不上我了，我们不妨换个角度思考问题？"

这段时间他都在医院里待着，没空跟进徐桓扬那条线。而且自从音乐节拍摄过后，他便没什么理由去接近徐桓扬。

徐桓扬整日在公司里录音准备新专辑，他总不能跟着跑去出个专辑。就算他想，也没什么靠谱的音乐制作人愿意找他……水平高的看不上他，水平低的他又看不上。

"出专辑可能不太行。"邵司抓了抓头，计划道，"但是这两天我随便写首歌出来，找人编编曲，发个单曲应该没什么问题。"

等他出院了，再找徐桓扬所在的唱片公司，商量时间录歌。他称自己没经验、唱不好，顺理成章找徐前辈聊聊天。这种套路用得多了，熟得不能再熟。

系统："嗯……可为什么我觉得这个方案听上去也很不太行？"

不管是专辑还是单曲，这都得唱啊，一唱不就要命了吗？

"哪里有问题？最多三天时间，我绝对拿下他。"邵司伸手在床边果盘里拿了一个苹果，咬了一口继续道，"大不了我多看几天《基本乐理简明教程》。"

系统："显示出你是一个身在演艺圈，心在歌坛，有音乐梦想的年轻人？增加共同话题，拉近彼此距离？哇，那你真是厉害了。"

邵司不置可否，想起另一个问题，反问道："最近徐桓扬都有些什么通告？"

系统："我哪知道，问你的私家侦探去？"

邵司啃了两口苹果不想吃了，随手搁在一边，拿纸巾仔仔细细顺着指缝擦过去，等擦完手，这才翻起手机通讯录来："那我问问。"

系统只是随口一说，谁能想到他还真的找了私家侦探，感慨道："你这招真是用不腻啊。"

这两天徐桓扬就是家、公司、健身房三点一线，具体工作内容是准备新专辑《倒影世界》。

《倒影世界》是徐桓扬今年的回归专辑。他出专辑的速度并不快，平均一年一张，但每次出都绝对是精品，由于他已经快两年没有发过新歌，粉丝们将这次的专辑以“回归”两个字定义。

总结四个字就是：备受瞩目。

说话间，李光宗正好过来和顾延舟换班：“顾影帝，你忙你的，这里有我呢。他这屁大点事，整天吃好喝好，都快长膘了。”

李光宗看邵司完全是爱上住院了，整天不是睡觉，就是玩游戏，还有顾延舟来解闷。

李光宗毫不怀疑，可能这就是邵司一直梦想的生活，除了医院的消毒水味比较难闻，时不时有医护人员查房。

顾延舟：“没事，一天见不着，我不放心。”

李光宗不知如何接话。

“我去一趟警局。”顾延舟说完后，抬起手腕看了一眼时间，道，“大概两小时之后回来，这边就先交给你了。”

李光宗“好好好”连应几声，才觉得哪里不对劲：“你去警局干啥啊？”

顾延舟没有明说，但是眼眸稍稍黯了下来，只道：“我有点事要处理。”

邵司也煞有其事地点点头：“其实我们找到了一点线索。”

李光宗每次过来都得带上一摞剧本，还有好几份合约：“你看看，这些都是，挑吧。”

邵司写歌中途休息休息，活动了一下手腕关节，道：“这么多？”

“你住院那么多天，他们可都盯着你呢，就等着你出院把你抢过去。这两天，我的电话都快被打爆了。”李光宗喝了一口水，顺顺气，接着道，“我跟你说一个玄学，自从你住院了，片酬也涨了。”

邵司本来三个月档期排给方导，现在出了意外空下来，人人都想钻空子。

“你仔细挑挑，我觉得有两部打斗的不错，弘扬中国功夫——”

李光宗说话声戛然而止，“你是不是又没在听？”

邵司没否认，直接朝他招招手：“你过来，我有话跟你说。”

李光宗将信将疑地凑过去：“什么话？”

邵司随手推开那堆剧本，然后反手指着自己，另一只手勾着李光宗的脖子：“这些我先不看了，其实我自己有个规划。”

李光宗眼皮一跳：“你说。”

“我打算出院以后出首单曲。”

李光宗：“你真的没有被砸坏脑子吗？”

顾延舟去了一趟警局，回来的时候手里还拿着手机，不知道在跟谁讲电话：“嗯，没事，现在挺好的，他恢复得不错……不用不用，您放心。”

李光宗见顾延舟回来了，收拾收拾东西准备撤：“那我先走了，有什么事情电话联系。”

不同于李光宗，邵司则坐在病床上，咬着笔帽看顾延舟，等他挂了电话才问：“谁啊？”

顾延舟：“你妈。”

邵司张张嘴：“我说她这段时间怎么都没理我，以为她生我气。翠花女士生气就喜欢玩冷暴力。”

敢情现在她偏心眼已经偏到顾延舟身上去了。

邵司说完又道：“最近她一直找你？”

邵司这种不知道是不是“吃醋”的表情让顾延舟哭笑不得：“我算算，也没有一直，平均下来每天四通电话。”

邵司眯了眯眼：“早、中、晚，还有呢？”

顾延舟：“你大概忘了有个东西叫时差……你别想了，基本都在半夜。”

“聊的都是你，瞎吃什么醋。”顾延舟揉了揉邵司的脑袋，“你妈不舍得打扰你，就过来打扰我了。”

邵司松了一口气，放松之余还产生了一种莫名其妙的得意：“果然我才是亲生的。”

顾延舟这才注意到邵司摊在腿上的那本本子，上面已经被涂涂改改，涂花了一页，又道：“你这画的什么，涂鸦？”

涂个鬼。

邵司：“你瞎啊，我在写歌。”

顾延舟拿过那本本子，费力扫了两行，去掉层层涂鸦和错别字，才在几道歪歪斜斜、张牙舞爪的句子里找出一句完整的词来：“失去了你的我，好像失去了生命，在空荡荡的梦里长眠？”

邵司挑眉：“嗯？”

顾延舟：“祖宗，你这还是一首苦情歌？”

“我观察了一下国内外歌曲流行趋势。”邵司道，“苦情歌比较好把握，你觉得怎么样？”

顾延舟毫不避讳：“我觉得？你想听真话？我觉得有点做作。”

“你失过恋？乖乖演戏不好吗？非要伤害大众。”

邵司白了他一眼：“照你这么说，我写歌之前还要体验体验失恋？”

顾延舟：“其他的我不知道，反正失恋这一项你这辈子是体验不到了。”

邵司一首歌写了将近六天，修修改改，写的不知道什么玩意儿，最后他偷偷地联系李光宗，让李光宗帮忙张罗着干脆买一首歌算了。

邵司在医院里待了快半个月，无任何不良反应，恢复得很好，除了拆针那天搞得像脑震荡后遗症发作似的，捧着镜子不撒手，饭都没怎么吃两口。

“这道疤……”邵司缓缓闭上眼，然后又睁开，“怎么那么长？”

最开始进医院缝针的时候，他还在昏迷，加之又打了麻醉，所以当时没什么感觉。等他再睁开眼，只看到从眉骨至额角贴着一块方方正正的纱布，也就没怎么在意。

结果拆线的那天，他就蒙了。

顾延舟听到邵司的抱怨，放下手里的东西，走过去捏着他的下巴将他的脸抬起来，细细端详。

这道红色疤痕本来没有那么显眼，但是邵司肤色白，就衬得尤为突出。这一道疤不长不短，挂在眉骨上反倒添了几分病态的感觉。

顾延舟看着既觉得心疼，又觉得眼前这人怎么样都帅气。他不太懂邵司为什么会将它上升到“毁容”这种程度，随口安慰道：“男人的勋章。”

邵司反手就是一巴掌，直接把他推开：“你尽瞎扯，勋什么章，丑死了。”说完，邵司拨弄几下刘海，试着将疤痕遮住。

顾延舟看着他：“你不是一向自信心爆棚吗？这时候多想想‘我的帅气，一道疤怎么挡得住’这种话。”

邵司面无表情道：“可没有疤，我可以更帅。”

“对了，警局那边怎么样？你跟他们说了吗？他们做记录了吗？”邵司这些天躺在病床上闲着也是闲着，一直琢磨案子，所以顾延舟去警局，一方面是配合后续调查，另一方面也是怕这傻瓜想东想西憋出病来。

前阵子警方把顾延舟叫过去，问了那天体育场的事情，盘问的重点绕来绕去还是在徐桓扬这个人身上。

“徐桓扬有嫌疑？”

面对顾延舟的质问，对面那位年轻警察显然有些警惕，他放下笔，道：“请你不要说和此次传讯无关的内容。”

顾延舟的身体往后靠，靠在椅背上，不太在意：“抱歉，我就是随口一问。”

顾延舟三言两语把传讯内容说了一遍，又道：“他们忙得很，反正话我也带过去了，不管关于徐桓扬有古怪的猜测到底对不对，你都别乱想了。”

李光宗正好从医生办公室里出来，问了关于邵司出院的事情，记了几个时间，然后直接拐进病房里，门都没敲。然而他一只脚刚踏进去，迎面飞过来一只枕头：“我去……什么啊。”

他的全部注意力都集中在枕头上，压根儿没看病房里头，只顾着弯下腰将其接住，又道：“你这暴力的习惯该改改了，我跟你说，就这么迎接我，我很寒心啊。”

邵司理好头发，抬头看他：“哦，那你呢，进门之前不知道敲门？”

李光宗一看到邵司那张脸就明白了。两人认识那么多年，李光宗当然知道邵司这人是什么臭毛病。之前邵司脸上过敏的时候，就整天戴着口罩，谁也不准看——天王老子都碰不得，谁揭他伤疤，他跟谁急。

不过现在看起来，好像出现了全世界唯一的例外。

李光宗心里有点酸，他这个经纪人当了这么多年，怎么总被这位爷牵着鼻子呢？

“等它结痂脱落之后，抹点药膏，过一阵应该就淡了。”顾延舟说着，从床头塑料袋里掏出来一管药膏，“我早给你配好了，一天三次，棉签也在袋子里。”

邵司一只手接过药膏，拆开看说明书。

李光宗进门，将枕头扔在床上：“容我插个嘴，医生说你下礼拜就可以出院了。”

他说着又想起来一件事：“说起来，刚才我在医生办公室里看到小黄莺的病历了。她好像是前段时间转院过来的，蛮突然的，我们要不要过去打个招呼？”

小黄莺的家人应该是被媒体缠得没办法了，中途转移患者这种手段并不利于病情康复。小黄莺事件的热度虽然已经过去，但仍然有好几家媒体持续跟进……说不定能瞎猫撞上一只死耗子。

这次邵司住院也差点被人曝出来是哪家医院，好在顾锋公关做得好，滴水不漏，这才没有遭到媒体围堵。

邵司皱了皱眉，将说明书塞回去：“小黄莺？”

“她本名是叫徐婷婷吧？我记不太清了，就看到一个病历封面，上面贴了小照片。”李光宗道，“我问了医生，说她是前天刚转过来的，就住在我们这个楼层。”

“你知道她的病房号是多少吗？”

“这我哪知道……没具体问。”李光宗道，“你想知道的话，我哪天帮你问问。”

邵司捏着长条形纸壳，不知道在想些什么，低低地应了一声：“嗯。”

他脑海里一直有个大胆的猜测。

最近发生的一系列事情，看似没有关联，但也正是这种“无关联”，反倒能让人将它们联系在一块儿。在没什么关联的事件里挑挑拣拣，然后将它们串在一起之后，离所谓的“真相”更近。

小黄莺的病房离得挺近，拐个弯直走，右手边第三间就是。

邵司得知消息就想去看看她，但又忍不住犹豫起来。

之前他和导演他们一起去探病，把孩子吓成那样。即使这回他有意想去探探小黄莺的口风，也得先顾及她的病情。

小孩子的恢复力不比成年人，这场巨变所带来的伤痛不知道得养多久，可能伤害会一直伴随着她。尤其声带损伤这一点，换了谁都承受不住。

最后他还是打算等小黄莺病情好些，再找机会见见她。

然而计划赶不上变化，他们就住一个楼层，楼下花园也只有那么点大，只要小黄莺出来遛个弯什么的，他们想不碰面也挺难。

这天天气不错，天空总算放晴。

顾延舟处理完工作，一推门就看到这人沉迷手游，他直接把人从被窝里捞出来，带下楼散步。

邵司边走边捂着脑门，避免风太大把他用来遮伤疤的头发吹起来，嘴里念叨两句：“刚才那局游戏我才打到一半，而且出门散步才是损害我的身心健康。”

顾延舟见邵司低着头没看路，不动声色地调换了一下两人的位置，让他走在里面：“很显然，你对身心健康这个词有什么误解。”

两人找了一个不显眼的地方坐下，有灌木丛挡着，位置又比较偏，周围基本没什么人。

长椅够五六个人坐，等顾延舟坐下来之后，邵司便横躺着，将头枕在他腿上，占据了其他空位。

“你这样不累吗？”顾延舟将手搭上邵司的头顶，轻轻揉了两下。

邵司腿长，只好屈着，看起来挺憋屈的。

他摇摇头，继续仰头盯着天空看。

湛蓝的颜色，几片云优哉游哉地晃荡过去，耳旁的风，还有顾延舟的手。邵司眯着眯着，差点又睡过去。

顾延舟出声提醒道：“你别睡，再睡成傻瓜了。”

邵司不想理他。

“李亚雷失踪快一个礼拜了吧？”邵司安静一会儿，又突然问，“人还没找到？”

顾延舟有一搭没一搭道：“这种事情，就算警方找到了人也不会说的。状况不严重还好，要是严重的话，要他们对外怎么解释？”

《欲望牢笼》剧组也停工了，在找到下一个男主演接替之前，剧组承担着停工的巨额损失。外界一直在猜测，这个IP可能就这样砸在方导手里。投资商纷纷撤资，赔得血本无归。

邵司没再说话，他正觉得这个姿势不太舒服，打算起身，还没来得及动弹，旁边传来一声怯生生、音量奇小，还十分暗哑的童音：“邵叔叔？”

小黄莺被护工阿姨推着出来散步，正好遛到这里。

她看起来状态好了些许，只是骨头恢复慢，腿脚还是不能下地。此刻她正坐在轮椅上，细软的头发披在肩后，消瘦的体型让病号服裤管看起来分外空荡。

“嗯……小黄莺？”邵司坐起身，声音压得极轻，怕惊扰到她。

上次在医院里不是大吵大闹的吗？现在看来，她其实并不排斥见外人。

邵司有点想不太明白，他还没多说两句，小黄莺便伸出一根手指，指向邵司身后：“花花。”

邵司扭过头，身后种了两棵茶树，稀稀疏疏开着几朵花，还有一些花骨朵。

然后呢，她这是想表达什么？

邵司向来不懂怎么跟孩子打交道，用胳膊肘撞了撞顾延舟："喂。"

顾延舟看了他一眼，提示道："她这是想摘花。"

"公共场合。"邵司道，"摘不了，看看得了。"

小黄莺眨眨眼，好像听懂了一样，没再继续喊花花。

护工阿姨冲他们笑了笑："这孩子本来不愿意出来，我哄她说花园里好多花都开了，这才把她哄出来。"

顾延舟道："我侄女也喜欢花，房间里都得贴贴纸，不然不肯睡。"

说话间，小黄莺把头一扭，眨着大眼睛看别处去了。

护工阿姨压低嗓音道："也是作孽啊，不知道是谁……好好一个孩子整成这样。"

邵司道："她恢复得怎么样？之前我去探望过她，只是她情绪失控，我没待多久就走了。"邵司有意无意地提及这件事，想看看护工的反应。

"情绪失控？"护工阿姨眉头一挑，"不会吧，这孩子乖得很。我照顾她好一阵子了，没发生过这种事情。"

第八章　声音

顾延舟："你想想，那天最后一个跟她说话的人是谁？"

如果小黄莺不是莫名其妙情绪失控的话，那么是谁在她面前说了什么话？

两人互相交换了一个眼神。

他们眼底有犹疑、猜忌，更多的是某种相互肯定，他们想到的是同一个人。邵司张张嘴，并没有发出声音，但从口型上来看，很明显是这三个字：徐桓扬。

而这也跟他们之前猜测徐桓扬有古怪的想法不谋而合。

"我们去前面转转好不好？"护工弯下腰，语气轻柔道，"前面也开了很多花花。"

小黄莺看看他们，又看看护工，犹豫了半天不知道想干什么，可能是犹豫要不要往前走。半晌她才点了点小脑袋，轻声说："嗯。"

护工阿姨往前走两步："那你先坐好咯，阿姨帮你拍一张照片，很快就好。"

小黄莺的父母招护工的时候，招聘信息上明明白白地写着：每隔半小时必须发一段视频或照片过去。

一是他们不放心女儿，看不到她便无心工作。鉴于之前他们把孩子交给黄莺婶，还是发生了意外，现在他们恨不得牢牢掌握住小黄莺的一举一动。即使小黄莺不在他们跟前，也要时时刻刻了解孩子的状况。他们就是避免再次发生之前那样的事情，让自己工作的时候能踏实点。

二来也是想监管护工的工作情况，防止她搞小动作。

毕竟他们支付了高昂的工资。而且现在新闻经常报道有什么不负责任的护工虐待老人，他们可得好好留几个心眼。

而从护工的角度来看，小黄莺的父母就算工作忙，走不开，也得腾出点时间看看孩子啊。她只能在心里默默吐槽，又不好说什么，也知道讨生活不容易。于是她遵守自己的本分，老老实实照顾孩子。

倒是那个黄莺婶，几乎天天往这儿跑。只是有一回被黄莺妈撞上后，她被骂得狗血淋头。

于是护工阿姨停下来，在兜里摸索一阵想找手机，掏了半天却什么也没掏到。她有点急，继而一拍大腿喊："哎哟，不好，手机肯定是落在病房里了。"

"二位如果不忙的话，能不能先帮我照看一下孩子？我去去就回……他们要求每隔半小时都得发视频的，现在也差不多到点了。真不好意思，麻烦你们了。"

病房离这儿近得很，来回不超过两分钟，而且周围来来去去都是医护人员，真有什么意外，吼一嗓子就行。

顾延舟考量几番，觉得这忙能帮："那你快去快回，我们暂时不走。"

"这护工居然不认识你。"邵司看了两眼她的背影，觉得有点稀奇，"看来你这个'全年龄杀手'也不过如此。"

顾延舟："她也不认识你。"

邵司："那不一样，你比较老。"

顾延舟别过头看他一眼。

邵司一本正经："讲真的，你的粉丝多得可怕，起码我身边就没有七八十岁的老太太粉。"

顾延舟出道早，而且接的剧受众是所有人，全盛时期更是整天霸屏。

只要大家开电视，准能看到他那张脸。他之所以能够封神，也是他庞大的受众群，上至七八十岁的老太太老大爷，这种不刷微博、不关注娱乐新闻的群体都能吸过去，他就像一个超级吸盘。

邵司虽然也拿了一个影帝，但是他自己知道，论知名度，他跟顾延舟还是有很大差距的。他的粉丝以年轻人居多，定位也没有那么“全能”。他的年龄摆在这儿，戏路不宽。

顾延舟对“老”这个字尤其敏感，他拍了拍邵司的额头：“你等着，我回去收拾你。”

护工去的时间有点长，邵司把注意力放在小黄莺身上，想跟孩子好好交流，始终不得其法。

“你开心吗？”

“最近过得怎么样？”

邵司跟她说了没两句，小丫头便将眼神默默地转投到顾延舟身上。

顾延舟开口跟她说说话，她的反应稍微热情一点，还会点头，偶尔被哄得高兴了，甚至弯起嘴角笑笑，问什么也都会回答。

顾延舟：“我们小黄莺今天真漂亮，长得比花花还好看……你是不是瘦了？有没有好好吃饭？中午都吃了些什么？”俨然一副奶爸的语气。

小黄莺乖乖地答：“我吃的是小米粥和鸡蛋。”

邵司在旁边看了几个来回，皱着眉，不太能理解：“跟我说话有这么不乐意吗？我又不会吃了她。”

“你知道笙笙怎么评价你的吗？”顾延舟毫不留情道，“说你有时候像一个冷漠的怪叔叔。”

邵司对“有时候”这三个字还比较满意，鼓励他继续说下去：“嗯，其他时候呢？”

顾延舟：“其他时候就不只是‘像’了。”

邵司一时语塞。

他们说的话小黄莺听不懂，她安安静静地坐了一会儿，然后转过头去，似乎在找护工阿姨。相处多日，她很容易对旁人产生依赖心理，尤其是每天二十四小时不间断陪伴在自己身边的人。

“阿姨一会儿就回来。”

小孩子的心事太好猜了，心里想着什么全部挂在脸上，只消一眼就能看出来。

顾延舟说完，不动声色地将话题引到另一处：“小黄莺还记得徐叔叔吗？”

小黄莺眨眨眼睛：“徐叔叔？”

顾延舟聚拢右手，抵在嘴边，装作麦克风，柔声提示道：“唱歌的那个徐叔叔。”

小黄莺不怎么记人名，非得要那人出现在她面前，她才能把名字和相貌联系在一起。所以顾延舟嘴上这么一说，她自然不知道谁是徐叔叔。

邵司看看她，随手打开手机，找了一段徐桓扬近期接受采访的录音，手指在播放界面上停留了两秒，最后还是按了下去。

采访录音一分一秒地播放着，那很有辨识度的嗓音只要听过便不会忘记。

他一边放，一边试探地看着小黄莺，拇指指尖搁在“暂停”键上，随时准备停止。

“最近我在着手准备新专辑的事情，歌已经选好了，大部分是这两年自己写的……编曲方面可能会想有一些突破，比如说跟王强老师他们合作，因为他们的风格和我完全不一样。我想做一种混合音乐，给大家听一些不一样的东西。”

半小时后，病房门口陷入一片混乱。

“怎么回事？”

“发生什么了？医生，医生，她没事吧？”

“我说说你，你是怎么看孩子的？”黄莺妈在医生那边得不到回应，扭头指着护工鼻子骂，“你能不能行啊，做不了就滚蛋！今天我已经够忙的了，你尽给我添乱。”

护工低着头，不住地道歉：“对不起，是我的疏忽，但是我也不知道怎么就……”

“你不知道？你跟我说不知道？”

“别吵了，让不让病人休息？”医生摘下口罩，在纸上记了两笔，再抬头的时候问道，“她的精神状况看起来不太稳定，是不是受到了什么刺激？”

“没有，刚才她还好好的。”护工阿姨急着为自己辩解，“我什么也没干，不信你们可以问问周围的路人，花园里人很多的。”

当时邵司放完那段录音，小黄莺并没有表现出什么，直到护工过来，她整个人才轻微颤抖起来——幅度很小，不细看，几乎看不出来。

“给你们添麻烦了。”护工抱歉道，“路上我耽搁了几分钟。”

她说完，伸手揉了揉小黄莺的后脑勺：“刚才你乖不乖啊，有没有给叔叔们添麻烦？”

邵司正在关手机，顾延舟突然将手搭在邵司的手腕上，轻轻地捏了捏：“你看。”

等邵司抬头，小黄莺已经抬手捂着胸口，不停地喘气，眼神慌乱，继而从嘴里喊出两声：“啊……啊……”

虽然她嗓音暗哑，但仍是童音。尤其这种稚嫩的嚼字方式，让这两声“啊”听上去更令人心慌。她发出声的一刹那，抓得人心里一紧，也随着她喘不上气来。

“我都干了些什么事。”邵司低声懊悔。

走廊拐角处的吵闹声隐约传过来，邵司在房间里都能听到几个咬字很重的侮辱性词汇。

黄莺妈的脾气冲，这回的事情她真是忍不了，也不顾这儿是医院，非要闹得尽人皆知。

“你收了我的钱，你就是这么办事的，啊？”黄莺妈的声音又尖又细，直直地将墙刺穿，不管距离多远都能刺进人的耳朵里。

邵司抓了抓头发，自责道："当时我其实设想过这个可能性，但我只……"

没什么好讲的。当时他就是为了验证自己的猜测，冒着可能会伤害到小黄莺的风险，坚持放了那段录音，想看看她是不是只有对徐桓杨才会有那么大的反应，又或者说是对徐桓杨的声音有反应。

"两次了，之前我们去探病也是这样的情况。她对他这个人并不敏感，不然也不会在大家进门的时候没什么反应。这样说来，她敏感的应该是声音。"顾延舟道，"一次还可以是巧合，但两次不太可能。"

顾延舟刚说完，邵司突然开门往外走。

"你干什么去？"

"我惹的事，我去处理。"

黄莺妈"啪"的一巴掌甩在邵司脸上的时候，走廊内寂静了很久。

除了护士推着车从另一面过来时，车轮咕噜咕噜地在光滑的地面上发出声响，其他的都听不太清了。黄莺妈深吸了两口气，由于刚才她太过用力，手还有些颤抖，她哽了哽，才说道："你说是你刺激小黄莺的？"

邵司连躲都没躲，头向右偏过去两分，站在她对面，看着她道："是我，对不起。"

"怎么回事？"

王队刚好一边低头找证件，一边往这边走过来，再抬头便撞上这一幕。

他扫了他们两眼，又看看病房里的情况，将目光锁定在邵司身上："这是怎么搞的？你干什么了？"

黄莺妈知道面前站的这个人是谁，是荧幕巨星、得罪不起的大人物，她也顾不上去深究"为什么刺激""怎么刺激"的，她无暇去思考这些。她只知道，面前站着的人是一个伤害她女儿的人，她不需要深思，也不想去管前因后果。

王队看出苗头不对，急忙将两人拉开一段距离，厉声道："好好说话，到底怎么了？怎么回事？"

他们安排了几个警员全天二十四小时在病房门口交替巡逻，小黄莺一出什么事，他们第一时间得知消息。只是小黄莺这条线不是王队盯，今天他得空，又正好驾车在附近办事，便过来看看。

黄莺妈收了手，白了邵司一眼，声音又尖又细，道："怎么回事，我还想知道怎么回事。"

王队道："你别急。这事总有个前因后果，你在这儿坐一会儿，我把邵司带过去盘问盘问，回来肯定给你一个交代。"

黄莺妈站在原地，脾气大着，眉头一拧，默许了："那行，可我丑话说在前面，要是没有一个合理的解释，我不会善罢甘休的。"

等安抚完黄莺妈这边，王队将邵司带到走廊另一侧，正要详细询问，只见邵司抱着头缓缓蹲下去。他的手指指节绷得紧紧的，原本细长的手指屈成凌厉的弧度，指节泛白。他的头发从耳侧滑下去，露出一截白到近乎透明的脖颈。

王队看着他，嘴里的话绕了一圈。

这时身后传来一阵脚步声，王队别过头，看到顾延舟的手插在裤袋里，在离他三米远的地方停下来，眼神越过他落在前面那人身上，表情也相当阴郁。

过了两秒，顾延舟指了指另一边，道："去那边说，让他自己一个人先安静一会儿，他也不好受。"

王队跟着他过去，两人倚靠在窗边，风直直地往人脸上吹。顾延舟从兜里掏了一盒烟，抽之前示意了一下："你不介意吧？"

王队摆摆手："没事，我不介意。"

这里本来就是吸烟区。

顾延舟一只手拿着打火机，正要摁下去，猛地想到什么又顿住了，将烟从唇间抽出来。

王队看了顾延舟一眼，顾延舟苦笑道："我不抽了，邵司不喜欢烟味。”

“我简述一下事情的全过程。邵司给小黄莺放了一段徐桓扬接受采访的录音，她听了之后情绪失控。我知道您肯定有很多问题，但在那之前，我想先问问您一个问题。”

顾延舟手里还捏着打火机，在指尖转了两下，道：“不知王队还记不记得，小黄莺住院期间，病情稳定下来的时候，邵司他们一道去医院探望过她。”

王队站得笔直，常年站军姿都站成了一种习惯：“我当然知道。”

“我们找过警方负责人，说小黄莺情绪失控可能没有那么简单。自从那次意外之后，邵司就一直在想这件事情。当然，很可能这只是一个不切实际的臆想。但是这起案子的负责人，嗯——唐警官？我记得姓唐。他表示，这孩子遭受这样的事情，身体、心灵上都受到折磨，她情绪反复无常是正常的，而且徐桓扬没有作案嫌疑，可以完全排除。我们曾想让他试一试，哪怕就一次，然而没有得到警方回应。”这也是上回顾延舟去警局的主要目的。

从那回之后，小黄莺的病房就成了禁止探望的状态。

没有得到小黄莺父母或者警方这边的许可，闲杂人等不得进入她的病房。

顾延舟说着，又把话题转回邵司身上，道：“这段时间他经历了挺多事，一直压在心里。虽然他嘴上没说，但是经常半夜睁着眼想事情。他的枕头底下藏了几张纸，说是在写歌，还不准人看，他写着写着，在反面列了一堆乱七八糟的线索。”

这起案子拖的时间越久，受到伤害的人就越多。

所以顾延舟当时没有出面阻止邵司。

他后悔的是，为什么没有由他来放录音。

王队回头看了一眼邵司，最终还是没说出什么责备的话来。王队分得清轻重缓急，立马总结道：“现在的结果就是，小黄莺两次听到徐桓扬的声音，都表现出了剧烈反应。所以徐桓扬很可能有问题，或者说他的声音有问题。”

警方虽然专门成立了小组跟进小黄莺这条重要的线，然而过去了一段时日，事与愿违。这条线始终进展迟缓。

小黄莺是唯一幸存者，想要知道什么信息，只能从她嘴里获取。这无异于再度揭开这孩子的伤疤，让她回到鲜血淋淋的那一天。

刚开始，警方的人在医生的陪同下审问小黄莺，用各种方式诱导她回忆起那天，然而小黄莺迟迟没有说出什么有利线索。黄莺妈也几次三番阻断，情绪激烈地推门而入："你们给我出去！出去，别再吓她了！你们要线索，去其他地方找去，去犯罪现场找啊！我们小黄莺受不得这个刺激，凭什么还得让我们小黄莺遭这种罪？"

黄莺爸一脸沉默地走进来，想把黄莺妈拉出去："你别闹，配合警方办案。"

黄莺妈不依不饶："配合什么？她还是不是你女儿了？你这个人是不是没有良心啊，啊？"

双方家属意见不统一，这边的进度也就落了下来。王队忧心忡忡，今天没忍住想监察进度，看看能不能把问题解决了，这才出现在了医院里。

"行，我们知道了……这是一个特别难得的突破口。"王队得到一个关键线索，并没有多欣喜，他想到现在正摆在他们面前的问题，道，"不过你们这次的做法确实也不太妥当。当然，我们也有疏忽，对于你们最初提供的思路没有加以重视。关于这点，我代表唐警官向你们道歉。"

顾延舟："您不必这样。我等一会儿去向罗女士解释，看看能不能取得她的谅解，再商量一下赔偿的问题，这个责任我们会承担。"

王队毫不犹豫道："我跟你一起去，她恐怕没那么好说话。"

黄莺妈岂止是不好说话。

作为一个母亲，她义无反顾地把任何有可能伤害自己女儿的人往外推。

"你们嘴上说得好听，我不接受这种理由，我不接受。"黄莺妈站在病房门口，一个劲地摆手，面色涨红，"他明明知道可能会刺激到她，为什么还放录音给她听？是，你们是不确定，只是试探，这难道就可以成为理由？”

顾延舟：“真的很抱歉，已经造成这样的结果，有什么要求您尽管提，我们愿意尽全力弥补。”

黄莺妈：“人出了问题，你赔得起吗？”

争吵的声音太激烈，直直钻入邵司的耳朵里。邵司站在顾延舟身边，根本不知道该说什么好。“对不起”三个字已经说烂了，他觉得特别无力。

放录音的时候他一直在犹豫，最后鬼神使差地还是放了。

当时他脑海里都是第一次去顾锋公司的时候遇到红灯，他扭头往车窗外边看，看到了那个铁迹斑斑的垃圾桶。然后第二天，这垃圾桶出现在电视屏幕上，变成极其残忍的早间新闻。

还有厕所门被推开的时候，小黄莺倒在血泊里的景象。

惊慌失措的开机仪式现场。

李亚雷失踪。

邵司看到了病房里头，小黄莺被注射镇静剂之后安睡的样子。

黄莺妈说得没错，人出了问题，他赔不起。

直到黄莺爸赶过来，这场吵闹才得以平息。

黄莺爸听王队说了原委，加上小黄莺已经在医生的治疗下恢复稳定，表示理解：“既然事情已经发生了，如果是对案情有帮助，我认为我们可以朝前看。”

黄莺妈高喊起来：“你倒是大方，敢情病房里躺着的不是你女儿？”

黄莺爸：“你别在医院里大喊大叫，影响别人。躺着的当然是我女儿，我也相信我的女儿，她不是一个脆弱的孩子，她比你想象的要坚强得多……连医生都说了，她恢复得很快，也不怕人。你也要相信警察，他们肯定是在能够保证咱孩子安危的情况下进行审问的。是，你会有痛苦，但不光你是孩子的妈，别的妈也有自己的孩子。这案子多点线索就早点破案，就少一个支离破碎的家。”

黄莺爸说完这段话，摸了摸口袋，没找着烟。顾延舟抽出一根烟递过去，黄莺爸低声道了一句："谢谢。"

顾延舟也说了一句："谢谢。"

心疼吗？他当然也心疼。可正因为遭受过这份痛，他才不希望这种痛苦降临在更多的家庭里。

小黄莺还算是幸运的。当她经过手术，睁开眼，张嘴叫他爸爸的时候，他才感觉自己活过来了。

而前面几位没救过来的，他们的父母现在正遭受着什么，他都不敢想象。

黄莺爸又伸手摸打火机，准备去吸烟区抽根烟，只道："你们不用顾忌我们，就按照正常的流程来吧。"

"叔叔给你放几段声音，你听听看，别害怕。"

等小黄莺清醒之后，警方很快带着专业人员过来。在医生的陪同下，对这条线索进行确认。

小黄莺躺在床上，心理医生坐在边上，伸手摸摸她的头发，用指腹轻轻地、有一下没一下地替她梳着头，轻柔地说："你别害怕，放轻松。现在你跟着我说的做，慢慢地把眼睛闭上，什么都不要想。"

前几段录音都是不同的男性声音，有的低沉，有的苍老，年龄跨度也大。他们的音色不尽相同，但有共通点。这些声音都是从诗歌朗诵节目上扒拉下来的，声音清晰度极高，就连咬字、发声、吐气这些吹毛求疵的细节，都听得一清二楚。

邵司站在门外，隐约能够听到门里传来一句诵读声。

那是一把极其细腻又充满回味的嗓音，同徐桓扬的声音有些相似，听起来年龄应该也相仿，只是他的声音更低沉，有种特殊的诗韵，像酿了多年的酒一样。

"无论你付出多少努力，有什么样的渴望，在嘈杂和混乱的生活之中，请保持心灵的平静。虽然世界有种种虚伪，劳累和破灭，但它依然美丽。"

这已经是第十七段录音，警方选取的声音基本跟徐桓扬的声音有类似之处，却又不是他本人的声音。他们边放边观察小黄莺对这些声音的反应，发现她相当淡定。

她眨了眨眼睛，眼神里透出一种疑惑，似乎是在思考这些叔叔到底在干什么。

“没有任何反应，她的情绪也很稳定。”

坐在另一边盯着脑电波仪器的年轻警察别过头陈述道：“无波动，可以继续。”

他们利用先进设备，可以通过脑电波得知小黄莺对外界的反应。他们一方面是想对比看看，从而确定猜想；另一方面也是为了能够及时停止，第一时间减少伤害。

心理医生继续用指腹替她梳理头发，这个动作让人难以抵挡，每梳一下感觉像被人舒舒服服地挠了心窝，小黄莺显然放下一切戒备。

心理医生同她聊了两句，都是一些简单的家常话，而她的回答也十分明确。

负责做记录的两位女警互相交换了一个眼神：“现在她思路相当清晰，头脑完全处于清醒状态。”

“继续吧。”王队坐在正中间，他扬起手，“继续放。”

紧接着，徐桓扬标志性的声音缓缓地从话筒里流泻出来。

顾延舟站在邵司身后，这时他抬起双手，捂上邵司的耳朵：“乖，别听。”

邵司垂下眼，没有说话，也没想离开这里。

顾延舟将邵司转过来，让邵司面向自己。顾延舟盯着他看了一会儿，看他惩罚自己的样子，然后轻叹一口气，轻轻抱了他一下，没说别的，只说了一句：“我在呢。不管发生什么事，我都在。”

测试结束后，邵司找上王队，说了当时录音乐节广告时，徐桓扬的声音传出来的方位不太对。末了，他补充道：“我只是想早日找到凶手。”

是夜。

原本明朗的月色渐渐被不知打哪儿来的乌云遮盖，稀稀疏疏地从缝隙间冒出来。

某高档小区门口驶进来一辆车，车速急得很，如果地面上有泥坑，定要叫人溅个满身污水。

门卫认得车牌号，甚至还探出个头，笑盈盈地冲车里那人打招呼：“朱老师，这么晚了还过来啊？”

朱力入圈早，资历深，所以有些人会尊称他一声朱老师。这也算是一句玩笑话，但他确实一手提携过很多位赫赫有名的艺人。

往常朱力都会减缓车速，回应门卫两声。然而这次，门卫打完招呼后却惊讶地发现，这人跟往常不大一样，透过车窗只能看到朱力沉默的侧脸。

朱力驾着车，踩下油门，提升车速往小区里头开去。

门卫丈二和尚摸不着头脑：“这么急？他刚才是不是没看到我啊？出什么事了？”

门卫自言自语完，又坐回了门口，余光瞥见刚才打了半局的《连连看》，便立马将这件事情抛在脑后了。然后他将双腿跷在桌案上，津津有味地继续玩游戏，嘴里哼着不着调的歌。

如果有人仔细听，还能分辨出这正是徐桓扬的代表作之一——《爱如洪流》。

《连连看》的声音特效一直没有断过，充斥在这一间小房间里显得有些聒噪，他忙里偷闲看了一眼墙上的时钟。

一点零三分。

漫长又无趣的夜晚这才刚刚开始，虽然白天他已经睡够了，但在这种寂静无人的夜晚，难免会感到困倦。

他晃晃脑袋，叹了一口气：“唉。”

朱力像发了疯一样，神志已经有些不太清醒。当他把车速飙到一百多码，险些刹不住车，这才猛地冷静下来，一脚踩下刹车：“啊。”

他解开安全带，推开门下车。

一阵凉风迎面而来，他深呼吸两下，这才迈开步子上楼。

徐桓扬开门的时候，朱力还存有几分理智。他四下环顾两眼，警惕道：“没有别人过来吧？”

徐桓扬面上没什么表情：“没。”

朱力立刻闪身进门。他脱下外套，随手摔在地上，里头那件衬衣早已经被汗水打湿：“怎么回事？你电话里那是什么意思？”

徐桓扬冷笑道：“就是你听到的那样。”

朱力烦躁地在屋内转来转去：“警局给你打电话，让你明天中午十二点过去一趟，配合调查？配合什么调查？查什么事？”

朱力现在满脑子都是疑问，又止不住心里发慌，可能是因为心里有鬼。

可以对号入座的事情不止一件，警方传他们过去，这回又是为了什么？

他没办法冷静，急得像热锅上的蚂蚁。虽然那口锅下的木柴并未被点燃，但他已经感受到那份灼热，甚至觉得烧到了眉毛。

徐桓扬：“你别问我，我也想知道。”

朱力：“你确定他们就说了这样一句话，没再说别的？”

还不等徐桓扬回答，朱力便搓搓手，摇头道：“不可能那么简单。事情过去这么多天，怎么会重新查到你头上？不，我们往好了想，也许是普通地配合调查，毕竟小黄莺那件事还悬着。”

可正因为悬着，悬着也就意味着警方正在不断地继续往下深挖。警方究竟挖出了点什么，他们不得而知。

“该配合的我们都配合了，还能问什么？”徐桓扬不像朱力那么慌张，身为当事人，他故作冷静道，“如果真的出了什么事，就不只是传讯那么简单，他们会直接上门把我带走。”

朱力：“是是是，咱是得这么想，但我们也得做好最坏的打算。”

徐桓扬从沙发上站起来，难得发了脾气，将手边的东西扔至一旁：“我说了多少次了，收手吧，他不是我们能够掌控的人。我是不是多次说过他太危险……你就是不听。他会毁了你，也会毁了我！”

“你以为我不后悔吗？”

朱力胸口剧烈起伏着："现在你这是在指责我？你别忘了，当年那场车祸早就毁了你。"

"车祸"两个字像针一样，扎在徐桓扬心底："你别提这个。"

朱力继续道："我给过你选择的机会！事情已经到了这个地步，我也没办法。你以为我不想甩开他？我怎么能够甩得开？一条道走到黑，我们两个想要活下去只能这样，只能这样！"

两人争吵之后，彼此陷入沉默。

一时间，没有人再主动开口说话。

夜色凉如水，看着窗外那一片黑都觉得刺骨。

朱力缓和一下情绪，转言问："他现在哪儿？"

徐桓扬："我不知道。"

朱力："你不知道就打电话问！"

徐桓扬并没有动弹。朱力只好自己拨通了一个备注名叫"他"的电话号码。

电话响了两声之后被人接起，那人只说了一个字："喂？"

"他"的声音跟徐桓扬的一模一样。

朱力站在徐桓扬身边，只觉得手指都在发颤，他想：或许他们都错了，他们太自负，以为自己可以掌控一个影子，以为影子就活该被钉在光所找不到的地方。

等邵司睡着之后，顾延舟中途出去过一次，结果等他打完电话回来，这人果然只是装睡。顾延舟一走，这人又把眼睛睁开，不知道在想什么："明天中午十二点，警方会传讯他。昨天，小黄莺表现得很好，当然也受了很大刺激。"

邵司："我知道，她的尖叫声我这边开着门都能听见，但是我没办法原谅自己。"

顾延舟在邵司病床旁边的陪护床上躺下，一张陪护床勉强能容纳下身高腿长的他。

顾延舟一只手轻按住邵司放在被子外面的手，道："寻求真相的过程多数时候是把伤口再挖出来看一遍，在这里面抽丝剥茧。你想想那些主动报警的受害者，他们最大的心愿是想让犯人得到应有的惩罚，更是不希望别人遭受她所遭受的痛苦。在这件事情上，你做得不太对，但没有错。”

“我们为小黄莺感到骄傲。”顾延舟继续道，“但是过度自缚型的自责是最没用的情绪。它改变不了已经发生的事情，也决定不了以后将要发生的事情。”

邵司张张嘴，还没说话。顾延舟伸长了手，直接将掌心覆在邵司的眼睛上：“你别想了，睡觉。”

次日，徐桓扬准时抵达公安局门口。不知为何，消息不胫而走。

即使他行事低调，走的也是安全通道，也还是在地下车库里被记者团团围住。

有问及新专辑制作问题的，甚至还有几个在问网传女友是不是真的，并没有几个人关注“警局”本身。

他们都有各自的消息来源，徐桓扬十二点去警局，对他们而言，只是一个逮人的机会。虽然他们的小道消息很灵通，但谁也料想不到，歌神现在的身份其实是嫌疑人。

朱力沉着脸挡在他们面前：“不好意思，我们不接受采访。”

即使地下车库光线昏暗，徐桓扬也戴着一副墨镜，用手捂着口罩，默不作声地往前走。

他常年被众人拥簇，并没有觉得不自在，更多的是麻木和习惯。如果换作以前，他可能还颇有些享受，但此刻，他实在是提不起什么兴致，也懒得再维持自己彬彬有礼的人设，哑着声音道：“让开。”

“网红美莎儿真的不是你的女友吗？她公然在微博上爆料你们俩恋爱的消息，你对此有什么看法？”

徐桓扬皱着眉，脚下的步伐没有停过。

朱力走在后面护着他，伸长了手臂将媒体挡下来，简明扼要道：“那都是胡乱造谣，好了，就到这里。你们请回，再跟上来我就喊人了。”

那帮人多少有几分忌惮，跟到电梯口便没有再跟上去。朱力一把摁下电梯开关，等电梯缓缓关上，他才松了一口气，靠在墙壁上，啐道："这帮狗崽子。"

徐桓扬轻扯嘴唇："你利用他们造势炒作的时候，我没见你喊过他们狗崽子。"

朱力听出来这句话里的火药味，知道这人情绪不好，于是提醒道："等一会儿你小心些，这次警方找你，指不定是因为什么事。"

医院里。

邵司办了出院手续，正在病房里收拾东西。

李光宗见气氛不太对劲，开玩笑道："你这是怎么了，出院还不高兴？睡病床睡爽了，是不是？"

陈阳作为知情人，扯了扯李光宗的衣袖道："小宗，跟我出去买两瓶水去。"

李光宗被陈阳扯着出了医院："买水？啥事啊？"

陈阳把事情简略一讲，李光宗变了好几个表情，最后混在一起显得尤其复杂："我说呢，今天我一过来，一个个的都不太对劲。不过徐桓扬说感冒就感冒，也是很厉害了。"

这次审徐桓扬的，是一个看上去没啥经验的新警察。

两人拉家常似的聊了两句，这警察见到徐桓扬本人，刚开始还有些激动，道："我老婆是你的粉丝，她最喜欢那首《浮生》，还老是在家里唱。我也挺喜欢你的，你唱歌很好听。"

几句话聊下来，让徐桓扬由原本的正襟危坐变成了一种放松的姿态。他微微往后靠，靠在椅背上，交握的双手也逐渐松开："谢谢，只是我今天感冒了，嗓子不太舒服，不然还能给你唱两句。"

王队在隔壁房间里看着监控，鹰一样锐利的眼神一直停在他俩身上，陈述道："他松懈了。"

由于此次案情重大，局长顶着巨大的压力过来旁观，心知肚明道：

“你不就是故意派这么个人过去的吗？”

一个年轻的、没什么审案经历的警察，看起来真像是实习生，唠唠家常，还表达了适度崇拜的情绪。

这些都在无形之中透露出一种讯息：这次审讯没有他想象的那么严重，可能就是走个流程。案情复杂，稍有点牵连的就会被叫过去问问，这很正常。

开局不过两分钟，他们就已经赢了。

“姜还是老的辣，你这手段真是越来越厉害了，连我都自愧不如。”局长看了一会儿，发声道，“你故意把这局设成一个空局，逼着人家自己钻进来。”

徐桓扬从不开演唱会，而邵司也说他的声音传出来的方位不太对。现在徐桓扬又急不可耐地表达自己“嗓子不舒服”，可不就是怕他们直接让他当场唱歌吗？

“本来我就是试探试探他，没想到一击毙命。”王队叹一口气，道，“这仗还有得打，跟着他把他身后的那个人挖出来。”

王队一边看监控，一边翻了翻前几天顾延舟的口供，那次是因为案情迟迟没有进展，他想着从头到尾重新捋一遍线索。当时，对于徐桓扬和朱力两人在清场之后的古怪行为，他们确实怀疑过，但随后打消了疑虑。记录人是唐警官，他最后在结尾处写上几个字：可排除嫌疑。

局长皱眉道：“这个老唐，办案草率。”

王队将档案合上，面色阴沉，重重地将其往桌上一拍。

徐桓扬的反应，侧面向警方证实了他们的猜测。

他们组织这次审讯是不想打草惊蛇。

等徐桓扬反手戴上墨镜，走出警局，上了经纪人的车，那车不急不缓地掉了个头就开走了。王队站在六楼西面窗户前，打了一通电话，语气严肃，只有四个字：“开始行动。”

案件进展如何，邵司不得而知。王队每日忙得像一个陀螺，他也不好打电话过去，免得打扰人家办案。

邵司由于身体问题，出院之后李光宗给他接的活都比较轻松，例如平面拍摄之类的。他活动量小，每天还有时间在家睡睡懒觉。

邵司："轻松？"

李光宗点头保证："活不轻松，我跟你姓。"

于是邵司将电脑合上，把它放在一边，冲他勾勾手指，道："你把东西拿过来，我看看。"

当邵司的手刚触及封皮，李光宗便滔滔不绝地开始介绍："这个绝对合你心意，我跟你说，你看看，多奢华，多大气！你想躺着、坐着拍摄都行，咱就躺着拍好了，舒适又自在。"

顾延舟在厨房里忙活，洗了手出来监管邵司的业务问题："我看看你挑了什么通告。"

邵司："你不用看了，就一张多功能床，造型丑就算了，几乎都能在上头拉屎撒尿了，这是残疾人专用？"

李光宗被邵司说得有点委屈，说道："我以为你会喜欢，你难道不喜欢吗？"

邵司："我的品位有那么差吗？"

李光宗："你真不觉得它跟你的灵魂相当契合？"

顾延舟手指冰凉，接过通告看的时候无意碰了邵司一下。邵司怕冷，立马把手缩回去，缩完又觉得自己这样太没良心，口是心非地将手往前一伸道："行吧，给你暖暖手。"

顾延舟避开了："祖宗，你可拉倒吧。"

邵司听话地松了手，转身继续在电脑上捣鼓什么。

李光宗凑近了看，发现电脑上满页都是徐桓扬："你找什么呢？"

"徐桓扬当年出过车祸，我在找他出车祸之前唱歌的音频，想和现在的做对比。我发现，关于他假唱，其实一直都有这个说法。"

最开始是在一个匿名论坛里，有个楼主洋洋洒洒发表一大篇阴谋论：为何某歌神不敢开演唱会。

楼主主要从不开演唱会这一点切入，他对比了徐桓扬早期和后期的声音，觉得还是颇有差别。然而这个帖子技术不过硬，槽点太多，基本上人人都当个笑话看。

——别某歌神了，这码打得没意思。

——早年他开过几场演唱会，全程坐着的。那次车祸对他整个身体伤害很大，后来就干脆不开了，体力支撑不住。

——扒这些，楼主平时到底是多无聊。

邵司平时很少用电脑，看这种八卦论坛看两眼就想关，忍着一路看下去，看到结尾，那个叫“啦啦”的楼主都没有再出现过。

后来也有媒体妄自猜测过，虽然主要是想以不实报道来制造噱头。

李光宗：“你们在干什么？”

邵司：“如你所见，阴谋论。”

这还是那天晚上顾延舟启发了邵司，虽然徐桓扬没有嫌疑，但是他的声音能够刺激小黄莺，这里面肯定存在一种什么逻辑。

邵司想来想去也只能想到两个字：声替。

那场车祸带走的，可能不只是徐桓扬的健康，或者说，他可能根本不是这方面受损，而是声音受损了，没办法唱歌。

李光宗哽了两下，道：“我的第二偶像也要崩了吗？”

顾延舟看过去一眼：“什么叫也？”

李光宗无言。

李光宗不敢回头看，只能摇摇头：“没啥，没啥。”前有知名影帝，后有声替歌神，他这个小粉丝也是非常惨了。

“对了，我那张单曲。”邵司想起来那首找人代写的歌，道，“你什么时候跟那边联系一下，问他们有没有合作意愿？还有，我指明要徐桓扬。”

后续观察没什么问题，邵司就提前出院了，用顾延舟的话说就是，他自责完就开始乱搞事。

顾延舟道：“你指明要他干什么？合唱？”

邵司摸摸下巴：“合唱会不会太狠了？我还真没想过，撑死了找他当一个指导老师。”

从一开始，系统给的关键人物就是徐桓扬。他之前接近过徐桓扬，只是交集实在太少，而且这个人防备心很重。他之前想不清楚是为什么，现在反倒理解了，任谁身上背着一个这么沉重的秘密，都不可能轻易对人敞开心扉。

毕竟一念地狱，他根本不可能对谁敞开心扉。

所幸邵司从上回音乐节就开始部署，顾延舟这段时间也见过几次邵司给人发微信，一副勉为其难的样子。他发个节日祝福，连祝福语都懒得上网搜，他犹豫半天，还是找了一个表情包随便给人塞过去：节日快乐。

顾延舟：“这么勉强？”

邵司随口道：“讲实话，我不太喜欢他，但我心里还有个音乐梦。”

等邵司把全部计划说完，顾延舟才拍拍邵司的脑袋：“你做事之前，跟王队他们打声招呼，他们肯定也有自己的思路，你这样危险不说，别坏了人家的事。”

第九章　游戏开始

电话那头“嘟”了几声之后被人接起：“喂？”

“王队，是这样，我最近有个活动，要约徐桓扬指导我录歌，近期可能会有合作。”邵司简述了两句，然后问，“不会妨碍到你们吧？”

王队微微弯腰，一只手拨开挡在面前的枯枝，迈开脚踩上去，踩在枯枝断叶上咔咔作响。

信号不太好，从听筒中传过来的声音每一句话都有好几秒卡顿。那几秒卡顿转成细微的噪声，等他再往前走两步，信号才稍有增强。

邵司听到的也全是电子噪音，偶尔还伴有咔咔的怪声音，他道：“喂？王队，你听得见吗？”

王队伸着手，将手机举高了找信号，然后在某处停下，回道：“抱歉，我这边信号不太好，没听清。”

等邵司重复了一遍，王队这才沉声道：“录歌是在公司里？应该没什么问题，现在他的一举一动都在我们掌控之中。不过你还是得注意避免和他独处，尤其不要跟他到任何公司以外的地方去，不然我们没法保证你的安全。”

顾延舟从这番话里听出好多层意思，不动声色地试探道：“他很危险？”

王队叹了一口气，道：“他背后的人很危险。”

邵司不太能理解，他一只手搭在顾延舟的脖颈处，两人一起听一部手机，几乎耳朵贴着耳朵：“既然都有方向了，还有谁是你们不能直接拘留的人？先扣起来慢慢审。”

王队沉默着。

这时候，身后传来一阵急匆匆的脚步声，来人气息都不太平稳，他拿着一个密封袋，显然是刚从现场搜集出来的物证。来人十分激动地喊：“找到雷子的痕迹了，这是他的手机！”

通话质量本来就不好，说话声音模糊不清的，邵司皱了皱眉：“找到什么了？”

顾延舟低声在邵司耳边道：“李亚雷。”

邵司张张嘴，正要惊叹一声。

顾延舟把后半句话说完：“……的手机。”

王队现在身处深山之中，带着几个人进行秘密搜寻工作。

这片地带周围环境极为寂静，偶尔飞过去两三只麻雀，振着翅膀在人的头顶盘旋，最后双双停在空荡荡的树枝上不动了。

隐约间好像还听到乌鸦叫了一声，只是见不到它的影子。加上这里太空旷，声音随之荡开，这山空得让人有种听觉误区，也不知道这乌鸦到底是远去，还是近了。

这片深山看起来荒凉无比，地处郊外，人迹罕至，平时连到这里旅游的人也很少。周边设施不健全，除了上了年岁的老人家，其余原住民有条件以后大多都搬走了，只余下山脚几排空房。倒是一些爱冒险的年轻人，偶尔会组团来山里冒险过夜。

这次的搜查行动，也是来源于两个驴友提供的线索。

他们两人在大山深处发现一只沾着血迹的鞋，也许是心理作用，加上日落后的深山格外可怖，两人浮想联翩，遂报了警。

而这只鞋的主人，正好是他们追寻已久的失联卧底——雷子。

警犬训练有序，从进山到发现手机，前后不过两小时。他们快速且有条不紊地行动着，王队跟在队伍最后，同时不断向远处眺望，除了茂盛的树木，还能够看到云雾交织的虚晃景象。

山里空气湿度大，只要下过一场雨，泥土的味道便久久散不去，还混合着草香。

顾延舟见他们那边那么忙，刚想说“那您接着忙，我们先挂了”，王队却沉声道：“前几天我们接到民众报警，在他们所找到的鞋子上，发现了两种DNA。”

“嗯？”

“其实根本都不用验。因为凶手的DNA样本我们一直都有，不管是体液，还是从受害人手指甲缝里提取到的皮肤组织，它们自始至终都指向同一个人。”

那么，为什么这样还是找不到凶手？

顾延舟道：“难道他是外来人口，不在本市管辖区范围内？”

一般这种案情，小范围内搜索还行，但如果不确定对方是哪里来的人，这根本就是大海捞针。

如果对方没有过犯罪记录，不在警局特殊DNA对比库内，又是一个居无定所、行踪不定的人，这就更难了。

王队没有否认这个说法，并且提出了另一种可能：“是，而且我们甚至怀疑他是黑户。”

一个人在某城市定居，如果丝毫痕迹都没有留下，黑户这种身份自然是可以轻易做到的。他跟社会脱离了关系，没有自己的身份证明，没有自己的银行账户。

不论他走到哪里，都是一个“透明”且不留痕迹的存在。

这就非常难办了。

简单聊过两句之后，王队挂了电话。

他们越往前走，越接近真相，也越残酷。雷子年仅二十多岁，还是一个年轻人，如果真的出了什么事情，王队都怕自己积压已久的情绪会突然控制不住。

身为一名警察，他身上背负着太多破案的任务。

已经告破的、正在进行着的……这座城市里每天都有事件发生。死者已经不会说话了，还原事情真相的重担就交付在他们肩上。

毫无头绪的各类案件，从细微线索着手，时常需要站在凶手的位置上换位思考，有时候他都觉得自己可能有些精神错乱了。

王队甩甩头，心想：这段时间我的压力确实太大了。

就在这时候，警犬突然在前面某处停下不动，一副极其警惕的样子。它龇着牙，眼神坚毅而又充满防备，回头冲他们叫了声：“汪！”

王队面色一冷，朝那个方向望过去，只见那是一个捕猎野兽的陷阱，上面附着一层厚厚的稻草，底下是一个深洞，深洞里很可能还有布满锯齿的捕兽夹。

“王队都说没事了，我就是去他公司录个歌。”等李光宗走后，邵司在家里练歌，顾延舟听不下去，还是想劝他打消这个念头。

顾延舟：“我去行不行？我出单曲，我去会会他。”

邵司面无表情道：“我怎么会认识你这种人？”

“讲真的，我是挺喜欢你这种坚持不懈的精神，以及过度自信的样子。”顾延舟坦言道，“但是你这歌喉就算了，唱来唱去还是那样，不觉得没劲吗？”

邵司自己当然也知道没劲，但是要他明天用这种水平出现在徐桓扬面前，他还是觉得有点羞耻，只能放下歌词本，咬咬牙道：“顾延舟，你完了。”

顾延舟说归说，邵司真唱的时候，他还是会听听。有时候他还会指挥邵司高音再往上拔一些，或者是低音不够低，导致整体感觉太平淡。

邵司瘫在沙发上，手中拿着 A4 纸，又哼了两句调。

他的脚原本搁在顾延舟的腿上，顾延舟起身之后，他就只能踩在靠垫上，一时间踩了个空。

等顾延舟把菜从厨房里端出来，邵司闻着味道，跟过去看。

实际上，顾延舟只做了一道汤，那架势却搞得自己像做了满桌子菜一样，堂堂顾影帝不知何时已经有了一种家庭煮男独有的气场。

端完汤之后，顾延舟添上碗筷，随口道："去洗手，吃饭。"

邵司其实并不知道顾延舟刚才在厨房里忙活什么菜，但是很好认，卖相最差并且难吃的那盘，铁定就是。

于是，邵司犹豫着从汤里捞了一小块冬瓜。

顾延舟："怎么样？"

邵司缓缓将它咽下去："嗯，正常发挥。"

就那个水平，一块冬瓜吃在嘴里像不明生物，顾延舟做饭总是有这种魔力。

邵司用刚才顾延舟呛自己的那句话反呛道："我早就劝你别瞎搞了，不觉得没劲吗？"

顾延舟的脸皮堪比城墙，随他怎么说："不觉得，我喜欢看你吃我做的东西。"尽管是真的难吃。

邵司禁不住这种话，整顿饭下来，他喝了满满一碗汤。

顾延舟像撸猫一样揉了揉邵司的脑袋，随口道："真乖，吃完再吃一块排骨？"

邵司："你去死吧，这已经是我的极限了，再问，我可能忍不住跟你动手。"

饭后。

邵司被喂得有点撑，瘫在沙发上痛苦地打一个饱嗝，在心里暗暗地想：我从来就没有受过这种委屈。顾延舟的手艺那么烂，偏偏自己还心甘情愿吃那么多。

他等着顾延舟过来坐，等了半天等得无聊，顺手又啃了一个苹果。然后他打开电视，随便调了一个台，正在播放《回村的少妇》。

画面太美，台词也厉害得很，一名妇人弯腰在地里干农活，道："村长，今天我的地还没种完呢！啥？王大娘家里头丢了一头猪？这可了不得，到底是谁干的缺德事儿啊，一定要将人捉出来。我们靠养猪致富，猪就跟我们亲生的娃娃一样……王大娘肯定在家偷偷抹眼泪呢。你等我会儿，我跟你一道去。"

邵司不忍听台词。当年他拿到台本的时候，就觉得很奇葩。

邵司切了台，最后停在某“纪实类”节目上。

“你跟他们约好没有？”顾延舟将碗筷放进洗碗机里，擦擦手走出来。

邵司：“约了。他们得跟徐桓扬打个招呼问问，说他不一定有档期，明天再给我回复。”

邵司啃苹果也就是闲着无聊，牙痒痒，啃了一小口就不想吃了，往沙发边上一放：“他确实应该谨慎，多多少少也该知道自己已经被警方盯上了。”

“那不一定。”顾延舟坐在邵司身旁，一只手驾轻就熟地搭上邵司身后的沙发背，道，“每个人都有侥幸心理，有时候催眠自己，强迫自己不去在意，反而能活得轻松一些，而且不容易被看穿。”

想想徐桓扬出道这么多年，他要是整日提心吊胆，可能也吊得麻木了。更何况，从平日里的接触来看，他整个人处于一种平和状态……侥幸和逼迫自己不在意，会让他过得更加轻松。

指导老师这个事，徐桓扬最终还是答应了。

或者说不是他答应，而是应公司这边的要求。其实他没得选，当年签合约的时候就有不少束缚条款，公司永远是利益至上。他要是还想在圈子里混，这些都是避不可避会出现的问题。

他是有才华，但他的才华为他争取来的，也只是相对而言比别人更自由的环境。

锁链不管长短，都是枷锁。

邵司这两个字代表了多少流量，傻子都能掂量清楚。尤其他跟公司解约之后，人气不降反升。

而且，这是邵司第一次踏入乐坛，堪称里程碑。这两人要是能有合作，传出去炒作，那也是一段佳话。一日为师，终身为师，他们连定位都已经想好了，师徒 CP。

第二天去徐桓扬公司的时候，顾延舟还是不放心，推了通告跟邵司一道去。

邵司揉了揉腰，显然是昨晚一宿没睡好："你跟来干什么？人家以为我录首歌还拖家带口的，丢不丢人？"

顾延舟帮他把头顶翘起的一绺毛摁下去，顺便摸了两把，道："我给你撑场面你还嫌丢人，有没有良心？"

邵司睨了他一眼："谁说我唱歌难听来着？"

顾延舟道："我。而且直到目前为止，我也没有打算收回这句话。你别用那种表情看我。"

等他们过去的时候，录音棚里的一切设备已经调试妥当。

徐桓扬已经坐在录音棚里等着，他穿着一身正装，跟会客一样。见他们进来，他便站起身，微笑道："来了。"

邵司看看时间："你等很久了？我没迟到吧？"

徐桓扬道："没有，你掐着点来的。"

邵司摸摸鼻子，不知道这话到底是褒义，还是贬义。

徐桓扬的性子本来就不冷不热，见顾延舟也一道来了，并没有表现出什么情绪。他对两人礼貌问候一番之后，就立刻进入今天的主要角色当中："昨天你发给我的那首歌，我看了。根据你的音色和水平，我把它做了一些改编。这是曲谱，你看看。"

两人除了对歌曲本身的探讨之外，没再聊过其他。

邵司和顾延舟两人虽处在不同的位置，一个在里头录音，一个坐在边上旁观，但两人都在不动声色观察徐桓扬。

这个人的生活状态真的是放松的。

顾延舟越观察越觉得之前对徐桓扬的推测没有差错。邵司在里面试第二遍音，顾延舟坐在徐桓扬旁边，突然试探性地开口问："听说前几天警局传讯了你？"

原本徐桓扬的指腹不断地在纸上摩擦，听到这句话，又或者说是听到"警局"两个字，突然停顿了。

顾延舟将徐桓扬一切细微的表情、动作都看在眼里，装作不经意地别过头去，继续道："就是随便问问，前几天我也被传讯了。"

徐桓杨这才放松下来，笑笑说："是吗？"

顾延舟适当地表达出这样一种信息：这次警方传讯并不只传了他一个人。

两人沉默一会儿，徐桓扬装作无意地问起他："王队找你也是为了之前那件事？"

什么事，他并没有说清楚，只是一次含糊其词的试探罢了。

顾延舟不动声色地轻扯嘴角，也想试试徐桓扬能退到哪一步，于是也含混不清地回答他："嗯，不然还能是哪件事。"

徐桓扬的双手不自觉地交握在一起，左手指尖缠上右手，在关节处轻轻摩挲着，叹道："不清楚究竟是谁做的，也不知道自己能够出什么力，只能希望凶手早日落网。"几句废话。

顾延舟："从我个人观点来讲，我觉得那天晚上那个保安确实有嫌疑，但是证据还不够充分，也不能说明什么。"

虽然顾延舟不知道具体传讯的时候，王队他们都讲了些什么，但是通过昨天王队电话里的几番话以及今天徐桓扬的态度，顾延舟不难猜出，王队肯定是不想打草惊蛇。王队应该是巧妙地用了其他手法，三言两语把关注点转移到其他事情上，分散徐桓扬的注意力。

毕竟这件事情的突破口还需要从徐桓扬身上获取——这个唯一接触到凶手的人。

徐桓扬彻底松了一口气。

警方当然也有问他，为什么清场后再度携经纪人返回，这段问话里自然也会提及那个发现了他们的保安。

看来他们的重点还是抓错了。警察要是这么管用，早干什么去了？

徐桓扬暗自想，这整件事情不会有漏洞的，"那个人"很聪明，他们查了那么久都没有查出来，这件案子肯定破不了。他只需要装作相安无事的模样，一切都会像之前发生的那些事情一样过去。

邵司一首歌唱完，最后一个音非常浮夸地往外拖了好半截，头顺势往后仰，看上去像专业收音的。然而从收音设备里流泻出来的效果不太理想。

徐桓扬捏了捏鼻梁，也不好说什么：“最后一句，重新来一遍？”

邵司非常没有自知之明地反问：“刚才那句唱得不好吗？”

徐桓扬：“也不是……”

邵司直接把耳机摘了往外走：“那就这样吧。”

这种单曲不知道能卖出去多少张，也许会成为乐坛奇迹也说不定。

邵司接到李光宗电话的时候，正好在厕所水池旁洗手。

“干什么？”邵司歪着头将手机夹在耳朵和肩膀之间，一边洗手一边道，“讲实话，我感觉我今天发挥还不错，三遍过。等一会儿我们打算一起吃个饭。”

李光宗：“我问你‘今天怎么样’不是指这个。”

有顾延舟陪着，李光宗就驱车去附近办其他事去了。等他再赶回去，录音棚里哪还有人。据整理设备的工作人员说：“他啊，录得很快，嗯……很自信，录完就走了。”

李光宗回到车上，打上火，又道：“算了，那你现在哪儿呢？”

邵司：“我在饭店，我们约了吃饭。他强行被我们拖出来的，我打算把他灌醉，神不知鬼不觉干点别的事。”

李光宗心跳加速：“喂，你们两个别乱来啊。”

邵司擦干净手，道：“你对我不放心，对你男神还不放心？”

李光宗叹了一口气，道：“男神这种东西，是会崩的。”

邵司：“嗯？”

李光宗道：“我都不想提了……你有没有发现我的车技提升了很多？那是因为前阵子顾影帝直接把我塞去驾校，回炉重造去了。我不过是急刹车晃得你闪了腰。其实顾影帝还挺暴力的。阳哥说他早年一言不合还要动手，打得人差点残废，现在好些了，懒得动手，都改成精神凌虐了。我在驾校那几天，就感受到了这种传说中的精神凌虐。”

邵司：“你的车技提升是指将车速维持在最低值？难怪呢，我说你最近开车怎么那么磨叽。在某些路段，小电驴开得都比你快。”

李光宗：“我怎么每天都那么想离职呢？”

邵司又道："你等一会儿直接在门口等着吧，有什么事我再通知你。估计很快就完事了，这人酒量不怎么样。"

录音工作结束之后，徐桓扬本来要告辞，说自己还有事。奈何顾延舟太会说话，两三个回合下来就把话说死了。于情于理，从各个角度都卡得徐桓扬进退两难，最后他只好答应一起吃饭。

一开始是朱力在挡酒，结果朱力的酒量也不怎么样，晕晕乎乎地去洗手间吐了，回来就倒在包间沙发上睡觉："我不行了，我休息一会儿，走的时候记得叫我。"

徐桓扬捏着酒杯，不得已只能仰头干了，然后道："顾先生真是好酒量。"

顾延舟笑笑："还行吧，我的酒劲泛得慢，过一会儿也该倒了。"

邵司坐在旁边，手里捧着一杯橙汁，看了一眼，在心里吐槽道：装，你真会装。

顾延舟喝的酒跟徐桓扬手里拿的压根儿都不是一个度数，"好酒量"装得无比自然。

"倒了吗？"等徐桓扬一头栽倒下去，邵司伸手探了探他的鼻息，"喂？醒醒。"

顾延舟放下酒杯，抬手解开袖扣，将袖子往上折了两下："他醒不了的，六十度伏特加，还被灌了那么多杯。"

顾延舟虽然没有喝醉，但起身的时候头还是有点发晕。他喝的酒度数虽然小，但喝的是两人份，积在一起也差不多了。

邵司扶了扶他："你没事吧？"

"没事。"

顾延舟按揉了两下太阳穴，然后端起邵司刚才喝的那杯果汁，就着邵司的杯子又灌了两口。

等他将果汁随意放回桌上，这才松松领带，嘴角挂着冷笑，笑得还有点邪气。邵司觉得面前的他看起来有点张狂。

顾延舟就是陪他们喝得不太爽，加上酒劲上来，骨子里那种积压已久的恶劣情绪开始绷不住了："你把门后面那根棍子拿过来。"

邵司道："啊？"

"放心，我知道该打哪里。"顾延舟道，"就是防止他们突然醒过来坏事。"

邵司沉默两秒，还是去拿了棍子："看来李光宗对你的认识及评价非常正确，是挺残暴的。"

顾延舟像宰猪一样，对着两人后颈手起棍落，力道控制得恰到好处——致晕，但是不致命。

邵司看得叹为观止。

"以前你没打过？"

"打过，不过我没试过这种打法。"

邵司很少打架，就算打也没动过这种"武器"。顾延舟就不一样了，他走到沙发边上，把朱力整个人翻了个面："等回去我再给你讲讲我当大哥的那些事，现在先干正事。你找找他的手机在不在上衣口袋里。"

他们俩里里外外摸了半天，在裤兜里摸到朱力的手机。邵司点开屏幕，发现需要输入密码，问："你知道密码？"

顾延舟不知从哪里掏出来一个小巧的U盘，接口却是手机端接口："你插上去，里面有破解程序。这是我找顾锋公司里那几个商业间谍要的。"

邵司把透明盖子拔下来，插在手机上，等手机屏幕自动跳出一个蓝色界面，界面中心某个圆圈以极快的速度旋转着，上面还显示三个小小的汉字"请稍后"。

"你准备得很充分吗，看来平时这种事情没少干。"破解完密码以后，邵司顺着点下一步，道，"一键备份？"

顾延舟摸完这个，又去掏另一个，徐桓扬那部银灰色手机正好压在胳膊底下。

朱力和徐桓扬两人大概怎么也想不到，只是跟两位大明星喝了点小酒，便会栽在这两人手上。

他们手机里的照片、短信、联系人、微信聊天内容……一切隐私都被复制过去，上交给国家。

李光宗看到邵司和顾延舟两人一人手里扛着一个人出来的时候，赶忙下了车：“哎哟，这怎么喝成这样啊？快快快，扶上车。”

邵司道：“你送他们回去，路上当心。”

老实讲，李光宗还有点怕。

后座上这两个人可是嫌疑人，加之天又黑，他一路胡思乱想，开车到了徐桓扬的公寓，让小区保安帮忙开门，把两人扶上去。

托邵司的福，保安认得李光宗这张脸，二话不说拿了钥匙给他们开门。保安守夜班无聊得很，遇上点事都觉得挺能消遣：“喝高了吧？年轻真好，我当年也这样，跟一群好哥们不醉不归。结果一晃眼，现在我都成家立业了。前段时间，嘿，我们中最爱喝的那一个，难得有空叫他出来，他居然还怕老婆，愣是放了我鸽子。”

李光宗对保安小哥的青春往事不是很感兴趣。李光宗付了小费，把人扛进去，出来关上门给保安递烟，寒暄两句之后道：“谢谢，非常感谢。那我就先走了，再见啊。”

保安小哥被人拿烟，堵了嘴：“啊，好，再见。”

王队收到加密文件的时候，正在医院里。

手机刚振动两下，他便警觉地拿起来看，看到邵司和顾延舟两个人正在分别给他传输文件。

“什么东西？”王队直接拨电话过去问，“你们给我发的什么？”

顾延舟道：“哦，也没什么，就是徐桓扬和朱力这两个人手机里的内容备份。你随便看看就行，我们也不知道有用没用。”

顾延舟这个语气，听着就像在说“今天吃了什么”一样。

王队被这句话里的信息量震住了：“等等，你说的是他们两个人的手机备份？”

顾延舟道：“嗯。深究起来算侵犯了别人隐私，不过现在这是特殊情况，希望能够酌情处理。”

王队立即把资料转交给其他部门，专门总结分析跟进。对于这个消息，他又是惊又是头疼："你们真是乱来。"

顾延舟道："不客气，我不过是略尽绵力。"

况且，他要是不做点什么，家里那位祖宗晚上都睡不着觉。

这事不管能不能成，他们总得试试。徐桓扬再如何戒备，对着两个娱乐圈中赫赫有名的熟悉人物也不会起那么大戒心。这两人的巨星光环太重。

顾延舟说话间，休息室外面导演已经在叫唤："还有十分钟，都抓紧了啊！十分钟后，所有人到齐，别整天要我催，准备工作都提前做好。摄像，摄像又跑哪儿去了？"

"行了，那我去忙了，也不继续打扰您。"顾延舟道，"您也要注意休息。上次我见您的时候，感觉您的精神状态不是很好，案子虽急，自己的身体也得当心。"

王队抬眼看了看"手术中"这三个大字："嗯，谢谢你们。"

挂了电话，王队又在走廊里坐了半天。他连着医院的无线网，点开刚才那份加密文件。他发现两人的手机联系人里，不约而同都有一个"他"。

短信记录里，跟"他"的往来信息较少，看来是有定期清手机的习惯，问得最多的还是一句"你在哪儿"。

不只是徐桓扬，朱力也常问。

只是这句"你在哪儿"孤零零的，无人应答。也许是他们将那人的回复删除了。

公众人物，哪里会真的把隐私藏在手机里？

这些年因为丢手机、修电脑爆发各种丑闻的艺人屡见不鲜。

虽然是这样，但手机仍然是最贴近人生活一角的地方，没有人真的能将生活痕迹完全消除。

"王队。"从走廊拐角急匆匆走过来一个人影，"雷子情况怎么样了？还有你传过来的文件，我们已经开始根据联系人的手机号，继续往下追踪定位。”

王队站起来，叹息一声：“情况不太乐观。”

李亚雷被发现的时候，身体极度虚弱。经过那么多天，再壮实的身体也扛不住。他浑身多处受了重伤，紧急送往医院，做了秘密抢救。

据医生说：“凶手并没有对患者的要害位置下手，他甚至可能是计算好了的，就是想让患者拖着伤，待在暗无天日的陷阱里，感受生命慢慢流逝的滋味。这是一种比死亡更为恐怖的凌迟。而且我们通过检查伤口发现，这些伤口之间还有不同的时间间隔。这就意味着，凶手几次返回过现场。”

王队听到这番话的时候，只觉得从头到脚一股凉气缓缓往上冒，最后一直钻进人心里，像一只魔爪，一点点收拢，扼住了他的命脉，让他喘不过气来。

雷子还是一个年轻力壮的小伙，在警校就表现极为出色。

他还记得宣誓的那天，这小伙子穿着一身庄严的警服，将中指微接帽檐右角前，那把洪亮的嗓音仿佛还环绕在人耳边，念誓词的时候眼里都闪着光：“恪尽职守，不怕牺牲；全心全意为人民服务。我愿献身于崇高的人民公安事业，为实现自己的誓言而努力奋斗！”

“别担心，一定会没事的。”

那人又道：“还有雷子的手机，我们修理过后，发现备忘录里面有这样一句话。”

——嗨，给你们一个机会，来抓我吧。

明显是凶手留的。

王队接过手机，盯着那一行字，没有说话。过了一会儿，王队才道：“把他找出来，用最快的时间！我们要知道他在哪儿，一旦发现，直接逮捕。”

证据多得是，光是那些指纹、DNA 样本，就够他判无期了。

只是这个人行踪实在诡异，他们跟了徐桓扬好几天，也没将人拎出来。

四十八小时后，李亚雷脱离危险。

这一切都在秘密进行当中，李亚雷这三个字在外界眼里依旧是失踪状态。为了防止凶手再回山里，去查看自己的“猎物”，他们在案发地也派了很多人轮流值守。

王队喃喃自语：“一定会抓到凶手的，只是时间问题，很快，很快。”

邵司在摄影棚里拍完两套照片，就立马带着李光宗撤退了。

这两个人撤的速度太快，摄影师收拾完东西，一扭头人就不见了：“那两个人走了？”

道具师扛着器械从边上走过去，随口应道：“这两个人出了名的一收工就跑。”

不知道旁人都如何议论，此时邵司瘫在后座上：“闷死了，有窗不开，你不知道怎么想的。”

李光宗将车子拐弯之前，看了看路况，道：“我们直接回去？”

邵司撑着头，随口道：“嗯，回去吧。”

前段时间顾延舟轻松得像放了年假一样，然而轻松过后，之前累积的事情一件件扑过来，他忙得不行，经常半夜才回来。然而他再忙，只要一有空，就会给邵司打电话，方便的时候也会视频。

挺难得，这人工作量都大成这样了，还能给邵司营造出这种现象：烦人。

对此，池子隽道：“这说明他在乎你。我跟你说，什么工作忙、没时间这都是借口。兄弟之间真想联系，怎么会抽不出时间？顾影帝就很不错啊，你感不感动？”

邵司从果盘里挑了一块水果，懒得拿手机，直接开的扩音：“感动个屁。”

“对了，你问我上次录歌那天，有没有发生什么可疑的事情，我回去之后仔细想了想。”池子隽又道，“那天我录完歌，下楼的时候在电梯里遇到歌神了。”

邵司：“嗯？”

池子隽又道：“当时他们的录音计划好像提前终止了，出了什么事情，具体的我不太清楚。我就记得电梯里气氛不太好，朱先生还骂了好几句，说‘那个人’，歌神让他闭嘴。然后他们一直没再说话。”

池子隽说完，邵司的脑海里只浮现出来一个全副武装的人影。那人站在后院门口，一副诡异的模样。

“我可能见过他，”邵司道：“我见过他。”

池子隽听到邵司这句没头没脑的话，问：“什么？你见过谁？”

邵司道：“我不跟你说了，先挂了。”

池子隽拿着手机，电话那头很快变成一阵忙音：“喂？喂？”

这天晚上，顾延舟凌晨两点多到的家，一身酒气，看来他工作结束之后还被人硬拉着应酬去了。有些应酬真的是推不开，推了，有些人就会认为“你这人不给我面子”。

他进门之后，在墙壁上摸索一阵，开了客厅的灯。灯亮起来的那一刻，睡在沙发上的某团“不明生物”动弹了两下。

邵司披着被子，坐起身：“你回来了？”

顾延舟有点意外，放下外套走过去：“还不睡？”

邵司缩在被子里，抓抓头发道：“我等你。”

他大概也是魔怔了。

大晚上他放着好好的床不睡，睡到一半又爬起来睡客厅。

他怕冷，所以把被子从卧室里搬了出来，铺在沙发上。沙发才那么点大，压根儿铺不满被子，有一大半都垂在地上，也还能凑合，反正他在哪儿都能睡。

“你傻不傻？”顾延舟低低地笑起来，光是看着邵司就觉得头都没那么晕了，这人总是有能力轻而易举安抚他的情绪，也有能力一句话便搅得他不得安宁。

顾延舟伸手将邵司的头发揉得更乱：“回房去，我去洗澡。”

邵司“哦”了一声，却没动，还是在沙发上躺着。

顾延舟洗完澡，下楼喝完水，往邵司身边一坐。他即使擦干了水珠，也感觉身上带着几分湿气。

这时，顾延舟的手机振动两下，应该是一条短信。

动静并不大，但是邵司还是轻轻踹了顾延舟一脚：“大晚上的，哪个小情人？”

顾延舟道：“哪来的小情人？”说着，他伸手将手机拿过来，解锁一看，是一个陌生号码发来的短信。

短信里面写着：游戏开始了。

邵司皱皱眉：“工作？”

顾延舟关了手机：“不认识，对方发错了吧。”

这条莫名其妙的短讯，顾延舟起先并没有在意，直到次日，顾锋打电话让他去接顾笙放学。

顾锋：“是这样，我临时有点事，得飞一趟德国。笙笙那边就拜托你了，昨天我跟她说了会去接她，但现在抽不开身，再让司机去接，她肯定得闹。她从小就黏你，你代我走一趟，我怕她闹脾气。”

顾延舟：“她哪是黏我，是怕我吧。”

顾锋：“你还不知道她，对你又黏又怕。小时候你嫌她烦，记得有次她还直接被你吓哭，但没多久，她又忍不住扭头黏你怀里去了。”

顾延舟回想起那个哭唧唧的小糯米团子，失笑道：“小家伙，记吃不记打。”

下午三点钟左右，邵司在厨房榨果汁，端着杯子出来，看到顾延舟发来“我结束后，要去接顾笙”的微信消息，回过去四个字：几点结束？

顾延舟：怎么，大爷，你要来接我？

你邵爹：既然你这么问了，那我考虑考虑。

顾延舟：笙笙四点半放学，你提前半小时出发就行，就在本市。

你邵爹：行，今天爷心情好。等着吧，影城门口见。

邵司简单地收拾收拾，在车库里挑了一辆红色跑车。这还是顾延舟的爱车之一，车对男人来说，就像小媳妇儿一样，磕了、碰了都会心疼的那种。

邵司站在车库里，对着车照了一张，然后倚靠在车门边上，手指在屏幕上轻点着。

你邵爹：开这辆。

果不其然，顾延舟脑海里一串问号，最后还是发过去两个字。

顾延舟：你开。

你邵爹：听上去有点勉强吗？

顾延舟：没有，它能被你看上是它的福气。路上慢点开，注意红绿灯，当心安全。

你邵爹：我的安全还是它的安全？

顾延舟：当然是你的。

顾延舟：车是次要，兄弟没了，我上哪儿找去。

邵司微微弯起眼角，笑了一声。

笑完之后，他又立马抬手按了按眼角："我去，忘了拿钥匙。"

车子上路没多久，邵司便接到李光宗打过来的电话："喂，我刚过来给你送东西，你不在家吗？我摁了半天门铃也没人应，你不会是睡死了吧？"

邵司道："我刚走。我接两个人去，你找我什么事？"

李光宗："哦，其实也没啥大事。"

就是一个代言商对合约要求提出异议，想进行改动，他想问问邵司愿意不愿意。还有就是，他妈千里迢迢给他寄了一箱脐橙过来，他装了一大袋，顺便提过来给邵司他们尝尝，也算家乡特产了。

然而他这句"没啥大事"说完，还没来得及继续往下说，邵司看到前面几百米处影城的眼熟标志，就干脆利落地挂了电话："嗯，既然没什么事，那我们回头再聊。"

李光宗心想：气人，每天他都这么气人。

李光宗听着忙音，无奈地叹了一口气，道："行，你狠。"

顾延舟之前跟邵司说，到了就打电话。邵司随意地将车停在门口，降下车窗，一条胳膊搭在车窗边上，撑着脑袋等：“喂，我到了影城。给你五分钟，多一秒都不等。”

影城附近狗仔太多，他又不喜欢偷偷摸摸的，只能尽可能缩短时间。况且这辆车好看是好看，但开出去实在太招摇，凡懂点车的都要驻足围观几眼。

顾延舟出来的时候，远远地便看见他那辆爱车载着那祖宗。限量超跑虽然招摇，但车里的人更惹眼。

车里开着暖气，邵司穿得并不多，简简单单的一件黑毛衣。虽然他穿得极其低调，也没有任何多余的配饰，但是这个人依然闪着光似的，一旦撞进了谁的视线，便再也让人挪不开眼。

车里那人将手搭在车窗边，手指细长，骨节分明。他垂着眼，应该在看手机。

顾延舟不确定这人是不是在等自己的回复，于是走到一半，停下来回他两个字。

顾延舟：抬头。

邵司依言抬起头，看到一个全副武装、没有露脸的顾延舟。

“上车。”邵司朝顾延舟勾勾手，等他坐上来，这才道，“你裹这么严实，不怕我认不出来？”

顾延舟把墨镜摘了，随口道：“我没露脸，这不还有气质吗？”

邵司：“不要脸。”

顾延舟又道：“你怎么穿这么少？”说着，顾延舟用手轻轻触了触他的手，发觉不像自己想的那么凉，这才没有多说什么。

邵司看了他一眼，反问道：“你当暖气是死的？”

顾延舟道：“是谁晚上怕冷，盖着被子开空调也不顶用？”

邵司不说话了。

顾笙的学校离这里并不远，不然顾锋也不会让顾延舟去接她。不过他们漏算了一点，现在是下班高峰期，路况有些拥堵，某个路段还发生了车祸，两条车流只能被迫汇聚成一条，出行速度比平日里慢了许多。

眼看时间已经接近四点半，他们才刚从那路段驶出来：“一时半会儿估计是到不了了，大概得晚个十几分钟。”

顾延舟看了一眼路况：“不急，你开慢点，我给笙笙班主任打一个电话说明一下。”

估计是放学时间比较忙，班主任的电话一直没打通。

邵司道：“估计她在忙吧，等她看到会回的。”

顾延舟也没多想，发了一条短信过去，也省得班主任特意回电。

顾笙平时虽然爱玩，但是人机灵得很，加上在学校里有老师、同学陪着，没什么安全问题。

顾延舟他们到校门口的时候，是四点四十三分。

顾延舟下车之前，邵司还提醒他，让他把后座上的小蛋糕带着：“我特意买的，草莓味，小女孩应该都喜欢吧？我就不下车了。”他出门忘记带外套，下去得冻死。

巴掌大小的小礼盒，灰底，透明盖子，上面还缠着粉色丝带。

顾延舟走出去没两步，手机响了。

班主任是一个二十多岁的年轻教师，她声音柔和，但此刻听上去有些慌乱：“你好，你是顾笙的家长？”

“嗯，我是。”

班主任又道：“可顾笙已经被接走了啊，就在十分钟前。”

顾延舟的脚步突然停了：“什么？”

“你确定你们没派别的人过来接她吗？”发生这种事情，班主任也很急，一旦孩子发生什么意外，这责任她也逃脱不掉，“先生，你再仔细想想？”

顾延舟以最快的速度冷静下来，道：“我可以确定没有。来接她的那个人长什么样子？身高大概多高？教室有监控吗？”

“好像是她叔叔，她叫他叔叔。”

仿佛有一阵凉气从顾延舟心里往外流窜：“我就是她叔叔。”

班主任一时间也有点晕头转向的，不知该说什么：“啊？那你们家几个叔叔？”

还有几个，当然就顾延舟一个了。

顾延舟右眼皮猛地跳了起来，止都止不住。

从监控上看，来接顾笙的那个男子乍一看各方面跟顾延舟都相仿，而且戴着墨镜、口罩，看不见脸。

他说了两句话，顾笙便高高兴兴地背着书包跟他走了。

看来笙笙也没有在意他有没有露脸，毕竟顾延舟是公众人物，出门在外把自己裹得严实些也无可厚非。

家长带小孩走之前都要签字，班主任回忆说：“我把签到表递给他，他就签字。对了，签到表在这儿。”

为了保护孩子，自然不会让别人知道她有个大明星叔叔，因此班主任看到签到表上的名字时还有些诧异。

签到表上赫然写着三个潦草的大字：顾延舟。

班主任当时以为是撞名，也没在意。加上一个班的孩子那么多，忙前忙后的事情也多，她很快就顾着另一个哭哭啼啼的小男孩去了。

顾延舟皱着眉，听到这里就觉得哪儿不对劲，甚至透着一股子邪气：“古怪。”古怪得很。

鬼神使差地，顾延舟想起昨晚那条莫名其妙、不知道是谁发过来的短信。

什么叫游戏开始了？

结果邵司在外面等了半天，一边等一边琢磨待会儿得好好跟小家伙打招呼，笑一笑显得有亲和力，他还新学了两个童话故事。最后他只等回来五个字——“笙笙不见了”。

王队得知这个消息，也觉得蹊跷：“你报警了吗？”

顾延舟道：“报了，目前为止还没消息。”

已经是深夜，却没人睡得着。

“如果是有意绑架，他肯定还会给你发消息。”王队道，“只是这整件事情有太多疑点，为什么他敢堂而皇之地冒充你，甚至还成功带走了笙笙？”

邵司道：“对方遮得很严实，看不见脸。”这也情有可原，顾延舟的身份摆在那里，这倒成了那人冒充他的优势。

邵司又重复地琢磨着：“只是说了两句话……说了两句话……”

这句关键的话，仿佛在每个人心里投下一枚炸弹。

声音！如果这跟前几起案子有联系，是同一个人所为，倒是给了他们一个新的突破口。那个人不只是可以模仿徐桓扬的声替，他可能拥有超乎寻常的语言天赋，能够模仿不同的声音。

这也可以解释那些女孩为什么会轻易上当……为什么侨安双语学校的监控上，被害人是自己一步步往小巷弄里走的。

“他为什么找上笙笙？”

邵司沉默了两秒：“如果非要说的话，我这边可能有一个猜测。你还记得《欲望牢笼》吗？自从李亚雷失踪以后，整个剧组处于停工状态，但是并没有发表声明说拍摄终止，所以网上很多人都在传……”顾延舟会是下一个凯撒。

如果这个角色还有谁能够演好，只有顾影帝。

第十章　回头

“你可算接电话了。”公寓里，徐桓扬站在窗边，一张俊脸被黑夜衬得发黑，不知是什么东西的倒影映在他脸上，忽明忽暗。他边说话边将窗帘拉了上去，遮住窗外人看过来的视线。

电话对面那人轻轻地笑了一声：“你找我有事？”

饶是徐桓扬自己，每次听到这个声音——这个跟自己丝毫没有差别的声音，也会忍不住汗毛直立，就好像在跟自己说话一样：“我……”

他正要说些什么，却听到电话那头有孩子哭闹的声音。

闹得厉害，是一个女娃。

孩童的嗓子已经哭哑了，又喊“爸爸”又喊“妈妈”的，听上去让人心碎。

徐桓扬所有的话都在舌尖打转，最终还是没能说出来。徐桓扬背后泛上一层细细密密的冷汗：“你这回还把人绑到家里去了？”

那人并没有回答他，只说：“没别的事就别吵我，滚。”

徐桓扬抖着声说：“你收手好不好？再这样下去，你回不了头的。”

“我已经回不了头了。”电话那头声音陡然间拔高，“你现在倒是来装慈悲了，是谁把我往深渊里推的？就算要死，你也得跟我一起死。”这像是来自地狱的诅咒。

电话那头的人像一条毒蛇，正在分泌唾液，吐着信子，慢慢地朝他逼近。它有着细长的身躯，从人的脚踝一路往上攀附，一直攀到喉咙处，缠绕、勒紧。它的视线与他齐平，冷血的小眼睛一眨不眨，令人遍体生寒。

徐桓扬从来不知道自己的声音还能起到这种效果。

“身份、地位、鲜花、掌声，都是你的，现在我只是从你那里收了一点利息，别那么紧张。”

“徐桓扬，你要记住，不是我这个‘影子’毁了你，是你心里的那团影子吞噬了自己。”

“不……”徐桓扬摇摇头，整个人突然支撑不住，滑了下去，“不——”

“这是我们之间最后一场较量了。”电话那头的人尽说些让人听不太懂的话，“最后一场。”

徐桓扬一脸愣怔。

通话中断，只剩一串忙音。

徐桓扬坐在地板上半天没动，直到十分钟之后，朱力一通电话打进来，他才勉强动弹两下。

朱力开门见山：“你跟他讲清楚没有？”

他急得很，这些年该赚的也赚够了，现在他想得更多的是如何收场。钱和名利固然是好东西，但小命显然更重要，他甚至都想过，专辑发行的时候直接宣布隐退。

歌神隐退，这要是传出去，那也是一段佳话。而且，他靠之前那些专辑，下半辈子不用愁。

朱力语气急躁，徐桓扬也烦得很：“你觉得能讲清楚吗？他又不傻，呼之则来，挥之则去。况且现在他犯了那么多事，怎么会答应跟我们一拍两散？”

朱力无言以对。

“你听我说，我们必须终止合约。他这个人太危险了，再这样下去，十有八九我们一起玩完。”最近朱力越来越惴惴不安，可能是年纪大了，他也接近四十岁了，拥有的东西越多，做事越不像以前那么果决，“我们得甩掉他。”

徐桓杨沉默一阵，问：“怎么甩？”

王队将胳膊撑在桌边，俯身问：“录下来了吗？”

小小的一间办公室里，所有人都在工作，他们头戴监听耳机，周遭是乱七八糟的电线机器。凭借着这些仪器，他们能够在这里轻而易举地拦截别人的通话，窃听嫌疑人的通话内容。

徐桓扬的号码，他们好几天之前已经监管起来了，只是监听到的东西都是一些工作事宜，并没有跟案件相关的内容。

但是按照多年从警经验，这段时间他不可能坐以待毙。

果然，不过几天，他便按捺不住，跟经纪人商量如何脱身。

不管警察有没有查到他头上来，那天的传讯对他来说都是一个提醒：他得尽快想一个明哲保身的办法。

他们将录音外放，截取了其中一段，孩童哭闹的声音经过消音处理变得更加清晰：“这是顾笙的声音？”

顾延舟的喉结上下滚动两下，确认道：“是。”

爸爸，妈妈。

邵司站在旁边，没说话，只是握着顾延舟的手，一握上才发觉他的手异常冰冷。

而顾延舟也没多想，碰到一个东西便用力将它抓紧。

邵司吃痛，却没出声提醒他，任由他这么抓着。

直到王队打断了这片寂静：“先别急，顾延舟，凶手肯定还会再联系你。要不你们先去休息室等着，我们这边一有消息就通知你。”

这一次，凶手并没有遮遮掩掩，他带走顾笙后，明目张胆地开着车，也没有躲一路上各种监控。这一点虽然反常，但对他们来说极为有利。他们正在调道路监控，相信很快会有消息。

王队话音刚落，顾延舟这才回过神，松开手，看见邵司手背上红了一片：“对不起，疼吗？”

邵司活动了两下手指关节，不甚在意："没事，你呢，好点没有？"

"我可能不太好。"

顾延舟揉了揉太阳穴，继续道："我一时半会儿没法调整好情绪。很晚了，你要不先回去，我让司机开车过来接你。"

"我不回去。"邵司推开休息室的门，挑了一个位置坐下来，"我陪着你。"

顾延舟虽然说话语调正常，眼睛却发红，血丝一道道的。男人的双手交握在一起，指甲几乎要掐进皮肉里去。

邵司伸手在他大衣口袋里摸了半天，摸出来一盒烟，抽了一根，用打火机点上，自己抽了一口，再递给他："抽吗？"

顾延舟接过烟。

"现在这种情况，急也没用。"系统道，"既然那个人想跟他玩游戏，就必定会告诉他游戏规则。"

如何定输赢呢？

邵司道："这种疯子未必会给规则。"

系统："他会的。他不仅疯，最重要的是他自负。"

"你怎么这时候显得很了解他一样？"

"也没有，就是这两天我读了很多本心理学著作，受到点启发。"

现在邵司脑子里也乱得很，没空跟系统扯这个："你有线索就说，没有就滚蛋。"

系统："没有。"

系统又道："我就是担心你。"

邵司："滚蛋。"

"《欲望牢笼》剧本还在吗？"烟抽到一半，顾延舟将它掐断了，扔在烟灰缸里，扭头问，"电子版也行。"

这个男人冷静下来的速度倒是快。顾延舟向来很会处理那些无用的情绪，此时他整个人身上虽染着烟味，但脑子思路很清晰。

邵司道："有，我找找。"

邵司在之前加入的工作群里，找到标着"剧本"两字的群文件，准备重新下载一遍，却发现文件已经失效了。

这一个工作群已经很久没有动静了，最后一条消息还是方导发的：大家保重。显示的时间是大半个月前。

邵司后来在手机文件记录里找到了它。

休息室里，只有他们两人。虽然两人没说什么话，但彼此都能感觉到对方的存在。顾延舟将跟"凯撒"有关的戏份，也就是最后一个单元，从头到尾看了一遍，包括人物动作、语言、心理活动和独白。

对于这个角色，顾延舟先前一直没什么兴趣，也没有特别的原因，就是不太合眼缘。

不过邵司之前要试这个角色，他也草草翻过两次，但那都是邵司找他搭戏、演练的时候，他并没有细细揣摩过。

如果对方非要跟他玩这个，输的人还不知道会是谁。

凌晨一点多。

顾延舟又收到一条短信：香山路 170 号，你自己一个人来，现在。两点钟我没见到你人，不敢保证会发生点什么。

"香山路？"王队道，"跟我们目前追踪到的地方差不了多少，应该不会是谎报的地址。"王队说完，又扭头吩咐，"你们去查查，这个 170 号是什么地方。"

邵司从看到简讯上的地址起，就隐约觉得有几分印象，一时半会儿又想不出这是哪里："香山路……170 号，是不是一家酒馆？不对，好像是地下酒吧。"

他没记错，的确是酒吧。

而且这个地方多年前已经废弃了。老板搬走了，走得急，这个店面甚至都没有找到下家接盘，一直空着。

"你去过？"

邵司摸摸鼻子："以前我上学的时候，跟朋友翘课去过。"不过他就进了个门，被里头烟雾缭绕的恶俗景象熏了出来。

又是烟，又是酒，红紫色交替的灯光效果，还有紧贴在一起、互相扭动的身体。

“我一个人去。”得到地址后，顾延舟拿了外套便起身要走。

王队提出部分警员先去埋伏的请求。毕竟是两个人的命，顾延舟一个人过去，也不知道犯人会做什么。这个险，他们冒不起。

最后，他们在顾延舟耳朵里装了微型通话仪，跟他之前用过的一样，隐藏在耳朵里，不会被发现，也能让他们及时得知里头的情况。等顾延舟进去后，探明情况，说出暗号，外面埋伏的部分警员就会行动。

顾延舟出发的时候已经是凌晨一点零六分。

两点是死亡线，一分一秒都不能耽搁。

邵司也不耽误顾延舟，想说的话太多，最后拳头握了又松开，只说了一句：“注意安全。”

顾延舟在邵司手上碰了一下：“对我有点信心，我从来没输过。倒是他，敢动我的人，活得不耐烦了。”

“你一个人来。”

“除了你，谁都不行。”

“哈……你要不要听听她的哭声？小家伙长得倒是挺可爱，大眼睛，头发细软，皮肤也嫩。”

这人不断给他发短信，逼得他一路上闯了好几个红灯。

王队有点担心，忙道：“你别急，安全重要。”

邵司却在一旁说：“没事儿，舟哥，我都帮你看着呢。现在你所在的这段路很适合闯红灯，不要有心理负担，大胆闯。”

王队听到这句懒懒散散的话，忍不住别过头看了邵司一眼，刚想说“你这人搞什么，说什么瞎话”，一扭头却看到邵司面上挂着和刚才说话语气截然不同的表情，很严肃，一点也不像在说笑。

王队立马反应过来，他这是给顾延舟降压呢。

有时候他们说的什么“不要急”，那都是起不了作用的废话，邵司这种不按套路来的招数反而容易生效。

果然，顾延舟的车子以肉眼可见的速度降了下来。

紧接着，他们清清楚楚地听到微型通话仪里传过来顾延舟的声音："你别胡闹。"

邵司又道："谁胡闹？你还闯不闯了，错过这个红绿灯，我可不敢保证下一个。"

顾延舟踩下刹车，老老实实等红灯过去，思绪前所未有的清明："行了，我知道了。刚才是我太冲动。"

邵司这才收了调侃腔，道："嗯，时间够用，你别慌。"

纵使王队一心牵挂案情，脑里压根儿塞不下其他，也被这两人极为默契的互动惊到了。

是的，默契。

邵司能够轻易调整顾延舟的情绪，三言两语间，让凶手发来的垃圾短信失了效果。

"你太嚣张，走的时候那波宣言说的，那可是稳赢的口吻啊。"邵司道，"别到时候打脸。"

顾延舟："打谁的脸，也不会打我的脸。"

"对了。"

安静一段时间后，顾延舟突然开口，"你还记不记得你试镜之前看的那摞书？"

邵司迟疑道："《变态心理学》？"

他刚想说他能背下来了，有什么需要问的直接问，不要太感激他，也不要太佩服他，他就是这么厉害。

然而顾延舟的后半句话却是："对，就是这本没用的破书。"

邵司：不是，它怎么就没用了。

顾延舟看着车窗外，不知何时，窗外已经下起了淅淅沥沥的小雨，雨刷缓慢地在车窗上摩擦，一下又一下。

有那么几秒，车窗被擦得澄净透亮，透出窗外霓虹灯闪烁的夜景，继而又模糊在水渍当中看不太真切，城市在污水水面上呈现出斑驳的身影。

顾延舟道："我刚刚看了剧本，思考角度跟你不太一样，你把他定义成了一个精神病人。"

邵司就是想演一个丧心病狂的神经病，一个不合逻辑、不合常理、毫无理智和道德可言的精神病患者。

邵司道："是。一般像这种人，他打破世俗规则，陷入一种他的世界由他主宰的状态，更不需要道德，不需要理智……"

顾延舟："话是没错，但你有没有考虑过，是什么把他变成这样？"

邵司沉默了，这个角度他之前完全没有想过。

"你一开始就把他钉死在一个神经病的位置上，试图揣摩他那份神志不清的癫狂。"顾延舟道，"但是，是什么让他变成了这样，他原来的规则被什么打破了？人是群居动物，有人群的地方就有规则，很少有人会无缘无故去打破固有规则，因为一旦打破就意味着需要付出巨大代价。他又是为了什么？疯子发疯都有一个原因。"

"我的天，真是一语惊醒梦中人，难怪人家拿的是终身成就奖，而你只是一个小小的普通影帝。"系统感叹道，"牛啊。"

顾延舟分析人分析得太透彻了，而且还是全方位无死角的那种。

邵司："注意一下你的用词，小小的普通影帝？"

系统无言以对。

邵司恍惚间不由地想起来，顾延舟对他说过这样一番话："欧导总说我有天分，再复杂的角色一点就通。这世上那么多人，我看太多了，所以我那么欣赏你。"

"我在意的并不是你光鲜亮丽的皮囊。"顾延舟说这话的时候，眼睛暗下去，"我遇到了一个有趣的、闪闪发光的灵魂。"

凌晨一点四十五分，顾延舟看到路边歪歪倒倒的香山路路牌。

他踩下刹车，将车速放慢，一边开，一边找 170 号是哪个店面。

香山路一条街并不长，他开车到尽头才看到 170 号。

170号是一个老旧的小店面，叫阿军理发店，这个店早已经打烊了，防盗铁门上了锁。铁门上被人用喷漆喷得不成样子，一边红一边蓝，街头涂鸦太视觉系，不知道画了个什么鬼，倒是最上面喷着一行歪歪扭扭的字：Vamps 酒吧走后门。末了，还有一个大箭头指路。

其中 Vamps 酒吧这几个字母已经被其他涂鸦喷花了，看起来有一定年头。

街上就他一个人，他环顾四周，抬手给那人发短信：我到了，你别动她。接下来怎么做?

他很快得到回复：从后门进来。

所谓的后门就是从小巷弄里拐进去。阿军理发店后边有扇小铁门，推开铁门，站在入口往下看，是曲曲折折的楼梯，不知道通往哪里。

“果真是一个废弃已久的地下酒吧。”一名年轻警官从电脑屏幕前抬头，将刚才检索到的资料逐一念出来，“老酒吧了，开了十几年。但是几年前突然倒闭，老板姓黄，名忠伟，国籍已经迁去国外，再没人知道他的消息。”

王队沉思许久。

顾延舟顺着楼梯走下去，楼梯尽头还有一扇铁门。经过岁月的洗刷，门把手那块地方的漆都已经开始脱落，他推开它的时候发出“嘎吱”一声响。

他警惕地打开手电筒，然后在墙上摸索一阵，摸到电灯开关，“啪”地按上去，没有任何反应。

四周一片漆黑，手电筒每次照到的地方也有限。他照清吧台之后，往其他地方游移，吧台又继续隐在黑暗里。吧台上陈列着好几排五颜六色的成品酒，有很多结了蜘蛛网的玻璃制品，也有蒙上一层灰的升降椅。

顾延舟往前走了两步，铁门突然在身后关上，发出诡异的声响。

他四下查看，并没有发现什么。

手电筒的光却扫到吧台上有一本泛黄的册子。

顾延舟每走一步都小心翼翼，确认前后左右都没有人，这才挪过去。他将脊背抵在墙上，随手翻开那本小册子：员工签到表。

顾延舟翻了两三页，频频抬头用手电筒照前面，确定无恙，这才继续翻看："酒保，调酒师，乐队……"

上面还写着很多玩笑话，例如"鼓手好帅啊""想跟主唱谈恋爱"，看字迹挺娟秀，应该是在酒吧里做服务生的女孩子玩闹间写上去的。

邵司不知道顾延舟那边什么情况，在顾延舟没有说暗号之前，他们都不能轻举妄动，包括埋伏在酒吧外面的一众警员。他想说点什么，又怕打扰顾延舟。

王队也是一样的心思，他拍了拍邵司的肩膀，做了一个噤声的手势："嘘。"

顾延舟把这本员工签到表翻了个底，又再度放回吧台上，然后他随手一照，却发现不知何时，面前竟出现了一抹黑影。

顾延舟呼吸一滞。

那人就这样静静地站在顾延舟面前，安静到有些诡异。

那人像跟黑暗融为一体似的，只显现出人形模样。顾延舟不慌不忙，将手抬高，照到了那人的脸。

王队："联系不上了？"

"联系不上，k517这款型号是新出的，微型通话仪很少会出故障。"警员道，"我再试试，重新连接看看。"

已经是凌晨三点，距离顾延舟失联过去了整整四十六分钟。

邵司看似一把懒骨头模样，实际压根儿就坐不住："还不行？"

王队也一筹莫展。现在的局面太难搞，不知道里面的情况，他没法权衡利弊，贸然叫外面潜伏的部队冲进去，又可能会坏事。

等他回神，邵司已经拿着车钥匙往外走了。

王队忙道："你干什么去？"

邵司穿着单薄，推开门，顶着雨往寒风里走："我等不及了，找他去。放心，我不傻，我不进去，我就想离他近一点。反正我不能在这里待下去，再待下去，我可能要找人干一架。"

邵司的脾气本来就算不上好，只是平时懒得发作，现在是真憋不住了。

等邵司驱车开到香山路附近，已经是凌晨三点半。

他坐在车里点了一根烟，从他这个位置遥遥望过去，能看到两条街以外“阿军理发店”的店标。他也没开车窗，就在这空气不流通的狭小空间里抽起了烟。

邵司不常抽烟，他知道顾延舟有烟瘾，不过跟他住一起之后，顾延舟的烟瘾小了很多。

有次聊及这件事，顾延舟随口道：“你不喜欢烟味，我就不抽，不是多大事，你用不着太感动。”

邵司回过神，捏了捏鼻梁，不可否认自己现在很担心顾延舟，担心得要死。

但是邵司又相信他。

顾延舟说稳赢，那就是稳赢。

直到理发店那个方向冒起一股浓烟。那烟比夜色还浓，一个劲往上蹿。

邵司手里的烟抖了两下：“有事。”

“烟是从地下室往上冒的，看样子是起火了。”

“起火了？怎么会起火，有人纵火？”

这一下子谁也坐不住了，办公室里发出椅脚在瓷砖地面上不断摩擦的刺啦声，此起彼伏。有人起身往外走，有人交头接耳。

一位有经验的老警员满面愁容道：“看样子是人为纵火。而且麻烦的是，地下室发生火灾，扑救难度相当大。从建造图纸上看，这间酒吧的设计又是地道式，巷道窄长，出入口也少，容易气流不通。而且它荒废那么多年了，消防设备不知道还有没有用。”

王队一拍桌子，从嘴里喊出一声：“难不难，这火都得救！”

另一边。

“你别冲动啊……”系统光是看邵司开车都觉得瘆得慌，“你开那么快，找死啊！刚才顾延舟飙车的时候，你说什么来着？不要慌。”

邵司抿着嘴巴，嘴里还留有刚才的烟味，闷着，泛上来一点苦味。他任由系统不停地在那边说，硬是没说一句话。

“我跟你说了别急，我这边都没有感觉到什么波动，没波动就保准没事。”

“我说了，没事了啊，果然友情让人失去理智。”

“你今天怎么这么呛呢？怎么说都说不听。”

等车头跟“阿军理发店”店标平齐，邵司这才猛地一脚踩下刹车，直接踩到底。刚才他开得太快，刹得也快，整个人都随着车身颠簸，手紧握着方向盘，愣是被颠得清醒两分。

邵司低垂着头，两侧发丝滑落到眼前，挡住了视线。

他的手指关节先是绷紧，然后缓缓松开。

“你闭嘴，别烦了，我下车看看。”说着，邵司熄了火，拔出钥匙，推开车门。

原本潜伏在暗处的警力已经出动，他们打算破开后门进去，消防车也在赶来的路上。浓烟不仅没有消散，还像滚雪球似的越滚越大，远远地看上去，像这条街道上方聚集了一片腾飞的乌云。

在消防车赶来之前，紧急搜救任务进展并不顺利。

“报告组长，没有找到人。”

“区域 2 也搜查过了，没人。”

“再往里头就走不了了，烟雾太浓，进不去。”

小组长抬起手腕看时间。明明这么冷的天，他鼻尖上全是急出来的汗，正要说什么，余光看到身侧有个人影。

小组长看过去，只见那个身材清瘦的男人靠在车边，风大，从那人单薄的毛衣里钻进去，毛衣被风吹得贴在他身上，勾勒出他细瘦的腰，看着都觉得冷。

小组长想说的话在嘴边打转，最终还是没能说出来，他本来想说：按照目前这个情况，形势不太乐观。

七八分钟后，消防车来了。

身穿制服的消防员一下车就开始利索地进行一系列扑救工作，长长的水管盘在地上，出水的那一端被人提在手里。

“你没事吧？”

系统安静了一阵，又觉得不能放任他这样下去：“大佬，您说句话。”

邵司皱了皱眉：“说什么？”

他帮不上忙，又不能随便乱动给人家添麻烦，不然他早就冲进去了，现在只能憋屈地等在外边儿。要是顾延舟出来，他也好第一时间看到。

邵司之前都没发现，顾延舟原来这么重要。

系统沉默了两秒，继而道：“我给你说一个故事？你不是一直好奇我为什么会沦落成现在这样吗？曾经我也叱咤风云啊！你们民间话本里的黑白无常基本上就是以我为原型的，这样想想是不是觉得我很厉害？”

邵司心不在焉道：“嗯。”

系统：“你很好，满心满眼都是顾延舟，连我这么大的一个秘密也吸引不了你。”

邵司抬手揉揉眉间：“那你说。”

系统：“哼，我不说了。”

邵司放下手，也不追问，只道：“哦。”

“换一个话题，你之前给我的线索人物是徐桓扬。但是我静下心来，越想越觉得这个人奇怪。”邵司刚才除了想顾延舟，还一直在想案子的事情，他道，“有这样一个人在他背后当声替，他还能若无其事地继续当歌神。”

他这心理也正常不到哪里去，正所谓会咬人的狗不叫。在这整件事情里，他太被动了。如果自己是徐桓扬，如何能容忍这么一枚炸弹就在自己身边？

系统道：“可他表现得很正常啊。”

邵司微微眯起眼睛：“就因为他表现得太正常，所以我才说他不正常。”

“您有什么高见？”

邵司坦言道：“没有。我只是觉得奇怪，还没想通。”

系统想帮他转移转移注意力，没能成功。

邵司盯着那群穿着制服的消防员，垂下眼，心想：顾延舟，你不能有事。

消防队来得及时，火势没有继续往外蔓延，主要地下室这个地理位置实在是很吃亏，灭火灭得也不轻松，花了比往常多两倍的时间。

他们正要深入进去搜救，队长却感觉到不对劲，挥挥手，召集大家往外跑：“撤——先撤退——”

“为什么撤啊？”

情况紧急，队长没时间跟他们解释太多，只能边跑边喊：“这里可能要爆炸！”

果然，就在最后一个人跑出来后，没过两分钟，从地下室传来一声巨响。

爆炸带来的高温，再次引燃这个小小的地下酒吧，浓烟还未消散，又变成了一片可怖景象。

“酒吧中间摆着好几个易爆品，还冒着烟，我觉得不对劲，心想肯定得炸。”队长摸了一把脸，脸上全是汗水、雨水，还有灰蒙蒙的脏东西。

邵司走过去，面上没什么表情：“他在里面吗？他不在是不是？”

“这……我们也不知道。但爆炸绝对也是人为的，谁没事会把那些玩意儿摆在里面。”

邵司没有得到想要的答复，一时间情绪有点失控，背后就是漫天火光，接二连三的爆炸声一下一下揪着他的心。他甚至见到人都想吼两声，最后还是什么都没说，只是缓缓蹲下身，将脸埋进手掌心里。

他这才觉得冷，冷得钻心。

不知道过去了多久，邵司隐约觉得周遭突然安静下来，甚至还伴有一阵惊呼声。

系统轻声提醒："你看看谁来了。"

邵司蹲得脚发麻，还没来得及起来，头顶就被人不轻不重地揉了两下，伴随着这个动作，还有某个人熟悉的低音炮："祖宗，干什么呢，哭鼻子了？"

邵司抬起头，顾延舟的脸映着火光，倒映在他眼底。

邵司还真哭了。

顾延舟看得心一紧，正想替他擦擦眼泪："怎么……"怎么哭成这样了。

然而邵司毫不客气地给了顾延舟一拳，从外人的角度看，两人像是在一起撕打。邵司最后直接踹了他一脚，嘴里还说："你站着别动，我还没打完。"

顾延舟结结实实地挨了两下，心想，这人真是毫不留情，可是目光一触及那人哭到发红的眼睛，都不需要思考，便服了软："我站着不动。"

顾延舟等着继续挨打，邵司却没再动手。

顾延舟反手摸了摸邵司的后脑勺："这样就够了？不打了？"

男人身上的味道并不好闻，不知道他是从哪个犄角旮旯里钻出来的，衣服也脏得很。邵司伸手掐了掐他："你还问，真皮痒，欠打？"

"没想到你这么担心我。"相处这么久，顾延舟就没见邵司哭过，这人平时面上总没什么表情，高冷得要命。要不他就是一副懒洋洋的样子，要不就是满脸嫌弃，偶尔心情好了勾勾嘴角笑起来，"我很高兴，虽然特别不合时宜，但是我很高兴。"

邵司道："笙笙呢？"

想到现在的形势，顾延舟松了一口气，道："笙笙压根儿就不在这儿，已经让人去接了，在溪云路一个废弃库房里。"

"本来我能在着火前出来，"顾延舟继续解释，"因为某个人耽搁了。"

"谁？"

那个纵火的人。

大火很快被扑灭，只是余烟缭绕，空气里都是刺鼻的烟味儿。

嫌疑人顺利落网。据说本来那人要留在那里自杀，被顾延舟压着从地下酒吧另一个出口拖了出来。

无一人伤亡。

“通话仪是我自己关的。”

顾延舟坐在王队对面，这次的场面比较隆重，王队身边还跟着局长和好几个记录员。

王队也没料到顾延舟上来第一句话会跟他说这个，当即愣住：“你自己关的？”

“是。因为当时……”

时间重新回到凌晨二点零六分。

顾延舟的手电筒照到了对方的脸，那是一张普普通通的面孔，年纪不大，但是状态看起来却很差，二十多岁的年纪看上去像三十多岁，不是年龄上的老，只是看上去精神、健康方面都不佳。

他戴着帽子，眼眶凹陷，两颊凹陷，薄唇紧抿。

“你是谁？”

“你有自己的名字吗？”

顾延舟盯着他的眼睛，试图从里面读到点什么东西。

自然没有回应。

那人眼底一片雾色，又浓又重，像抹不开似的，死气沉沉。若细细地看，拨开雾气，他的眼睛看得人心一紧。

他旁若无人地坐下来，甚至给自己开了一瓶酒。这地方他应该常来，动作娴熟，什么酒摆在什么位置，他都知道。

两人交锋不过短短两分钟。

顾延舟将眼前这人和《欲望牢笼》里的凯撒重叠在一起，发现些许相同的地方，但更多的却是差异。

“眼前这个人，他浑身散发出的并不是那种唯我独尊的猖狂，也没有无所畏惧。”顾延舟回忆说，“他很绝望。”

虽然他什么都没说，但他看上去毫无生气。

顾延舟也知道自己是在赌。

他主动摘下通话仪，将那个比指甲盖还小的仪器扔进那人的酒杯里，小小的黑色方块沉下去，它周围冒出汽水一样的泡泡，最后悄无声息地沉了底。他这才重新问了之前那个问题：“你是程源？”

那人似是惊讶，对着酒杯半晌，又抬头看他。

听到这儿，王队抬手打断了顾延舟，追问道：“程源是谁？”

“是那本签到名册上，乐队主唱的名字。”顾延舟道，“既然他会唱歌，又对模仿声音那么在行，直觉告诉我，他应该是名册里那个‘程源’。而且，在所有的签字当中，也只有程源这两个字写得最为稚嫩，一笔一画，规规矩矩。有几行是请假记录，就那么寥寥几行字，甚至动用了拼音。一个黑户，没有受过九年义务制教育，按常理推断，他的文化程度肯定不高……因此，他很有可能就是程源。”

顾延舟说得再有理有据，也不过是带着主观臆想的胡乱推测罢了。

然而顾延舟看着程源摘下帽子，将手撑在桌边，站起来，身形高瘦。

他说：“已经很久没有人叫过我的名字了。”

他用的是他本来的声音，跟徐桓扬还是有所差别。他的本音稍微清朗一些，但只要稍稍压下来，就和歌神所差无几了。他也早已经习惯压低嗓音说话。

程源，男，今年二十八岁。

他的出生日期不详，父母都是农民，家境不太好。

程家本来已经有了一个男孩，他是第二胎。

他母亲是意外怀孕，耽搁了最佳打胎时机，也尝试过要打掉。但是家里穷，她没钱上医院，用的野方子，一次没成，阴差阳错地生了孩子下来。

他母亲也没法让他上学，等他十二三岁的时候，家里负担不起，不能给上他户口，也交不起罚款，就想将他扔了。

那天程爸难得对他说，带他出门玩，去的是城里的游乐园。他第一次坐了过山车，可是从娱乐设施上下来，扭头却找不着那个五分钟前还牵着他手的人了。

“他其实知道家里住址，只是他不想回去。那已经算不得家了，父亲处心积虑要把他扔在外边。”

顾延舟又道：“他开始自己找活干，发传单，在工地上做苦力。他原先在酒吧做的是服务生，每天擦擦桌子，送送酒。有次收工的时候，驻吧乐队的那位主唱随口对他说，‘我一直觉得你的嗓音很好，有没有兴趣唱歌’？”

就是这句话，改变了他的一生。

程源本来是打算自杀的。

“我和徐桓扬两个人苟延残喘到现在，也够了。”走到人生的最后一程，程源反而想通了很多东西，他说道，“我打算和徐桓扬同归于尽。”

邵司坐在休息室里，身上披着顾延舟的长外套，低下头打了一个喷嚏。

这时候，有人推开警局大门，是一位年轻的女警官。她露了脸后又转过身去，站在门口略微弯腰。等她再度迈进来，手里还牵着一只肉乎乎的小手，一进来便问：“家属呢？家属在不在？”

顾笙怯生生地跟在女警身后，一张小脸惨白，眼睛哭得肿了。

邵司站起身：“在，我是她叔叔的朋友。”

女警上下打量他两眼：“我去拿一张表，等一会儿你签个字，就能带她回去了。”

“她没受伤吧？”

“受伤倒是没有，但她现在精神状况不太好。作为家属，你要多跟她沟通沟通。”

顾笙一路上忍着没哭，可能因为周遭都是陌生面孔。现在她一见到亲近的人，就觉得委屈。偏偏邵司这时候开了窍，一反常态走到她面前，蹲下身，抬手给她擦脸：“乖，没事了。”

邵司自以为这次哄得非常合格了，然而顾笙却张嘴就哭，哭得差点断气。

邵司一边觉得心疼，一边想：这孩子怎么这样，没法哄啊，难道是他方法又没用对？

警局大门又被推开，这次来的人是李光宗。

半小时前他接到陈阳的电话，在问清来龙去脉之后，他马不停蹄地往这边赶。他进门的时候动静有些大了，几个警察频频抬头看他："你找谁？"

李光宗一进门就九十度鞠躬致礼："不好意思，不好意思，打搅了，我找邵司。"

此时他家小祖宗正把顾笙抱在腿上，有一下没一下揉她的脑袋："别哭了。"

李光宗远远就瞅到自家气场无比强大的小祖宗，走过去问："这是怎么了？没事吧？人没事就好，没事就好。"

邵司皱皱眉："有事。她老哭，怎么哄也哄不好。"

李光宗道："她这是跟你亲才哭。孩子都这样，受了委屈，没人安慰还行，一有人关心，哭得惊天动地。她发泄发泄也好，你继续哄着……顾影帝呢？还在里面？"

邵司道："嗯，他在录口供。"

李光宗："她饿不饿，多久没吃东西了？还有，你和顾影帝应该也没吃饭吧？想吃什么，我去买。"

邵司还真没考虑过这个问题，从傍晚到现在，发生的事情太多，他忙忘了。被李光宗这样一提醒，他倒真觉得有点饿。他换了一个姿势抱孩子，随口道："买点清淡的吧，都行，不挑。你再给她买一个小蛋糕，草莓味的。"

"行。"李光宗抬头看看表，"都四点多了，这个时间点挺尴尬的，我去二十四小时便利店里看看。"

李光宗开着车在附近逛了两圈，最后捧回来两杯关东煮："我找不到别的了，而且天冷，这个热乎，暖暖身子也好。"

顾笙闻到香味，从邵司怀里抬起头，眼睛直勾勾地瞧过来，哭声也弱了下去。

邵司伸手，接过一杯关东煮，捏着竹签将其从汤水里拎出来，往顾笙嘴边送：“还是一个吃货。”

顾笙一串牛肉丸还没吃完，审讯室的门就开了。一行人浩浩荡荡地往外走，顾延舟走在最后，领口开了大片，看起来没什么精神，身上还脏，然而还是气势逼人，让人一眼就能看到他。毕竟他的脸和身材摆在那里。

李光宗情不自禁地推了推邵司：“超帅。”

邵司：“帅什么，脏死了。”

邵司虽然嘴上这么说，但当这个脏男人靠近他的时候，他也没拒绝，反而从杯子里又挑了一串吃的给顾延舟：“吃不吃？”

顾延舟俯下身，咬了一口。

身后是王队怒不可遏的喊叫声：“现在就去！把姓徐的抓来，我还就不信了，以为自己做了这种事情，还能全身而退？”

邵司皱了皱眉：“徐桓扬？”

这件事情，他除了包庇罪，还干了什么其他事？

回去的路上。

顾笙缩在后座上，哭累了便睡着了。顾延舟动作轻柔地给她盖了一条小毛毯，顺手摸摸她的头发，扭头便看到邵司举着手机屏幕，示意他看微信。

你邵爹：王队刚才说的那句话是什么意思？怎么牵扯到徐桓扬身上了？

顾延舟：你跟我隔这么近，发什么微信？

你邵爹：笙笙在睡觉，我怕吵着她。

顾延舟：你真是越来越善解人意了。

过了几秒，顾延舟又发出去一条微信：不是牵扯，他是罪魁祸首。

程源受乐队原主唱提携，学着唱歌。其实他压根儿用不着怎么学，他在音乐方面的天赋极高，只要他想模仿的声音，不管多难，都难不倒他。

渐渐地，他也开始上台唱歌，闻名一时，有“模仿之王”的美称，在酒吧这条街小有名气。

他的生活发生转折，是在徐桓扬出车祸之后第二年的夏天。

程源笑道：“当时徐桓扬是准备出道的，他都筹备好久了。他很喜欢大舞台，喜欢所有人崇拜他的样子，喜欢站在高处。可那场车祸让他没办法继续唱歌，毁了他的一切。”

朱力为了培养徐桓扬，也是下足了血本。那首《浮生》能够大热，全靠他的前期宣传，作为一首网络歌曲，它可谓是引领了一个时代。

朱力跟徐桓扬什么都洽谈好了，可是临门一脚，却出了那种事情，没有人会甘心。

出道的事情只能搁置，朱力误打误撞地去酒吧买醉，人浑浑噩噩的，直到程源上台唱了一首《浮生》。

像，太像了，两个人的声音太像了。

有些恶念一旦生出，就像地狱之火燎原，没有回头路可走。

程源一字一句道：“他靠着我的声音，得到了他想要的一切。可是我呢，凭什么我就得让他用我的声音享受这些？凭什么他站在聚光灯下，我却只能躲在黑暗里，见不得光？”

他们两个都开始对对方产生愤恨，时间越久，这恨就越深。程源倒不是多想成名，他只是尝够了穷的滋味，单纯地追求利益。

徐桓扬一开始也没那么大胆量对程源做什么，但是随着程源流露出的野心越来越大，他心里的某个念头也越来越控制不住。

直到有一天，徐桓扬在朱力办公室外面听到程源对朱力说：“你自己算算，我跟他，到底谁更值得投资。你花费那么大的精力，每次他出席活动，你都要花多少心思，比走钢丝还累。但我跟那个废人不一样，我想正式出道。”

矛盾终于激化，徐桓扬输不起。程源可以离开他，但是他一个失去声音的歌星离不开程源。

顾延舟：我之前也只是猜测，可能事实跟我们预想的有所偏差。在见到他之前，我也以为他是一个杀人如麻的疯子。

顾延舟：他撩起袖子给我看他的胳膊，上面密密麻麻的全是针孔。徐桓扬给他注射毒品、致幻药物，让他神志不清，并且狂躁不已，最后再对他催眠。

徐桓扬想让他听自己的话，想让他继续乖乖地做那一团影子。

这种极端手法本来就是不可控的，催眠术加上致幻药物，究竟会出现什么结果，谁也不知道。程源第一次表露出暴力倾向的时候，徐桓扬就在旁边。

可能是那段时间徐桓扬给程源用的剂量比较大，当程源拖着小女孩往巷弄里走的时候，鬼神使差地，徐桓扬并没有阻止。

他迈出去几步，又一步步地退了回去，站在原地煎熬，内心缓缓冒上来一个恶毒的想法，自己也觉得胆战心惊，但是不可否认的是，他仍然有一丝期待和欣喜：也许让程源……只要让程源沾上人命，这样程源就永远受自己威胁。

程源永远只是被他踩在脚底下的影子，再也翻不了身了。

时间又回到音乐节拍摄活动那天，小黄莺蹦蹦跳跳地进了厕所，被人从身后捂住了口鼻。

她发不出任何声音，程源另一只手又将她的眼睛捂住。

小黄莺挣扎，脚尖点地，两条细嫩的腿胡乱地蹬："唔……唔。"

小黄莺的眼睛被遮住了，听觉在一片漆黑里变得异常灵敏。

程源痛苦地闭上眼睛，喉结滚动两下，俯在她耳边低声道："记住我的声音，记住我。"

警察抵达徐桓扬家门口的时候，徐桓扬正站在窗台边，对他们的到来，他似乎并不意外。

当警察破门而入的时候，他也没有反应。

"举起手，转过来。"一名刑警举着枪厉声道。

徐桓扬依言转了过来，他面部表情有些诡异，却又是相当安静的。他的眼眶有些红，从左眼缓缓淌下一行泪来，看起来悲伤，嘴角却带着笑。

——我好像一个从地狱里慢慢爬上来的魔鬼，毒汁浸入我的心脏，于是我便一点点腐烂了。

“他怎么又哭又笑的？疯了？”

“不知道，我们先带走他。”

几名警察例行公事，将人铐上手铐准备押走。徐桓扬路过茶几的时候，脚步顿了两秒，最终还是被警察押着上了警车。

其他警察留下来搜集罪证，他们动作熟练地戴上手套等特殊装备。走在最后的一名警察本来想直接进卧室勘察，经过茶几的时候，看到上面压着一份文件。

他好奇地弯下腰，将它拿起来查看，看到封面上几个大字：诊断书。

——恢复良好，积极配合治疗，大概一两年，你的嗓子就可以痊愈了。

再过两年，他就可以重新拥有自己的声音了。

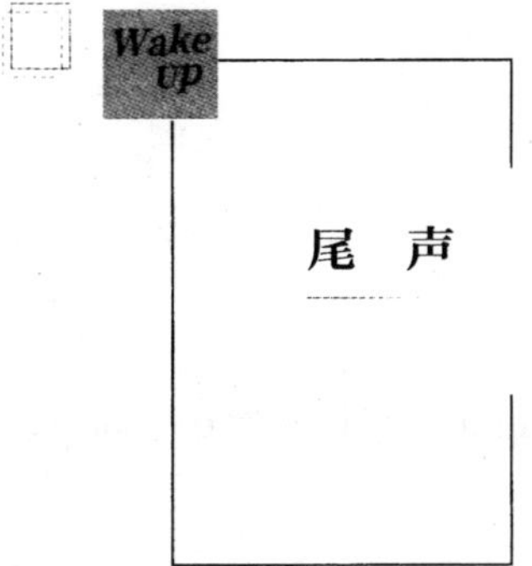

尾声

顾延舟喝醉了，傻到不行，只听他一个人的话。

第一章 回家过年

结案结得很快。

跟小丑先生做网友的人压根儿不是程源，从头到尾都是徐桓扬，博客也不是程源写的。

小丑先生无意间发现了真相，唯恐这件事情涉及自己，就去国外避难。同年，徐桓扬的行程安排里就有在全球各地举办歌迷见面会这一项。这样一联想，小丑先生失踪的事情跟他也脱不了干系。

“徐桓扬的精神状况早就出了问题，不过他倒是挺有能耐，连朱力都不知道，也瞒过了所有人。你还记得我之前说过，要疯也得有一个理由，比如信仰崩塌。”

他的嗓子在最好的年纪废了，什么都完了。

无数个日夜，他幻想过的梦，曾经拥有过的天赋，触手可及的功名，都在一瞬间支离破碎。

他承受不住这种打击，更别提后来发生的事情。他再度回到大众视野范围，拥有上千万粉丝。他成了歌神，是乐坛不可动摇的神话。

这一切看似是他的，而这一切都不是他的。

身为经纪人的朱力，更是将他推向悬崖的幕后推手。

一开始朱力没想太长远的事情，他的初衷其实很简单，只是想把前期在徐桓扬身上投入的时间、精力赚回来，而不是连合约都没法签，整个投入都浪费了。

当时连领导都劝他“别花时间了，该扔就得扔”。他不肯，怎么也得出一张专辑，趁着势头捞一笔再扔。

没想到这一捞，就是那么多年。

这一捞，捞出这么多事。

总的说来，那天顾延舟也算是误打误撞救了程源。

程源有把柄在徐桓扬手上，徐桓扬让他干什么，他就得干什么；让他唱歌，他就得唱歌。他就像徐桓扬的傀儡。徐桓扬对他已经放下戒备，也没再注射什么乱七八糟的东西。他一直在挣扎，包括小黄莺那件事，他想和徐桓扬同归于尽，又缺乏自尽的勇气。所以他在小黄莺耳边故意暴露了声音，留了她一命。

“徐桓扬想毁了程源，最后却将程源变成了他自己。”邵司道，“程源是他的污点。我现在才反应过来，当时他写的那首《影子》究竟是什么意思。”

这就是一个圆圈，转来转去，最后还是转到了自己身上。

中间掺杂了连篇鬼话——毁灭，自私，疯狂又病态。

顾延舟又道：“程源清醒之后，他想得到救赎。”

邵司不解：“他为什么乖乖告诉你这些？”

顾延舟道：“他以为我是下一个凯撒扮演者。”

他想阻止这部戏的拍摄，不想看到另一个自己被人搬到屏幕上。但同时，他又对这个角色充满了难言的心情。

虽然过程曲折，但任务勉强算是完成了。

系统听得唏嘘：“失去了声音，比死了更难受？好好活着不好吗？”

邵司道：“那每年就不会有那么多人自杀了。对有些人来说，活着比死更难。”

“是这样吗？”

“我以前……”系统缓缓道，“把一个罪犯的寿命给了一个女孩子。她得的是白血病，载入名册的时候，上头写她活不过下个月。罪犯潜逃了很多年，而女孩子刚过五岁生日，许愿望说想再活两天。”

邵司道：“你还干过这种事？”

系统：“不然你以为我为什么被废除？”

系统又自言自语道：“现在她应该都当奶奶了吧？那么多年过去了。逆天改命的代价真的很大。”但是它不信命。

它在废品回收站里自我修复花了好多年，也不知道怎么就跟这人看对了眼，可能是邵司同学从小学开始打小报告就打得特别隐蔽？

“说起来，你小学的时候每天给老师打小报告，打得特别厉害啊，全班都没人猜到是你。毕业那么多年了，他们还在猜当初那个讨厌鬼是谁。”

邵司道：“可能因为我帅？”

以前他也是没办法，又不能跟人动手，而且小孩子骂几句还要哭，一哭就得叫家长，烦得很，于是他就变成了小报告王。

“喂。”邵司的语气难得平和，甚至可以说是温柔，“谢谢你。”

系统：“哟，你原来也是会说人话的哦。”

“我认真的。虽然你平时不太靠谱，要死不活的，关键时刻还掉链子。有时候我真的想打你，把你捏成一团揉起来，扔垃圾桶里去，顺带再踩两脚。”

系统：“你这越说越过分了啊。”

“但还是谢谢你。”给了我不信命、不服输的勇气。

能活下去，是多美好的一件事情啊。

隔日。

“网上都炸了。”李光宗拿着手机，轻点屏幕给邵司看，“歌神被捕，热度已经爆了。他们公司那边想瞒都瞒不住，事情越闹越大。”

有网友评论：心疼一波“歌神”的粉丝们，这种事情，《故事会》都不敢写，太惊悚了。

邵司的眼睛都不眨一下："现在你登的是我的号？"

李光宗："是吧，你要干吗？"

邵司："点个赞，乖。"

李光宗依言点了赞，又继续道："那咱再发一条微博好吗？你看看你这儿，发微博的频率跟诈尸一样。"

李光宗刚想说"看看你兄弟"，他想拿那位发微博尤其勤快的顾影帝鞭策自家艺人，话刚要从嘴里头溜出来，发觉哪里不对劲，又咽了回去："不发也好，不发也好。"

他差点忘了，顾影帝整天发的都是些什么玩意儿啊！

整个儿一个炫猫狂魔。

顾延舟这人其实有点闷骚，平时看不太出来，也没怎么明着秀，就是经常看到点什么东西就艾特邵司。

邵司粉现在都蹲顾延舟的评论下面去了，捉到偶像的概率还大些。

邵司如果出没，一般就评论：有病、找死、滚、拉黑你。厉害得不行。

李光宗想到今早家里人打过来的电话，说是要准备年货了，问他几号回来过年，大家聚一聚："对了，快过年了……"

邵司："你是在向我讨红包，还是讨年终奖？"

李光宗冷着脸："我是想问问你过年有什么安排。"

邵司："在家睡觉吧。"

往年即使是过年，他也还有很多工作，各台的联欢晚会啊，还有很多年终盛典，忙得很。

"不能吧。"李光宗心想，虽然这人往年都是这么过来的，他都习惯了，只是今年这个情况明显不一样，追问道，"你不跟顾影帝一起出去逛逛，还在家睡觉？"

于是邵司改了口："哦，那我去他家睡觉？"

李光宗无语了。

午休时光非常短暂，邵司瘫在保姆车里，跟顾延舟打了两局游戏。游戏还没结束呢，导演就在那儿张罗起来了："差不多了啊，准备准备，我们继续。"

你邵爹：下了，不打了，这局让你赢。

顾延舟：你打下去也赢不了。

你邵爹：……

顾延舟：我陈述事实。

你邵爹：滚滚滚。

一天拍摄结束。

回程路上，天都黑透了，李光宗也累了，歪着头坐在副驾驶上睡觉，呼噜声震天响。

邵司忍着，没抬脚踹他椅背。

邵司到家的时候，顾延舟回来没多久。顾延舟拉开一楼浴室的门，从里面走出来，腰间只围了一条浴巾，头发还滴着水，湿答答地顺着脖子往下淌，抬眼看邵司道："回来了？"

邵司："嗯。"

"水温调好了，你试试。"顾延舟倚在浴室门口，嘴里说一通废话，"应该差不多，你觉得冷的话，往左边扭。"

邵司脱了上衣，这段时间他掉了好几斤肉，看起来更瘦："我又不是第一次洗……你说完了吗？说完就出去。"

邵司洗完澡出来之后，直接想往沙发上倒，被顾延舟一把捞过去，他拿着一条毛巾帮邵司擦头发："没干，别躺。"

邵司眯着眼，没说话。

顾延舟边擦头发边问："听李光宗说，你过年要来我家睡觉？"

邵司："我有想过，不过现在有点反悔了。"

"正好我爷爷想见见你。"顾延舟将毛巾搭在手上，看着邵司原先一副困到不行的样子，听到他说的话之后，却又猛地睁大了眼睛。

邵司："你爷爷要见我？"

顾延舟道："嗯。他在家把你演的《回村的少妇》看了一遍，说想见见你。"

邵司一时无语。

老人家看哪部电视剧不好啊。

老人家挑的这是什么，他的第一印象肯定直接毁了。

顾延舟看出来邵司在想什么，揉了揉邵司的脑袋：“别怕，我爷爷挺喜欢你的。他说他年轻的时候也在乡下养过猪。”

“你在看什么？”李光宗暗中打量邵司很久了，远远地就看到这人一反常态，捧着一本书不知道在研究什么。他一边拎着水，一边走过去道，“昨晚你没看剧本？我跟你说了，年轻人悠着点，熬夜打游戏也是会出问题的。”

邵司头都不抬一下，道：“谁打游戏了，这话你有种当着你男神的面说。”

李光宗秒怂：“没没没，我没种。”

邵司又翻过去几页，实在是看不下去了，一把合上书，接过水，拉开保姆车车门：“我下去透透气。”

李光宗坐在副驾驶座上，膝盖上放着一台笔记本电脑，敲报告的手顿了顿，回头道：“你别走太远，马上开机了。”

邵司拧开瓶盖，背对着他朝他挥挥手，不冷不热地说：“我知道。”

李光宗回头的时候，余光无意间瞟过后座上那本书，封皮上那头猪实在是太惹眼了。他没忍住多看了两眼，顺着那头小猪往上看，看到了书名《养猪指南》。

李光宗摸摸脑袋：“啥？”

他百思不得其解。

临近过年，接活动不敢接工期长的，不然拖到年后，又不能回去跟家人团聚。

于是，李光宗在各种挑三拣四之后，挑中一部还算符合要求的微电影。拍摄周期只有十五天，其中有邵司戏份的也就六七天，时间卡得差不多。

《那年夏天》讲的是一个纯洁又朦胧的校园爱情故事，女主角偷偷暗恋隔壁班的某位男生。整个故事里没有什么对白，像一个成长过程中美丽梦幻的泡沫，梦醒了便碎了。

那泡沫一定是从碳酸汽水儿里泛上来的，因为他看后胸口酸胀。

邵司穿着简朴的校服，裤腿往上挽起来，露出一小截脚踝，脚踝上还挂着一条细细的红绳。

他又高又冷漠，一副标准的初恋男神的模样。

按照剧本要求，此刻邵司正趴在课桌上睡觉，早读课的课本摆在手边。

李光宗没忍住，偷偷拍了一张照片。上午的太阳刚升起来，正好透过窗户照在邵司身上，给他镀了一层金辉。

微信朋友圈。

李光宗：开工啦，重返校园！感觉自己又年轻了几岁！

配图是他刚拍的照片。

李光宗刚发朋友圈，就被人秒赞。他点开看，顾延舟三个字静悄悄地躺在那里。

过了几秒，顾延舟还私信他：还有吗？

李光宗：什么？

顾延舟：照片。

哦哦哦哦哦，李光宗反应过来。

邵司上午的戏拍完了，也就是坐在教室里看看书，写写题，在篮球场上打球，青春得不行。

导演掐着节奏，等球顺利进篮圈，落下来，在地面上弹了好几下，才喊道："Cut，这条过了。"

邵司从球场上下来，微微弯腰，双手撑在膝盖上，头上的汗水是拿矿泉水泼出来的效果。他抬头往李光宗那个方向看，眼睛直直地盯着他："你在干什么？"

李光宗欲盖弥彰，把手机往身后放："没什么啊，我就过来看看。"

邵司没再问，朝他勾勾手："拿来。"

李光宗："我对着手机屏幕照镜子呢，我的头发刚才有点乱。你帮我看看，还乱吗？"

"瞎扯。你接着扯，我看见你摁关机键了。"

李光宗道："我摁了吗？"

李光宗见瞒不过，只好把手机递过去。

屏幕还停留在微信界面。

顾延舟：校服不错，能带一套回来吗？

这行字里，明明没有任何一个不正经的字眼，然而以邵司对这句话的理解，这十一个字绝对不只是表面上看起来那么简单。

李光宗见邵司翻了两下聊天记录，翻完之后还打算直接用他的账号回复，忙不迭道："你别乱说话啊。我自认为在顾影帝心目中的分数还是挺高的，你别拖我后腿，我好不容易刷上去的好感度……"

邵司说道："狗屁好感度，你不都是靠出卖我刷来的？现在我很生气，你别跟我说话。这拍的什么玩意儿，会不会选角度？我的腿有那么短？"

李光宗：原来你在意的是这个。

邵司撤回了两张不太满意的照片，然后把手机扔回给李光宗。

李光宗接过手机，随手回复道：你要校服干什么？

顾延舟：Cosplay？

顾延舟撤回了一条消息。

李光宗目瞪口呆。

那条消息虽然撤得快，但邵司就站在边上，自然看得一清二楚。他抬手捏捏鼻梁，骂道："没出息。"

李光宗愣了好半天，然后摆摆手道："不行，我得缓缓。"

邵司："他就这样，你用不着惊讶。他刚才说要校服，我就猜到了，他就这点出息。"

李光宗：我不是很懂你们两兄弟之间的爱好。

今天，顾延舟在组里拍戏，拍摄地点离这里不是很远，在西面某个新建的影城里。影城古色古香，构造宏伟大气，荷花池旁的小道上架着几台机器，往外吐着“仙雾”。

邵司过去的时候，他们正好拍完最后一场夜戏。大家伙都在忙着收工，片场吵吵闹闹的，还有人扛着机器走来走去。

原本布置得好好的场地，因为一场爆破戏搞得一片狼藉，满地都是垃圾。邵司找不到地方下脚，只能在门口站着。晚上风大，他围着一条围巾，围巾遮了大半张脸。

邵司拿着手机，边踱步边问：“喂，你在哪儿？”

“我在休息室卸妆，刚收工。”顾延舟换回了自己的衣服，任由化妆师摘头上那顶假发。他听到邵司电话里嘈杂的背景音，又道，“这么晚了，你还在外边乱跑。”

邵司没说自己就在门口等他，只道：“你还有多久？”

顾延舟：“等一会儿，我怎么在电话里听到我导演的声音了？”

邵司：“你耳朵这么灵敏。”

化妆师正要替顾延舟卸眼妆，顾延舟摆摆手，站起身往外走：“你过来了？站着别动，我来找你。”

邵司还没来得及说话，电话已经被挂断了。

顾延舟出门的时候走得急，外套拿在手里，没来得及穿，目光在触及对方的一刹那停住不动，满眼都是这人：“我要是不问你，你就打算在这儿站着？”

邵司：“当然不是，你要是超过十分钟还不出来，我估计就撤了。”

顾延舟心想：我真拿这人没办法。

顾延舟直接拉着邵司往外走，邵司道：“你的妆卸完了？”

顾延舟道：“不卸了，回家弄。”

“哎，延舟。”导演是一个络腮胡大汉，正好看到他，两步跑过来给他递了一根烟，“今天拍得很顺利啊，组里那个新人，多亏你指点她，不然这戏不知道拍到什么时候去。我最烦这种了，赞助商强行塞人，连戏也不会演，要角色干什么用，你说是不是？”

顾延舟没接烟，微微弯了弯眼睛，一副道貌岸然的模样：“不好意思啊，我朋友不喜欢闻烟味。”

夜里黑灯瞎火的，导演之前没看见他身边还有个人，听到这句，一脸惊讶道：“朋友？”

他意识到什么，于是把目光往边上挪了两分，对上一双眼睛，清清冷冷的，像含着冰似的。

邵司戴着围巾，其他地方遮着，也就露出这一双眼睛，他倒也没否认这个称呼。

导演看得浑身一冷，把烟塞回烟盒里，拍了拍顾延舟的肩膀：“抱歉抱歉，我没注意到。那你们路上当心啊，开车慢点儿。”

顾延舟道：“嗯，走了。明天见。”

邵司走在顾延舟身后，跟着他上了车。他点上火，车子拐弯出去的时候，顺口道：“你帮我给阳哥打一个电话，我有几样东西落在化妆间里，让他收拾了带回家。”

邵司：“你的手机在哪儿呢？”

顾延舟别过头看了他一眼：“衣服口袋里，你翻翻。”

电话很快接通，从电话里传来一声：“喂？”

邵司毫不客气地把手机往顾延舟耳边贴：“你自己说，我懒得讲。”

顾延舟只好自己发声。

陈阳听完，在化妆间找了一圈：“好的，我看到了。剧本和手表是吗？我先帮你收着，明天给你带过来。”

讲完电话，前方路口正好遇到一个红灯。

顾延舟踩下刹车，伸手捏了捏邵司的手臂：“懒死你算了，几句话都懒得说。”

邵司躲开他的手：“别闹，今天你撤回的那句话把我经纪人吓得花容失色。”

顾延舟摸摸鼻子：“他？花容？”

“我随口打一个比方，别那么较真。”邵司道，“反正你的形象是彻底塌了。”

顾延舟道：“虽然我的形象可能是塌了，但是想让你带一套校服回来的心是真的。”

邵司习以为常，面不改色地提醒他：“傻，绿灯了。”

顾延舟的妆还没卸完，整张脸看起来特别张扬，黑色眼线将眼型勾勒得狭长，眼尾微微往上挑，邪气得不行。

邵司看着他的侧脸，想起来这人演的角色是一位“上古魔神”，是挺魔的。

“你盯着我看什么？”

顾延舟勾唇一笑，将手搭在方向盘上，随口道：“你是不是发现我特帅？”

邵司摸摸下巴，觉得顾延舟看起来确实比他俩刚认识的时候帅上一些：“凑合吧，跟我比，你还差了些。”

顾延舟顺着他，道：“是是是，我哪儿敢跟您比。”

回去之后，两人收拾完，冲过澡，随便在厨房里煮了两碗面。

邵司唯一的任务就是从橱柜里拿碗，放在水龙头下冲洗，洗完了就往边上一放，等着顾延舟捞面。

邵司看看挂钟，确认距离面下锅已经过去很长时间，而不是他自己的错觉：“该捞面了吧？再煮该烂了。”

顾延舟：“再等等，我总感觉没熟透。”

邵司皱皱眉，不太相信他：“你行不行啊？”

顾延舟非常自信，用长筷搅了搅那团面，道：“你永远不要问男人行不行，只要相信我就行了。”

最后，邵司对着面前这碗糊成一坨的面条没有什么想法，也没什么话想说。

他随手夹起几根面，还没吃便断成了好几截。邵司面无表情道：“你刚刚说的，相信你就行？我们之间可能不会再有信任这个东西了。你自己尝，这面能烂成这样也不容易。冲这个，我是不是还得夸夸你？”

顾延舟吃了两口也觉得口感奇怪，盐还放多了，于是伸手去夺邵司的筷子：“叫外卖吧，别吃了，我自己都吃不下去。不过很奇怪，每次我煮的时候总觉得这回做得肯定不错。”

“你不要多想。”邵司毫不留情地戳破道，“是错觉。”

邵司虽然挑食，但从来不挑顾延舟做出来的东西，他自己也想不明白为什么。

邵司反手用筷子打掉了顾延舟的手，面上嫌弃，但还是继续吃着，最后用一种无奈的语气对顾延舟说：“算了，谁让我宠你呢。”

顾延舟没说话。

《那年夏天》拍摄顺利。

女主角是刚从电影学院毕业的新人，演技不足，不过这种青春剧，青涩也成了闪光点。

短短两周的相处，虽然大家称不上多熟悉，合作也还算愉快。

邵司戏份杀青的那天，有人提议大家伙一起去饭店吃个饭，就当拜个早年了。

李光宗第一反应就是拒绝：“不好意思，我们接下来还有别的安排，怕是走不开。这样，你们去，想吃什么随便点，账算我们的，就当给大家赔不是了。”

邵司那种人，任何集体活动，哪怕你拿刀架在他的脖子上，他估计也拒绝得干脆。

“去啊，为什么不去？”然而这次，邵司却收了手机，从更衣室里出来，换上便衣，抬头看他一眼，“朋来酒店？”

李光宗正惊讶邵司怎么变了性子：“是啊，朋来离得近，就在飞霞路那边。不是，你真要去啊？我都替你回绝了。你不是从来不参加这种活动的吗？以前公司里大家还开赌局，就专门赌你来不来……我靠这个还赢了不少钱。”

邵司径自往外走，解释了一句：“你男神也在那儿吃饭，惊不惊喜，激不激动？”

李光宗反应过来，摇摇头，一边叹气，一边拿了东西跟在邵司身后：“激动个屁，我心目中的男神早就荡然无存了。果然还是距离产生美，默默瞻仰就好。”

“你变心比变脸还快。”邵司道，“你粉我得了，三百六十度无死角，远近皆宜。”

李光宗捂着胸口：“粉不起，粉不起，你可让我多活两年吧。”

全剧组各自驾车去朋来酒店，在包间里集合，菜还没上来，就开了一整箱啤酒，瓶盖散了一地。

导演举着酒，站起身，在餐桌上敲敲，示意其余人都往自己这边看过来，高声吆喝：“虽然新年还没到，但我在这边提前祝大家在新的一年，财源滚滚，心想事成。话不多说，我先干为敬。”说完，他把酒一口闷了。

四周全是起哄声：“一瓶哪够，再来一瓶。”

年味感染了这些人。

他们中的大部分人，想着那张从上个月就开始抢的火车票，想到忙碌一年，终于可以回家看看家人，吃上熟悉的饭菜，心里头就有些什么东西在不停翻滚。

编剧坐在邵司身边，见他喝完了一杯白开水，热情地问他要喝点什么酒：“白的、黄的？”

邵司沉思了一会儿，道：“黄的吧。”

编剧作势要去拿黄酒，邵司又补充了一句：“我自己倒就行。”

然后编剧眼睁睁看着邵司的手越过黄酒，停在那瓶鲜橙汁上，然后拿起来往杯子里倒了半杯。

邵司知道自己喝不了酒，一口都没碰。他缩在角落里，吃了几筷子菜，没什么热情，随即将手机摆在腿上，低着头滑拉两下，发出去一条消息。

你邵爹：舟哥，还活着吗？

今天顾延舟也是参加庆功宴，影城剧组预计的杀青日期差不多控制在年前这几天，他推不开，还被灌了很多酒。

之前邵司在更衣室里换衣服的时候，就接到了顾延舟打来的电话，一听声音就知道，这人绝对喝醉了。

邵司冷着脸问：“你喝酒了？喝了多少？”

顾延舟站在走廊上吹风：“我没喝多少，没醉。”

微信发出去半天也没人应。邵司干脆找了陈阳，陈阳回得很快：你也在朋来？那敢情好，延舟喝多了，耍酒疯呢，我正愁拿他没办法。

你邵爹：他还能发酒疯？

陈阳：发，你过来看就知道了。不过他很少喝醉，喝得差不多就婉拒。今天也是组里人太闹了，轮番上阵想灌他，每个人都用你俩“好兄弟一生一起走”敬的酒，延舟就都喝了。

你邵爹：他是傻瓜啊？

陈阳：可不是吗。

你邵爹：……

你邵爹：算了，你们在哪个包间？

“5018？”李光宗喝得正高兴，听到邵司问他话，闻言摸摸脑袋，思路转过几个弯才道，“应该在楼上吧，你问问服务员。”

邵司拿了衣服起身就走：“你玩够了自己回去，别喝太多，也别自己开车。乖。”

李光宗喝得有点晕乎乎的，举着酒点点头：“好的。”

邵司以为陈阳说的那话绝对是夸大其词。

顾延舟虽然在“某方面”不太靠谱，但平时是特沉稳的一个人，邵司想象不到他会真被人灌醉。结果邵司过去一看，他还真在发酒疯。

顾延舟发酒疯，相对而言发得还算理智，就是不停地念叨“邵司在哪儿”，见不到邵司，他还不肯走。

这可把陈阳急得，一开始他怕打扰邵司，他知道邵司今天也在组里拍摄，没敢打电话。

邵司推开门，便看见陈阳跟顾延舟两个人，一个坐在沙发上，一个站着，大眼瞪小眼。

邵司正要问“你们干什么呢”，陈阳先看到了他，如卸重担般指着他喊："你兄弟来了，你看看是不是？"

"搞什么啊？"

邵司关上门，四下环顾包间里的"战况"，十分惨烈，满地都是酒瓶子，桌上、烟灰缸里烟头都是满的。邵司扭头道："阳哥你先回去吧，我开了车过来的，也没喝酒，等一会儿我把他拎回去。"

陈阳有些犹豫："你一个人行吗？他现在倔得很，谁的话也不听，就是赖着不走。"

邵司没说话，径直走到顾延舟面前，弯腰，伸手拍拍他的脸："喂，舟哥。"

顾延舟的眼睛一眨不眨地盯着他看。

邵司松开手，往后退了两步。

"站起来。

"往前走。

"转两个圈看看。"

……

邵司不管说什么，顾延舟都照做不误，让他走他就走，让他停他就停。

邵司摸着下巴："这人喝醉了，怎么像一个傻瓜一样？"

陈阳一方面觉得没眼看，一方面又觉得自己刚才努力那么久没有任何成效，十分挫败："那延舟就交给你了。我先走了，到家后你给我发一条消息，路上注意安全。"

邵司摆摆手："好，去吧。"然后他又指着某个喝醉酒的傻瓜，"我没说你，你走什么走，站着别动。"

顾延舟喝醉了，傻到不行，只听他一个人的话。

邵司像放羊一样把人赶到地下车库，只是掏钥匙开个车门的工夫，就被人从身后撞了上来。

"你到底醉没醉，装的吧？"

顾延舟阖着眼："我醉了。"

哦，醉了，信你就有鬼。

越说“我没醉”才是真醉。邵司虽然不怎么喝酒，但这点基本常识还是有的。

以前需要应酬的时候，李光宗总是替他挡酒，挡到最后酩酊大醉，哪次不是走得歪歪扭扭，扶着墙出去，嘴里嚷着：“我没醉，我还能喝，来，王总，我们干！”

邵司深吸一口气：“你见过哪个人喝醉了，会说自己醉了的？”

顾延舟恬不知耻：“我。”

邵司这人脾气上来了，一言不合就要干架。当然，他多数时候是虚张声势，唬唬人。

他一只手拎着顾延舟的衣领，说了几句狠话。顾延舟半睁着眼，任他闹，末了还摸摸他的头：“别闹，乖一点，我的头有点晕。”

顾延舟刚才是真醉了，只是意识恢复得比较快。

顾延舟一路跟着邵司下楼，地下车库又凉，扑面而来一阵冷气，酒就醒得差不多了。

这时，从不远处某个角落里传来细不可闻的“咔嚓”声，声音特别细微，只是那种被人偷窥的感觉太强烈，他们俩又有职业病，对这个尤其敏感。

顾延舟眼神一黯，邵司也察觉到了，刚想说话，顾延舟伸出一根手指抵在他的唇上：“嘘。”

你先别动，看看那人到底想干什么。

黑黢黢的镜头藏在十五米开外，一名头戴鸭舌帽的记者藏在越野车后，弯着腰，调整好焦距，不停地按快门。

大新闻，这可是大新闻。

两位影帝闹打架啊，一位还被另一位拖着走！

顾延舟被之前那一大堆事情弄得下意识想多了，以为又是什么变态，见状松了一口气：“狗仔。”

邵司往越野车的方向扫了一眼，那名记者业务相当娴熟，见自己可能暴露了，扭头就跑，速度相当迅猛。他推开安全通道的侧门，一溜烟儿跑出去了。

顾延舟抬手揉揉眉心，另一只手越过邵司，打开车门：“不管了，随他去吧，上车。”

可能是这人架势太大，邵司误解了：“你坐副驾驶座，都这样了还开车。”

顾延舟打开车门之后松了手，微微弯腰做了一个“请”的手势：“我给你开车门，你还反咬我一口。坐进去。”

狗仔不仅溜得快，胡编乱造发通稿的速度也快得很。

第二天一大早，邵司和顾延舟两人不和睦的传闻闹得沸沸扬扬。

李光宗：“你睡醒了吗？给我解释解释，昨晚你跟顾影帝，你俩怎么回事啊，怎么还打起来了？”

邵司难得这么早醒了，因为今天要出门，他正坐沙发上醒觉。他听到后半句话，瞌睡也去了一半：“什么打起来了？”

李光宗一边说一边将狗仔发出来的照片放大，细细查看：“嗯……酒店车库里，从照片上看，你揍完顾影帝，顾影帝还扯你头发，核心内容是你俩在闹绝交，还有‘知情人士’说，你们俩私下早就撕破脸了。”

邵司抓抓头发，无所谓道：“哪里来的知情人士，动不动就知情人士，这帮人是不是闲着没事干？”

听这语气，李光宗就知道自己猜得没错，这肯定是一场误会：“哦，那就是……”那就是没事了。

他的话还没有说完，下一秒便从电话里传来某个熟悉的声音，那声音又低沉又沙哑：“嗯？谁？”

顾延舟的声音太撩人，李光宗这个局外人听了都觉得耳朵烧得慌。

邵司给顾延舟看了手机屏幕。

顾延舟顺势接过手机，不用猜都知道发生了什么：“照片的事？”

李光宗：“是是是，您真是料事如神。我还什么都没说呢，您就猜中了。”

顾延舟：“行了，这马屁拍得有点过。”

李光宗没说话。

顾延舟随口道："昨晚我跟邵司闹着玩，狗仔瞎拍的，他跑得比兔子还快，我懒得追他，就这样了。你等一会儿跟陈阳说一声，让陈阳别费心了。"

"不澄清啊？"李光宗倒是有些意外，"现在传得……"

顾延舟直接打断道："澄清什么，你还真上赶着跟人玩去？"

李光宗哑口无言，又说道："嗯？"

"他们就这样，没完没了地澄清也没用，他们要的又不是真相。"顾延舟道，"撕破脸才有意思。"

当初他和邵司两人互看不顺眼的时候，记者强行组他俩 CP 的那股劲，现在全用来拆 CP 了。

"等他们自己觉得没劲了，自然会散。"顾延舟说完，回头看了一眼邵司，发现这人眼睛眯着，一副困得不行的样子，于是对李光宗道，"我不跟你说了，邵司又困了。"

顾延舟和邵司关系破裂的传闻传了一阵，两位当事人说不搭理就真没搭理，加上近期休年假，手机整天关机，外面如何造谣也真无所谓了。

第二章　获奖礼物

大年三十。

顾延舟一大早起来挑衣服："大过年的还穿黑色，是不是显得太沉闷？"

邵司盘腿坐在床上看他："是有点。这样，你要不来一件红色的衣服，多喜庆。"

"你倒是一点都不紧张。"

顾延舟头一次带朋友回家玩，虽然回的是他家，但不知道为什么，他有点说不上来的生疏感。

他似乎没办法做到轻松应对。

邵司噘着嘴："你以为我能早上六点钟醒过来，还坐在这里看你磨磨叽叽地换衣服是因为什么？"除了工作，他长这么大就没见过早上六点钟的太阳。

顾延舟放下衣服走过去："你放心，我爷爷这人很和善，很好相处的。"

顾宅是一个老宅子，装修古朴，有一定年头，古色古香。顾家又是有名望的世家，生意做得大，所以过个年，光是来送礼的人都快踏破门槛了。

顾延舟领着邵司进门，把礼物给管家之后，便直接奔里屋。

顾爷爷不见外客的，早就泡好了茶等他们。三人坐下聊了几句，老人家确实挺和蔼的。

邵司不知道讲什么，拘束地捧起茶喝了一口，再放下的时候，没话找话道："顾延舟经常跟我提起您。"

顾爷爷："哦？他说我什么？"

邵司道："他说您年轻的时候在乡下待过一段时间。"

等两人见过长辈，出了门，顾延舟才勾唇笑道："我服了你们，聊猪能聊上半小时，你们俩干脆一起开个养猪场得了。"

邵司心想：就因为你随口提的那一句，我把《养猪指南》翻了两遍，背都会背了，总不能白看。

"去哪儿？"邵司被他塞进车里后问道。

顾延舟给邵司系好安全带，然后再系自己的，说道："家里人杂，有生意往来的都来拜年，估计得到晚上才清静下来，我先带你在这附近逛逛。"

"我上大学之前，都在这边生活。那边那个杂货店，原先是篮球场，高中我喜欢打球，在这里打过球赛，跟隔壁职校的。那帮家伙老来我们学校附近挑事，我们就赌球，输的跪下磕三个头，以后见面绕着走。"

顾延舟沿着街道慢慢地开，到一个眼熟的地方就停下来给邵司介绍："以前我跟一群狐朋狗友混在一起，飙车、打架、喝酒。打架一般都在那个巷子里，看到没？死胡同，堵人方便得很，堵着一顿打。"

邵司听着，觉得挺有意思，道："牛啊，年轻的时候很社会啊，舟哥。"

邵司又想了想，自己高中都在干什么。

他想了半天，最后摸摸鼻子道："我大概只能给你介绍我高中都在哪里睡觉。教学楼天台、自习室……上课也睡。"

两人晃着晃着，晃到顾延舟高中念书的学校门口。

顾延舟将车停在路边："下去看看？等一会儿，你回来，先把围巾戴上。今天一大早我就想问了，你是不是有点感冒？"

邵司将围巾随意围在脖子上，然后对着车内的后视镜反复调整，直到调整到最能凸显他帅气的造型为止，他抬手拨了拨：“嗯，我嗓子有点疼，小症状，过两天就好了。”

他很少感冒，每次也就头昏个两天，小毛病不算什么。之前他在剧组的时候，就是发着高烧都得继续拍戏。他虽然有时候脾气大，但真没那么娇气。

顾延舟探出一只手，过去摸邵司的温度，对比了一下，发现他的体温确实正常，心想：我回去给他炖碗冰糖雪梨喝。

立阳二中是一所普通高中。

它占地面积不大，周围设施并不健全，周围的店铺一间隔一间地开了几家，勉强组成一条小吃街。

正如顾延舟刚才所言，离立阳二中不远的地方，大概不出一站路就有一个职校。

两所学校离得还算近。

邵司记得顾延舟跟自己是大学校友，他一直以为这人高中念的肯定也是重点中学，因为顾延舟入学的时候，可是艺考分和文化分双双第一，还破了学校纪录。

“我高二开始才好好学习，以前都是到处乱混。”顾延舟解释道，“我中考考砸了，差点没考上，压着尾巴来的这儿。”

这话说得轻松，听着却觉得有点欠扁。他花了比别人少一半的时间，高考却考出那么逆天的分数。

大过年的，学校里空空荡荡，大门都封了，守门的也不见踪影。

“怎么进去？”邵司跟在顾延舟身后，他们走的这块地儿杂草丛生，路线刁钻得很。但是仔细辨别的话，还能看出来中间已经被人踩出了一条“道”，看来经常有人从这儿走，是一个隐蔽入口。

顾延舟走在前面，伸手拨开障碍物，一堵墙出现在邵司面前。

墙上被人拿小刀刻了很多字，什么“某某某到此一游”“×××我喜欢你”。

真是令人难忘的青春岁月。

顾延舟一边说话，一边撸袖子，露出半截手腕，看那样子一点都不像在开玩笑："你翻过墙吗？"

邵司转头看了他一眼。

顾延舟弯腰看墙上的字，顺便解释道："这堵墙矮一些，最好翻。平时我迟到怕被抓，就从这里翻进去。我本来以为这边肯定拆了，没想到那么多年过去，这个传统一直延续到现在。"

邵司："没监控？"

顾延舟："没用，装一个砸一个。"

邵司叹为观止。

虽然翻墙进去不怎么费力，但邵司今天穿的裤子有点紧，动作幅度不宜太大。他正坐在墙上，两条腿垂着，犹豫怎么跳下去比较好，顾延舟已经在下面冲他张开双臂："别怕，跳下来，我接着你。"

邵司抬脚，作势便要踹过去："怕个毛，谁怕了。你少废话，别挡道，往后退点。"

"行行行。"顾延舟往后退，道，"那你慢些。"

两人弯着腰从角落里走出去，随便找了一栋楼，进去一看，一间一间的教室都锁了门。他们透过澄净的玻璃窗望进去，课桌椅整整齐齐地摆着。

"这几层都是高二，总共十六个班。"

高中课业繁重，要考的科目又多，所以几乎每个人的桌肚、桌面上都是书，整整齐齐地堆着。等过完年，下学期开学了，学生还得继续学习。

邵司在外头驻足观望，看到这个班最后面有张空桌子，一眼望过去特别显眼。因为其他人桌上都摆着书，就那张桌上干净得很，什么都没摆。右边那个桌肚里甚至嚣张地放了两盒拆过的烟、一个打火机，还有一个揉皱了的纸团。

他抬头看了一眼：高二三班。

"你以前在哪个班？"

顾延舟伸手往前面一指："八班,沿着走廊走,再拐一个弯就是了。"

顾延舟自己也不知道为什么，明明他早不是小年轻了，三十好几的人，还拉着人干这么幼稚的事情。但等他反应过来，已经翻窗进了教室，坐在原先坐的位置上，邵司就坐在他旁边。

“你们这学校不行啊，留着一堵随时能翻的墙就算了，教室的窗户也不锁好。”邵司趴在课桌上，一只手撑着脑袋，随手翻了翻遗留在桌肚里的课本，“高中历史，说起来你当初选的文科还是理科？”

“理科，但其实文科也行，都一样，反正我智商高。”

邵司嗤笑一声：“你就自恋吧。”

“我当时也选的理科，不过不是因为擅长。我们年级里有个特矫情的‘大才子’，像一个穿越来的文人，还心高气傲，眼睛长在头顶上。你考得比他高了，他能洋洋洒洒写三页纸偷偷递给你，通篇都是什么……论才气，我不一定会输给你，才气是分数无法衡量的。我受不了他，跟他一个班，我不如去死。”

邵司一想到那三页纸，现在还有点头疼。

当时，他回了才子一行字：放屁，你别对着我放。

邵司把才子直接气哭了，后来才子憋了几天写了一首诗怼他，登在校刊上，占了校刊大半个版面。

两人鲜少聊起学生时代的往事，这事情把顾延舟逗得不行。他抬手揉了揉邵司的发顶：“要是你舟哥在，分分钟让才子消失。”

邵司：“社会社会，我惹不起。我当时要是遇上你这样的，分分钟让你消失。”

两人聊了一阵，不知道是谁先停下来，互相看着对方不说话了，气氛变得有些安静。

邵司脑海里有个念头一闪而过，便随口一提：“你谈过恋爱吗？”

顾延舟顿时语塞。

顾延舟正愁找不到好的答案，突然从楼梯口传来一阵脚步声。听上去是两个人，正优哉游哉地往楼上走。

他以为是保安上来巡逻。

毕竟他们俩的身份比较敏感，被人看到不太好，顾延舟正寻思着找一个地方躲躲，那两个人却开始说话了。

“喂，你是不是觉着大过年的，我拉着你翻进来特别不够意思？”

“还行吧，我觉得你脑子有问题。”

“那份小抄，你也有份抄。”

“但是抄完了小抄往桌肚里塞、忘记扔的人不是我。”

是两个学生。

他们俩说着话，往反方向走，脚步声也越来越远。

这两人这个时间点回学校，还带着这样的目的，可以说是很奇葩了。

邵司把刚才那扇没关好的窗锁好，推开门出去：“来人了，怕撞上，走了。”

顾延舟看了看时间，也确实到了饭点儿。他想起来这人早餐没怎么吃，现在肯定饿得慌，想着回去吃个饭，下午陪着他在家里瘫着得了。

两人避开那两个学生，顺着另一边楼梯下去。

上车之后，顾延舟系了安全带，然后别过头，主动将话题转了回去：“坦白讲，我有过。当时我谈恋爱就是气家里人，年纪小想不明白，做过很多混账事，也伤害过很多人。”

邵司歪头看过去，他都快忘了几分钟之前问过这个问题。

“我没那么好，以前的事情改变不了，但是关于未来我很肯定。”

顾延舟说得太认真，邵司盯着他看了两秒，觉得脸有点烫，这才反应过来围巾一直围在脖子上没有摘掉。

两人回到顾宅，那群宾客都挪地儿了，上酒店吃吃喝喝去了。顾宅不喜欢摆宴席，一贯风格就是你哪儿来，回哪儿去。

邵司刚进去，一个穿着粉红色小棉袄的女娃娃就冲了出来。

今天顾笙穿得像一个粽子，服装样式还特古典，袖口镶了个边，见人就喊：“新年快乐，我的红包呢？”

顾笙玩得鼻尖上出了一层薄汗，跑出来娇滴滴地叫了人，遇到顾延舟倒是没再喊红包，反而偷偷摸摸地拉着邵司的手，把他拽到一旁去。

邵司不知道她要干什么，她却说："手！"

邵司伸出手，然后掌心被塞了一把糖果。

什么牛轧糖、话梅糖、大白兔奶糖，种类繁多。

顾笙还有点舍不得，捂着口袋心疼了一阵，嘴上却说着："很好吃的，这都给你吃。"

明明他还没吃，心里已经觉得甜了。

邵司头一次在她面前笑出声，揉揉她的小脑袋，毫不客气道："谢谢，新年快乐。"

他本来生得就好，但整个人太冷淡，现在一笑，顾笙直接看呆了。

李光宗在家里过年长肥了十多斤，双下巴越发傲人，活像一尊弥勒佛。

他本来就是易胖身材，吃多少长多少，只是平时工作繁重，拎着东西到处跑，还要起早贪黑。在片场也是，他忙得大冬天也能出一身汗。邵司又不喜欢身边围着很多人，出门连保镖都很少带，他一个人又当经纪人，又当助理。

于是他一回家，家里人就心疼地捏捏他的胳膊："瞧你这瘦弱的样子……体重多少了？哎哟，你掉了多斤肉啊？我记得，你上次回来有一百八十斤，咋瘦成这样了？"

李光宗笑了笑，甩甩胳膊上跟常人比还多了一圈的肉："工作忙，工作忙。"

"哥！"李耀祖从书房里出来，见到人就抱，"你回来了！"

"你的作业写完了？我听说你这次二模考考得还不错。"

对这个比他的年龄小了一圈的弟弟，李光宗慈爱得像一个老父亲，摸摸他的脑袋，道："我给你带了礼物，你拿回房里看看，是你最喜欢的角色手办。"

李耀祖冲他伸伸手："手办等一会儿再看，我要的签名呢？"

李光宗愣了一下："什么签名？"

李耀祖："邵司啊！我男神！"

李光宗心想：我还真把这茬儿忘了。他这个傻弟弟是邵司的忠实粉丝。

李耀祖一开始对邵司这个人没什么太深的印象，就觉得他长得特别帅，后来听说自家哥哥带的就是这位艺人，开始默默关注他，这一关注就转了粉。

李光宗拍了拍李耀祖的脑袋，没好气道：“你粉谁不行，粉他？你这个品位应该提升提升。你知道他私下里什么样子吗？现在的小年轻，不要动不动把偶像两个字挂在嘴边上，很多人都只展现了某一方面而已。这就是一位大爷，你粉他，就得供着他。”

李耀祖：“我知道啊，但一名合格的粉丝是不会轻易脱粉的，而且你不觉得他很酷吗？”

李光宗道：“你没救了。”

签名虽然没有，但是李光宗借着送祝福的名义，找邵司开了一个视频，聊了几分钟。

邵司正躺在摇椅上，眯着眼，晒太阳，看到备注名字就直接接通视频电话，先发制人道：“不聊工作。”

“不聊工作，当然不聊。”李光宗边说边把弟弟的头往边上推，免得他凑太近，入了镜，虽然那位爷压根儿不在意，“新年快乐啊！”

邵司：“同乐。”

他说完，这才睁开眼，看到视频里这个人吓了一跳：“你怎么肥了那么多？”

李光宗毫不在意，反而得意地怕拍自己的小肚腩：“我吃好喝好睡好，棒不棒？”

“棒。你快成猪了。”

“哈哈，谢谢你给我包的红包，太破费，太破费，我都可以换一辆车开了。”李光宗乐呵呵道，“过年的时候，我拿着支付宝挨个儿炫耀，他们都问你还缺不缺经纪人。”

邵司随口道：“求你快点换车，你那车实在太破。还有，不缺人。我眼瞎一次就够了，不会再有第二次。”

李光宗没说两句，邵司就看到视频里多了好几个人头。

男女老少，七大姑八大姨，他们头挨着头，窃窃私语，说话间还夹杂着乡音。

李光宗试图举着手机避开他们，踮着脚，模样滑稽：“干啥子咯？哎哎哎，别闹啊，边上去些。”

他们早就知道光宗带的艺人是大明星，只是一直没见过面。而李光宗为了避免麻烦，也很少跟他们提邵司的事儿。除了李耀祖这个粉丝，为了点醒他，李光宗会跟他讲讲邵司平时干的奇葩事，比如手游打到什么等级了之类的。

幸好邵司在外人面前很懂礼貌，给足了经纪人面子，跟他们挨个打了招呼，倒让他们有些受宠若惊。

聊了两句，李妈凑近问了一个一直想问的问题：“我们光宗有对象没有？”

“据我所知，目前他还没有。我会帮你们盯着他的，一有消息就立刻通知你们。”邵司笑笑，“工作太忙了，这点我也该注意，多给他腾出点恋爱的时间。”

李妈：“好好好。”

李光宗跳脚：“好什么好！妈，你说什么呢！”

大家看过热闹也就散了，正要挂视频之际，李光宗职业病又犯了，忍不住提醒他年后的一个重要行程：“那个颁奖典礼，你有两部入围作品，我感觉今年影帝可能还会落到你头上。”

“颁奖典礼？”

邵司捏了捏鼻梁道：“你不说我都要忘了。”

年后，马上迎来第五十三届金龙奖。

金龙奖在内地影视圈的含金量相当大，可以说是代表了整个行业的最高水准，在颁奖典礼上获奖，更是所有人奋斗的目标。

一个演员，最大的荣耀莫过于演技被人认可。即使他们会迫于形势接拍很多狗血商业剧，也会保证每年有一部压轴剧，一部能够参与奖项提名的剧。

今年邵司入围的作品有两部。李光宗琢磨过，两部作品中，《潜伏》获奖的概率要高一些。

当初《潜伏》上映的时候，票房都破了纪录。它立意深刻，拍摄手法新颖，在所有工作人员的努力下，这部电影被打造成了一个艺术品。

但李光宗又一想，也悬。

邵司资历不深，去年拿了一次影帝，今年再拿，这风头未免出得太大了，肯定有人不高兴。

“最后一次彩排。”

“主持人，裙摆整理一下。”

“刚才那段台词，你的语调可以再活泼一些，从‘恭迎各位来宾’开始，重念一遍。”

舞台上铺了一层红地毯，红艳艳的，晃眼睛。灯光直直地打下来，照得两位主持人神情紧张。这两位是新人，彩排频频出错，让他们感到了很大压力。

女主持拿着话筒，调整了面部表情。她容貌姣好，身材修长，一套红色礼服穿在身上，将她的好身材凸显出来。她清了清嗓子，准备重新来过。

舞台下面比舞台上还要乱，工作人员忙着给座椅贴标签，对场地布置进行调整。

时间紧急，再过半小时，受邀嘉宾就要走红毯入场。而且这是全程电视直播、网络直播，没有剪辑修改的机会，所以等一会儿每个环节都不能出任何纰漏。

保姆车里，Lisa 正反复审视自己今天给邵司配的衣服：“我保准你艳压众人，特酷特帅。你等一会儿，把脸别过去……鼻梁这边的阴影，我再给你加加。”

邵司任由造型师摆布，只有照镜子的时候特别配合，还抬手理了理额前的碎发。

李光宗低头摆弄手机，不多时又抬起头问：“舟哥问我要你的照片。

你是自己拍，还是我替你动手？还有，他问你为什么不回他消息。”

邵司头也不抬道：“拍什么拍，等一会儿不就见到了？我这局游戏还没打完，先别烦啊，乖。”

每次这人只要一说“乖”，就特别敷衍。

可偏偏旁人对他无可奈何。

李光宗懒得找角度，反正这人颜值逆天，基本没死角。他随便拍了两张照片，发过去，顺便配了一行字：顾影帝，你在他那儿可能是过气了，他打游戏打得特嗨。

顾延舟没回话。

几分钟之后，邵司在后座上发出一声尖叫：“我的天。”

李光宗：“怎么了？”

邵司：“顾延舟这人这么闲吗？他不是还要负责颁奖吗？我差点就赢了，结果他上游戏后从背后砍我，砍完又给我加血，几个意思？”

邵司说着，上微信找人怼天怼地去了。

李光宗摸摸鼻子：“可能他是想证明自己没有过气吧。”

Lisa 忙完之后也坐下来，给自己涂了一层唇釉，拧紧瓶盖的时候好奇道：“哇，今年怎么样，你有把握蝉联影帝吗？”

邵司泄完火，顾延舟哄了他好几句，他没回，直接将手机扔在一边：“我不知道，懒得想。”

红毯上众星云集，大批媒体被一排隔离带拦在外边，只能拼命伸长相机。

走红毯的时候，艺人们都分为一组一组的，多数是男伴携着女伴，跟入围的导演、主演一起登场。

场外，主持人守在签名墙边上，面含微笑：“《飞云》此次也获得了最佳影片提名，那段荡气回肠的爱情故事，即使过去了半年，也仍叫人难忘怀……柳琪作为新生代女艺人，可谓是初露头角，表现可圈可点。”

每组艺人在红毯上摆拍完，上去签名，都要接受一段简短的小采访。

主持人将话筒递过去，问她：“你觉得怎么样，今晚获奖有戏吗？”

柳琪笑了笑：“重在参与，我还只是一个新人，能够参与就已经非常开心了。”

主持人逼问：“那你心里有人选吗？或者说，有没有让你觉得特别有压力的对手？”

柳琪歪歪脑袋，这段时间她也成长不少，接了很多戏慢慢磨炼演技，应对这种场面轻松自如：“压力谈不上，每一位前辈我都很期待，人选太多啦。”

当然，她最期待的只有一位，他是最好的。

柳琪的话还没说完，门口突然发生一阵骚动，媒体的秩序本来还好好的，突然之间也疯了一样躁动起来，更是试图侧身往门口挤。

只见一辆黑色轿车缓缓停在红毯入口处，顾延舟推开门，先迈出来一只脚。

所有人屏气凝神，将目光往上移。顾延舟穿着一身黑色长大衣，里头搭了一件暗红色的衬衫，整个造型简约大方。他的头发本来就不长，额前的几绺发丝还都往后梳，五官就成了重点，大胆又惹眼。除开长相，他的气势也相当强，光站在那里，不需要说话，就已经吸引了所有人的视线。

顾延舟下车之后并没有往前走，他抬起手腕看时间，好像在等什么人。

红毯虽然在室外，但布置得一点也不输室内。通往入口的红毯上铺着花瓣，就连阻隔记者的隔离带都做得非常精致，上头盘着奢华细腻的纹路。

直到一分多钟后，才有另一辆车从入口驶进来。

媒体又是一阵骚动。

更别提顾延舟居然上前，帮那人开车门。

“哦！”主持人也忍不住惊呼出声。

两人一前一后从红毯另一端往前走。邵司走得比较慢，懒懒散散的，顾延舟便放慢了脚步等他。

顾延舟等了一会儿，头也不回道：“大爷，你走得也太慢了。”

等邵司慢吞吞地走到他身旁，他抓着邵司就往前走。

在众人印象当中，邵司很少穿红色系的衣服。

今天，他披了一件红色大衣，热烈的红跟他满身的冷意形成强烈反差，反差到极致，竟给人一种莫名的和谐感。

自从他们两个人出场以后，媒体记者手中的快门都快被摁烂了，闪光灯此起彼伏。

顾延舟将记号笔递给邵司，等两人签过名，走到主持人面前，主持人一时间也不知道问他们什么好，气氛有点微妙。

最后主持人靠着应变能力，憋出来一句：“嗯……时间过得真快，去年你拿影帝，好像没过去多久，不知道邵司这次有把握吗？”

邵司对这个奖项并不在意，直言道：“爱谁谁吧。”

主持人无言以对。

救命啊，她聊不下去了。

顾延舟听了这话，抬起一条胳膊绕到邵司背后，手罩在邵司脑后，轻轻拍了一下：“玩笑开太过了啊。瞧你把人给吓得，好好回答。”

顾延舟暖场能力堪称一绝，气氛一下子又被炒热了。

主持人又问了几句，这才放他们进去。

等所有艺人入座，外边天也渐渐黑了，整个场地逐渐陷入黑暗中，大家就摸着黑互相聊天，有说有笑的。颁奖典礼正式开始的时候，随着音乐响起，在所有艺人头顶、肉眼可及的地方，突然亮起了密密麻麻的灯，好似满天繁星。

接着，两束强光打在舞台中央，落在两位主持人身上。

全场安静下来。

顾延舟进场之后就没有在席位上坐多久，他一直是各大颁奖典礼争相邀请的颁奖嘉宾，得去在后台候着，到时候还要负责给人颁奖。

整场颁奖典礼都很顺利。

邵司坐在下面听得昏昏欲睡。

女主持人握着话筒，一脸兴奋地说：“颁完了，那今天颁奖典礼就到这里……”

男主持人笑着拦住搭档，打趣道：“什么啊，怎么就到这里结束了，还剩一个最重要的奖项没颁呢，你忘了？”

女主持一拍脑袋：“瞧我这记性，咱们今年的影帝还没公布呢。”

邵司没忍住，看了眼时间，然后琢磨着他掏手机玩游戏不被发现的可行性。

李光宗察觉到他的小动作，伸手戳了戳他：“你老实点，把手机塞回去，别以为我不知道你要干什么，再无聊也得听着。你好好听听人家的获奖感言，多学着点，人家那话怎么说得那么漂亮。再想想去年你说了什么玩意儿……什么‘我觉得你们很有眼光’，人家没打你就不错了。”

邵司：大实话都不让人说了。

“去年一整年，涌现了一大批优秀的影片、优秀的演员。影帝究竟花落谁家，这个谁都说不准。”男主持人慷慨激昂道，“在场的每一位，他们的努力都是有目共睹的，这里我们就不妄加猜测，有请顾影帝为我们揭晓谜底。”

顾延舟在此起彼伏的掌声中出场。

他先是说了几句客套话，然后打开评委组递给他的信封，翻开一张黑色的贺卡，上头用烫金工艺精细地印了某个人的名字。

台下所有人似乎连呼吸都轻了。

邵司：“我就玩一会儿游戏，人这么多，没人看我。”

李光宗：“一秒钟都不行，你把手机塞回去。快点，不然我就抢了。”

顾延舟卖了几下关子，然后声音突然柔和下来。

男人的声音本来就低，只是平时说话有些冷硬，现在这样一放轻，仿佛有根羽毛不停地在人的耳边挠似的。然后他勾唇笑了，说道：“邵司，上台领奖。”

这句“邵司”把他们吓得不轻，除了震惊，而且还转不过弯来。寂静过后，所有人都炸开了锅。

网络直播观看人数高达上亿。

观众们都快疯了，除了疯狂地在弹幕上打感叹号，真的不知道还能说什么。

邵司身为当事人，前一秒还把重心放在“偷偷玩游戏”这件事情上，猛地听到顾延舟这话，也愣了：“我是不是听错了？”

李光宗张着嘴，过了一会儿才反应过来。他猛拍邵司的肩膀，激动得泪花都快飙出来了：“我的天！没听错！你别愣着！是你啊！今年影帝还是你！”

顾延舟收起对自家祖宗专用的语调，又正正经经地看着摄像头，报了一遍：“最佳男主角，邵司，入围作品《潜伏》。接下来请看大屏幕。”

屏幕上放出来的第一幕是邵司坐在一张破桌子上，叼着一根烟抽，然后缓缓将烟雾从嘴里吐出来。那烟雾仿佛随着空气映入了他的眼睛里，灰蒙蒙的一片。

邵司没想过自己能蝉联影帝。

他确实有天分，但是比他努力的人多了去了，这个奖并不是非他不可。实在要说，只能是他运气好了点，接到一部好剧，进了一个那么负责的剧组。

邵司起身上台，站到顾延舟身边，台下所有人起哄：“哦！哦！哦！哦！”

这让人感觉回到了顾延舟当年蝉联数届影帝的时光。都说风水轮流转，可怎么都是在这两个人之间转？这还怎么争，没得搞了。

奖项又被人家承包了。

两位主持人也没忍住打趣了一番：“风水轮流转，也没转给别人。”

顾延舟别过头看邵司，问：“高兴吗？”

邵司直言不讳：“高兴，谢谢。”

接下来的环节是顾延舟从礼仪小姐手中接过奖杯，给邵司颁奖。

然而顾延舟只对他说了一句“伸手”，也没去拿奖杯，反倒从大衣口袋里掏出一个黑色的小盒子，用指腹轻轻推开它，里面赫然躺着一条细手链。

顾延舟将这条手链拿出来，往他手上套：“获奖礼物。”

邵司看着戴在自己手腕上的那条链子，说道：“你就这么给我戴上了？”

顾延舟：“你刚才默认了。”

邵司用指腹摩挲了几下链子，心想：怎么会有这么不要脸的人。

他是摸准了自己懒得摘吗?

现在观众都喜欢看网络直播，很少有守在电视机前的。因为他们还能刷弹幕，跟大家一起交流，现在弹幕像疯了一样。

顾延舟又说：“我在这个场合说这种话可能不太合适，但以后不管你走到哪里，只要你需要，我都在。”

“你认真的？”邵司突然伸手握住顾延舟的手，嘴角带了点笑意，“顾影帝，以后你就这么供着我？”

当然，他求之不得。

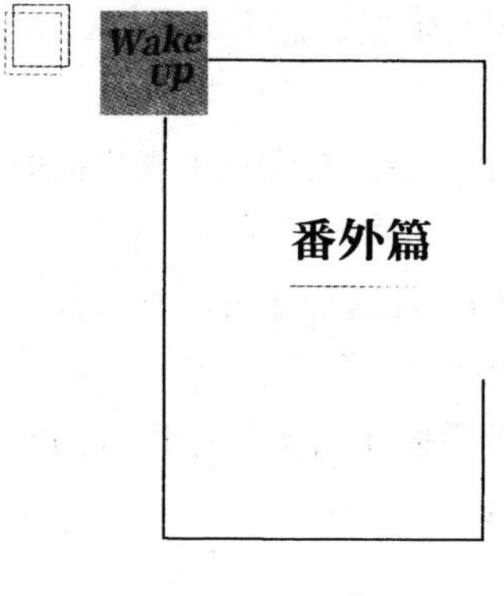

祖　宗　，　你　就　是　我　的　命　。

影帝互动三十问

1. 请问您的性格是怎样的?
邵司：世界上恐怕很难找到像我这么完美的人。
顾延舟：祖宗说得对（完全忽视问题）。

2. 对方的性格?
邵司：他？也就看着正经。
顾延舟：懒，自恋，喜欢给人当爸爸，但是很耀眼。

3. 两个人是什么时候相遇的？在哪里?
邵司：这题过。
顾延舟：电视剧盛典，他当时还是冰雪少年。行，不让说就不说了。

4. 对对方的第一印象?
邵司：我脸盲，没什么印象。
顾延舟：念念不忘。

5. 对方哪一点好呢?

邵司：他眼光好。

顾延舟：因为是他，所以哪儿都好。

6. 讨厌对方哪一点?

邵司：太爱……运动。

顾延舟：运动的时候不积极。

7. 您怎么称呼对方?

邵司：顾延舟。

顾延舟：祖宗。

8. 您希望怎样被对方称呼?

邵司：都行吧。

顾延舟：叫哥。

9. 如果以动物来做比喻，您觉得对方是?

邵司：肉食动物。

顾延舟：猫。

10. 如果要送礼物给对方，您会送?

邵司：一句祝福。

顾延舟：下厨，最近在练手艺，应该没那么难吃了。

11. 那么您自己想要什么礼物呢?

邵司：别下厨就行，他厨艺不好，还是挺难吃的。

顾延舟：他送的都行。

12. 对方说什么会让你觉得没辙?

邵司：……

顾延舟：他一开口，我就对他没辙了。

13. 做什么事情的时候觉得最幸福？
邵司：睡觉的时候。
顾延舟：运动吧，生命在于运动。

14. 对方做什么样的事情会让您不快?
邵司：管东管西。
顾延舟：不喜欢他做一些让自己处于危险之中的事。

15. 您做的什么事情会让对方不快?
邵司：应该做什么都不会吧。
顾延舟：他不喜欢别人管他。

16. 您会为对方的生日做什么样的准备?
邵司：买礼物。
顾延舟：陪他做他想做的事。

17. 如果约会时，对方迟到一小时以上怎么办?
邵司：他敢？
顾延舟：等他。

18. 两个人相处时，最让你感觉刺激的时候是?
邵司：躲狗仔。
顾延舟：每一天都挺刺激的。

19. 会因为什么事吵架呢?
邵司：他打扰我睡觉。
顾延舟：拖他起来跑步。

20. 俩人之间有互相隐瞒的事情吗?
邵司：有，系统的存在。
顾延舟：没有。

21. 您在家里最舒服的姿势是?
邵司：躺着。
顾延舟：看他躺着。

22. 现在的生活符合您以前的设想吗?
邵司：嗯。
顾延舟：符合。

23. 两人相处时，通常情况下，您会想些什么呢?
邵司：不会去想什么。
顾延舟：心情很平静，是一个很放松的状态。

24. 您想过退圈，回归普通人生活吗?
邵司：现在的生活是我自己选择的，不需要想。
顾延舟：没有。

25. 您在职业生涯里，遇过最温暖的事情是?
邵司：世界虽暗，很多人却有光。
顾延舟：遇到了他。

26. 您有什么后悔的事情吗?
邵司：我不做让自己后悔的事。
顾延舟：以前没有，现在有一件，想早点遇见他。

27. 每天早晨起床，您的第一句话是?

邵司：懒得说话……这什么问题？能不回答吗。

顾延舟：早上想吃什么？

28. 拿到影帝后，两位对未来有什么规划？

邵司：继续让别人无路可走。

顾延舟：演戏，照顾家人。

29. 认识对方后，记忆最深刻的事是什么？

邵司：飙车救人那会儿，当时感觉他和我想的有些不一样。

顾延舟：对戏时发生的那场意外。

30. 请对彼此说一句话。

邵司：想说的都已经说过了，我就想早点收工。

顾延舟：少睡觉，多运动，感谢你出现在我生命里。

坦白

这天，邵司是被系统一个指令吵醒的。

系统："一个小任务，任务对象是《情非得已》剧组女一号。"

邵司："……"

《情非得已》是顾延舟在拍的剧，民国背景加上豪门虐恋，女一号陆婉玲是一位新人，长得娇俏可人，没什么资历和作品。

系统："剧都已经开拍了，现在你进组也来不及。你就多过去探探顾延舟的班，坐着跟导演探讨探讨科学，自己找找机会。"

一句"找机会"说得轻巧。

邵司连探三天班，第四天他提着顾延舟的饭盒过去的时候，整个剧组都停下来瞅他，他自己都有点不好意思了。

"额……这个，休息吧，到饭点了。"导演很识时务，摆摆手让大家停工吃饭。

顾延舟把最外面那层戏服脱了，走到邵司跟前，接过饭盒："你怎么来了，想我了？"

邵司心想：我想个锤子。

"你们剧组那个女一，我之前没见过啊。"邵司摸摸鼻子，语句明显不顺畅，"她演……演技怎么样？"

邵司做了那么多年任务，本来又是演戏高手，哪次都没露过破绽，想套什么信息都轻而易举。唯独到了顾延舟这里，他说话都磕巴。

邵司实在是说不好话，难得气势弱下来，甚至挪开了眼，目光聚焦在五米远的地方：“我刚才在边上看了一会儿……叫陆什么玲是吗?我没别的意思，就是觉得她挺有意思的。”

顾延舟：“……”

这几天他三句话不离某陆姓女明星就算了，现在更是直接夸人“有意思”。

顾延舟这顿饭几乎食不下咽。

邵司探完班就回了酒店。他刚加上某陆姓女明星的微信，半个下午都瘫在酒店里研究陆姓女星的微信朋友圈。

自拍，自拍，除了自拍还是自拍，这还是一位炫富型选手，经常显摆一些奢侈品。

邵司看得无聊，最后上下眼皮子打架，直接睡了过去。

结果半夜他醒过来喝水，刚好接到了十二点不睡觉并且面色不太好的顾影帝给他打来的视频电话。

邵司眯着眼：“你怎么了，不舒服？”

顾延舟也不知道该怎么解释这种莫名烦躁的情绪。

最后他发出了质问：“你是不是对我们剧组女一号有意思？”

邵司：“你在说梦话？”

“你加了她好友，翻人家朋友圈，还点赞。”顾延舟道，“今天你还夸她有意思，你几个意思？”

当时邵司就随口一说，对什么有没有意思的没太深印象。

但他没说话，也没急着否认，只是盯着顾延舟看。

这个人平时情绪不怎么外露，在外面的时候简直是行走的娱乐圈模范，就这样一个人，居然为了这事晚上睡不着觉。

邵司看着看着，突然低下头笑了：“顾延舟，你是傻瓜吗？”

邵司一直在想怎么跟他说系统的事，每次话到嘴边都不知道怎么说，这次正好找到了契机，三言两语把系统交代了。

这种事情听起来玄幻，其实也不是无迹可寻。

顾延舟回忆起两个人碰巧卷入的那几起案件……

“所以你在查她？”

“不然呢，她整容整成那样，难不成我眼瞎了想泡她？”

顾延舟沉默了一会儿。

当邵司说“行了，睡觉吧”的时候，这人突然说：“陆婉玲背后有人，是恒水集团的副总，她这女一号来得不干净。”

邵司：“……”

顾延舟不是喜欢嚼舌根的人，很多事情他知道归知道，也不会往外说。但圈子里的内幕，他很清楚。

系统：“没想到最大的金手指原来在这儿啊。”

邵司：“闭嘴。”

“以后你想知道什么就直接来问我，要是我也不清楚，我们就一起想办法，”顾延舟叹了一口气，又道，“但你得答应我，太危险的事不能做。”

“祖宗，你就是我的命。”

— 全文完 —